KB114176

내 사랑 노다

내 사랑 노다 2

초판 1쇄 찍은 날 | 2016년 6월 24일
초판 1쇄 펴낸 날 | 2016년 7월 04일

지은이 | 김도경
펴낸이 | 서경석

편 집 책 임 | 조윤희
편　　　집 | 이은주
　　　　　　주은영
디 자 인 | 신현아

펴 낸 곳 | 도서출판 청어람
등록번호 | 제387-1999-000006호
등록일자 | 1999. 5. 31
어람번호 | 제5-447호

주소 | 경기도 부천시 원미구 부일로 483번길 40 서경B/D 3F
　　　　(우) 14640
전화 | 032-656-4452 팩스 | 032-656-4453
http://www.chungeoram.com
E—mail | chungeorambook@daum.net

ⓒ 김도경, 2016

ISBN 979-11-04-90844-6　04810
ISBN 979-11-04-90842-2　(SET)

김도경 장편소설

2

Chungeoram
romance
novel

내 사랑 노다

도서출판 청어람

CONTENTS

1장 ▪ 7 / 2장 ▪ 33 / 3장 ▪ 62

4장 ▪ 93 / 5장 ▪ 125 / 6장 ▪ 149 / 7장 ▪ 182

8장 ▪ 212 / 9장 ▪ 251 / 10장 ▪ 294 / 11장 ▪ 322

에필로그 ▪ 367

작가 후기

1장

피슝.

한참을 날아간 화살은 타깃을 건드리지도 못하고 저만치 더 날아가 바닥에 푹 꽂혔다.

"에이씨, 왜 안 맞는 거야."

짜증스럽게 투덜거린 연지는 그가 알려준 대로 크로스보우에 화살을 하나 더 장전했다. 보다 신중하게 가늠쇠로 타깃을 겨냥하고 방아쇠를 잡아당겼다.

피슝. 푹.

그러나 이번에도 시위를 벗어난 화살은 또 애먼 곳으로 슝 날아가 버렸다. 도대체 몇 번째인지 모르겠다. 보기에는 엄청 쉬워 보였는데, 왜 자신은 번번이 가만있는 빈 캔 하나를 맞히지 못하는 건지. 으, 짜증나. 그는 별 힘도 안 들이고 한 손으로도 잘만 맞히던데, 대체 뭐가 잘못된 건지 모르겠다.

"아우, 열 받아."

연지는 씩씩대며 뒤에 멀찍이 떨어져 있는 그를 휙 째려보았다.

"제대로 가르쳐 준 거 맞아요? 혹시 엉터리로 가르쳐 준 거 아니에요?"

팔짱을 끼고 현관 벽에 비스듬히 기대 서 그녀가 하는 양을 물끄러미 구경하고 있던 그가 어이없다는 듯 코웃음을 쳤다.

"내가 왜?"

"일부러 나 골탕 먹이려고."

"억지 부리지 마. 가르쳐 줘도 바보처럼 못하는 게 누군데."

"뭐라고요, 바보?"

"그럼, 가만있는 캔을 가늠쇠에 겨누고 쏘기만 하면 되는데, 그거 하나 못 맞히는 게 바보지. 어떻게 한 번을 못 맞히냐. 애들도 그 정도 했으면 열 번은 더 맞혔겠다."

안 그래도 뭐 하나 뜻대로 되는 게 없어서 열 받아 죽겠는데, 바보라는 놀림까지 들었다. 으, 더 이상은 못 참아! 연지가 씨근덕거리며 꽥 소리를 질렀다.

"이씨, 처음이니까 그렇죠! 처음부터 잘하는 사람이 어디 있어요! 그러는 최노다 씨는 처음부터 잘했어요? 노다 씨도 처음에는 나처럼 헤맸을 거면서."

"난 처음부터 잘했어."

"오, 그러세요? 명사수 나셨네."

연지는 잘난 척하는 얄미운 그를 노려보며 한껏 이죽거렸다. 노다는 그걸 이제 알았냐는 듯 당연하다는 듯이 어깨를 으쓱거렸다. 약이 바짝 오른 연지의 씨근덕거림이 더욱 사나워졌다.

오늘은 정말 뭐 하나 뜻대로 되는 게 없다. 그녀 딴에는 그와 좀 더 가까워지고 스킨십도 자연스럽게 할 수 있겠다 싶어서 '바로 이거다!' 하고 크로스보우 쏘는 법을 알려달라고 조른 건데, 이건 뭐, 예상이 완전히 빗나가 버렸다.

애처럼 졸라대는 그녀의 칭얼거림에 그가 못 이기는 척 오케이 한 것까지는 좋았다. 그런데 이 남자, 그녀의 앙큼한 속셈을 훤히 다 꿰뚫은 듯 말로만 이래라 저래라 하고는 그만이었다. 저번처럼 뒤에서 끌어안다시피 하고 친절하게 몸으로 좀 가르쳐 주면 어디가 덧나. 그녀가 마치 가까이하면 안 되는 바이러스 균이라도 되는 것처럼 멀찍이 떨어져서는 치사하게 엄청 비싸게 굴고 있었다.

'이렇게 하는 거 맞아요?'라고 물어봐도 '어, 그렇게 하면 돼' 하고 대충 설렁설렁 말로만 알려주고. 그러니 과녁을 맞힐 리가 있겠나. 속에서는 울화통이 터져 죽겠는데. 그래놓고는 뭐? 바보? 사람 열불 터져 죽는 꼴을 보려고 작심한 것이 아니고서는 저럴 수가 없었다.

연지는 씩씩거리며 마지막 남은 화살을 장전했다.

'그래, 좋다. 치사해서 내가 이번에는 꼭 맞히고야 만다.'

그가 말로만 알려준 대로 어깨넓이로 벌린 발에 힘을 꽉 주고 방아쇠를 힘껏 잡아당겼다.

슝.

어어, 이번에는 제대로 날아가는 것 같았다.

그러나 이번에도 화살은 어김없이 빈 캔은 건드리지도 못하고 허공으로 날아가 버렸다.

"으으으, 짜증나. 왜 안 되는 거야!"

발을 동동 구르며 짜증을 내는 그녀를 보며 노다는 폭, 한숨을 내쉬었다.

"엽총하고 원리가 비슷하다고 했잖아. 반동이 심하니까 겨드랑이를 꼭 붙이고 총신에 해당하는 몸체 부분을 흔들리지 않도록 단단히 잡아줘야 한다고."

"그렇게 했어요. 그런데 안 되는 걸 나보고 어떻게 하라고!"

"안 되긴 왜 안 돼. 네가 자꾸 마지막에 반동을 못 잡고 밀리니까 그렇지."

결국 보다 못한 노다가 성큼성큼 그녀에게 다가갔다. 곁눈질로 다가오는 그를 슬쩍 훔쳐본 연지의 눈빛이 '아싸!' 환호성을 치며 반짝거렸다. 그러나 그가 가까이 다가오게 하는 데에는 성공했으나 그의 양손은 여전히 바지주머니에 깊숙이 들어가 있었다. 그가 또 말로만 이래라 저래라 잔소리를 해댔다. 연지는 맹한 척 어설프게 움직였다.

"이렇게요?"

"아니, 그걸 어깨와 겨드랑이 사이에 끼라니까."

"아, 이렇게요?"

"아니! 그렇다고 상체를 틀면 어떻게 해. 허리에 더 힘 꽉 주고 꼿꼿하게 세워. 왼팔도 쭉 펴고."

"아이씨, 그렇게 하고 있잖아요. 여기서 더 어떻게 하란 말이야. 지금도 힘들어 죽겠고만. 어때요, 이 정도면 됐어요?"

"후우, 그래, 대충 그 정도만 하자. 중요한 건 그 자세를 최대한 끝까지 유지하는 거야. 알았어? 다시 쏴봐."

연지가 눈동자만 돌려 그를 쳐다보았다.

"남은 화살이 없는데요?"

노다가 뜨악한 표정으로 고개를 내밀어 바닥에 세워놓은 화살통을 내려다보았다. 서른 개의 화살이 빼곡히 들어차 있던 통은 진짜 텅 비어 있었다. 하! 절로 어이없는 헛웃음이 터져 나왔다. 아무리 처음이어도 그렇지. 서른 발을 쏘면서 어떻게 한 발도 과녁을 못 맞힐 수가 있나. 재주라면 저것도 재주다. 이 여자, 보기보다 운동 신경이 영 빵점이다. 그러면서 예전에는 저 높은 철문을 어떻게 넘어왔는지 모르겠다. 노다는 속으로 혀를 끌끌 찼다.

"그럼 빨리 가서 주워오지 않고 뭐 하고 있어?"

"나보고 가서 주워오라고요?"

"그럼 내가 가서 주워와? 애먼 데 픽픽 쏴댄 건 넌데?"

그가 얼른 가서 주워오지 않고 뭐 하냐는 표정으로 눈을 부라렸다. 결국 연지가 심통 난 아이처럼 크로스보우를 바닥에 확 던져 버리고 씩씩대며 화살을 주우러 갔다. 여기저기 떨어져 있는 화살을 주우며 연신 고시랑거렸다.

"더럽고 치사해서 내가 줍는다, 쳇. 무슨 남자가 저렇게 치사하고 쪼잔한지 몰라. 기왕 가르쳐 주는 거 친절하게 좀 잘 가르쳐 주면 어디가 덧나? 아주 못돼 처먹었어."

저만치 떨어진 곳에서 헌병 교관처럼 떡하니 버티고 선 그가 귀는 또 귀신같이 밝아서는 대번에 한 소리를 해댔다.

"뭐라고? 지금 내 욕한 거야?"

"아니요! 달이 아주 밝다고요. 그래서 달밤에 체조하기 딱 좋다고요!"

꽥 소리를 지른 연지가 한 무더기의 화살을 끌어안고 낑낑거리며 돌아왔다. 와르르. 빈 통에 주워온 화살들을 아무렇게나 쏟아부었다.

노다가 '이그, 저걸 그냥!' 하는 표정으로 찌릿 쩨려보았다. 저러다가 촉 나가면 어쩌려고. 화살 하나가 얼만데. 저럴 때 보면 지지리도 말 안 듣는 말썽쟁이가 따로 없다. 제대로 안 하냐고, 꿀밤 한 대 쥐어박고 싶은 것을 간신히 참았다.

연신 치사하다, 어쨌다 고시랑거리는 그녀한테 단호한 음성으로 명령했다.

"크로스보우 들어."

"안 할래요. 재미있을 줄 알았는데 재미 하나도 없어. 성의 없이 입으로만 이래라 저래라 하고 잘 가르쳐 주지도 않고, 그러니까 잘 맞지도 않잖아요. 진짜 바보 된 것 같아서 기분 나빠."

"네가 대충대충, 제대로 안 하니까 그런 거지."

"그럼 선생이 대충대충 하는데 나라고 뭐 열심히 할 마음이 생기나? 더럽고 치사해서 안 해. 관둘래요."

노다의 미간이 확 구겨졌다.

"싫다는 사람한테 가르쳐 달라고 귀찮게 졸라댈 때는 언제고 고작 고거 몇 번 쏴보고 그만두겠다고? 와, 진짜. 넌 어떻게 된 애가 매사 네 멋대로냐!"

연지도 지지 않고 인상을 확 구기고 대거리했다.

"그럼 제대로 성의껏 가르쳐 주든가! 내 딴에는 같은 취미가 있으면 좋겠다 싶어서 가르쳐 달라고 한 건데, 그런 깊은 뜻도 모르고 마지못해서 설렁설렁. 노다 씨야말로 그러는 거 아닙니다! 나 같으면 정성이 갸륵해서라도 진짜 열심히 가르쳐 주겠고만. 쳇."

"열심히 가르쳐 줬잖아!"

그래, 말로만! 쳇, 말로만 하는 건 누가 못해. 무슨 사람이 눈치가 없어도 저렇게 없냐. 연지는 속으로 고시랑거리며 손을 내저었다.

"아이고, 됐네요. 더 이상 말해봤자 내 입만 아프지. 거기다 크기는 크지도 않은 게 무겁기는 얼마나 무거운지, 하마터면 팔 떨어지는 줄 알았네. 그런데 계속 말로만 움직이지 마라, 흔들리면 안 된다고만 하고 나보고 대체 어떻게 하라는 거야."

연지는 연방 어깨와 팔을 주무르며 혼잣말처럼 중얼거렸다. 그러면서 발끝으로 크로스보우를 툭툭 차댔다. 노다는 그런 연지를 바라보며 속으로 한숨을 내쉬었다.

그리고 어찌 그녀의 앙큼한 속셈을 모르겠는가. 맑은 물처럼 속이 훤히 다 들여다보이는데. 그녀가 어떤 마음으로 크로스보우 쏘는 법을 알려달라고 졸랐는지, 처음부터 그 앙큼한 속셈을 모르지 않았다. 그녀가 무엇 때문에 저리 심통 난 아이처럼 삐쳤는지도.

때문에 이리 될 줄 알고 안 된다고 했던 건데. 후우. 그녀야말로 너무하다. 누구는 이러고 싶어서 이러나. 다 저를 위해서 악착같이 참고 있는 건데, 그런 속도 모르고 계속 앙큼하게 삐쳐선 도발질이었다.

엊그제 넘어질 뻔한 그녀를 안아버린 뒤로 그녀는 계속 저랬다. 틈만 나면 그와 스킨십 한 번 해보려고 아주 안달이었다. 실수인 양, 우연인 양 연신 그를 툭툭 건드리고, 손끝이라도 스치면 까무잡잡한 양 볼이 발갛게 물들어선 까만 눈동자까지 아주 반짝반짝 빛이 난다.

무슨 여자가 속마음을 감출 줄도 모르고 내숭도 모른다. 좋으면 좋은 대로 솔직하게 모두 드러내고 마구 들이댄다. 제 딴에는 여우처럼 잘 감추고 있다고 생각하는 것 같은데 웬걸. 얼굴에 티가 다 난다.

그래서 그만 더 곤란해졌다. 분명히 더 이상은 바라지 말라고, 다가오지 말라고 했건만, 그러겠다고 약속해 놓고는 저 혼자 진도를 쭉쭉 빼고 있으니 말이다. 그는…… 그러고 싶어도 그럴 수 없다는 것을 그녀도 잘 알 텐데. 그럼에도 왜 자꾸 저러는지, 저럴 때마다 그녀가 원망스럽기까지 하다.

대체 어쩌자고 저러는 걸까. 그와는 어떤 미래도 꿈꿀 수 없다는 것을 그녀도 알고 있지 않나. 그가 그녀를 위해서 해줄 수 있는 것은 아무것도 없다는 것을……. 그가 그녀를 위해 해줄 수 있는 거라고는 고작 이렇게 참고 참으며 언젠가 끝이 도래했을 때 그녀를 지금과 같은 상태로 마음 편히 돌아설 수 있게 해주는 것, 그것밖에는 없는데 말이다.

그런데 그녀는 매 순간 그를 시험에 들게 하며 고문하고 있었다. 자꾸만 헛된 꿈을 꾸게 하고 헛된 바람을 갖게 만든다. 그녀를 욕심내게 만든다. 나중 일 따위 생각하지 말라고, 모른 척 눈 감아버리라고, 이기적인 욕심으로 지금만 생각하라고 자꾸만 그를 충동질한다.

그도 크로스보우 쏘는 법을 가르쳐 주는 척하며, 반동을 받아주는 척하며 그녀를 다시 안고 싶었다. 부서질 듯 가녀린 몸을 안고 그녀의 따스한 체온을 느끼고 싶었다. 빛과 삶의 향기를 함뿍 머금은 그녀의 향기를 폐부 깊숙이 들이켜고 싶었다.

엊그제 밤의 그때처럼, 빤한 거짓말의 변명을 늘어놓으며 그의 품에서 바르르 떨리는 가냘픈 여체를 어루만지고 싶었다.

하지만 그래서는 안 되는 것 아닌가. 그럴 수는 없는 것 아닌가. 그녀를 진심으로 위한다면 절대로 그래서는 안 된다.

'그러니까 연지야, 그만해. 나, 너무…… 힘들다.'

노다는 삐쳐서 연신 투덜거리면서도 곁눈질로 저를 힐끔거리는 연지를 바라보며 바지 주머니 속 깊이 찔러 넣은 주먹을 더욱 단단히 그러잡았다. 그녀가 그의 가슴속으로 깊이 스며들어 올수록 그는 아이러니하게도 그와 정반대인 바람을 간절히 바라본다.

그를 향한 그녀의 마음이 하루라도 빨리 조금씩 옅어지기를. 그녀의 열망이 빨리 식어버리기를. 그에게 넌더리내며 싫증내는 순간이 한시라도 빨리 찾아오기를. 그래서 그녀가 자신의 안전하고 평온한 삶으로 한시라도 빨리 돌아갈 수 있기를. 어떠한 아픔도 슬픔도 없이 온전하게 그녀의 삶으로, 그녀가 있어야 할 제자리로…….

'그러니까 네가 아무리 그 예쁜 눈으로 사랑스럽게 눈을 흘겨도, 그 탐스런 입술로 고시랑거려도 소용없어. 난 너를 절대로 만지지도, 안지도 않을 거니까. 네가 날 좀 봐주라.'

그는 천천히 허리를 숙여 바닥에 떨어져 있는 크로스보우를 집어 들었다.

"하기 싫으면 관둬. 힘든데 굳이 할 필요 없어."

노다는 그녀를 지나쳐 화살 통까지 들어올렸다. 그는 그대로 집으로 걸음을 옮겼다. 어, 이건 아닌데 싶은 연지가 깜짝 놀라 손을 뻗었다.

"잠깐만요! 그렇다고 그냥 들어가 버리는 게 어디 있어요. 누가 진짜 그만둔대요? 그냥 말이 그렇다는 거지."

그녀는 그의 손에서 화살 통을 휙 빼앗았다. 순간, 두 사람의 손끝이 살짝 스쳤다. 그 작은 스침에도 맞닿은 피부에 찌릿한 전율이 흘렀다. 흠칫 놀란 노다가 얼른 손을 거둬들였다.

'오예! 바로 이거야!'

속으로 환호성을 지른 연지의 입술이 금세 쭉 찢어져 귀 밑에 걸렸다. 까만 눈동자를 초롱초롱하게 빛내며 화살 통을 꼭 끌어안았다.

"사람을 어떻게 보고. 난 한번 시작한 건 어떻게든 끝을 봐야 직성이 풀리는 사람이라고요. 중도 포기? 노노노. 피연지 사전에 그런 단어는 없어요. 두고 봐요. 노다 씨가 아무리 무성의한 태도로 방해공작을 펴도 난 기필코 내가 원하는 과녁을 맞혀서 쓰러뜨리고 말 테니까."

우뚝 걸음을 멈춘 노다가 슬쩍 눈을 감았다. 그녀가 말하는 과녁이 비단 저 앞의 빈 캔을 말하는 것이 아니라는 것쯤은 그도 알고, 그녀도 알기 때문이었다. 그의 눈가가 파르르 떨렸다. 연지가 눈에 힘을 바짝 주고 의미심장하게 말했다.

"내가 졸랐던, 어땠던 간에 오케이 한 이상 노다 씨도 더 이상 뒤로 뺄 생각 하지 말아요. 이 정도면 됐겠거니 도망칠 생각 같은 건 더더욱 하지 말고요. 무엇보다 내가 힘들까 봐, 날 위해서 그만두자는 말 따위는 절대 하지 말아요. 대충하고 끝낼 것 같았으면 난 애초에 시작도 하지 않았어요. 내 말, 무슨 뜻인지 알죠?"

"……호기심을 채우고 대충 만족했으면 다치기 전에 그만두는 것이 더 현명한 거야. 무겁다며. 그래서 자세도 제대로 못 잡고 번번이 빗나가는데 굳이 끝까지 고집 피울 필요가 있을까? 그러다 다치면 너만 손해야. 그래봐야 텅 비어서 아무것도 없는 깡통, 맞혀서 뭐에 쓰려고."

"쓰임새야 많죠. 구멍 난 데만 때우면 훌륭한 화분도 될 수 있는걸요. 영양분 많은 고운 모래를 꾹꾹 눌러 담아서 씨앗도 뿌리고, 물도 주고. 그러면서 정성껏 보살피면 금세 파릇파릇한 새싹도 돋아나고 예쁜 꽃도 피워낼 거예요."

"동화 같은 얘기군. 하지만 네가 아무리 정성껏 보살핀다고 해도 햇빛을 보지 못하면 새싹 따위는 절대 피어나지 못해. 어둠

속에서 말라비틀어져 죽어버릴 거다. 그럼 정성껏 키운 너도 상심하고 상처 받겠지. 구멍을 때우기 전에 깡통의 날카로운 틈새에 베서 피가 날 수도 있고. 그러니까 헛수고하지 말고 빈 깡통은 그대로 버려두는 게 나아."

연지는 아랫입술을 으득 깨물었다.

"그래도 난 해볼 수 있을 때까지 해볼 거예요. 포기 같은 건 절대로 하지 않아요."

연지는 그를 향해 손을 내밀었다.

"그러니까 겁쟁이 같은 소리 그만하고 그거나 다시 줘요. 한번 줬으면 그만이지, 도로 뺏어가는 게 어디 있어요? 난 아직 그만하겠다는 포기 선언도 하지 않았는데. 자꾸 빗나가서 짜증 좀 부렸다고 때는 이때다 하고 날름 뺏어가 버리다니, 그거 진짜 치사한 거예요."

노다는 손에 든 크로스보우를 복잡한 시선으로 내려다보았다. 그녀를 처음 보았을 땐 그가 그것으로 그녀를 겨냥했었는데, 지금은 그녀가 그것으로 그의 심장을 정조준하고 있었다. 그리고 지금 그것을 내어달라고 당당하게 요구하고 있었다.

다치는 것 따위는 무섭지 않다고, 지레 겁먹고 포기하는 일 따위는 절대로 없을 거라고, 그러니 그도 이제 그만 겁쟁이처럼 그녀를 밀어내려는 헛수고 따위는 하지 말라고.

그녀의 흔들리지 않는 한결같은 마음에 서러운 혼란이 울부짖는다. 그 서러운 혼란에 지지 않으려는 마음과 지고 싶어 하는 마음이 치열한 혈투를 벌인다. 뜨거운 피도 생성해 내지 못하는 주제에 염치없는 심장이 뜨거운 피를 울컥 토해냈다.

집으로 들어가지도 못하고, 그렇다고 그녀를 향해 다시 돌아서지도 못한 채 우두커니 선 그를 향해 그녀가 다가갔다. 그의 손에서 크로스보우를 가만히 뺏어왔다. 움찔. 순간적으로 그의 손에 힘이 와락 실리기는 했으나 결국 그는 무기력하게 그녀에게 그것을 건네주고 말았다.

그의 손이 바르르 떨렸다.

뻣뻣하게 굳은 그의 뒷모습을 보며 그녀가 나지막이 말했다.

"두고 봐요. 난 반드시 그것을 맞히고 그것과 함께 꽃을 피우고 말 테니까."

그녀의 음성은 속삭임에 가까웠지만 그 무엇에도 흔들리지 않겠다는 단호한 결의에 차 있었다. 그러나 그 단호한 음성에도 어찌할 수 없는 물기가 촉촉이 배어 있었다.

그래서 노다는 활이 시위를 벗어나 허공을 가르는 소리가 연달아 들리는데도 결코 뒤돌아볼 수 없었다.

서러운 안타까움이 짙어지고 있었다.

"요즘에는 왜 김치를 안 가지고 와?"

찐 감자를 먹으며 그가 불쑥 물었다. 연지는 옆에 서 있는 그를 올려다보며 어깨를 으쓱거렸다.

"무거워서요. 왜요, 그냥 감자만 먹으니까 심심해요?"

"아니. 감자에는 김치를 얹어 먹는 게 진리라던 사람이 갑자기 김치를 안 가지고 오니까 이상해서."

"치, 처음에는 이상한 냄새도 나고 매워서 안 먹겠다고 하더니, 그새 맛 들렸구나?"

"아니라니까."

연지는 '아님 말고요'라는 듯 어깨를 다시 으쓱이고는 남은 감자를 입에 쏙 집어넣고 수영장으로 시선을 돌렸다.

김치라. 그가 김치 얘기를 꺼낼 줄은 몰랐는데. 어쨌든 두 번 다시는 김치 따위, 안 가지고 올 거다. 마늘을 먹으면 안 되는 사람한테 김치를 먹이다니. 멍청해도 어떻게 그토록 멍청할 수 있었는지 모르겠다. 생각이 짧아도 한참 짧았다.

물론 그가 일전에 갑작스레 발작을 일으켰던 이유가 김치 때문이었는지는 확실치 않다. 하나 그 가능성을 완전히 배제할 수만은 없는 것 아닌가. 마늘에 있는 어떤 성분이 포르피린증 환자에게는 치명적이어서 절대 먹어서는 안 되는 음식 중의 하나라니까. 때문에 만약 그가 발작을 일으켰던 이유가 김치였을 가능성이 단 0.0001퍼센트의 확률이라도 있다면, 천만분의 일의 가능성이라도 완전히 배제시키는 것이 옳을 터였다.

에이, 이 정도 쯤이야 하는 방심은 금물이었다.

연지는 요즘 동 트기 전에 집에 돌아가 한숨 자고 일어나면 깨어나기 무섭게 노트북을 켜고 포르피린증에 대해서 공부한다. 원인과 증상, 유의해야 할 점과 치료 방법 등에 대해서 닥치는 대로 모든 자료를 찾아보고 달달 외워 숙지한다.

그래야만 그의 곁에 오래 머무를 수 있을 테니까. 그를 안전하게 지키고 도울 수 있을 테니까. 덕분에 완벽하지는 않아도 나름 포르피린증의 준전문가 수준쯤은 되지 않았을까 싶다.

하여 새삼 깨닫게 된 사실 하나. 포르피린증은 알면 알수록 정말 무서운 병이로구나 하는 것이었다.

이제야 연지는 그가 왜 자신의 운명을 저주받은 운명이라고 원망하고 절망하는지 진실로 이해하고 알게 된 것 같았다. 어떠한 해결책도 치유책도 없이, 고작해야 병세를 늦추는 것이 전부라니. 뭐 그런 빌어먹을 병이 다 있나.

암이나 신종 인플루엔자 등처럼 인류와 문명이 발전하면서 생겨난 신종 병도 아니고 중세 시대 훨씬 이전부터 존재했던 병이라는데, 그 많고 많던 의학자들은 그 병을 고칠 약 하나 못 만들고 대체 뭘 했다는 말인가.

연지는 태고 이래의 모든 의학자라는 사람들한테 괜히 화가 나고 분통이 터져 미칠 것 같았다.

그녀가 이럴진대, 그는 오죽했을까. 그의 유전자 속에 잠재하고 있던 병이 발현했다는 것을 안 순간부터 세상의 모든 것을 원망하고 저주했으리라. 그리고 얼마나 두렵고 절망했을까. 얼마나 무섭고 막막했을까. 그 순간부터 그의 삶에는 내일이라는 것이 존재하지 않았을 것이다.

때문에 연지는 그가 자신을 곁에 머물게 허락하고도, 자신을 바라보는 그의 눈빛이 하루가 다르게 점점 더 깊어가고 있음에도 불구하고 왜 더 이상 다가오려고 하지 않는지, 왜 자신의 몸에 손끝 하나 닿지 않으려고 안간힘을 쓰는지, 그 이유를 너무도 뼈저리게 이해하게 되었다.

그래서 더욱 서럽고 아프고 안타까웠다.

그 또한 마찬가지이리라.

그를 볼 때마다 그의 안에서 일렁이고 있는 서러운 설렘과 아픔이 느껴진다. 더 이상은 욕심내선 안 된다고 스스로를 잡아채고 주저앉으려는 그 서러운 노력이 그녀를 오열하게 만든다. 마음껏 설레지도 못하고, 마음껏 기뻐하지도 못하고, 그녀를 잡지도 놔주지도 못한 채 매순간 갈등하고 혼란스러워하는 그가 너무 가엾고 안타깝고 서럽다.

그래서 연지는 이전보다 더 많이 웃고 더 큰 목소리로 재잘거린다. 아이처럼 더 많이 고집부리고 더 뻔뻔하게 그를 두드린다. 그가 어제보다 오늘 더 흔들리고 갈등하기를, 서럽고 고달픈 노력에 이제 그만 백기투항해 주기를 간절하게 기다린다.

요즘 그를 가장 힘들고 고통스럽게 만드는 것은 망할 병이 아니라 그녀 자신이라는 사실도 연지는 잘 안다. 그래서 너무 미안하다. 그래서 그녀로 인해 매 순간 흔들리고 괴로워하는 그를 볼 때마다 그녀도 함께 운다.

그러면서도 연지는 절대 포기하지 않는다.

속으로 울고 겉으로는 웃으며 끊임없이 다가가 그를 흔들어 깨운다.

괜찮아요. 내 손을 잡아요. 당신이 원하는 만큼 욕심내서 내 손을 잡아줘요. 그래도 돼요. 아니, 제발 그렇게 해줘요. 그건 절대로 이기적인 욕심이 아니에요. 내가 간절히 바라는 것이 바로 그거니까.

날 웃게 해주고 싶나요? 날 행복하게 해주고 싶어요?

그럼 내 손을 잡아요. 잡고 절대로 놓지 말아줘요. 나를 원한다고, 당신도 나를 사랑하게 됐다고 말해주지 않아도 좋아요. 말하지 않아도 아니까. 날 바라보는 당신 눈은 내가 원하는 말을 해주고 있으니까.

나는 그거면 충분해요. 더 이상은 바라지 않아.

그냥 우리 함께 있어요. 당신이 필요한 만큼, 내가 필요한 만큼 딱 그만큼만 우리 함께 있어요. 다른 건 다 잊고 지금만 생각해요. 우리가 함께 있는 지금 이 순간만, 오늘만.

난 절대로 후회하지 않을 거예요. 후회하고 싶지 않아요. 내가 당신도 후회하게 가만 내버려 두지 않을 거야.

때문에 연지는 오늘, 지금 이 순간에도 끊임없이 그를 두들기며 깨운다. 후회하지 않기 위해서. 외롭고 고통스러운 오늘을 살아가는 그에게 후회까지 서럽게 남겨지게 할 수는 없기에.

연지는 콱 막혀오는 속을 물 한 모금으로 씻어내리고 바보처럼 촉촉이 젖어버린 눈가를 땀을 닦는 양 손등으로 훔쳐 냈다.

"아, 더워. 비가 오려면 그냥 확 내리지. 소강상태라서 그런가, 습도만 엄청 높아져서는 덥기는 또 얼마나 더운지. 어째 장마 시작되기 전보다 훨씬 더 더워진 것 같지 않아요? 산인데도 뭐가 이렇게 덥냐. 가만있어도 땀이 막 줄줄 흘러내리네. 완전 열대야야, 열대야."

23

연지는 더워서 더 이상 앉아 있지도 못하겠다는 양 윙 체어에서 벌떡 일어나 연신 손부채질을 했다. 테이블에 비스듬히 기대서 있던 노다가 얼른 몸을 바로 세우고 감자 껍질로 지저분해진 테이블을 정리했다.

"그러니까 집에서 먹자니까 왜 굳이 나와서 먹자고 고집을 부려. 그만 들어가자."

"물 보면 좀 시원해질까 싶어서 그랬죠."

종알거리며 콧잔등을 찡그렸다.

"들어가게요?"

"어."

"싫어요. 난 여기에 좀 더 있을래요."

"덥다며."

"덥기는 한데, 그래도 난 여기가 좋아요. 집에 들어가 봐야 앉을 데라고는 주방밖에 없잖아요. 1층에는 죄 운동기구뿐이고 또 2층에는 잘 올라가지도 못하게 하면서, 뭘."

연지는 입술을 비죽거리며 수영장으로 걸어갔다. 운동화와 양말을 벗고 가장자리에 털썩 걸터앉았다.

"물에 발 담그고 있으면 좀 시원해지겠죠, 뭐. 노다 씨도 이리 와서 앉아요. 아, 차가워."

물에 발을 첨벙 담갔다. 차갑다고 진저리 치다가 금세 '아, 시원해' 하며 그를 돌아보고 활짝 미소 지었다. 빨리 오라며 아이처럼 열심히 손을 까딱거렸다.

"뭐 해요, 빨리 와요. 우와, 진짜 시원하다."

넙다고 투덜대다가도 금세 아이처럼 신나서 반짝거리는 검은 눈동자. 화장기 하나 없는 건강한 다갈색 피부. 자그마한 정수리에서 달랑거리는 긴 머리카락. 저럴 때 보면 영락없는 개구쟁이 산골 소녀. 노다는 피식 웃으며 그녀에게 천천히 다가갔다.

"물을 무서워하지도 않으면서 수영은 왜 못 해?"

옆에 앉을 생각은 하지 않고 멀뚱히 서 있는 그를 올려다보며 연지가 잠시 고민하는 척 심각해진 표정으로 눈동자를 굴렸다.

"그러게요. 나도 그게 진짜 미스터리하다니까요. 어렸을 땐 냇가에서 물장구도 진짜 엄청 많이 쳤었는데. 근데 이상하게 수영은 못 하겠더라고요. 요령이 없어서 그런가? 뭐 해요. 앉으라니까. 목 아파요."

연지가 손바닥으로 제 옆을 탁탁 두드렸다. 그러나 그는 됐다며 고개를 가로저을 뿐이었다. 연지가 찌릿, 그를 노려보며 노다의 한쪽 발목을 턱 움켜잡았다.

"앉으라면 그냥 좀 앉아요. 누가 잡아먹는대?"

흠칫한 그의 전신이 금세 딱딱하게 굳었다. 그러거나 말거나. 연지는 모른 척 의뭉을 떨며 그의 발에서 강제로 로퍼를 벗기기 위해 낑낑거렸다. 중심이 무너진 그가 버둥거렸다.

"어어."

"이것 좀 다 벗고, 바지도 좀 위로 걷어 올리고……."

노다가 당황해서 소리쳤다.

"뭐 하는 거야. 싫다니까. 이거 좀 놔봐. 어어."

그러나 연지는 기어코 그의 한쪽 발에서 로퍼를 벗겨 휙 던져

버리고 바짓단을 종아리까지 둥둥 걷어 올리기 시작했다. 그녀의
손바닥이 그의 종아리를 연방 훔치며 쓸어 올렸다. 부지불식간에
닿은 그녀의 따스한 체온, 보드라운 손길. 종아리는 물론 그의
전신에 찌릿한 전율과 함께 자잘한 소름들이 오소소 돋아났다.

'헉!'

기겁한 노다가 더욱 당황해서 소리쳤다.

"그, 그만! 하, 하지 말라니까!"

"그만하긴 뭘 그만해요. 그럼 물에 발 담그는데 그냥 담그려고
요? 에이, 그럼 안 되지. 바지 다 젖잖아. 이렇게 무릎까지는 걷
어 올려줘야 물에 안 젖지. 그러니까 노다 씨도 더운데 나처럼 반
바지를 좀 입으라니까. 맨날 긴 바지에, 카디건에. 그렇게 입고
안 더워요?"

"안 더워!"

"더위 안 타서 좋겠네요. 자, 한쪽은 됐고. 나머지도……."

연지는 재빨리 다른 발로 손을 뻗었다. 그가 황급히 발을 뒤로
빼고 소리쳤다.

"돼, 됐어. 내가 해."

그녀가 그를 빤히 올려다보았다. 그의 창백하도록 새하얗던 얼
굴은 붉으락푸르락 벌겋게 달아올라 있었다. 연지가 씨익, 음흉
하게 미소 지었다.

"그럴래요? 그럼 뭐, 그러든지."

선심 쓰듯 손을 싸악 거둬들였다. 그러고는 빨리 안 하고 뭐
하냐는 듯이 마른침을 꿀꺽 삼키는 그를 말똥말똥 올려다보았

다. 그러나 그는 여진히 어깨만 세차게 오르내리며 가쁜 숨만 쌕
쌕 내쉴 뿐이었다.

"뭐 해요? 내가 해줘요?"

그가 황급히 고개를 가로저었다. 연지가 이상하다는 듯 고개
를 갸웃거렸다.

"으음? 이상하네. 노다 씨, 어디 아파요?"

"뭐? 아니. 왜, 뭐?"

"그런데 왜 그래요?"

"뭐, 뭐가."

"얼굴이 갑자기 빨개졌잖아요. 숨도 막 가쁘고. 마치 열병에라
도 걸린 사람처럼."

당황한 노다가 고개를 푹 숙이고 괜히 꽥 소리쳤다.

"뭐라는 거야. 빨개지기는 무슨."

"어, 진짠데."

"너, 너 때문에 그래."

"내가 뭘 어쨌는데요? 난 그냥 친절하게 바짓단 걷어준 것밖에
없는데."

"그러니까! 네가 갑자기 그래서 하마터면 넘어질 뻔했잖아."

"아, 놀라서?"

연지가 부러 말을 길게 늘이며 고개를 끄덕거렸다.

"난 또. 갑작스런 스킨십에 흥분해서 그런 줄 알았네."

당황한 마음에 저도 모르게 남은 한쪽 발에서 로퍼를 벗어 던
지고 바짓단을 둥둥 걷어 올리고 있던 그의 손이 흠칫 멈췄다.

마른침을 꿀꺽 삼키고 어이없다는 듯 코웃음을 쳤다.

"그, 그게 무슨 스킨십이라고. 게다가 뭐, 흥분? 하 참. 기가 막혀서. 넌 네가 무슨 대단한 팜므파탈이라도 되는 줄 착각하나 본데, 꿈 깨. 그 정도로는 열 살짜리 꼬맹이도 흥분하지 않아."

"그래요? 그럼 그런가 보죠, 뭐. 그런데 난 왜 그랬을까? 그럼 난 열 살짜리보다도 못한 건가?"

어깨를 으쓱거린 연지가 곁눈질로 그를 힐끗 쳐다보면서 나지막한 음성으로 은근하게 말을 덧붙였다.

"손끝에 스친 노다 씨의 속살 감촉이 어찌나 보드랍고 매끄럽던지, 난 살짝 흥분할 뻔했는데."

"컥!"

마른침을 꼴깍 넘기다 말고 사래에 걸린 노다가 켁켁거렸다. 간신히 진정하고 그녀를 찌릿, 째려보았다.

"넌 정말!"

"내가 뭘요?"

"넌 어떻게 된 여자가 부끄러운 것도 모르고……."

"뻔뻔하다고요? 치이, 그게 뭐 하루 이틀 일인가? 아이고, 그걸 이제 아셨쎄요? 나보고 맨날 뻔뻔하다, 발칙하다고 한 사람이 누군데? 새삼스러울 것도 없고만. 나 원래 뻔뻔하잖아요. 그리고 톡 까놓고 말해서 이건 뻔뻔한 게 아니고 솔직한 거라고요. 난 누구처럼 좋으면서도 아닌 척하는 건 절대 못 하거든요. 아, 뭐 해요. 바지 다 걷었으면 빨랑 앉지 않고."

연지는 기가 막히다 못해 코가 막혀 헛웃음만 치는 그의 손을 확 잡아 당겨 억지로 제 옆에 철퍼덕 앉혔다. 그렇게 여차저차해서 그녀와 나란히 물에 발을 담그고 앉게 되어버린 노다였다.

등줄기를 따라 짜릿하게 오른 전율과 함께 벌렁거리기 시작한 심장이 좀체 진정이 되지 않는다. 전신에 오소소 돋아난 자잘한 소름도 발딱 곤두선 채 좀체 가라앉을 생각을 하지 않고 있었다.

'젠장!'

그는 속으로 욕설을 흘렸다. 아무리 세상과 모든 연을 끊고 산속에 틀어박힌 지 2년이 다 되어간다지만, 열여섯 살도 아니고 스물여섯 살이나 된 사내놈이 고작 그 정도 스킨십에 기겁해선 어쩔 줄 몰라 하다니. 본인이 생각해도 황당하고 어이가 없었다.

아무리 그 손길의 주인공이 이미 마음 깊이 담아버린, 매 순간 닿고 싶고 안고 싶지만 절대 가져서는 안 되는 그녀라고 할지라도 이건 너무…… 끙. 어처구니없는 황당한 반응이었다.

불치병으로 죽어가는 몸이라고 할지라도 그래도 꼴에 아직 남자는 남자라는 말인가. 그래도 이런 반응은 너무 황당하다. 병이 시작되기 이전에도 그는 단 한 번도 제어하기 힘든 욕망에 몸이 달아본 적이 없었다.

어머니가 어떤 병인지 알게 된 순간부터, 그의 몸속에도 그와 동일한 유전자가 도사리고 있다는 사실을 인지한 순간부터 본인뿐만 아니라 후대에도 동일한 유전자는 절대 남기지 않으리라는 강박에 본능적인 욕망까지 기가 질려 움츠러든 탓이었을 것이다.

하여 그는 혈기왕성하던 사춘기 시절에도 욕망 따위에는 시달려 본 적이 없었다. 태어나 처음으로 사귀었던 여자, 강의실에서 보자마자 첫눈에 반했다며 그를 졸졸 쫓아다니던 태희가 아무리 적극적인 구애를 펼쳤어도 단 한 번도 그녀를 진심으로 욕망하지 않았던 것도 바로 그 때문이었다.

그런데 지금은…….

그 작은 스침에도 기겁하듯 몸이 달아 어쩔 줄 모르겠다. 그녀를 더 이상 욕심내선 안 된다고 스스로를 억누르며 참고 참아온 것이 역으로 거친 반향을 불러일으키고 있는 것인지도 모르겠다.

이미 그녀의 따스한 향기에 취하고, 당당한 밝음에 한 없이 끌려 버린 서러운 마음이기에 더욱 제어가 안 되는 것인지도 모르겠다. 그의 병을 알고서도 서슴없이 사랑을 고백해 온 그녀의 열망이, 끊임없이 그를 도발하고 자극해대는 그녀의 손길이 그를 점점 초조하게 만들고 있었다.

염치없이 이 서러운 사랑에 오늘을, 단 하루만이라도 살고 싶다는 열망을 자꾸만 꿈꾸게 만든다. 그를 자꾸만 비열하게 만든다. 지고 싶다는 열망으로 허덕거리게 만든다.

그녀가,

그리고 이미 비열하게 질 준비를 끝낸 그 자신이…….

그녀가 그런 그를 바라보며 앙큼한 미소를 짓는다.

달뜬 눈빛으로 그를 바라보며 그의 손가락에 슬며시 손가락을 얽어온다.

하나, 둘.

마침내 다섯 손가락이 하나도 빠짐없이 하나인 양 얽혀 버렸다. 그녀의 손바닥에 뒤덮인 손등이 뜨겁다. 서러운 가슴이 울음을 토해냈다. 그러면서도 서럽게…… 뜨겁게 뛰어댄다.

노다는 제 손등을 따스하게 덮은 그녀의 까무잡잡한 손등을 꿈인 양, 악몽인 양 물끄러미 바라보며 거친 숨을 몰아쉬었다.

그러나 단단히 얽혀 버린 손가락을 풀어내지도, 그녀의 따스한 체온을 밀어내지도 못했다. 그저 망연히, 서럽게 하나처럼 얽혀 있는 자신과 그녀의 손을 바라보기만 할 뿐이었다.

그녀의 체온이, 향기가 조금 더 짙어졌다.

그녀의 따스한 체온이 바르르 떨리며 그의 어깨에 조심스럽게 얹혔다. 손등을 덮고 있던 뜨거움이 겹치듯 맞닿은 팔뚝을 따라 살며시 무게가 실린 어깨로 빠르게 치밀어 올라왔다.

그녀의 따스한 뺨이 닿은 어깨가 불덩이처럼 뜨겁다.

서러운 가슴이 두려움과 환희에 울며 불덩이처럼 달아오른다. 비열한 심장이 환호성을 치며 온몸을 내달린다.

'안 돼! 언제 미쳐서 죽어버릴지도 모르는 놈이 감히 누구를 욕심내는 거야! 그냥 잠시만, 아주 잠시만 곁에 두겠다고 했잖아. 그 이상은 욕심내지 않겠다고 약속했었잖아! 일어나. 당장 일어나서 집으로 도망치라고!'

머릿속에서 한 가닥 남은 양심이 절규하듯 소리친다. 그러나 그조차 금세 온몸을 휘돌고 머리끝까지 침범해 버린 비열한 마음에 가물가물 멀어져 버렸다.

노다는 질끈 눈을 감아버렸다.

바들바들 떨리는 눈가로 한 줄기 눈물이 흘러 내렸다.

비열한 마음에 속절없이 자리를 내어주고 불덩이처럼 타올라

버린 심장에서도 연신 뜨거운 눈물이 흘러 내렸다.

그녀에게 내어준 어깨에서도 뜨거운 눈물이 흘러내렸다.

그녀가 그와 함께 울고 있었다.

소리 없이 뜨거운 눈물이 흘러내린다.

그러나 그녀의 눈물은 결코 서럽지만은 않았다. 서럽지만 따스하고 기쁨과 안도의 기운으로 가득 차 있었다.

그녀의 눈물이 속삭인다.

고마워요, 고마워요, 고마워요.

노다가 눈물로 대답했다.

……이 바보야. 고맙기는 뭐가 고마워. 넌 지금 고마워하면 안 돼. 결국엔 비열하고 이기적인 내 자신한테 지고 만 나를 원망하고 질타해야 하는 거야.

바보는 당신이에요. 모르겠어요? 내가 이 순간을 얼마나 기다려 왔는지? 그래서 난 당신에게 지고 만 당신이 너무 고마워요. 고마워요, 노다 씨. ……사랑해요.

…….

노다는 차마 사랑만은 입에 담을 수 없었다. 대신 바르르 떨리는 손으로 마디, 마디 넝쿨처럼 얽혀 있는 가는 손가락을 힘껏 붙잡았다.

뜨겁게 달아오른 젖은 밤이 두 사람을 끌어안고 함께 울었다.

2장

"뭐라고?"

"수영이요. 오늘은 수영하는 법 배울래요. 가르쳐 줘요."

뜨악해진 노다는 커다래진 눈만 끔벅거렸다. 그런 그를 휙 지나쳐 가며 연지는 손에 든 작은 가방을 팔랑거렸다.

"수영복 갈아입고 올 테니까 노다 씨도 빨리 갈아입어요."

2층 계단을 뛰어 올라가다 걸음을 우뚝 멈추고 그를 힐끔 뒤돌아보았다.

"욕실 좀 잠깐 빌릴게요. 노다 씨는 음, 침실이나 거실에서 갈아입어요. 그래도 되죠?"

"자, 잠깐만 연지야."

"다 갈아입으면 나 기다리지 말고 뒷마당으로 먼저 나가요. 집

안에서 수영복 입고 있는 거 보면 서로 좀 창피할 것 같아. 큭큭. 아 참, 그리고 혹시나 해서 하는 얘긴데, 엉큼하게 훔쳐보면 안 돼요! 알았죠?"

경고하듯 눈을 부라린 연지가 금세 생글거리며 계단을 빠르게 뛰어 올라갔다. 그리고 이내 쿵쾅거리는 그녀의 발소리와 침실 문이 딸깍, 열렸다 닫히는 소리가 들려왔다. 그제야 귀신에 홀린 듯 멍하니 서 있던 노다의 얼굴이 뒤로 스륵 움직였다. 벙찐 표정의 얼굴이 무슨 생각을 하는지 금세 발갛게 달아올랐다. 마른침을 꿀꺽 삼키는 목울대가 크게 오르내렸다.

"응, 응큼하게는 무슨……. 응큼한 건 저면서……."

무더운 바깥과는 다르게 완벽한 온도 조절로 시원하기만 한 집 안에 있으면서도 웬일인지 진땀이 삐질, 흘러내렸다. 감기라도 걸린 듯 열기도 살짝 느껴졌다. 노다는 축축이 젖어버린 손바닥으로 황급히 마른세수를 했다.

후우, 후우.

몇 번의 심호흡으로 얼뜨기처럼 뛰어대는 가슴을 간신히 진정시켰다. 잠시 후, 그는 발소리를 죽여 살금살금 계단을 올라갔다.

"꺄악, 어떻게 해. 너무 야한 걸 샀나 봐."

연지는 비키니를 입은 제 모습을 커다란 거울에 앞뒤로 비춰보면서 연신 꺄악 비명을 질러댔다. 그녀가 평소에 입는 팬티보다도 작은 손바닥만 한 하의에 브래지어와 다름없는 상의만 덜렁 입고 있는 모습은 그녀가 보기에도 민망하기 짝이 없었다.

"그냥 원피스로 살걸. 이건 너무…… 속이 빤히 들여다보이잖아."

오늘은 기필코 그를 유혹해서 거사(?)를 한번 치러보겠다는 음흉한 속셈 말이다. 그렇다고 거사라고 해서 진짜 엄청난 것을 바라는 것은 아니다.

그저 그와의 첫 키스.

그녀가 바라느니 오직 그것뿐이었다.

물론 그러다가 분위기가 어찌어찌 무르익어서 그보다 진전이 된다면야 뭐, 그 또한 어쩔 수 없는 거긴 하지만……. 흠흠. 어쨌든 그녀가 오늘 궁리 끝에 시내까지 달려가 수영복을 사온 이유는 일단 첫 키스가 목적이었다.

첫 키스 한 번 해보자고 꼭 이렇게까지 해야 하나 싶기는 하지만 에휴. 어쩌겠나. 목마른 사람이 우물 판다고 이 정도의 충격 요법(?)이 아니고서는 그와의 첫 키스는 영원히 요원할 듯싶은데.

이게 다 그가 너무 신중하고 생각이 많은 탓이었다. 그가 왜 그리 조심하는지, 그 마음과 입장을 모르는 바는 아니지만, 그래도 어쨌든 서로의 마음을 확인하고 손까지 잡은 마당에 관계를 좀 더 진전시켜도 되는 거 아니냐, 이 말이었다.

막말로 불륜도 아니고 서로를 진심으로 사랑하게 된 사이에 애도 아니고 다 큰 성인 남녀가 언제까지 손만 잡고 있을 생각인지, 나 원 참.

어젯밤에도 분명히 키스를 할 기회가 몇 번이나 있었다. 분위기도 엄청 좋았었고 말이다. 아무도 없는 깊은 밤의 고즈넉한 산속. 서럽도록 절절한 사랑을 품고 있는 젊은 두 남녀. 함께 있는 순간이 너무 좋아서, 함께 있다는 것만으로도 너무 행복해서 땀이 줄줄 흐르는데도 맞잡은 손을 놓지 못하고 서로만을 바라보고 선 두 사람.

캬!

분위기 하나는 진짜 죽여줬었다. 그가 고개를 살짝만 더 숙여줬으면 첫 키스 하기에 진짜 딱 좋은 타이밍이었다 이거다. 사실 그녀는 벌써 깨금발을 들고 눈도 지긋이 감고 있었더랬다. 착각이었는지는 모르겠지만, 인중을 덮히는 그의 떨리는 숨결도 분명히 느껴졌었다.

그런데 아무리 기다려도 입술에 닿는 것이 없었다.

이상하다는 생각에 연지는 결국 기다리다 못해 슬그머니 실눈을 뜨고 그를 슬쩍 올려다보았더랬다. 그랬더니 바로 코앞에 있을 줄 알았던 그의 얼굴은 여전히 저만치 높은 곳에 하얗게 떠 있었다. 첫 키스를 바라며 입술까지 쭉 내밀고 있는 그녀를 귀엽고 사랑스러워서 어쩔 줄 모르겠다는 듯이 한층 더 깊어진 눈빛으로 집어삼킬 듯이 뜨겁게 바라보면서도 굳은 입가를 억지로 늘이고 꼼짝도 하지 않고 있었다.

그러고선 어이없게도 엉뚱한 말이나 해댔다.

"덥다. 그만 들어가자. 시원한 레몬에이드 만들어줄게."

그러면서 그녀의 손만 더욱 억세게 그러잡고 집으로 이끄는데,

이씨, 누가 레몬에이드 마시고 싶다고 했느냐고! 내가 먹고 싶은 건 당신 입술이라고, 이 답답아! 진짜 마음 같아서는 그의 뒤통수를 후려치고 그만 좀 참으라고 호통을 치고 싶었다. 그러고는 황당해하는 그의 얼굴을 부여잡고 그녀가 먼저 달려들어 키스를 확 해버리고 싶었다.

하지만 그럴 수 없었다. 그녀도 어쩔 수 없는 여자. 그녀한테도 첫 키스의 로망이라는 것이 있다, 이 말이었다. 하여 꽥 소리치고 싶은 것을 가까스로 참고 억지로 웃어 보였더랬다.

그리고 새벽녘에 집으로 돌아간 이후 계속 머리를 싸매고 궁리를 했다. 자제력의 달인 답답 최노다 선생을 마음 가는 대로 행동할 수 있게 할 묘수가 없을까 하고 말이다. 하여 내린 결론이 바로 이것이었다.

사랑에 빠진 남자라면 절대 거부할 수 없는 유혹!

보다 원초적인 상태에서 자연스러우면서도 은밀하게 계속 이어지는 스킨십!

물속에서라면 헐벗은 저가 무섭다며 매달리고 엉겨 붙는 것도 지극히 자연스러울 테고, 그럼 그는 그런 저를 결코 억지로 떼어 내지 못할 터였다. 아니, 도리어 수영도 못 하니 걱정되어 품에 꼭 끌어안고 놔주지 않으려고 할지도 모른다. 그렇게 서로 헐벗은 채 착 달라붙어서 수영을 배운다, 가르친다고 바르작거리다 보면…… 흐흐흐.

두고 봐라. 오늘은 기필코 그에게서 첫 키스를 받아내고야 말 테니까.

하여 연지는 두 주먹을 불끈 쥐고 부리나케 시내로 달려갔었다. 오늘밤 당장 계획을 실행에 옮기려면 수영복은 반드시 필요하니까. 하지만 이렇게 야한 비키니를 살 생각은 결코 없었다. 진짜다. 처음에는 그냥 수영선수들이 입는 단순한 원피스 수영복이나 살 생각이었다. 수영복은 그저 수영을 배우겠다는 그럴싸한 구실의 도구에 불과할 뿐이니까.

그런데 기왕이면 다홍치마라고, 거무죽죽하고 밋밋한 원피스 수영복에 비해 화려한 자태를 뽐내는 비키니를 보자 마음이 흔들렸다. 한데 거기다가 눈치 빠른 점원 언니가 비키니를 힐끔거리는 그녀한테 찰싹 달라붙어서 이러쿵저러쿵, 사탕발림을 해대는데 홀딱 넘어가 버리고 말았다.

"이거 어떠세요? 엄청 섹시하죠? 사실, 이건 아무한테나 추천도 못 해드리는 거예요. 몸매가 어느 정도 되어야만 입을 수 있는 거거든요. 손님처럼요. 그리고 이건 우리끼리니까 하는 얘긴데, 손님처럼 몸매는 모델처럼 끝내주는데, 가슴만 살짝 섭섭한 분. 그런 분한테는 이것만큼 좋은 게 없어요. 광택 때문에 꽤 이게 좀 커 보이는 효과가 있거든요."

그러면서 점원 언니는 의미심장한 미소를 지으며 이렇게 속삭였다.

"남친 있어요? 없어요? 으음, 걱정 말아요. 없어도 이것만 입고 바다에 딱 나가면 남자들이 아주 줄을 설 테니까. 말했죠? 남자들이 이것만 보면 아주 정신을 못 차린다고. 사실, 이거 모델명이 바로 '보이즈 로망'이에요, '보이즈 로망'. 무슨 뜻인지 알죠? 후후."

결국 매장을 나서는 연지의 손에는 금빛 광택이 반드르르하게 흐르는 비키니가 든 봉투가 들려 있었다. 저걸로 과연 중요 부분이 가려지기는 할까 싶을 만큼 옷감을 심하게 아낀, 누군가 실수로 살짝만 잡아당겨도 상, 하의 모두 홀랑 벗겨지게 생긴 엄청 야한 비키니가 말이다.

아, 그런데 아무래도 점원 언니의 상술에 홀딱 넘어가서 엄청난 실수를 저질러 버린 것 같다. 그냥 보기에도 엄청 야해 보였지만 막상 입어보니 오만 배는 더 야하다. 뭐, 점원 언니 말대로 빈약한 가슴이 반들거리는 광택 덕분에 마술이라도 부린 듯이 좀 커 보이기는 하는 것 같다. 그것 때문에 어째 더 야해 보이는 것 같기도 하고.

끙.

"미치겠네. 이건 뭐 입은 것도 아니고 안 입은 것도 아니고. 으, 내가 정신이 어떻게 됐었나 봐. 이 꼴을 하고 노다 씨 앞에 어떻게 나가."

연지는 벌게진 얼굴을 양 손바닥에 파묻고 발을 동동 굴렸다. 이 정도일 줄 알았으면 점원 언니 말대로 피팅룸에서 한 번 입어나 볼 걸 그랬다. 그랬다면 원피스 수영복을 두 벌이나 살 거금으로 이 작은 천 조각 세 개를 사는 우는 범하지 않았을 텐데.

그가 이 꼴을 보면 뭐라고 그럴까. 이제 보니 엄청 밝히는 야한 애라고 실망하지는 않을까? 어쩐지 그는 이처럼 보란 듯이 야한 것은 좋아하지 않을 것 같았다. 바보. 그 생각이 이제야 들었냐. 으, 진짜 미치겠다.

연지는 양손에 파묻은 얼굴을 마구 가로저었다. 그러다 손가락을 벌리고 거울 속의 헐벗어도 한참은 헐벗은 제 모습을 힐끔 쳐다보았다.

"아니야. 어쩌면 그는 이 정도는 별거 아니라고 생각할지도 몰라. 외국에서 오래 산 사람인데, 뭐."

영화에서 보면 외국 여자들은 이보다 훨씬 더 야한, 티 팬티 같은 것도 잘만 입고 다니더라.

"그런 여자들에 비하면 이 정도는 애교 수준이지, 뭐. 안 그래?"

그렇게 자신을 달래며 계속 보다 보니, 육감적인 것과는 한참은 동떨어진 깡마른 몸매 덕분(?)에 그다지 야해 보이지 않는 것 같기도 했다. 비키니만 섹시하지 실상 그녀의 몸은 섹시한 것과는 한참 먼 삐쩍 마른 몸이니 말이다.

"그래, 괜찮아. 비키니를 처음 입어봐서 더 야하게 느껴지는 건지도 몰라. 후우. 자신감을 갖자, 피연지."

어쨌든 보이즈 로망이라지 않는가. 그러니 어쩌면 그도 이 정도 쯤은 예쁘게 보아줄지도 모른다. 무엇보다 이렇게라도 해서 그의 로망에 불을 지필 수 있다면…… 그 로망을 행동으로 옮길 수 있게만 할 수 있다면…….

"까짓 거, 밑져야 본전. 한번 해보자."

심호흡을 크게 한 연지는 팔을 내리고 턱을 바짝 치켜들었다. 간신히 추켜세운 용기가 사그라지기 전에 거울 뒤 서랍장에서 커다란 타월을 한 장 꺼내 망토처럼 몸에 두르고 욕실 문을 슬그머니 열었다. 얼굴을 삐쭉 내밀어 좌우를 살폈다. 그는 벌써 수영복을 갈아입고 나갔는지, 커다란 침실은 기척 없이 조용하기만 했다.

한 발을 쭉 뻗어 욕실을 빠져나온 연지는 깨금발로 살금살금 침실을 가로질러 거실로 나갔다. 거실도 기척 없이 조용하기는 마찬가지였다. 후우. 심장이 터질 것 같았다. 가쁜 숨을 몰아쉬며 살금살금 계단을 내려가려는데, 계단참 벽에 붙어 있는 노란색 포스트잇이 시야에 들어왔다.

1층으로 내려갈 것 없어. 맞은편 거실 끝에 문이 하나 있을 거야. 뒷마당으로 내려오는 계단과 연결되어 있으니까 거길 이용해.

초등학생이 쓴 것처럼 서툴기만 한 필체로 꾹꾹 눌러쓴 한글. 풋! 절로 웃음이 흘러나왔다.

"귀여워."

덕분에 조마조마했던 긴장감이 조금 풀어졌다. 연지는 고개를 돌려 서재와 다름없는 거실의 맞은편 벽 쪽을 쳐다보았다. 그가 남긴 쪽지대로 책들이 빽빽이 꽂혀 있는 책장들 사이로 문 하나가 살짝 열려 있는 것이 보였다. 그녀를 위해서 문도 열어놓았나 보다.

2층과 뒷마당을 연결하는 나선형 계단이라면 그녀도 알고 있었다. 항시 1층만 들락거리느라 그 계단을 직접 이용한 적은 아직 한 번도 없었지만. 그런데 드디어 오늘 그 계단도 한 번 이용해 볼 기회가 생겼구나 싶었다.

괜스레 심박동이 조금 더 빨라졌다.

연지는 종종걸음으로 그녀를 위해 열려 있는 문을 향해 걸어갔다. 문을 슬며시 밀고 밖으로 나갔다. 벌써부터 첨벙거리는 물소리가 들려왔다. 연지는 난간 앞에 서서 아래를 내려다보았다. 고즈넉한 어둠을 비추는 반 조명등 아래 그가 힘찬 돌고래처럼 물살을 가르고 있었다.

수면 위로 쑤욱 솟아오른 그의 동근 머리통이 불숙 튀어나온 양팔이 수면을 긁는 것과 동시에 다시 수면 아래로 깊숙이 들어갔다. 바닥까지 훤히 들여다보이는 푸른 물속에서 그의 기다란 몸이 인어처럼 꿈틀거리는 것이 보였다. 곧게 뻗은 양 발등이 수면을 찰싹 때렸다. 그러자 그의 몸이 앞으로 쭉 밀려나가며 동근 머리통이 다시 수면 위로 불쑥 솟아올랐다. 그는 그렇게 힘찬 돌고래처럼 혹은 우아한 인어처럼 저 끝까지 빠르게 헤엄쳐 갔다. 그러고는 빙글 몸을 돌려 양발로 벽을 차고 그녀가 있는 방향으로 빠르게 거슬러 오기 시작했다.

"우와…… 멋있다."

연지는 저도 모르게 손으로 입을 가리고 탄성을 흘렸다. 심박동이 1.5배 정도 더 빨라졌다. 가슴 앞으로 틀어 쥔 타월을 더욱 세게 움켜잡았다. 하아, 하아. 가쁜 숨을 몰아쉬며 연지는 난간을 잡고 천천히 계단을 내려갔다. 나선형의 계단을 중간쯤 돌아나왔을 때, 그와 눈이 딱 마주쳤다.

계단을 내려오는 그녀의 기척을 느꼈는지, 그는 서서히 수영을 멈추고 돌아서 그녀를 올려다보고 있었다. 꽤 먼 거리를 두고도 두 사람은 서로를 품은 상대방의 눈동자가 얼마나 뜨겁고, 얼마나 큰 설렘을 품고 일렁이고 있는지 알 수 있었다.

연지가 계단을 내려와 그에게 다가갈 때까지 두 사람 모두 그런 서로에게서 한시도 시선을 떼지 않았다. 체력 소모가 심한 접영으로 물살을 거듭 가른 탓인지, 수면 위로 드러난 그의 너른 어깨는 쉴 새 없이 크게 오르내리고 있었다.

'아.'

연지는 속으로 안도인지 아쉬움일지 모르는 탄성을 흘렸다. 야속(?)하게도 그는 하얀색 반팔 티를 입고 있었다. 푸른 물에 아른거리며 비치는 그 아래도 마찬가지였다. 검푸른 무언가가 허벅지까지 길게 내려와 있었다.

그에게서 겨우 시선을 돌리고 테이블로 걸어간 연지는 슬며시 아랫입술을 깨물었다. 아, 이건 아닌데. 헐벗은 남녀의 수영을 가장한 은밀한 스킨십으로 묘한 분위기를 조성한다는 야심찬 계획에 차질이 생겨 버렸다. 그녀는 창피한 것도 무릅쓰고 거금을 들여 이 작은 천 조각까지 사서 입었건만.

'이러면 내 꼴만 더 우스워지잖아.'

울상이 된 연지는 한 손으로 얼굴을 가리고 죄 없는 입술만 잘근잘근 씹어댔다. 그러나 언제까지 그러고 있을 수만은 없는 노릇. 연지는 이를 앙 물었다.

'에이, 모르겠다. 기왕 이렇게 된 거, 뻔뻔하게 계획대로 밀고 나가자. 창피하다고 쭈뼛거리는 게 더 이상해.'

연지는 속으로 하나, 둘, 셋을 세고 단단히 움켜쥐고 있던 타월을 천천히 벗었다.

'자, 이제 뒤돌아서 걸어가기만 하면 돼. 할 수 있어. 그럼 당연히 난 할 수 있고말고! 아자, 아자, 아자!'

두 주먹을 불끈 쥔 연지는 속으로 다시 셋까지 센 다음에 호기롭게 몸을 확 돌렸다. 아, 그런데 순간적으로 저도 모르게 눈을 질끈 감아버렸다 보다. 눈앞이 캄캄한 게 아무것도 보이지 않았다. 아차. 연지는 얼른 눈을 뜨고 턱을 바짝 치켜들었다.

그제야 환한 불빛과 푸른 물, 그리고 그가 보였다.

그의 얼굴은…… 엄청난 충격이라도 받은 듯 바짝 굳어 있었다. 길고 깊은 눈은 튀어나올 듯이 부릅떠져 있었고 얇은 입술까지 턱이라도 빠진 사람처럼 벙하니 벌어져 있었다.

얼굴은 물론 전신까지 불에 담갔다가 꺼낸 놋쇠처럼 벌겋게 달아오른 연지는 커다래진 눈동자를 데굴데굴 굴리며 재빨리 그의 안색을 살폈다. 놀란 뒤에 실망하거나 어이없어 하는 기색이라도 보이면 야심찬 계획이든 뭐든 뒤도 안 돌아보고 줄행랑을 쳐 버릴 심산이었다. 그게 더 엄청나게 창피한 일이겠지만, 어쩌겠나. 이 꼴까지 했는데 실망한 그의 모습은 윽, 정말 두 눈 뜨고 볼 자신이 없다.

어? 그런데 저 남자 좀 보게? 그는 저가 더 쑥스럽고 창피한 듯 얼굴은 물론 하얀 면 티 밖으로 드러난 새하얀 피부까지 삽시간에 빨갛게 물들인 채 시선을 어디에 둘지 몰라 하며 허둥거리고 있었다. 그러면서도 연신 그녀를 힐끔거린다.

어머머, 웬일이야!

그녀의 헐벗은 전신을 연방 힐끔거리는 그의 눈동자에 어린 것은 분명! 그녀가 그토록 바라고 원하던 남자의 눈빛! 삽시간에 욕망으로 달아오른 뜨거운 눈빛이었다!

'바로 저거야! 내가 바라던 게 바로 저거라고.'

시작이 성공의 반이라고 했던가. 시작부터 조짐이 좋았다. 아싸! 자신을 연방 힐끔거리는 그의 이글거리는 눈빛에 금세 용기백배한 연지는 속으로 쾌재를 불렀다. 쪼그라들던 자신감이 수직 상승했다. 점원 언니의 말이 거짓은 아니었나 보다. 연지는 부러 더 보란 듯이 어깨를 쫙 펴고 허둥거리는 그를 향해 천천히 걸어갔다.

상체를 숙이고 마른 몸을 배배 꼬며 끄트머리에 걸터앉았다. 흠칫 놀란 그가 황급히 뒤로 몇 걸음 물러났다. 시선을 돌리고 그녀를 똑바로 쳐다보지도 못한다. 그의 너른 어깨가 아까보다 배는 더 빠르게 들썩거렸다.

"아, 차가워."

연지는 발끝으로 수면을 찔끔거리다가 잘게 진저리치며 두 발을 물속으로 쏙 집어넣었다. 상체를 깊숙이 숙이고 한 손으로 물

장난 치듯 첨벙거리며 상체로 물을 끼얹었다.

"언제 나왔어요?"

"아까."

어머머, 웬일이니! 지금 저 사람 떨고 있는 거 맞지? 쉰 듯 갈라진 목소리가 바르르 떨리고 있었다. 반응이 온다, 반응이 와. 조금만 더 가보자.

"그래서 먼저 수영하고 있었던 거예요? 와, 그런데 노다 씨 수영 엄청 잘한다. 예상은 했지만 그렇게 잘하는지 몰랐어요. 접영이 제일 어렵다는데. 접영을 그렇게 잘하면 다른 것도 다 잘하겠네요?"

"……뭐, 대충."

"역시. 집에 수영장을 만들어 놓을 만하네요. 그런데 수영복은 왜 안 입었어요?"

그는 선뜻 대답하지 못했다. 여전히 벌겋게 달아오른 얼굴을 모로 돌린 채 마른침만 꼴깍거릴 뿐이었다.

"응? 왜 안 입었느냐고요. 수영장을 이렇게 근사하게 만들어 놓을 만큼 수영도 잘하는 사람이 수영복이 없는 건 아닐 텐데."

"안, 안에 입었어."

그가 마지못해 대답했다.

"안에?"

고개를 갸웃거린 연지가 쑥스러운 듯 시선을 내리깔았다.

"어, 그럼 혹시 나 때문에 일부러 그렇게 입은 거예요? 수영복 입은 모습 보이는 게 쑥스러워서?"

그의 벌건 얼굴이 조금 더 벌게졌다. 연지가 겸연쩍은 듯 풀죽은 목소리로 꿍얼거렸다.

"그럼 나도 그냥 그렇게 입을걸. 나도 지금 엄청 민망하고 창피하단 말이에요. 그래도 내 딴에는 노다 씨한테 수영 배우려면 수영복 하나 정도는 있어야 할 것 같아서 일부러 시내까지 나가서 새로 사온 건데……."

연지가 아랫입술을 지그시 깨물고 넌지시 물었다.

"저기, 나…… 많이 이상해요? 시간이 없어서 점원 언니가 골라주는 대로 후딱 사가지고 왔더니, 수영복이 좀 너무 그래."

한숨을 푹 내쉰 그녀가 상처 받은 듯 시무룩하게 말했다.

"나한테 잘 어울릴 거라는 말만 믿고 산 건데, 완전히 속았어. 나, 완전 꼴불견이에요? 도저히 눈 뜨고 못 봐줄 만큼? 아, 대답하지 말아요. 굳이 듣지 않아도 알 것 같으니까. 노다 씨 지금 나 쳐다보지도 않잖아. 끙. 안 되겠다. 저기, 보기 너무 흉하면 나도 티 같은 거 하나 입을까요? 아무래도 그러는 게 낫겠죠? 그럼 노다 씨, 나도 티 하나만 빌려줘요, 응?"

어깨를 축 늘어뜨린 그녀가 얼른 발을 빼고 일어나려고 하자 노다가 황급히 고개를 돌리고 그녀를 올려다보았다.

"아니야!"

연지가 '응? 뭐가요?'라는 표정으로 그를 쳐다보았다.

"어, 그게 그러니까…… 전혀 보기 흉하지 않다고. ……잘 어울려."

그녀가 못 믿겠다는 듯 콧잔등을 찡그렸다.

"거짓말. 괜히 좋게 말해줄 필요 없어요. 나도 내 자신이 어떤지 잘 아니까. 저번에 당신이 한 말대로 난 그냥 까맣게 탄 삐쩍 마른 멸치 수준밖에 안 되는걸요. 그쯤은 나도 잘 안다고요."

"아니라니까!"

초조한 듯 버럭 터져 나온 그의 음성에 연지가 흠칫 놀라 눈을 동그랗게 떴다. 마른침을 꿀꺽 삼킨 그가 몇 번 입술을 달싹이다가 심하게 가라앉은 목소리로 말했다.

"……예쁘다고 했잖아. 너는 내가 봤던 그 어느 누구보다도 가장 빛나고 아름다운 사람이라고. 그러니까 내가 예전에 했던 헛소리는 그만 좀 잊어."

성마른 손길로 젖은 머리칼을 쓸어 올린 그가 드디어 시선을 들어 그녀를 똑바로 쳐다봐 주었다. 발갛게 물든 눈가가 그녀를 담은 뜨거운 눈동자를 품고 바르르 떨렸다.

"……예뻐. 정말이야. 너무, 너무 예쁘다, 연지야. 너무 예뻐서 숨이 멎을 것 같아. 눈이 부셔서 제대로 쳐다볼 수가 없을 정도야."

"정말?"

그가 보일 듯 말 듯 고개를 끄덕거렸다. 그럼에도 연지는 미심쩍은 듯 조심스럽게 되물었다.

"그럼 나 그냥 이대로 있어요?"

그가 다시 천천히 고개를 끄덕거렸다. 그의 입가에 떨리는 미소가 지어졌다.

그제야 미심쩍은 듯 조바심치며 그의 눈치를 살피던 연지의 얼굴이 꽃망울을 터뜨리고 만개하는 꽃처럼 활짝 피어나기 시작했다. 부푼 기대로 일렁이는 까만 눈동자가 기쁜 설렘을 한가득 품고 샛별처럼 반짝거렸다. 그녀가 활짝 벌어진 입술을 살며시 깨물고 그를 향해 망설이듯 두 팔을 뻗었다.

"……안아줘요."

흠칫 커진 그의 눈동자가 파르르 떨렸다. 연지가 용기를 내어 속삭였다.

"물에 들어가고 싶은데 무서워서 못 들어가겠어요. 그러니까 노다 씨가 날 좀 안아줘요. 수영하는 법 가르쳐 준다면서요. 그러려면 일단 물에 들어가야 되잖아요. 그런데 무서워서 혼자서는 못 들어가겠어. 그러니까 노다 씨가 안고 들어가 줘요. 응? 어서요."

아이처럼 조르듯 혹은 세이렌처럼 유혹하듯 연지는 그를 뜨겁게 응시하며 떨리는 목소리로 속삭였다. 그의 목울대가 다시 가쁘게 오르내렸다. 그녀가 진짜 너무 눈부셔서 똑바로 바라보기가 힘들다는 듯 바르르 떨리는 눈매가 가늘어졌다. 입안이 바싹 타는 듯 몇 번이나 입술을 말아 물고 혀로 입술을 적시기도 했다.

그러다 마침내 그녀의 말 한마디에, 희구로 가득 찬 반짝거리는 눈빛에 조종당하는 마리오네트 인형처럼 연지를 향해 천천히 다가갔다.

그가 그녀에게 다가갈수록 투명한 물살이 좌우로 밀려났다. 그를 염원하며 애타게 기다리는 가는 갈색 손끝에 그보다 훨씬 크고 새하얀 손끝이 부드럽게 맞닿았다. 이내 그 확연히 다른 네 개의 손들이 하나인 양 하나로 합쳐졌다.

그가 그녀의 손을 꼭 부여잡은 채 그녀를 스르르 잡아당겼다. 안쓰러울 만큼 가는 팔을 자신의 목 뒤로 돌렸다. 연지는 기꺼이 그의 목을 꼭 끌어안았다. 그가 그녀의 손을 놓아주고 그녀를 향해 손을 뻗었다.

파르르 떨리는 가는 허리에 새하얀 손이 얹혔다. 서늘하기만 하던 새하얀 손은 어느새 그녀만큼이나 뜨겁게 달궈져 있었다. 누가 먼저라고 할 것 없이 두 사람의 입에서 짧은 숨소리가 터져 나왔다.

오롯이 서로만을 바라보는 눈동자가 전율하듯 파르르 떨렸다. 새하얀 손등에 힘줄이 툭툭 불거져 나왔다.

그가 한줌도 되지 않을 만큼 가늘고 얇은 허리를 단단히 그러잡고 허공으로 서서히 들어올렸다. 비상하는 새처럼 허공으로 들린 다갈색 몸이 사방에서 쏟아지는 불빛과 그 불빛을 반사하는 투명한 불빛 사이에서 황금처럼 눈부시게 반짝거렸다.

두 사람은 서로에게서 한시도 시선을 떼지 않았다. 한 치도 다르지 않은 열망과 설렘으로 오롯이 서로만을 품고 뜨겁게 일렁거렸다.

그가 뒤로 한 걸음 물러났다. 그리고 또 한 걸음. 그가 한 걸음씩 뒤로 물러날 때마다 서로만을 응시하는 시선의 거리가 한 뼘씩 줄어들었다. 허공에서 찬란하게 빛나던 그녀의 몸이 점차 투명한 물속으로 잠겨갔다. 무릎께에서 찰랑거리던 수면이 허벅지로, 이내 허리까지 차올랐다.

마침내 서로를 올려다보고, 내려다보던 두 사람의 시선이 수평으로 같아졌다.

그녀가 수줍은 듯 설레는 미소를 머금었다. 그의 굳었던 입가에도 떨리는 미소가 어렸다. 더 이상 참는 것은 불가능하다는 듯 혹은 내쫓기듯 열망의 미소가 서서히 피어나기 시작했다.

연지는 그의 목을 더욱 단단히 끌어안았다. 그 또한 그녀의 허리를 보다 강하게 끌어안았다. 한 뼘쯤 떨어져 있던 두 사람의 상체가 투명한 물살을 저만치 밀어내고 빈틈없이 맞닿았다.

하아, 하아.

드디어 비스듬히 기울어진 그의 얼굴이 그녀에게 천천히 다가왔다. 흠칫, 커진 연지의 까만 눈동자가 환희와 기대감으로 한층 더 반짝거리며 부풀어 올랐다. 그러나 그도, 그녀도 서로의 눈동자에서 반짝거리는 서로의 모습을 더 이상은 볼 수 없었다. 서서히 가까워진 두 사람의 코끝이 맞닿고, 떨리는 입술이 맞닿은 순간. 그도, 그녀도 약속이나 한 듯 스르르 눈을 감아버렸기 때문이다.

촉촉하게 젖은 떨리는 입술들이 살짝 맞닿았다가 떨어졌다. 그러고는 이내 다시 서로를 향해 부드럽게 맞닿았다.

눈물 나도록 부드럽고 달콤했다.

그리고 뜨거웠다.

단 숨을 몰아쉰 떨리는 입술 사이로 뜨거운 숨결이 수줍게 흘러나왔다. 처음부터 하나였던 듯 뒤엉켜 하나로 합쳐졌다. 두 사람은 하나로 합쳐진 서로의 숨을 기꺼이 폐부 깊숙이 들이마셨다. 그로, 그녀로 폐부와 심장을 채우고 속삭였다.

사랑해.

사랑해.

사랑해.

두근대는 두 개의 심장이 한 목소리로 속삭였다.

그의 외롭고 서러웠던 향기가 그녀의 따스한 체온으로 봄볕처럼 따스하게 채워져 갔다.

변덕스러웠던 장마가 끝나고 뜨거운 여름이 시작되는 어느 날 밤이었다.

철컹.

느지막이 일어나 아침 겸 점심으로 라면 하나를 끓여먹으며 노트북으로 포르피린증에 대해 열심히 공부하고 있던 연지는 녹슨 대문이 열리는 소리에 모니터에 처박고 있던 얼굴을 들었다. 누구지? 태환이 할머니신가?

"누구세요? 할머…… 어!"

상체만 숙여 문틈 너머로 얼굴을 삐죽 내밀고 밖을 내다본 연지가 깜짝 놀라 소리쳤다.

"김태환!"

땀에 전 군복 상의를 벗어 손에 들고 검은색 반팔 차림으로 툇마루로 어슬렁어슬렁 걸어오던 거구의 태환은 문틈으로 삐죽 튀어나온 그리운 얼굴에 씩 미소를 지었다.

"그래, 오라버니시다. 잘 있었냐?"

연지가 자리에서 벌떡 일어나 마루로 튀어나왔다.

"군바리가 여긴 웬일이냐?"

마루에 털썩 앉아 군화를 벗으며 태환은 흔연스레 대답했다.

"웬일은. 내가 뭐 못 올 데 왔냐? 휴가 나왔다. 말년 휴가."

"정말? 와, 세월 진짜 빨리 간다. 산만 한 놈이 입대한다고 징징거리던 게 엊그제 같은데 벌써 말년 휴가라니."

반바지 주머니에 양손을 푹 찔러 넣고 연지는 맨발로 태환의 허리를 툭툭 쳤다.

"올, 좋겠다. 휴가 끝나면 바로 제대하는 거냐?"

"그럼."

"휴가 언제 나왔는데?"

"어제."

태환이 군화를 다 벗고 마루로 성큼 올라왔다. 190㎝가 넘는 놈이라서 좁은 마루가 꽉 찬다. 연지의 목이 절로 뒤로 젖혀졌다.

"어제? 그런데 여긴 왜 내려왔어?"

"그냥. 할머니 뵌 지 너무 오래돼서. 어제 너희 집에 갔더니 너도 여기 내려와 있다고 하고 그래서 겸사겸사."

손에 든 군복 상의를 마루 한쪽으로 휙 던지며 태환이 솥뚜껑만 한 커다란 손으로 구슬땀이 흘러내리는 이마를 훔쳤다.

"으, 더워. 진짜 푹푹 찐다, 푹푹 쪄. 야, 나 시원한 물 한 잔만 주라."

'그래' 하고 연지가 주방으로 향했다. 태환이 졸졸 따라왔다. 냉장고에서 물통을 꺼내 커다란 냉면 대접에 한가득 따라주었다. 자식, 덥긴 엄청 더웠나 보다. 물 한 사발을 꿀꺽꿀꺽 쉬지도 않고 게 눈 감추듯이 금세 비우고는 한 잔을 더 달란다. 연지는 한가득 더 따라주었다.

"아, 시원해. 이제야 좀 살겠다."

태환이 손등으로 입가를 훔쳤다.

"더 줘? 자, 양껏 더 마셔."

연지는 아예 물통째 내밀었다. 하지만 어느 정도 갈증이 해소가 되었는지 태환이 손을 흔들었다.

"아니, 됐어, 이제."

어깨를 으쓱인 연지는 물통을 냉장고에 다시 집어넣고 마루로 걸음을 옮겼다. 이번에도 태환이 졸졸 따라 나왔다.

"야, 그런데 너야말로 여긴 왜 내려와 있는 거냐?"

선풍기를 내오기 위해서 방으로 들어간 연지를 따라 쫄래쫄래 방까지 들어온 태환이 뒤에서 물었다.

"그냥. 어제 우리 집에 갔었다며. 우리 엄마나 언니한테 무슨 얘기 못 들었어?"

"대충은……. 야, 그냥 둬. 귀찮게 뭘 옮기고 그래. 그냥 여기서 얘기하면 되지."

선풍기 코드를 뽑는 그녀를 만류하며 태환이 활짝 열린 문가에 털썩 엉덩이를 깔고 앉았다. 제집인 양 그녀도 빨리 앉으라며 손으로 제 옆을 탁탁 두드리기도 했다. 그러면서 '노트북 샀어? 뭐 하고 있었냐?'면서 노트북 화면을 들여다보았다. 연지는 얼른 노트북을 '탁!' 닫고 태환의 굵은 허벅지를 발로 뻥 찼다.

"야, 나가."

"왜? 그냥 여기…… 야, 선풍기 끄면 어떡해. 더워 죽겠는데."

"틀어줄 테니까 마루로 나가라고, 이 새끼야."

'이씨, 왜!'라고 버럭 소리를 지른 태환이 의미심장한 표정으로 실실 웃음을 흘리며 넌지시 말했다.

"왜, 남들 보면 안 되는 거라도 몰래 보고 있었냐? 이를 테면 야, 동 같은 거?"

"까고 있네. 내가 너냐!"

"그런데 왜 야동 보다 엄마한테 들킨 놈처럼 흠칫 놀라서는 부리나케 노트북을 닫고 나가라고 난리냐?"

"가뜩이나 더워 죽겠는데, 좁은 방에 곰 같은 커다란 놈이 들어와 있으니까 숨이 턱턱 막혀서 그런다. 으, 그리고 뭔 놈의 땀 냄새가 이렇게 진동을 하냐. 군바리는 씻지도 않냐?"

"아침저녁으로 샤워하거든! 날이 더워서 땀이 나는 걸 어떡하라고."

"그러니까 나가라고. 더운데 왜 좁은 방에 틀어박히지 못해서 안달이야. 마루가 훨씬 시원해. 나가."

선풍기를 든 그녀가 태환의 다리를 다시 한 번 뻥 차고 그를 훌떡 뛰어넘어 먼저 마루로 나갔다. 마루에 선풍기 코드를 꽂고 트는데 태환이 투덜거리며 마지못해 엉금엉금 기어 나왔다. 연지가 바람을 그쪽으로 돌려주며 물었다.

"우리 엄마가 뭐라고 그랬는데?"

"그냥 뭐, 이런저런."

"그러니까 이런저런 뭐 어떤 거?"

"너희 집안 형편 때문에 대학원 진학이 어려워져서 네가 상심이 꽤 컸다고. 그래서 마음도 추스르고 기분 전환도 할 겸 여기로 내려갔다고 하시더라."

연지는 피식 웃음을 흘리며 고개를 끄덕거렸다. 그래, 여기로 처음 내려왔을 때는 그랬었다. 하지만 지금은 대학원 진학, 교수의 꿈같은 건 아무래도 좋아져 버렸다. 지금 그녀의 유일한 바람은 단 하나. 노다의 병세가 더 이상 악화되지 않고 지금처럼만 조심하며 살아가는 것뿐이었다. 그리고 그런 그의 곁에 그녀가 언제나 함께할 수 있기를……. 그녀가 바라는 것은 오직 그뿐이었다.

태환이 주저하며 조심스럽게 물었다.

"그래서 휴학까지 했다는데, 진짜냐?"

연지는 대수롭지 않다는 듯 대답했다.

"어."

"미친. 제정신이냐? 그렇다고 휴학까지 하면 어떡해. 1년만 더 다니면 졸업인데. 어차피 너 장학생이라서 졸업할 때까지는 돈 걱정 없이 다닐 수 있잖아. 그리고 혹시 또 아냐? 그렇게 다니다 보면 다른 방법이 생길지. 그런데 무턱대고 휴학까지 해버리면 어떡하냐. 으이그, 하여튼 너는 그놈의 성질머리가 문제야. 욱한다고 앞뒤 분간 하나 못 하고. 못돼 처먹어선 완전히 헛똑똑이라니까."

연지는 코웃음 치며 눈을 흘겼다.

"내 인생이다. 관심 꺼라."

"답답하니까 그렇지. 악바리처럼 독하게 굴 때는 언제고. 쯧쯧. 그래서 앞으로 어떻게 할 건데?"

"뭘?"

"언제까지 여기에 틀어박혀 있을 거냐고."

연지는 아득한 시선으로 뒷산을 바라보며 어깨를 으쓱거렸다.

"모르지. 잘하면 여기에 아예 눌러앉을 수도 있고."

"뭐? 야, 피연지!"

이 자식이 군대에서 기차 화통만 삶아 먹었나. 꽥 소리치는 태환의 음성이 어찌나 큰지, 고막이 다 떨어져 나갈 것 같았다. 깜짝 놀란 연지가 눈을 부라리며 태환을 휙 째려보았다.

"이 새끼가 미쳤나. 얻다 대고 큰 소리야!"

"잘하면 여기에 아예 눌러앉을 수도 있다니, 너야말로 미쳤냐! 마음 상한 건 알겠는데, 그렇다고 네가 이러면 안 되지. 어머니가 이제껏 누굴 믿고 살아오셨는데. 어머니가 실은 연서 누나보다 널 더 믿고 의지하신다는 걸 몰라서 하는 소리냐!"

"알아! 내가 왜 모르냐. 그래서 내 꿈도 깨끗이 접었고만."

"안다는 놈이 그딴 소리를 지껄여? 너, 어머니가 여기에 한 번 내려와 보신다는 것도 싫다고 못 오시게 하고 있다며. 전화도 일주일에 한 번 마지못해서 찍 하고는 금방 끊어버리고. 야, 너 지금 어머니 얼굴이 어떠신지 알아? 속앓이를 얼마나 하셨는지 꺼멓게 타셨더라."

연지는 입술만 달싹거리다가 아무 말도 못하고 고개를 휙 돌려버렸다.

"보는 내가 더 민망하고 죄송해서 혼났어. 오죽했으면 내가 걱정 마시라고, 내가 가서 한 번 보고 오겠다고 금쪽같은 시간을 쪼개서 여기까지 내려왔겠냐. 그런데 넌 팔자 좋게 여기 내려와서 신선놀음이나 하고 앉았으면서 뭐? 아예 눌러앉아?"

태환이 '이걸 그냥 확!' 하는 표정으로 눈을 부라렸다.

"천하의 피연지 맘이 오죽 상했으면 이럴까, 이해 못하는 바는 아닌데, 그래도 적당히 해라, 엉? 십대 때에도 반항 한 번 안 하던 애가 다 늙어서 모양 빠지게 이게 뭐 하는 짓이냐. 뒤늦게 반항이냐?"

"마음대로 생각해라."

연지는 한숨을 폭 내쉬며 중얼거렸다. 무릎을 끌어안았다. 세운 무릎에 턱을 괴고 마당 한쪽을 물끄러미 바라보았다.

"그런데 태환아, 뭐 하나만 물어보자."

"뭐?"

"나 이제껏 앞만 보고 진짜 열심히 살아왔거든? 네 말대로 나는 십대 때에도 소소한 반항 한 번 해본 적 없었어. 대학에 들어가서도 마찬가지였어. 늘 공부에 알바에 치여 사느라 좋아하는 영화 한 편을 맘 놓고 보러 간 적이 없었고, 그 흔한 미팅도 해본 적이 없었다고."

태환이 흠흠, 헛기침을 했다.

"그거야 나도 잘 알지."

"알바로 번 돈도 날 위해서 마음껏 써본 적이 없었다? 손에 물 마를 새 없이 새벽부터 밤늦게까지 작은 가게에서 고생하는 우리 엄마 불쌍해서…… 한 푼이라도 도움이 될까 싶어서 버는 족족 엄마한테 다 줬었다고. 그럼 그 돈으로 언니가 예쁜 옷 사 입고, 화장품 사서 찍어 바르고 다닌다는 것을 알면서도 딱히 억울하다거나 너무하다는 생각도 들지 않았었어. 그냥 그게 내가 할 수 있는 일이니까, 내가 할 수 있을 만큼 엄마를 돕는 게 당연하다고 생각했었다고."

"안다니까."

"그런데 이번에는 좀 억울한 것 같아."

이번만큼은 태환도 아무 말도 할 수 없었다. 그저 안타까운 눈빛으로 연지를 바라보며 낮은 한숨만 흘릴 뿐이었다. 연지의 씁쓸한 중얼거림은 계속 이어졌다.

"나는 왜 내가 하고 싶은 거, 원하는 걸 하면 안 되니? 나 실은 공부하는 거 지긋지긋했어. 1등 놓칠까 봐, 장학금 못 받을까 봐 안달복달하는 거, 코피 흘려가면서 공부하고 그러고는 또 시간 쪼개서 알바하는 거 나도 너무 힘들고 싫었다고. 나도 언니처럼 예쁜 옷 입고 화장도 하고, 친구들하고 어울려 카페에 가서 수다도 떨고, 남친 만들어서 연애도 하고 그래보고 싶었다고."

"……후우. 등신. 그러기에 내가 뭐라고 그랬냐. 그렇게 악착같이 굴지 말라고 그랬었잖아. 열심히 사는 건 좋은데, 그래도 우리 나이에 즐길 수 있는 건 어느 정도 즐기면서 살라고 내가 누누이 말했었잖아."

그럴 때마다 철없는 소리 한다는 듯 코웃음 치며 귓등으로도 안 듣던 게 누군데. 그래놓고 이제 와서는……. 연지의 마른 등을 바라보는 태환의 눈빛이 한층 더 깊어졌다.

"지금이라도 늦지 않았어. 우리 아직 젊다. 얼마든지……."

"알아. 그래서 이제부터라도 내가 원하는 거, 진짜 하고 싶은 거 원 없이 해보려고. 엄마, 언니한테는 미안하지만……."

그녀의 씁쓸한 목소리가 점차 잦아들었다.

"태환아."

"왜."

"내가 돈 한 푼 벌지 않고 여기에 이렇게 그냥 살면 우리 엄마, 많이 힘들까?"

또 저 소리. 태환의 짙은 눈썹이 와그작 일그러졌다.

"야!"

"아무래도 좀 그렇겠지? 하지만 수입이 줄 뿐이지 내가 집에서 돈을 가져가는 것도 아니고, 없는 살림에 입 하나 주는 건데…… 그냥 딸 하나 없는 셈 치고 엄마랑 언니랑 그렇게 둘이 살면 그럭저럭 살 수는 있지 않을까? 그러다가 언니가 진짜 사시에 합격하면 아무래도 지금보다 형편은 훨씬 좋아질 것 아니야. 엄마한테는 진짜 미안하지만…… 그때까지만 엄마가 조금만 더 참고 고생해 주기 바라는 거. 이런 생각 하는 게 진짜 불효막심한, 절대 해서는 안 되는 나쁜 생각인 거니? 나만 생각하는 너무 이기적인 생각인 거니?"

애가 갑자기 왜 이러지? 아무리 봐도 욱하는 마음에 괜히 해보는 말은 아닌 것 같았다. 아주 오랫동안 생각하고 고심해 온 고민인 듯싶었다. 흠칫한 태환의 얼굴이 딱딱하게 굳어갔다.

이런 모습의 연지는 처음 본다. 악바리다, 독하다는 말을 꼬리표처럼 달고 살아온 연지지만, 그녀는 어느 누구보다 밝고 긍정적이고 삶의 희망과 활력으로 가득 찬 사람이었다. 그런데 지금의 그녀는…… 서럽고 아프고, 흔들리는 부표처럼 아슬아슬해 보인다.

이런 모습의 연지는 낯설다. 그가 아는 피연지가 아닌 것 같았다. 대학원 진학이 좌절된 현실이 그녀에게는 이 정도로 엄청난 충격과 상심이었던 걸까. 물론 그럴 만도 하기는 하다. 국내파라도 실력으로 인정받는 영문학 박사가 되어 기필코 모교의 강단에 서겠다는 것이 그녀의 오랜 꿈이었으니까.

하지만 왠지 그 때문만은 아닌 것 같다는 이 불안감은 무엇일까.

'연지야, 왜 이래. 이러는 건 너답지 않아.'

영문을 알 수 없는 불안감이 점점 더 덩치를 키우며 그의 가슴을 답답하게 짓눌러 왔다.

'대체 그동안 너한테 무슨 일이 있었던 거니.'

하염없이 뒷산을 바라보는 연지의 뒷모습을 바라보는 태환의 눈동자가 불안하게 흔들렸다.

3장

엎치락뒤치락.

자정이 되도록 잠을 이루지 못하고 뒤척거리던 태환은 결국 잠들기를 포기하고 이불을 걷고 일어났다. 건넌방의 할머니를 깨울까 조심조심, 방문을 열고 밖으로 나온 태환은 운동화를 꿰어 신고 조용히 집을 나섰다.

마을을 돌며 바람이라도 좀 쐬어야지, 답답해서 안 되겠다.

노인 분들만 사시는 마을인지라 개 짖는 소리만 간간이 들려올 뿐 사방은 고요하기만 했다. 태환은 양손을 바지 주머니에 푹 찔러 넣고 어슬렁어슬렁 좁은 골목을 내려갔다. 밤이 됐는데도 푹푹 찌는 더위는 물러갈 줄 모르고 그처럼 주변을 어슬렁거리고 있었다. 간간이 불어오는 바람마저 후덥지근하기만 했다.

"후우."

절로 무거운 한숨이 흘러나왔다. 끈적거리며 달라붙는 더위 때문만은 아니었다.

연지 때문이었다.

낮에 봤던 연지의 쓸쓸한 뒷모습이 자꾸만 눈에 어른거린다.

"나는 왜 내가 하고 싶은 거, 원하는 걸 하면 안 되니?"

"이제부터라도 내가 원하는 거, 진짜 하고 싶은 거 원 없이 해보려고."

쓸쓸하게 반문하던 그녀의 음성이, 한숨처럼 흘러나온 읊조림이 뇌리에서 잊히지가 않는다.

"내가 돈 한 푼 벌지 않고 여기에 이렇게 그냥 살면 우리 엄마, 많이 힘들까?"

"그냥 딸 하나 없는 셈 치고…… 이런 생각 하는 게 진짜 불효막심한, 절대 해서는 안 되는 나쁜 생각인 거니? 나만 생각하는 너무 이기적인 생각인 거니?"

"후우."

또다시 무거운 한숨이 흘러나왔다. 연지의 상심이 그토록 클 줄 몰랐다. 그녀가 그런 생각까지 하고 있을 줄은 정말 몰랐다.

"등신. 그럼 더 보란 듯이 네가 그동안 못 해본 거, 하고 싶은

거나 실컷 해볼 생각을 해야지, 이 시골에 틀어박혀서 대체 뭘 하겠다는 거야."

언젠가는 이런 날이 올 줄 알았다. 로봇처럼 쉬지도 않고 앞만 보고 달리다가 과부하에 걸려 어느 한순간 푹 퍼져 버릴 줄 알았다. 저도 사람인데, 한창때의 젊은 여자인데…….

그러나 그런 날이 이렇게 빨리 찾아올지는 몰랐다. 적어도 그녀라면 본인이 그토록 원하던 꿈을 어느 정도 이룬 후에야 뒤늦게 '난 대체 무엇 때문에 이토록 미친 듯이 앞만 보고 달려온 걸까' 하고 후회하든 지치든 할 것 같았다.

그러면 그때, 그가 지쳐 쓰러지려는 그녀를 잡아줄 생각이었다. 괜찮다고, 너만큼 열심히 살아온 사람은 아무도 없다고, 그런 그녀가 자신은 정말 자랑스럽다고, 그러니까 너는 네 인생에 충분히 자부심을 느낄 만한 자격이 있다고.

그러니까 이제는 좀 쉬어도 된다고…….

내 어깨에 기대어 편히 쉬라고…….

그녀가 믿고 기댈 수 있는 든든한 안식처가 되어주고 싶었다. 자신 또한 그녀가 인정하고 자랑스러워할 만한 사람이 되어 그녀를 지켜주고 싶었다.

그래서 그 또한 죽어라고 공부하며 열심히 살아온 것이 아닌가. 이를 악물고 살도 빼고 부단히 체력도 다졌다. 피연지한테 어울릴 만한 남자가 되기 위해서, 그녀의 가슴을 설레게 만들 만큼 강하고 멋진 남자가 되기 위해서. 그녀가 편히 기대어 쉴 수 있는 든든한 울타리가 되어주고 싶어서.

그런데 그는 그 든든한 울타리를 아직 완성하지 못했다. 좋아한다는 말 한 마디, 마음 한 조각 내비치질 못했다. 친구가 아닌 남자로서 널 좋아한다고, 네 쫄다구로 졸졸 쫓아다닐 때부터 나한테는 너밖에 없었다고, 그 오랜 마음을 고백하지 못했다.

그런데 그녀가 벌써 지쳐 쓰러지려고 한다.

더 근사하고 훌륭한 남자가 되어 근사하게 고백하고 싶었는데, 이제 그만 그녀한테 이 마음을 고백해야 되는 건가.

아직 온전히 미덥지는 못하겠지만 날 믿고 조금만 더 힘을 내어보라고. 반드시 네가 자랑스러워할 만한, 네가 믿고 의지할 만한 근사한 남자가 되겠노라고.

좋아한다, 피연지.

아니, 사랑해.

그러면 연지는 기겁하듯 벙쪄 있다가 '이게 장난하나' 하면서 뒤통수를 후려칠지도 모르겠다. 후후, 그가 아는 피연지라면 그러고도 남는다.

그러나 태환은 믿어 의심치 않는다. 결국에는 연지도 그를 꼬맹이 때부터 붙어 다니던 남자 사람 친구가 아닌 남자로 받아들이게 될 거라는 것을. 그녀한테 친구든 뭐든 남자라고는 자신밖에는 없으니까.

아무에게도 털어놓지 못하는 비밀이나 속내도 모두 털어놓을 수 있는 유일한 친구. 그 오랜 우정은 마침내 유일한 사랑으로 발전해 갈 것이 틀림없었다.

태환은 이제껏 그런 바람을 추호도 의심해 본 적이 없었다. 불안해한 적도 없었다.

그런데 지금은…… 왠지 불안하다.

밤잠을 설치게 만들 만큼 영문 모를 불안감이 자꾸만 치솟는다. 이유는…… 모르겠다. 그래서 더욱 불안하다.

우뚝.

걸음을 멈춘 태환의 입에서 피식 헛웃음이 흘러나왔다. 그저 답답한 마음에 마을이나 한 바퀴 돌아볼 생각이었는데, 정신을 차리고 보니 아니나 다를까. 연지의 집 앞이었다. 불 꺼진 연지의 집 앞을 수없이 맴돌고 또 맴돌고 있었다.

태환은 낡은 대문에 팔을 괴고 기댔다. 오랜 세월 동안 홀로 가슴속에만 품고 감춰왔던 사랑이 오롯이 드러난 뜨거운 눈빛으로 연지가 깊이 잠들어 있을 어둑한 방을 원망스레 바라보았다.

'자니? ……망할 계집애. 넌 잠이 오냐? 멀쩡한 사내놈 마음을 이십 년 가까이 틀어쥐고 숯검정으로 만들어놓고서 너는 태평하게 잠이 오냐고. 이 눈치도 더럽게 없는 계집애야.'

마음속으로 원망 어린 투덜거림을 한 차례 늘어놓은 태환은 이내 피식 웃으며 나지막이 속삭였다.

"너무 많이 힘들어하지 마, 연지야. 이 또한 곧 지나갈 거다. 내가 너 이대로 무너지게 놔두지 않아. ……자라. 아무 걱정 하지 말고 푹 자."

아스라한 눈빛으로 그녀가 잠든 방을 가만 가만 어루만졌다. 이제 그만 가자. 속으로 중얼거리며 천천히 상체를 들어올렸다. 순간, 태환의 눈매가 흠칫 커졌다가 실낱처럼 가늘어졌다. 안력

을 돋우어 툇마루 앞의 신발을 놓아두는 댓돌을 뚫어지게 쳐다
보았다.

점심나절에 그의 군화가 놓여 있던 그곳. 그 옆에는 분명 연지
의 운동화가 가지런히 놓여 있었건만, 지금은 아무것도 없이 텅
비어 있었다. 태환의 고개가 갸웃 기울어졌다.

별것 아닐 수도 있었다. 그런데 이상하게 텅 비어버린 댓돌에
서 시선을 돌릴 수가 없었다. 태환의 미간이 미세하게 찌푸렸다.

'어딜 간 건가?'

그녀도 쉬이 잠들지 못하고 마을 어귀 어딘가를 어슬렁거리고
있을지도 모르겠다는 생각이 들었다. 태환은 벌떡 상체를 세우
고 어둑한 골목 이쪽저쪽을 재빨리 살폈다.

컹컹, 개 짖는 소리가 들려왔다. 그리고 희미하지만 타닥타닥
지면을 밟고 달려가는 운동화 소리가 들리는 것 같기도 했다. 잘
못 들은 것일지도 몰랐다. 하지만 태환은 혹시나 하는 생각에 소
리가 들려온 곳으로 황급히 달려갔다.

산으로 올라가기 전에 연지는 힐끔 뒤를 돌아보았다. 자신의
발소리 외에 어딘가에서 또 다른 발소리가 들린 것 같았기 때문
이다. 그러나 힐끔 돌아본 마을은 평소와 다름없이 조용한 어둠
에 묻혀 있을 뿐이었다.

"잘못 들은 건가?"

고개를 갸웃한 연지는 어깨를 으쓱이고는 재빨리 산길로 쏙
뛰어 들어갔다. 오르막을 오르고 얼마 안 되어 주변을 두리번거

리며 나지막이 그를 불렀다.

"노다 씨, 노다 씨."

그녀의 부름에 화답하듯 어두컴컴하던 숲에서 노란 불빛이 반짝거리며 그가 수풀을 젖히고 쓰윽 모습을 드러냈다.

"왔어?"

연지가 터질 듯 환한 미소를 머금고 그에게 쪼르르 달려갔다. 그도 조급하게 성큼성큼 내려와 그녀를 맞이했다. 누가 먼저랄 것 없이 서로를 향해 손을 내밀었다. 두 사람의 손이 칡넝쿨처럼 단단하게 얽혔다.

그녀의 미소가 더욱 터질 듯이 만개했다. 자신의 손을 꼬옥 잡아주는 그의 손가락에 손가락을 단단히 얽고 태양을 바라보는 해바라기처럼 그를 올려다보았다.

"오래 기다렸어요?"

"아니."

노다가 다정히 미소 지으며 뛰어오느라 흘러내린 그녀의 머리카락을 귀 뒤로 넘겨주었다. 그 다정한 손길에 연지가 간지러운 듯 키득거리며 매달리듯 그의 단단한 팔뚝을 슬며시 그러잡았다.

"오늘은 뭐 했어요?"

"1시쯤 일어나서 밥 먹고 운동하고, 책도 좀 보고 작업도 하다가 또 밥 먹고 운동하고. 그리고 너 데리러 나왔지. 너는?"

"나도 1시쯤 일어났는데. 히히, 똑같다. 그리고 나도 밥 먹고 인터넷으로 이것저것 검색하다가 깜박 졸고. 그러다 저녁 대충해서 먹고 밤 되기만을 기다렸다가 부리나케 달려왔죠."

"뛰지 말라니까. 넌 툭하면 넘어지고 다치잖아."

"치, 그거야 다 그럴 만한 상황이었으니까 그랬던 거고요. 나 원래 잘 안 넘어져요. 나이가 몇 개인데. 내가 뭐 앤가? 그리고 한시라도 빨리 노다 씨 보고 싶어서 마음이 급한데 어떻게 천천히 걸어요. 그냥 막 저절로 뛰게 된다니까요."

그가 검지 끝으로 그녀의 앙증맞은 코를 톡 건드렸다.

"그래도 뛰지 마. 난 너 다치는 거 싫어. 네 몸에 생채기 하나라도 나는 거 싫다고. 알았어?"

연지가 터져 나오려는 웃음을 꾹 참고 '응!' 하고 고개를 끄덕거렸다.

"노다 씨 걱정 안 하게 조심할게요. 그럼 됐죠?"

"그래. 가자."

노다가 발갛게 피어난 그녀의 뺨을 가만히 어루만지고 낮은 한숨처럼 속삭였다. 걸음을 옮기는 그를 따라 그녀도 걸음을 옮겼다. 꼭 맞잡은 손을 더욱 꼬옥 그러잡고 그의 팔에 매달리듯 가슴으로 긴 팔 전체를 끌어안고 그와 함께 나란히 걸었다.

"아참, 나 오늘 평소와 다른 일이 있기는 있었다."

"뭔데?"

"태환이가 찾아왔거든요."

"태환이?"

노다가 의아한 눈빛으로 그녀를 내려다보았다.

"왜 저번에 말한 적 있었잖아요. 옛날 어렸을 때 내가 여기 올라와서 그분을 처음 봤을 때 말이에요. 그때 대장 자리를 놓고 담력 테스트하자고 부추긴 게 호석이 오빠랑 태환이라는 동네 친구였다고요."

'아' 하며 노다는 고개를 끄덕거렸다.

"너를 친손녀처럼 예뻐해 주신다는 할머니의 손자라는 친구?"

"맞아요. 걔가 태환이에요."

"할머니 뵈러 온 건가?"

"응, 겸사겸사요. 지금 군대에 있는데 말년 휴가 나왔대요. 그래서 간만에 할머니도 뵙고, 나도 어떻게 지내나 걱정돼서 내려와 봤대요. 우리 집에 갔더니 엄마가 나 여기 내려가 있다고 해서."

'으응, 그렇구나' 하고 고개를 끄덕인 노다가 그녀를 힐끔 쳐다보았다.

"친해?"

"누구, 태환이요?"

그가 다시 고개를 살짝 주억거렸다.

"그럼요. 어렸을 때부터 친형제처럼 발가벗고 여기저기 뛰어다니면서 놀던 친군데."

그의 걸음이 우뚝 멈췄다. 미간에 주름을 잡고 뜨악한 표정으로 그녀를 바라보았다.

"발가벗고? 태환이라는 그 친구, 남자 아닌가?"

동그래진 눈을 깜박거리던 연지가 큭, 웃음을 터뜨렸다.

"어렸을 때잖아요. 그리고 말이 그렇다는 거지, 누가 진짜로 그랬대요. 뭐, 냇가에 멱 감으러 갈 때면 가끔 그러긴 했었다."

스르르 풀어지려던 그의 미간에 주름이 다시 옴팡지게 잡혔다. 연지가 다시 큭큭 웃음을 터뜨렸다.

"그렇게 놀랄 것 없어요. 시골에서는 다 그러니까. 그리고 그땐 원체 아무것도 모르는 어린애 때라서 남자, 여자 그런 구분도 없었다고요."

그래도 그의 미간에 그어진 주름은 좀체 풀어질 생각을 하지 않았다. 연지가 손을 들어 그의 미간을 살살 어루만졌다.

"그러니까 이렇게 인상 쓸 필요가 전혀 없는 일이라고요."

그의 찡그린 시선에 눈을 맞추고 앙큼하게 물었다.

"혹시 지금 질투하는 거예요? 아무것도 모르던 꼬맹이 때 일 가지고?"

흠칫, 당황한 노다가 말을 더듬거렸다.

"질, 질투? 누, 누가, 내가?"

"응, 아니에요?"

"아니야. 네 말대로 아무것도 모르던 꼬맹이 때 일인데 아무렴 내가 그까짓 거 가지고……."

"흐음, 그런데 왜 이렇게 말을 더듬거리실까? 여기 이 주름도 좀체 펴질 생각도 하지 않고. 내가 보기에는 정곡을 콕 찔려서 엄청 당황한 것처럼 보이는데요?"

"아니라니까."

노다가 자신의 미간을 자꾸만 어루만지는 그녀의 손을 꽉 잡아 밑으로 내렸다. 입술이 귀 밑까지 쭉 찢어진 연지가 아랫입술을 살짝 깨물고 그를 향해 한 걸음 더 바짝 다가섰다.

"강한 부정은 긍정이라는데, 그러니까 더 의심스러운데요?"

"아니…… 후우, 됐다. 마음대로 생각해. 내가 너하고 무슨 말을 하겠냐. 차라리 말을 말아야지."

투덜거리는 그를 향해 그녀가 반걸음 더 다가갔다. 이제 그와 그녀는 서로의 숨결이 느껴질 만큼 매우 가까워졌다. 그가 살짝만 고개를 숙여도 두 사람의 입술에 맞닿을 만큼.

연지가 나지막이 속삭였다.

"좋다."

노다가 마른침을 꿀꺽 삼켰다.

"별것 아닌 고리골짝 적 일 가지고도 노다 씨가 질투하는 것 보니까 기분이 너무 좋다고요. 그만큼 노다 씨도 나를 엄청 좋아한다는 얘기니까."

아, 연지야……. 노다는 그녀가 저토록 뜨겁고 그윽한 눈빛으로 자신을 바라볼 때면 머릿속이 하얘지면서 꼼짝을 못하겠어서 죽을 지경이었다. 절로 숨이 가빠지고 온몸에 짜릿한 전율이 휘돈다. 더욱이 이렇게 숨이 맞닿을 만큼 가까이 서 있으면…… 정신이 아득해진다.

그녀 외에는 아무 생각도 할 수 없게 되어버린다. 저 따스하고 도톰한 입술을 머금고 그녀만의 달콤한 숨결을 폐부 깊숙이 들이마시고 싶다. 한 숨, 한 숨 켜켜이 쌓고 쌓아올려 그녀만으로 내부를 모두 채우고 싶다.

그렇게 한 톨, 한 톨, 한 숨, 한 숨.

그러면 언젠가 도래할 그 순간에도 어떠한 원망이나 후회 없이 행복하게 눈을 감을 수 있을 것 같다. 그녀만으로 나를 모두 채우고, 홀로 남을 너의 아픔과 슬픔까지도 모두 그렇게 내가 끌어안고 갈 수만 있다면…… 나는 기꺼이 그날을 맞이하리라.

비열하게 지고 만 이기적인 욕심이 자꾸만 덩치를 키우고 나를 잠식해 간다. 끝내 나는 사라지고 이 비열하고 이기적인 욕심만 남을까 봐 두렵다.

더 이상 너를 욕심내서는 안 되는데.

네가 더 아파지기 전에, 네가 내 어둠에 더 물들기 전에 너를 놓아줘야만 하는데, 멀리 보내줘야만 하는데…….

잡은 네 손을 놓지 못하겠다.

아직은 너를 보내줄 수 없을 것 같다.

아직은…….

조금만 더…….

네가 필요해.

미안. 미안하다, 연지야.

미안하다, 내 가엾은 사랑아.

연지가 달콤하게 속삭였다.

"그러니까 내가 너그럽게 이해하고 용서해 줄게요."

뭘?

"사랑한다고 말해주지 않는 거."

연지야…….

"말해주지 않아도 당신의 눈은 언제나 그렇게 말해주고 있으니까. 사랑한다, 연지야, 라고."

그녀의 손을 그러잡은 그의 체온이 한 뼘쯤 뜨거워졌다. 그만큼 그녀를 바라보는 눈동자의 열기도 더 없이 뜨겁고 깊어졌다. 그 못지않은 뜨거운 눈빛으로 그녀가 속삭인다.

"사랑해요."

말하지 못하는 그 대신 그녀가 말해주면 된다. 수십 번, 아니 수백 번, 수천 번이라도 얼마든지.

"사랑해요. 사랑해. 나는 당신을 사랑합니다. 오직 당신만을."

비열하고 이기적인 욕심이 그를 한 움큼 더 집어삼켰다. 노다는 기꺼이 그것에게 살덩이를 내어주고 지그시 눈을 감았다. 고통스러운 만큼 더 없이 달콤하고 행복한 그녀의 숨결을 폐부 깊숙이 들이마셨다.

그의 입술이, 그녀의 입술이 단단히 얽혀 있는 손가락들처럼 깊숙이 얽히어 서로에게 스며들었다. 한 몸처럼 맞닿은 몸을 서로 으스러뜨릴 듯 끌어안았다.

빠직.

이 나무, 저 나무를 뛰어 나르던 하늘다람쥐가 삐끗, 잘못 안착하기라도 했나 보다. 순간 나뭇가지가 부러지는 소리가 났다.

그러나 이미 서로에게 흠뻑 취해 버린 두 사람의 귀에는 아무 소리도 들리지 않았다.

"장 보러 언제 간다고요?"

정원을 산책하던 연지가 한쪽에 세워져 있는 차 앞에서 걸음을 멈추고 물었다.

"모레."

"가면 또 그 다음 날 오는 거예요?"

"글쎄, 상황 봐서."

되도록 빨리 돌아올 생각이지만 갑자기 들이닥친 오형수 때문에 저번 검사와 치료를 건너뛰었으니, 이번에는 평소보다 시간이 오래 걸릴지도 모를 일이었다. 하여 노다는 '글쎄'라는 말로 애매모호하게 대답할 수밖에 없었다.

그 때문이 아니더라도 노다는 이번에는 좀 더 면밀한 검사를 받아볼 생각이었다. 병세가 정체되고 있는 것이 확실한지, 확실하다면 이 상태를 언제까지 유지할 수 있는 건지, 병증이 더 이상 악화되는 것을 막기 위해서 지금까지보다 더 확실하게 취할 수 있는 방법은 없는 것인지, 안 박사한테 보다 확실한 확답을 받아낼 생각이기도 했다.

만약 다른 방법이 있다면, 혹여 그것이 죽을 만큼 고통스러운 일이라고 할지라도 노다는 기꺼이 그 치료를 받아볼 결심도 굳힌 상태였다. 만에 하나 다른 치료 방법이 있다면 말이다.

지금 그가 연지를 위해서, 이 서럽고 가엾은 사랑을 위해서 할 수 있는 거라고는 고작 그 따위 노력밖에는 없으니까.

연지가 그의 눈치를 살피며 발끝으로 땅을 콕콕 찧었다.

"저기 있잖아요……."

그녀답지 않게 그의 눈치를 살피며 말끝을 길게 늘이는 것이 의아했다. 노다가 고개를 숙이고 그녀의 얼굴을 바라보았다.

"응? 뭐?"

"저기…… 모레 장 보러 갈 때 말이에요. 나도…… 같이 가면 안 돼요?"

생각지도 못했던 말. 깜짝 놀란 노다의 얼굴이 벙쪘다.

"같…… 이?"

"응. 아무래도 내가 같이 가면 장 보는 시간이 짧아지지 않겠어요? 하나보다는 둘이 낫잖아요. 한 사람이 고기 고를 때, 다른 사람은 과일 고르고. 그러면 아무래도 장 보는 시간이 훨씬 줄어들 테니까. 음, 그리고 사실 그것보다는……."

연지가 그를 힐끔 쳐다보고 마저 말을 이었다.

"우린 맨날 여기서만 만나잖아요. 아, 물론 노다 씨 집에서 이렇게 만나는 게 싫다는 건 절대 아니에요. 뭘 하든, 어디서 만나든 상관없어요. 난 그냥 노다 씨와 이렇게 함께 있을 수 있다는 것만으로도 너무 좋고 행복하니까."

"그런데?"

"어, 그런데 가끔, 아주 가끔만이라도 색다르게 보내는 것도 좋지 않을까 싶어서요. 일부러 무리해서 그러자는 건 아니에요. 그냥 어차피 노다 씨가 장을 보러 간다니까, 기왕이면 같이 가서 함께 장도 보고 그러면 더 좋지 않을까 싶어서."

젊은 신혼부부처럼 그와 함께 카트를 밀며 장을 보면 얼마나 좋을까, 그런 생각이 불쑥 들었을 뿐이다. 하지만 연지는 그런 얘기까지는 세세하게 하지 않았다. 사랑이라는 말도 입에 담기 두려워하는 그가 신혼부부 운운하는 말에 또 얼마나 기겁할까 싶어서. 저 봐라. 지금도 깜짝 놀라서는 곤혹스러워서 어쩔 줄 몰라 하고 있지 않나. 그런 그에게 신혼부부 운운하는 말은 절대

할 수 없었다.

그러나 한 번 불쑥 치민 바람은 말을 하면 할수록 점점 더 간절해지고 있었다. 연지는 손가락을 꼼지락거리며 당혹스러워하는 그를 연방 힐끔거렸다.

"안 돼요? 싫어요?"

노다는 일순 말문이 막혀서 아무 말도 할 수 없었다. '안 된다', 하다못해 '다음에'라는 말로 이 순간을 넘길 수도 있을 터였다. 하나 간절한 희구로 반짝거리는 그녀의 눈동자를 본 순간, 그는 아무런 말도 할 수 없었다.

함께 장 보러 가는 게 뭐 얼마나 대단한 일이라고, 고작 그만한 일을 입에 담으며 간절하게 그를 바라보며 쩔쩔매는 그녀가 안타깝고 서럽고 미안했다. 겨우 그만한 일에, 그까짓 게 뭐라고.

하긴 그동안 얼마나 지루하고 지겨웠을까. 서로 함께 있는 것만으로도 너무 좋아서, 마냥 얼굴만 바라보고 있는 것도 하루 이틀이지. 깊은 밤, 아무것도, 아무도 없는 이 산중에서 얼마나 지루하고 심심했을 것인가. 그녀가 크로스보우나 수영을 가르쳐 달라고 한 것도 그런 심경이 어느 정도는 반영된 것이 아니었을까 싶다. 어제는 운전까지 가르쳐 달라고 조른 그녀였다.

그런데 그런 그녀한테 어떻게 아무런 이유도 없이, 이런저런 상황 설명도 없이 무조건 '안 돼, 다음에'라는 말을 할 수 있단 말인가. 가뜩이나 서럽고 가엾은 사랑을 품은 그녀의 마음을 그가 말하기 힘들고 곤란하다고 해서 더 이상 다치게 할 수는 없었다.

'말하자. 사실대로 다 말해주자.'

결심을 굳힌 노다는 그녀의 손을 잡아 잔디에 앉혔다. 자신도 그녀의 옆에 앉았다. 그녀의 손을 꼭 그러잡고 아프도록 그녀의 손등을 바라보며 입을 열었다.

"연지야."

"으응."

"미안해."

연지가 흠칫 놀라 숙였던 고개를 번쩍 치켜들었다. 그림처럼 아름다운 그의 옆 프로필은 음울하게 어두워져 있었다.

"뭐가요. 당신이 뭐가 미안해. 그런 말 하지 말아요."

도리질 치며 아랫입술을 질끈 깨물었다.

"이러려고 그런 말 한 거 아닌데. 미안, 내가 더 미안해요. 내가 괜한 말을 꺼냈어요. 그냥 재미있을 것 같아서 한번 꺼내본 말이었을 뿐이에요. 그리고 실은 나, 장 보러 가는 거 무지 안 좋아해요. 다리만 아프고 귀찮고. 그러니까 못 들은 셈 쳐요. 신경 쓰지 말아요, 응?"

"나도 너와 다른 것을 할 수 있었으면 좋겠다. 근사한 해변에 데려가서 마음껏 물장구 치게도 만들어주고 싶고, 파리든 어디든 아름답다는 곳이라면 어디에든 다 데려가서 보여주고 싶어. 아니, 그런 거창한 곳이 아니어도 좋아. 아무것도 없는 이런 외딴 산골이 아닌 화창한 햇살이 내리쬐는 공원을 너와 함께 산책도 하고 싶고, 네가 좋아하는 영화도 실컷 보러 다니고, 근사한 레스토랑에 가서…… 여느 연인들처럼, 남들 다 하는 그런 데이트도 하고 싶어. 그런데 나는……."

연지는 세차게 고개를 가로저었다.

"아니, 난 그딴 거 다 필요 없어요. 난 그냥 당신하고 이렇게 같이 있을 수만 있으면 돼요. 내가 바라는 건 오직 당신하고 이렇게 단둘이 있는 것뿐이라고요."

"그러고 보니 장 보는 것도 되게 재미있을 것 같아. 아니, 진짜 너무 하고 싶다. 나는 카트를 밀고 너는 옆에서 계속 재잘대면서 이거 사자, 저거 사자 물건들을 쓸어 담고, 나는 너 몰래 필요 없는 물건들을 진열장에 다시 올려놓고, 훗, 저번에 보니까 커플들이 돌아다니면서 여자가 남자한테 시식 코너에 있는 음식들을 막 먹여주고도 그러더라. 그것도 되게 재미있을 것 같아. 너라면, 너와 함께라면 그런 것도 꼭 한 번은 해보고 싶다."

이 사람이 갑자기 왜 이러는 걸까. 그는 마치 이룰 수 없는 꿈을 꾸고 있는 양 아릿한 눈빛으로 어둠의 어딘가를 응시하며 시리도록 아픈 미소를 짓고 있었다. 그 아릿한 눈빛이, 시리도록 아픈 미소가 그녀를 더욱 아프게 만들었다.

'그럼 그렇게 하면 되잖아요. 지금이라도 그 정도는 할 수 있잖아요. 아니, 아니에요. 나, 그런 거 다 필요 없다니까요? 그러니까 노다 씨, 제발 그런 아픈 얼굴로 그렇게 웃지 말아요. 당신 마음 다 알아요. 미안해요. 다시는 그런 말 안 할게요. 그러니까 제발……'

연지는 터져 나오려는 울음을 참아내느라 아무 말도 못 하고 입술만 더욱 그악스럽게 말아 문 채 고개만 연신 가로저었다.

그의 시리도록 아픈 미소가 한층 더 깊어졌다.

"그래. 언젠가, 아니, 조만간 꼭 같이 가자."

스스로에게 다짐하듯 혹은 그녀에게 약속하듯 그녀의 손을 그러잡은 그의 손에 빠듯한 힘이 실렸다. 노다가 천천히 시선을 돌려 연지를 바라보았다.

"그런데 연지야, 이번에는 안 될 것 같아. 이번만 봐주라."

"아니라니까. 그런 거 필요 없다니까."

입술이 터지도록 참고 또 참았건만, 기어코 울음이 터져 버리고 말았다. 그녀의 눈에서 눈물이 주르륵 흘러내렸다. 아니다, 괜찮다. 다른 건 필요 없다, 당신만 있으면 돼요, 당신만……. 중얼거림이 흐느낌과 함께 연신 흘러 나왔다.

"울지 마. 네가 울면…… 내가 더 미안해서 너를……."

계속 볼 수가 없잖아. 그러니까 연지야 제발 그만 울어. 난 아직 너를 보내줄 수가 없단 말이야. 보내고 싶지 않아. 그러니까 조금만 더 날 봐주라. 날 조금만 더 비열하고 이기적인 놈으로 남아 있을 수 있게 해줘.

노다가 손을 들어 그녀의 얼굴을 감싸고 흘러내리는 눈물을 거둬들였다. 염치없는 속삭임으로 그녀를 다독였다.

"울지 마. 울지 마, 연지야."

울지 말라고 되뇌는 그의 눈가에도 서러운 눈물이 알알이 맺혀 있었다.

"으응, 안 울어. 나 절대 안 울어요."

그녀의 울음이 잦아들기를 기다렸다가 노다가 힘겹게 말했다.

"나, 실은 장 보기 위해서만 외출하는 거 아니야."

"응?"

"일주일이나 보름에 한 번씩 병원에 가서 감사도 받고 치료도 받아. 내 외출의 주된 목적은 사실 그 부분이 더 커."

"아."

눈물 젖은 연지의 눈이 커다랗게 커졌다. 그랬었구나. 병원에 가서 주기적으로 검사를 받고 치료도 받고 있었구나. 다행이다. 그런데 난 그런 줄도 모르고…… 바보, 바보 피연지.

"그런데 저번에 갔을 땐 사정이 생겨서 아무것도 하지 못했어. 보고 싶지 않은 사람을 만나게 된 바람에 너무 화가 나서 그냥 병원을 뛰쳐나와 버렸거든."

가쁜 숨을 쌕쌕 몰아쉬며 자신의 이야기에 귀를 기울이고만 있는 연지를 바라보며 노다가 옅은 미소를 머금었다.

"누군지 안 물어봐? 안 궁금하니?"

궁금했다. 대체 어떤 사람이기에, 얼마나 보기 싫은 사람이기에 기껏 병원까지 찾아간 그를 검사와 치료도 마다하고 뛰쳐나가게 한 것일까. 더욱이 그녀가 기억하기로 그는 저번 외출 때 하루가 지난 다음 날에야 느지막이 돌아왔다. 검사도 치료도 받지 않고 도로 뛰쳐나왔다면서 왜? 대체 밤새 어디서 무엇을 했던 것일까. 아침이 되면 돌아다니지도 못하는 사람이……. 어쨌든 그를 그토록 화나게 만들었다는 사람이 누구인지 궁금하지 않다면 거짓말일 터였다.

혹시, 그를 술 마시게 만들었던 그 여자였을까?

"물어봐도 돼요? 누구…… 였는데요?"

연지는 주저하며 물었다. 그의 시리도록 아픈 미소가 조금 더 짙어졌다.

"부모도, 가족도 아무것도 없는 나를 이제껏 후원해 주고 있는 사람. 포프피린증이라는 희귀병에 걸린 나를 치료하기 위해서 자신이 소유하고 있는 병원을 하룻밤 동안 깨끗하게 비우고 병원장을 움직일 만큼 위세와 능력이 대단한 사람."

노다는 잠시 말을 멈췄다가 나지막이 말했다.

"그리고 이 희귀병을 물려준 내 어머니를 위해서 이 산을 사고 그 어머니가 미쳐 돌아가실 때까지 여기를 금역으로 만들었던 최초의 장본인이기도 하지. ……그리고 애석하게도 그 사람이 바로 내 생물학적인 생부야."

헉!

연지는 저도 모르게 숨을 들이켜고 짧은 비명을 질렀다.

"그, 그럼 노, 노다 씨 아버님?"

"아니. 나는 그 사람을 아버지라고 불러본 적도, 생각해 본 적도 한 번도 없어. 당연히 같이 살아본 적도 한 번도 없지. 나한테 그 사람은 그저 제 딸보다도 어린 여자를 취한 대가로 그 여자의 아들을 비밀리에 후원해 온 가증스러운 위선자, 그 이상도 이하도 아니야."

"그, 그게 무슨……."

충격으로 얼이 반쯤 빠져 버린 그녀를 안타깝게 바라보며 그가 씁쓸하게 말했다.

"미안하지만 이 얘기는 이쯤에서 그만하자. 나중에, 기회가 되면 그때 다시 해줄게."

"노다 씨."

"어쨌든 그래서 이번에는 너와 함께 갈 수가 없을 것 같아. 한 번을 건너뛴 바람에 이번에 가면 시간이 꽤 오래 걸릴 것 같거든. 안 박사한테 이 망할 병을 이 정도 선에서 계속 억누를 수 있는 다른 치료 방법은 없는지, 그런 것도 좀 더 자세히 알아볼 생각이고. 그 사람 덕분에, 아니 엄밀히 따지면 어머니와 내 덕분에 포르피린증이라면 그 분야에서만큼은 세계적으로 실력을 인정받는 권위자가 됐거든. 안 박사라는 사람 말이야. 그래서 지금은 이러든 저러든 안 박사 외에는 달리 믿고 매달릴 만한 사람이 없어."

"그럼 이번에 가면 다른 가능성이 생길 수도 있다는 거예요?"

"아니. 그런 건 아니지만 혹시 몰라서. 안 박사 외에도 외국의 유명 대학 병원이나 제약 회사 몇 군데에서도 포르피린증에 대해서 꾸준히 연구 중이라니까 혹시 그동안 무슨 진전은 있었나, 한 번 알아보려고. 어쨌든 그러자면 시간이 꽤 오래 걸릴 거야. 그런데 널 데리고 가면 어쩌면 밤새도록 너를 병원 밖에서 기다리게 할지도 모르는데 그럴 수는 없잖아."

그가 그녀의 얼굴을 다시 소중하게 어루만졌다.

"그러니까 연지야, 이번 말고 다음에, 그때 꼭 같이 가자."

"노다 씨."

"약속할게. 이번만 봐줘. 이해해 줄 수 있지?"

"응, 응. 얼마든지 이해할 수 있어요. 얼마든지."

연지는 그의 목을 와락 끌어안았다. 간신히 참았던 눈물이 다시 주르륵 흘러내리기 시작했다. 그러나 이번 눈물의 의미는 조금 달랐다. 그는 아니라고 했지만 혹시 모른다는 희망이 가슴속에부터 끌어 올랐다. 그리고 보다 적극적으로 다른 치료 방법이 있는지 알아보겠다는 그가 너무도 고마웠다.

그녀를 위해서 한 걸음씩 용기를 내어주는 그가 너무 고맙고 감사했다.

그가 그녀를 변화시키고, 그의 존재만으로도 그녀의 우울증을 낮게 만들었던 것처럼 그 또한 그녀로 인해 조금씩 용기를 내고 변화되어 가는 것이 느껴졌다.

그거면 됐다. 그가 그녀로 인해 조금만 더 버티겠다는 의지와 힘만 생길 수 있다면, 그렇게 한 해, 두 해 버티다 보면 또 모르지 않는가. 언젠가는 기적적으로 그의 병을 완치시킬 수 있는 치료 방법이나 약이 개발될지도.

그거면 됐다. 그거면.

연지는 그를 힘껏 끌어안고 감사와 희망의 눈물을 흘렸다. 결국 실망과 실패로 끝날 실낱같은 희망이라도 지금은 그것만으로도 족했다.

노다도 온 마음으로, 온 힘을 다해 가없는 희망으로 바르르 떨리는 가엾은 사랑을 끌어안았다.

아직은 놓을 수 없기에.

아직은 보내줄 수 없기에.

조금만 더, 조금만 더, 제발…….

가없는 간절한 바람과 서럽고 가엾은 사랑으로 서로를 부둥켜안은 두 사람을 내려다보는 달빛도 함께 소리 없이 울었다.

두 사람을, 그런 두 사람을 닮아 서로를 부둥켜안고 있는 둥근 이층 건물을, 그 건물을 빙 둘러싼 높은 철문을 말없이 지켜보고 있는 수풀도 덩달아 함께 울었다.

스륵, 스륵, ㅊㅊㅊㅊㅊ.

경악에 차 경련하듯 바들바들 떨리기도 했다.

어둠 속에 묻힌 수풀이 세차게 흔들리며 비명 같은 울음을 거듭 토해냈다.

자정이 되기 무섭게 연지는 조용히 방문을 열고 밖으로 나왔다. 댓돌에 가지런히 벗어둔 운동화를 신고 마루 끄트머리에 미리 준비해 둔 커다란 비닐봉투를 '으챠!' 하고 들어 품에 안았다.

비닐봉투에는 태환이 할머니가 낮에 갖다주신 감자와 옥수수, 싱싱한 각종 채소들이 잔뜩 들어 있었다. 오늘따라 엄청 많은 양을 가져다주신 할머니 덕분에 저녁에도 밥 대신 감자 등으로 배를 채웠건만, 아직도 얼마나 많이 남았는지 비닐봉투가 찢어질 것 같았다.

태환이 녀석의 간식거리로 잔뜩 삶아놓았는데, 괘씸하게도 녀석이 손도 대지 않았단다. 뭔 일이 있는지, 이른 아침부터 쌩하니 나가서는 저녁나절이 되도록 돌아오지 않았다고 하셨다. 시내버스까지 타고 간 것을 보면 아무래도 양평 시내에서 철물점을 하는 호석이 오빠를 만나러 간 것 같다며 할머니는 혀를 끌끌 차셨다.

보나마나 곰만 한 사내놈들끼리 간만에 만나서 회포나 풀자 하며 대낮부터 술집에 틀어박혀 부어라 마셔라 하고 있는 것이 틀림없다고.

녀석이 시내까지 나갔다면 그녀 생각에도 할머니 생각이 맞을 성싶었다. 어쨌든 덕분에 노다와 나눠먹을 야참거리들이 잔뜩 생겼다. 냉장고에 넣어놨다가 이삼 일은 족히 두고두고 먹어도 되지 않을까 싶다.

"채소는 고기랑 밥이랑 같이 먹으면 되고. 히히."

내일 그가 병원에 갔다가 장 보러 갈 때 채소는 조금만 사오라고 해야겠다. 이것만으로도 사오 일은 너끈히 먹을 수 있을 테니까. 연지는 괜히 통닭 사들고 귀가하는 아빠들처럼 어깨가 으쓱해져선 룰루랄라 집을 나섰다.

삐이걱.

한 손으로 간신히 대문을 열고 낑낑대며 열린 문틈을 빠져나가는데, 헉! 갑자기 들려온 음산한 목소리에 연지는 까무라칠 듯이 놀라 비명을 지르고 말았다.

"꺄악!"

"이 늦은 시간에 어딜 가는 거야."

너무 놀라서 하마터면 봉지째 소중한 야참거리를 몽땅 바닥에 떨어뜨릴 뻔했다. 톡 떨어지려는 감자 한 개를 아슬아슬하게 받아내고 휙 얼굴을 치켜들었다.

"누구야!"

절로 목소리가 앙칼지게 터져 나갔다. 놀란 가슴이 진정이 안 돼서인지, 앙칼진 목소리 끝이 바르르 떨리고 있었다.

누군가 맞은편 나무 그늘 아래에서 스윽 걸어 나왔다. 떡 벌어진 어깨에 엄청난 신장. 본능적으로 움찔 겁을 집어먹은 다리가 제멋대로 뒤로 한 걸음 물러났다. 절로 고개가 뒤로 젖혀졌다. 컴컴한 그림자를 완전히 벗어나 모습을 드러낸 장신의 남자는 다름 아닌 태환이었다. 아! 그제야 연지의 입에서 안도의 숨이 흘러나왔다.

"후우, 난 또 누군가 했네."

가슴을 쓸어내리기 무섭게 찌릿, 눈에 쌍심지를 켜고 태환을 노려보았다.

"야, 넌 왜 거기 서 있냐. 깜짝 놀랐잖아."

"죄 지을 짓이라도 했나 보지?"

"죄는 무슨!"

"그런데 왜 그렇게 기겁해서 놀라고 난리냐."

"그럼 너 같으면 안 놀라겠어? 오밤중에 산만 한 덩치가 갑자기 나타나면 놀라는 게 당연하지."

"훗, 그래? 정말 그뿐이야? 찔리는 거 없어?"

저 자식이 뭘 잘못 먹었나. 저거 지금 나 비웃은 거 맞지?

"술 취했냐?"

술 냄새는 나지 않았다. 그런데 그녀를 잡아먹을 듯이 노려보는 눈빛이 기괴하게 번들거리는 게 암만 봐도 제정신으로는 보이지 않았다.

"취했으면 빨리 집에 가서 발 닦고 잠이나 자. 할머니가 너 하루 종일 기다리셨어. 새끼, 할머니 뵌 지 하도 오래돼서 뵈러 왔다는 놈이 온종일 밖으로 쏘다니기나 하고. 내일은 무슨 일이 있어도 집에 처박혀서 할머니 말동무나 좀 해드려, 알았냐? 늦었다. 빨리 가라."

태환을 지나쳐 가려는데 녀석이 득달같이 그녀의 앞을 막아섰다. 연지가 그를 올려다보며 짜증을 냈다.

"뭐야? 비켜."

"너야말로 이 오밤중에 어딜 가는 건데?"

"상관 마."

"안고 있는 거, 그건 또 다 뭐냐?"

"상관 말라니까."

연지는 눈을 흘기며 그를 툭 치고 지나가려고 했다. 그런데 태환이 더욱 가까이 다가서며 그녀의 앞길을 막았다.

"너 정말 왜 이……."

"그 자식한테 가는 거냐?"

'왜 이래!' 하고 버럭 성질을 내던 연지의 입이 마지막 말을 내뱉지 못하고 쩍 벌어졌다. 가자미눈을 하던 눈도 흠칫 커졌다.

"뭐, 뭐라고?"

태환이 한 걸음 더 바짝 다가왔다. 한 뼘도 안 되는 거리를 두고 태환이 기괴하게 이글거리는 눈으로 그녀를 집어삼킬 듯이 노려보며 잇새로 씹어뱉듯이 말했다.

"그 자식한테 가는 거냐고."

"무, 무슨……."

"저기, 저 뒷산에 혼자 틀어박혀 사는 새끼 말이야."

애, 애가 그걸 어떻게 알고 있지?

"이런 식으로 매일 밤마다 그 자식을 찾아간 거냐? 언제부터 그랬어? 여기 내려오고 나서부터 계속 그랬어? 아니면 너, 예전 부터 그 자식을 알고 있었냐? 그래서 꿈이 좌절됐다 뭐다 그럴싸 한 핑계를 대고 여기에 혼자 내려온 거야? 그래서 어머니도 한사 코 못 내려오게 하고 매일 밤마다 그 자식을 몰래 찾아가 만난 거야! 밤마다 대체 그 자식하고 무슨 짓을 한 거야!"

연지는 너무 놀라서 한동안 아무 말도 할 수 없었다. 태환이 아무리 미친놈처럼 소리를 질러댄다고 해도, 폭발 직전의 무시무 시한 기운을 뿜어낸다고 해도 그 때문만은 절대 아니었다. 그저 태환이든 누구든, 누군가에게 그와의 은밀한 만남을 들켰다는 사실만이 마냥 놀랍고 당혹스러울 뿐이었다.

그래도 연지는 어찌어찌 놀란 가슴을 간신히 진정시켰다. 일단 지나치게 가까워진 태환과의 거리를 벌리기 위해서 뒤로 한 걸음 물러섰다. 그리고 품에 안고 있는 비닐봉투가 방패라도 되는 양 단단히 끌어안고 태환을 무섭게 노려보았다.

"네가 그 사실을 어떻게 알았는지는, 어디까지 알고 있는지는 모르겠지만, 김태환. 분명히 경고하는데 상관하지 마. 네가 상관 할 일 아니야."

"내가 왜 상관할 일이 아니야. 내가 왜!"

"친구로서 관심 가져주고 걱정해 주는 건 고마운데, 그렇다고

89

이렇게까지 나오는 건 솔직히 좀 오바 아니니? 내가 누구를 만나든, 어디서 어떻게 만나든 네가 상관할 일은 아니잖아. 네가 내오빠나 아빠도 아니고, 아니, 아빠나 오빠라고 해도 마찬가지야. 이런 지나친 간섭, 절대 사양이야."

태환의 눈동자가 무섭게 이글거렸다.

"그러니까 오지랖 떨지 말고 그만 비켜."

"피연지, 너!"

"네 말대로 나 지금 그 사람 만나러 가야 돼. 나, 그 사람 기다리게 하는 거 싫어. 그러니까 빨리 비켜."

"야!"

태환의 움켜쥔 주먹이 부들부들 떨렸다. 핏대가 오른 관자놀이의 혈관이 터질 듯이 꿈틀거렸다. 태환이 이토록 흥분해서 화를 내는 모습은 처음 봤다. 연지는 그런 태환이 낯설고도 이상할 뿐이었다.

더구나 그녀가 노다와 만나고 있다는 사실에 태환이 저토록 흥분해서 화를 낼 이유는 없지 않은가.

물론 많이 놀랐을 것이다. 태환이 그녀와 노다의 사이를 어떻게 알게 됐는지는 모르겠지만 만약, 그가 두 사람이 함께 있는 모습을 우연히 봤다면 그것을 필경 아마 어젯밤이었을 터였다.

태환이 여기에 내려온 것이 바로 어제였으니까.

상심해 있을 친구를 위로하기 위해서 제 딴에는 금쪽같은 휴가도 쪼개서 내려왔는데, 그런 애가 오밤중에 웬 남자와 끌어안고—그것도 봤을까?— 희희낙락하고 있는 것을 보았다면 엄청 놀라고 뭐 저런 게 다 있나, 살짝 배신감도 들었을 것 같기는 했다. 그녀라도 태환의 입장이었다면, 뒤통수를 후려치고 싶었을 것이다.

하나 아무리 그래도 저 정도로 격한 반응을 보이는 것은 너무 심한 것 아닌가. 그가 어떤 사람인지, 어떤 상황에 처해 있는 사람인지도 모르는 주제에.

때문에 연지는 폭발 직전의 화를 참고 있는 태환이 무섭기보다는 불쾌했고, 도통 이해할 수가 없었다.

"내 말 안 들려? 비키라니까."

그럼에도 태환은 전신을 부들부들 떨며 비켜줄 생각을 하지 않았다. 되레 녀석은 쥐를 궁지에 몰듯 거구의 몸을 씩씩거리며 그녀에게 점차 다가왔다. 뒤로 슬금슬금 물러나다 대문까지 밀려난 연지. 저게 진짜! 연지는 더 이상 참지 못하고 어깨로 거구의 태환을 세게 밀치고 그를 지나쳐 가려고 했다.

그런데 그녀보다 태환이 한 발 빨랐다.

그녀가 어깨를 밀치는 순간, 커다란 손이 그녀의 한쪽 팔뚝을 으스러뜨릴 듯 와락 움켜잡았다. 어찌나 억세게 틀어 잡혔던지, 절로 '악!' 하는 비명이 터져 나갔다. 당연히 품에 안고 있던 비닐 봉투가 바닥으로 쿵 떨어졌다. 감자와 옥수수 등이 봉투에서 떨어져 나와 바닥을 데굴데굴 굴렀다.

"너 진짜 왜 이래! 미쳤어? 이거 놔!"

소리를 지르는 연지의 코끝까지 태환의 일그러진 얼굴이 바짝 내려왔다. 태환이 일그러진 얼굴만큼이나 일그러진 목소리로 으르렁거렸다.

"안 놔. 아니, 절대로 못 놔."

"이 미친! 이거 놔!"

"그래, 나 미쳤다. 너 같으면 미치지 않고 배길 수 있을 것 같아! 내가 널 그동안 어떻게……."

"이거 놔, 놓으라고!"

"피연지, 너도 미쳤어. 미쳐도 단단히 미쳤다고! 이 멍청한 계집애야! 너 진짜 도대체 어쩌자고 그래! ……다른 놈이면, 다른 놈이었다면 나도 이렇게까지는 하지 않아. 그런데 어떻게…… 어떻게 포르피린증에 걸린 놈을, 어떻게 그런 놈을 사랑할 수가 있어!"

헉!

태환의 손아귀를 벗어나기 위해서 버둥거리던 연지의 몸부림이 우뚝 멈췄다. 경악으로 물든 눈동자가 천천히 일그러진 태환의 얼굴로 거슬러 올라갔다. 그녀의 입에서 비명과도 같은 불분명한 음성이 흘러나왔다.

"네, 네가 그, 그걸 어떻게……."

"가지 마라, 연지야. 그만해. 왜 네가, 뭣 때문에 네 발로 가시밭을 들어가려고 그래! 나 그 꼴은 죽어도 못 봐. 그러니까 제발 그만해. 내가, 내가 이렇게 부탁할게. 제발……."

일그러진 태환의 눈에서 뜨거운 눈물이 흘러내렸다.

4장

"어떻게 알았어."

"……."

"김태환."

연지의 거듭된 매서운 다그침에 대문 참에 우두커니 서 있던 태환이 그제야 마지못해 입을 열었다.

"어젯밤에…… 우연히 봤어."

"우연히 어떻게?"

"답답해서 바람 쐬러 나갔다가……. 후우, 야, 그게 그렇게 중요하냐? 지금 중요한 건 그게 아니잖아."

성마른 손길로 얼굴을 쓸어내린 태환이 울화통을 터뜨렸다. 그러든가 말든가. 연지는 가슴 앞으로 팔짱을 단단히 낀 채 평상에 꼿꼿하게 앉아 태환을 죽일 듯이 노려보았다.

"나한테는 중요해. 그러니까 하나도 빼지 말고 다 말해. 우연히 뭘, 어디서, 어떻게, 어디까지 봤고 또 알고 있는 건지."

연지와 태환은 지금 그녀의 집 안 마당에 들어와 있었다. 모두가 잠든 깊은 밤, 갑작스레 터져 나온 언성과 소란스러움에 동네 어른들 몇 분이 깜짝 놀라 잠에서 깨어 나와보셨더랬다. 그중에는 태환이 할머님도 계셨었다.

한밤중에 이게 뭔 난리인가 싶어서 나와보신 할머니와 다른 마을 어른들은 눈물까지 질질 흘리며 대립하고 선 두 사람을 보고는 화들짝 놀라 이유 불문하고 일단은 뜯어 말리기부터 하셨다. 특히, 태환이 할머니는 커다란 손자의 등짝을 매섭게 후려치며 태환을 혼내셨다.

"술에 취했으믄 들어와 발 닦고 잠이나 잘 것이지 우짤라꼬 잘 자고 있는 연지를 깨워 드잡질을 하노. 빨랑 못 드가나."

마을 어른들도 혀를 끌끌 차며 한마디씩을 하셨다.

"다 커서 동네 시끄럽게 오밤중에 뭐하는 짓인지, 쯧쯧."

입을 꾹 다문 채 고개를 푹 숙이고 서 있는 태환과 연지를 대신해 태환이 할머니가 미안하다며 마을 어른들을 집으로 돌려보내셨다. 그리고 태환이도 억지로 집으로 끌고 가려고 하셨다. 그런데 태환이가 연지와 할 말이 더 남았다고, 싸우는 거 아니니까 걱정 말고 먼저 들어가 계시라고 할머니의 등을 도로 떠밀었다.

너무 놀라서 넋이 반쯤 나가 있던 연지도 그제야 뒤늦게 간신히 정신을 차리고 걱정하시는 할머니께 괜찮다고, 별일 아니라고 말씀드렸다. 그냥 약간의 오해가 있었을 뿐이라고, 싸우는 거 아니라고. 그러니까 걱정 마시고 먼저 들어가시라고.

"주무시는데 깨워서 죄송해요, 할머니. 그런데 정말 별일 아니니까 걱정 마시고 먼저 들어가세요. 태환이는 오해만 풀고 바로 들여보낼게요."

"진짜가?"

"네."

할머니는 태환이에게도 당부의 말씀을 하셨다.

"몸도 성치 않아서 내려와 있는 아한테 성질난다고 버럭버럭 소리나 질러대고 뭐하는 짓이고. 조근조근 말로 이르고 타일러야지. 그라믄 쓰나."

"네. 죄송합니다, 할머니."

"알았다. 내사마 먼저 드가께. 단디 화해하고 후딱 들어온나, 알았째?"

하여 어쩔 수 없이 연지는 일단 집으로 다시 들어올 수밖에 없었다. 그런 연지를 따라 뒤늦게 들어온 태환은 평상에 앉은 연지와 멀찍이 떨어져 대문 앞에 장승처럼 서 있기만 했었다. 마치 그녀가 주변이 다시 조용해지기 무섭게 노다에게 달려가려는 것을 온몸으로 막아서기라도 하려는 듯이.

태환이 땅이 꺼질 듯 무거운 숨을 토해냈다. 제기랄. 거친 욕설이 흘러나왔다.

"어젯밤에 잠이 안 와서 바람 쐬러 나왔다가 우연히 네가 뒷산으로 올라가는 걸 봤다, 됐냐? 처음에는 저게 미쳤나 했었다. 자정이 지난 한밤중에 누가 살고 있는지도 모르는 산에는 왜 겁도 없이 올라가고 지랄인가. 산주인한테 들키면 어쩌려고. 그래서 그 전에 너를 얼른 데리고 나오려고 쫓아갔었어. 됐냐?"

그런데 부지런히 산 초입에 들어서고 얼마 안 되어 저 앞에서 두런두런 얘기를 나누고 있는 목소리들이 들려왔다. 하나는 연지의 목소리가 분명했고, 다른 하나는 교포처럼 발음이 어눌한 낯선 젊은 남자의 목소리였다.

'어?' 하고 놀랄 새도 없이 두 손을 꼭 잡고 서로만을 좋아라 바라보고 있는 두 사람의 모습이 시야에 들어왔다. 태환은 너무 놀라고 당황해서 그녀를 부를 생각도 하지 못했다. 순간적으로 말문이 턱 막혀 버린 탓이었다. 순간적으로 정신도 어떻게 됐었던 것 같다. 정신을 차리고 보니 그는 어느새 도둑처럼 수풀 속에 숨어 두 사람을 훔쳐보고 있었다.

그리고 빌어먹을!

두 사람이 입을 맞추는 모습을 보았다.

연지가 다른 사람과, 다른 놈과 키스하는 모습을!

피가 거꾸로 솟는 것 같았다. 펀치기한테 뒤통수를 얻어맞은 듯 정신이 아득하고 눈앞이 캄캄해졌었다. 잠시간 숨도 쉬어지지 않았다. 그는 그저 두 사람을 바라보며 부들부들 떨고만 있었더랬다.

서로를 끌어안고, 입을 맞추고, 서로의 얼굴을 하염없이 어루만지는 두 사람을. 그러다 두 사람은 두 손을 꼭 잡고 산을 오르기 시작했다.

이게 다 무슨 일인가! 저기 가는 저 여자가, 그의 눈앞에서 다른 놈과 끌어안고 입을 맞춘 저 여자가 진짜 자신이 아는 그 피연지가 맞나. 꿈은 아닐까. 꿈이라면, 이 망할 놈의 악몽 따위, 빨리 깼으면 좋겠다 싶었더랬다.

하나 빌어먹게도 악몽이 아니었다. 현실이었다. 꿈에도 생각지 못했던 끔찍한 현실. 이십 년 가까이 마음속 깊이 몰래 간직해 온 짝사랑이 와르르, 산산이 부서지는 소리가 천둥처럼 들려오는 것 같았다. 태환은 부들부들 떨리는 어금니를 으득 깨물었다.

'저놈은 대체 누구란 말인가. 대체 어디서 저런 개뼈다귀 같은 놈이 갑자기 튀어나와서 감히 내 여자를, 내 연지를! ……망할 계집애. 몇 시간 전까지만 해도 미래에 대한 고민 때문에, 상실감 때문에 힘들어서 죽으려고 하더니, 이제 보니 그것도 다 개 뻥이었어. 저런 놈이랑 몰래 연애질이나 하고 있었으면서!'

어이없게도 부인이 외간 남자와 외도하는 장면을 목격한 남편이라도 된 듯 뱃속에서부터 참을 수 없는 분노가 치밀어 올랐었다. 되도 않는 배신감에 무너진 심장이 울컥울컥 시뻘건 피를 토해냈었다.

순간 저놈이 대체 어떤 놈인지, 연지와 저놈이 얼마나 깊은 관계인지, 어디까지 가나 그의 눈으로 직접 확인해 봐야겠다는 생각이 들었더랬다. 그땐 그것이 너무도 당연하게만 여겨졌었다.

그래서 태환은 이를 악물고 수풀 속에 몸을 숨긴 채 두 사람을 따라 산을 올라갔었다. 먹이를 쫓는 승냥이처럼 발소리를 죽이고 살금살금. 그렇게 중턱에 오르자 탁 트인 너른 분지가 나타났다. 파릇한 잔디가 곱게 깔린 분지. 거기에는 높다란 철문이 분지의 반 이상을 빙 둘러싸고 있었고, 철문 너머에는 독특한 형태의 이층 건물이 떡하니 세워져 있었다.

연지는 키만 멀대같이 커서 뼈밖에 없고 허여멀건 놈의 손을 꼭 잡고 당연하다는 듯이, 그곳이 마치 제집인 양 자연스럽게 그 안으로 들어갔다. 그리고 4, 50분가량이 흐른 후에 다시 밖으로 나왔다.

그 4, 50분이 태환에게는 영겁처럼 길게만 느껴졌다. 연지는 저런 놈을 대체 어떻게 알게 된 것일까. 대체 어떤 사이일까. 아무도 없는 이 컴컴한 산중에, 저 집에 단둘이 들어가서 대체 뭘 하고 있는 것일까!

오만 가지 끔찍한 상상이 다 들었더랬다. 그래서 최대한 철문 가까이 다가가 이층 건물을 살펴봤었다. 자초지종 따위 상관없이 당장에 뛰어 들어가 연지를 끌고 나오고 싶어서 온몸이 벌벌 떨리며 비명을 내질렀었다.

그렇게 수풀 속에 숨어 참고 또 참고, 연지가 제 발로 걸어 나와주기를 기다리고 또 기다리다가 더 이상 참고 기다릴 수 없는 지경이 되어 벌떡 몸을 일으키려는 순간, 현관문이 열리고 두 사람이 밖으로 나왔더랬다.

태환은 소스라치게 놀라 재빨리 다시 수풀 속에 몸을 감췄더랬다. 그리고 다정한 연인처럼 손을 꼭 맞잡고 산책하는 두 사람을 질투심에 부들부들 떨며 지켜봤었다.

그러다 두 사람이 그가 숨어 있는 수풀과 가까운 곳에 자리를 잡고 앉아 두런두런 이야기를 나누는 소리를 엿듣게 되었다. 장을 보러 간다, 어쩐다, 미안하다 어쩐다. 두 사람은 그렇게 알 수 없는 말들을 지껄여댔다.

그러다 키만 멀대 같이 커서 시체처럼 핏기 하나 없는 놈이 주절거리는 말을 들었다.

어머니, 병원, 치료, 후원자 그리고 포르피린증이 어떻고 저떻고 뻔뻔하게 지껄여대는 개소리를.

태환은 당연히 노다가 무슨 말을 하는 것인지 처음에는 제대로 알아들을 수 없었다. 당연히 포르피린증이라는 것이 무엇인지도 알지 못했다. 그로서는 처음 듣는 낯선 병명일 뿐이었으니까.

하나 그것이 무엇이든지 간에 녀석이 그런 낯선 병을 앓고 있고, 그 병이 낯선 만큼 완치가 불가능한 희귀병이라는 것만은 분명하게 알 것 같았다.

순간, 낮에 연지의 노트북에서 얼핏 봤던 문서들이 불현듯 기억이 났다. 포르피린증의 증상이 어떻고, 저떻고 하는 알 수 없는 내용들이 주르륵 떠 있던 문서. 그땐 저건 또 뭔가, 녀석, 심심하긴 무지 심심한가 보다, 별걸 다 찾아보고 있네 하고 무심코 흘려버렸더랬다. 그런데 이제 보니 그녀 나름대로 녀석이 앓고 있다는 병에 대해서 공부를 하고 있었던 거였구나 하는 깨달음이

번쩍 들었더랬다.

망할.

포르피린증. 자신도 그게 대체 어떤 병인지 자세히 한번 알아봐야겠다는 생각이 강하게 들었다.

그래서 눈물겹도록 서로만을 바라보고 애틋하게 사랑을 속삭이다가 동 틀 무렵이 되어서야 마지못해 산 밑으로 내려가는 연지와 녀석을 따라 그도 부리나케 마을로 내려왔다가, 연지가 무사히 제 집으로 들어가는 것을 확인하고서야 날이 새기 무섭게 시내로 달려갔었다. 그리고 지금껏 PC방에 틀어박혀 포르피린증이라는 것에 대해서 닥치는 대로 알아보다가 가까스로 정신을 차리고 허겁지겁 마을로 돌아온 터였다.

그런데 이 망할 계집애가, 저 등신, 머저리, 바보 같은 게 또 녀석을 만나러 가기 위해서 도둑처럼 살금살금 집을 빠져나오는 것이 아닌가! 그러니 그가 어떻게 눈이 돌지 않고 배길 수 있었겠는가.

태환은 분통을 터뜨리며 화를 내다가 결국 눈물까지 흘리며 그만하라고 빌기까지 했다. 포르피린증이라니! 대체 그 따위 해괴망측한 희귀병을 앓고 있는 녀석과 만나서, 그런 녀석을 사랑해서 대체 뭘 어떻게 하겠다는 것인가!

그가 하루 온종일 알아본 바에 따르면, 그 병은 천형처럼 저주받은 병이나 진배없는 것이었다. 유전병인 그 병에 걸리면 제대로 된 피를 자체적으로 생성해 내지 못해 평생 죽을 때까지 외부에서 피를 공급받거나 헤모 주사 같은 것을 맞으며 연명할 수밖에 없단다.

그것도 피부가 햇빛에 노출되면 치명적이라서 정상적인 생활 자체가 불가능하단다. 평생 햇빛을 피해 밤에만 돌아다녀야 되고, 심지어 증상이 악화되면 심각한 정신착란증까지 생길 가능성이 매우 높다고 나와 있었다.

그 말은 즉 광인, 미친놈이 될 확률이 높다는 말이었다. 그러다 결국에는 이지가 상실된 환각 상태를 헤매다가 체력이 약화되고 그러다 보면 간이나 기타 장기들이 손상되어 시름시름 앓다가 죽음에 이르고 마는 무서운 병이라고 했다.

마땅한 치료 방법도 없이, 평생 고통만 당하다가 죽음에 이르는 불치병, 말 그대로 천형과 다름없는 희귀병이라는 이야기였다.

그런데 그런 해괴한 병을 앓고 있는 놈을 연지가 사랑한다는 말인가! 왜 하필 그런 놈인가! 그가 자신했던 그녀와의 바람이 안 이루어져도 좋았다. 자신의 짝사랑 따위, 평생 외면 받고 끝내 그녀한테 거절당한다고 해도 상관없을 터였다.

연지가 자신보다 더 잘나고 멋진 놈을 만나 그놈을 선택한다면, 그래서 그녀가 행복해질 수만 있다면 자신의 외로운 짝사랑 따위, 얼마든지 포기할 수 있다, 이 말이었다. 아무리 가슴이 무너지고 피눈물이 솟구쳐 흘러내려도 꾹 참고 연지의 행복을 빌어 줄 수 있을 터였다.

그녀를 이십 년 가까이 짝사랑해 온 남자로서, 피연지를 진심으로 아끼는 진정한 친구로서…….

그것이 연지가 진정 원하는 것이라면,

그래야만 연지가 행복해질 수 있다면.

바보 같지만, 아프겠지만 그것이 바로 김태환이 피연지를 사랑하는 방법이었다.

그런데 왜 하필! 이건 정말 아니지 않는가! 결국 사랑한다는 말 한 마디 못 해보고 좌절된 짝사랑, 그딴 건 이제 아무래도 좋았다. 태환은 그녀를 아끼는 친구이기 때문에, 아니 그 때문에 더더욱 그녀의 바보 같은 사랑을 응원해 줄 수 없었다. 어떻게든 뜯어말리고 싶었다.

"그래서 나도 이제 그 병이 어떤 병인지 다 알아. 그놈이 어떤 병을 앓고 있는지 다 알아버렸다고!"

태환은 잔뜩 숨죽인 목소리로 씹어뱉듯이 말했다.

연지는 두 눈을 지그시 감은 채 한동안 아무 말도 하지 않았다. 아니, 하고 싶은 말은 많았지만 아무 말도 할 수가 없었다. 결국 태환이 모든 것을 알아버렸다는 사실이 너무 놀랍고, 때문에 머릿속이 너무 혼란스러웠다.

태환의 반응이 너무 심하다고 생각되면서도 그 마음을 이해하지 못하는 것은 아니었다. 만약 그녀가 태환이 남들 몰래 그런 힘든 사랑을 하고 있다는 것을 우연히 알게 되었다면, 그녀 역시 처음에는 미쳤느냐며 분통을 터뜨리지 않았을까.

왜 하필 그런 아프고 힘든 사랑을 선택했느냐고, 너만 믿고 살아오신 부모님한테는 대체 뭐라고 말씀드릴 거냐고, 부모님을 생각해서라도 네가 그러면 안 되는 거 아니냐고, 정신 차리라고 한 소리 하지 않았을까 싶다.

그러나 그 또한 제삼자니까 할 수 있는 소리. 아무리 절친한 친구라고 할지라도, 부모 형제라고 해도 '그럼에도 불구하고' 그 사람이 아니면 안 되게 되어버린 사랑을 하게 된 당사자의 아픔이나 고통만 할까. 그녀라고 왜 고민하지 않았겠는가.

그러나 이성적인 고민으로 잘라 버리고 외면해 버리기에는 이미 그를 향한 마음이 너무 깊어져 버렸다. 아니, 지금 이 순간, 태환이 친구로서 필요 이상의 격한 감정으로 분통을 터뜨린 지금 이 순간 그동안 마음속에 남아 있던 엄마에 대한 미안함과 혼란 등이 거짓말처럼 사라지고 노다에 대한 사랑만이 더욱 견고하게 굳어져 버렸다.

그를 사랑해.

그 사람한테는 내가 없으면 안 돼.

나 역시 그 사람이 없으면 안 되게 되어버렸어.

누가 뭐래도 난 이 사랑을 지킬 거야.

절대 흔들리지 않아.

연지는 꾹 감고 있던 눈꺼풀을 들어 올리고 담담한 눈빛으로 태환을 응시했다.

"그래서?"

그녀의 차분해진 표정과 담담한 눈빛, 대수롭지 않다는 듯한 말투에 태환의 눈매가 일그러졌다.

"뭐? 그래서라니, 뭐가 그래서야!"

"목소리 낮춰. 또 할머니랑 마을 어르신들 뛰쳐나오게 하려고 그래? 뭐, 그런다고 해도 달라질 것은 하나도 없지만."

"뭐?"

"네가 그 사람과 나의 관계, 그 사람의 병에 대해서 알게 되었다는 것은 나로서도 분명 예기치 않은 일이고, 매우 유감스러운 일이야. 하지만 그렇다고 해도 그 사람하고 내 관계가 달라질 일은 전혀 없다는 얘기야."

태환의 말아 쥔 주먹이 부르르 떨렸다.

"너뿐만 아니라 세상 사람이 다 알게 된다고 해도 마찬가지야. 나, 그 사람 사랑해. 그 사람도 나 사랑하고. 너한테 굳이 이런 얘기까지 할 필요는 없지만 나, 그 사람 마음 얻어내는 데까지 꽤 많은 시간이 걸렸어. 지금도 그 사람은 기회만 되면 날 멀리 보낼 생각을 하고 있고."

연지는 태환을 똑바로 응시하며 또박또박 한 음절씩 힘주어 말했다.

"그 사람은 그것이 나를 위하는 길이라고 생각하나 봐. 나를 사랑하기 때문에 자신에게서 멀리 보내려고 하는 거지. 바보처럼. 그럼 나 역시 시름시름 죽어갈 텐데 말이야. 그 사람은 아직 거기까지는 모르나 봐."

"피연지! 너 정말……."

"그래서 나, 네가 아니라 우리 엄마가 달려와서 뜯어 말려도 그 사람 절대 포기 못 해. 그러면 그 사람보다 내가 먼저 그리움에 말라서 고통스럽게 죽어가고 말 테니까."

"너 정말 미쳤구나, 제정신이 아니야. 그게 딸이라는 게 어머니를 두고 할 소리냐? 네가 어떻게!"

"할 수 없잖아. 그 사람보다, 엄마보다 내가 그 사람이 아니면 죽을 것 같은데. 후후, 아이러니하게도 지금 네 덕분에 확실하게 깨달았어. 무슨 일이 있어도 그 사람이 없으면 안 된다는 거. 나, 그 사람하고 잡은 손, 절대로, 무슨 일이 있어도 절대 안 놓을 거야. 엄마, 언니, 너, 세상과 미래, 그 모든 것들하고 연을 끊는 한이 있어도 절대."

태환의 일그러진 얼굴이 하얗게 질려 부들부들 떨렸다. 악몽이었다. 현실에서는 절대 이루어져서는 안 되는 끔찍한 악몽. 기겁한 심장이, 이미 갈기갈기 찢겨 부서져 버린 심장이 피눈물을 흘렸다. 목소리가 부들부들 떨려 나왔다.

"미쳤구나, 피연지. 너, 네가 지금 무슨 소리를 지껄이고 있는지는 알고나 있는 거냐? 귀신처럼 밤에나 어슬렁거리고 다니면서 정상적인 생활도 불가능하고, 언제 미쳐서, 언제 죽을지도 모르는 놈하고 대체 뭘 어떻게 하겠다는 거야. 설마 그놈이랑 결혼이라도 하겠다는 거냐?"

"글쎄, 아직 거기까지는 구체적으로 생각해 보지는 않았어. 하지만 가능하다면…… 그래, 할 수만 있다면……."

연지의 입가에 꿈꾸는 듯 수줍은 미소가 아릿하게 걸렸다. 울컥! 기겁한 태환의 심장이 다시 피눈물을 쏟아냈다.

"미쳤냐? 너 진짜 미쳤어! 네가 왜, 무엇 때문에 그런 놈 뒷수발이나 들며 살아야 되는데?"

부들부들 떨리며 여러 갈래로 갈라져 흘러나오는 목소리가 도저히 제 목소리가 같지 않았다.

"너, 이제 겨우 스물세 살이야. 살아온 날들보다 앞으로 살아 갈 날들이 배는 더 남았다고! 그런데 뭐가 어쩌고 어째? 이런 곳 에 처박혀서 언제 미쳐 죽을지도 모르는 놈 뒷수발이나 하면서 살겠다고! 네가 왜, 뭐가 모자라서!"

헉헉, 태환의 호흡이 급격하게 가팔라졌다.

"사랑? 웃기고 앉았네. 세상에 그딴 사랑이 어디 있냐. 힘들고 고통스러울 것이 뻔한 끝이 보이는 사랑 따위 하는 사람이 세상 천지에 어디 있느냐고! 개뿔이, 네가 사랑을 알아? 네가 사랑을 해본 적이나 있어? 멍청아, 지금 너는 동정을 사랑이라고 착각하 는 거야. 멍청하고 순진하고 착해 빠져서, 지금 네 현실이 녹록치 않아서 잠시 착각에 빠져 있는 것뿐이라고. 그런 사랑이, 동정이 얼마나 갈 것 같냐? 어쩌면 넌 지금 네 뜻대로 되어주지 않는 현 실에서 도망치고 싶어 하는 건지도 몰라. 그 자식을 네 도피처로 생각하고 있는 건지도 모른다고."

연지가 피식 헛웃음을 흘리며 입술을 달싹거리기 전에 태환이 먼저 황급히 말을 이었다.

"아니라고 하지 마. 지금 넌 이성적인 판단을 상실한 상태니 까. 하지만 내 장담하지. 얼마 못 가서 너도 곧 정신을 차리게 될 거다. 그리고 '내가 왜 이랬지?' 하고 후회하게 될 거야. 네가 잠 시 눈이 멀어서 선택했던 결과와 암담한 현실 사이에서 땅을 치 고 후회하게 될 거라고. 그리고는 후회와 원망, 고집스런 오기와 죄책감 사이에서 어쩔 줄 몰라 하며 발만 동동 구르게 될 거다."

그래, 반드시 그렇게 되고 말 거야. 말하다 보니 정말 그렇게 되고야 말리라는 근거 없는 확신까지 생겨 버렸다. 태환은 고개를 크게 주억거리며 확신에 찬 눈을 부릅떴다.

"악담하는 게 아니야. 나뿐만이 아니라 백이면 백 모든 사람들이 다 그렇게 얘기할 거다. 남들 눈에는 뻔히 다 보이는 결과가 지금 네가 눈이 멀어서 네 눈에만 보이지 않을 뿐이지. 그래서 나, 네가 섶을 짊어지고 불길 속으로 뛰어드는 꼴, 절대로 가만두고 보지는 못하겠다. 네가 나한테 어떤 친구인데, 친구라면 절대로 그럴 수는 없지."

내가 너 그렇게 후회하며 살도록 내버려둘 것 같아? 천만에!

"어머니도 네가 그렇게 사는 거, 눈에 흙이 들어가도 절대로 가만 두고 보지 않으실 거다."

연지가 눈을 가늘게 좁히고 태환을 무섭게 노려보았다. 그러다 나지막한 한숨을 내쉬었다.

"내일이라도 당장 우리 엄마한테 달려가서 말씀드리겠다는 투네."

"그래, 내가 못 할 것 같아?"

"아니, 지금 네 상태를 보면 충분히 그럴 수도 있을 것 같아. 흐음, 좋아. 마음대로 해봐. 하지만 태환아, 내가 방금 말했지. 그런다고 해도 달라지는 것은 아무것도 없다고. 그 사람하고 아직 확실하게 미래를 약속도 하지 않은 마당에 엄마까지 나서서 한바탕 난리가 벌어지게 되면 무척 황당하고 이른 감도 없지 않아 있겠지만, 따지고 보면 언젠가 한 번은 닥칠 일이기는 하니까.

미리 겪는 셈 치지, 뭐."

연지는 이미 어느 정도 예상하고 각오까지 했던 일인 듯 담담하게 으깨만 으쓱거렸다. 그러고는 피식, 씁쓸하게 미소 지으며 태환의 부서진 마음을 더욱 뒤집어놓는 말만 태연하게 해댔다.

"사람의 앞날은 한 치 앞도 모른다더니, 진짜 그 말이 맞나 봐. 오늘 아침까지만 해도, 아니, 한 시간 전만 해도 이런저런 고민이 많아서 꽤 싱숭생숭했었는데 어쨌든 네 덕분에 그 사람에 대한 내 마음도 보다 확실하게 깨닫게 됐고, 엄마 문제도…… 이번 참에 확실하게 해놓는 것도 그다지 나쁠 것 같지는 않네."

연지가 다시 한 번 흔들리지 않는 굳건한 눈빛으로 태환을 빤히 바라보았다.

"그러니까 태환아, 너 하고 싶은 대로 해. 내가 말린다고 해서 순순히 지켜봐 줄 것 같지도 않은데. 솔직히 지금 네 반응, 너무 심하지 않나 싶기는 한데, 어쨌든 친구로서 걱정돼서 이런다는 것을 모르지는 않으니까 어떤 난리가 벌어진다고 해도 널 원망하지는 않을 거야. 어쨌든 내가 선택한 사랑 때문에 언젠가 한 번은 벌어질 일이니까. 하지만 김태환."

연지의 입가에서 옅은 미소가 싹 사라지고 눈빛이나 표정이 보다 매섭게 벼려졌다.

"만약 네가 여기서 더 오바해서 그 사람을 찾아간다거나 그 사람과 관련된 어떤 말이라도 우리 가족을 제외한 다른 사람들한테 떠벌리고 다닌다면 그땐 나, 너 절대 용서하지 않을 거야. 내가 그동안 쌓은 너와의 우정을 생각해서 널 이해하고 봐주는 것

은 우리 엄마와 관계된 문제, 거기까지만이라는 얘기야. 그 이상
은 아무리 너라고 해도 절대 안 봐줘. 우정 때문에 그 우정을 아
예 뿌리째 뽑아서 망가뜨리는 어리석은 짓은 절대 하지 않으리라
믿는다.”

연지는 그 말을 끝으로 태환과는 더 이상 할 말이 없다는 듯
그를 외면하고 평상에서 몸을 일으켰다. 태환의 떨림이 한층 더
거세졌다.

“뭐, 뭐냐, 너. 그깟 놈 하나 때문에 이십 년 우정도 헌신짝 버
리듯이 눈 깜짝하지 않고 버릴 수 있다는 뜻이냐?”

“그런 일이 벌어지지 않게 해달라고 부탁하는 거야.”

“그, 그게 부탁하는 거냐? 협박하는 거잖아. 그놈 건드리면
가만있지 않겠다고, 그놈이 어떤 망할 병을 달고 사는지, 그런
주제에 널 어떤 사지로 끌고 가려는지 입도 벙긋하지 말라고 협
박하는 거잖아, 너!”

“그렇게 들렸니? 꼭 그런 뜻은 아니었는데, 그래도 그렇게 들
렸다면 뭐, 어쩔 수 없고. 어쨌든 내가 무슨 말을 하는지, 말귀
는 제대로 알아들은 것 같아서 다행이다. 알아들었으면 이제 그
만하고 가라. 할머니 기다리셔. 너하고 더 이상 할 말도 없고.”

연지는 괜히 털 것도 없는 옷을 탁탁 털며 태환을 향해 걸어갔
다. 대문을 막고 장승처럼 서 있는 태환을 힐끗 올려다보며 단호
한 음성으로 말했다.

“비켜.”

“피연지!”

"피곤하게 같은 말 두 번 하게 하지 마. 그러는 거 아주 질색이니까."

연지는 언젠가 노다가 자신에게 했던 말을 똑같이 태환에게 들려주며 매섭게 태환을 노려보았다. 굳건한 의지로 똘똘 뭉친 냉담한 눈빛과 흔들림 없는 표정, 그녀의 전신에서 뿜어져 나오는 냉랭한 기운에 기가 질린 태환은 저도 모르게 움찔 옆으로 한 걸음 물러나고 말았다.

그를 노려보며 한 손만 뻗어 대문을 연 연지가 다시 한 번 단호하게 말했다.

"가."

연지야…….

태환은 연지가 자신을 보내고 늦었지만 이제라도 노다를 향해 달려가리라는 것을 알았다. 말리고 싶었다. 울며불며 그녀의 바짓가랑이를 부여잡고서라도 가지 말라고, 끝이 빤히 보이는 아픈 사랑 따위 그만두라고 말리고 애원하고 싶었다.

그러나 여기서 자신이 한 마디만 더 한다면 그녀가 정말 자신과의 우정을 헌신짝처럼 버리고 두 번 다시는 상대해 주지 않으리라는 것도 막연하지만 확실하게 느끼고 있었다. 산산이 부서진 마음이 다시 피눈물을 토해내며 울부짖었다.

하나 태환은 고개를 푹 숙인 채 그녀가 활짝 연 대문을 지나 밖으로 나갈 수밖에 없었다. 주춤, 걸음이 멈췄으나 그녀를 되돌아볼 수는 없었다. 단단히 벽을 쌓아올린 그녀의 의지가 그를 밀어내고 튕겨냈다. 질끈 감은 두 눈에서 뜨거운 눈물이 흘러내렸다. 서럽고, 아프고, 안타깝고, 고통스러웠다. 태환은 떨어지지 않으려는 발을 억지로 떼어내어 한 발, 두 발 걸음을 옮겼다.

그녀의 집에서, 그녀에게서 점점 멀어져 갔다.

등 뒤에서 삐이걱, 대문이 좀 더 활짝 열리는 소리가 들리고 주섬주섬 뭔가를 줍는 소리가 들려왔다. 그 때문에 바닥에 떨어져 으깨진 감자나 옥수수 등을 줍는 듯싶었다.

그러나 그 소리도 오래가지 않았다.

퍽!

기껏 주워든 것들을 내동댕이치는 소리가 들려오고 그녀가 이를 악물고 울음을 참는 소리가 들려왔다. 그리고 태환이 모퉁이를 돌아서 돌담에 기대어 섰을 때, 타닥타닥 어딘가로 황급히 달려가는 발소리가 들려왔다.

그 발소리가 아스라이 멀어져 들리지 않을 때까지 태환은 어둠 속에 웅크리고 선 채 꼼짝도 하지 못했다. 기나길었던 짝사랑에 작별을 고하는 너른 어깨가 조금씩 들썩거렸다. 세상에 태어나 처음으로 사랑했고, 유일하게 사랑했던 여자가 다른 이를 향해 달려가고 있었다. 목숨처럼 아끼고 사랑했던 우정이 멀어지고 있었다.

그런 사랑이, 우정이 선택한 사랑을 진심으로 축하해 주고 응원해 주지 못하는 자신의 처지가 서럽고 또 아팠다. 그런 만큼 그녀의 사랑이 안타깝고 아프고 걱정스러웠다.

태환은 시린 돌담에 기댄 채 오랫동안, 아주 오랫동안 그곳을 떠나지 못했다.

뒷산으로 이어지는 오르막에 다다르자 연지는 뜀박질을 멈추고 목 끝까지 차오른 숨을 가다듬었다. 아이처럼 손등으로 흥건하게 젖어버린 뺨도 싹싹 닦아냈다. 기다림에 지쳐 그가 오늘은 그녀가 못 오는가 보다 하고 올라가 버렸을지도 모른다. 하나 만에 하나 저 수풀 어딘가에서 아직까지 그녀를 기다리고 있으면 어떡하나.

그에게 눈물을 보여서는 안 된다. 그녀가 울면 그는 속으로 피눈물을 흘리니까.

"후우, 후우."

코끝까지 발개진 눈시울을 닦고 또 닦고, 흩어져 버린 숨을 몇 번이나 가다듬은 후에야 연지는 어둠에 묻혀 있는 산으로 달려갔다.

바스락, 바스락. 타닥타닥타닥.

우뚝.

산자락에 오르자마자 그녀의 뜀박질이 멈췄다. 저 앞, 산 밑까지 거의 내려와 서성거리는 그의 기다란 실루엣이 달빛에 아른거리고 있었기 때문이다.

아…….

그는 연락 한 자락 취할 수 없고, 때문에 언제 올지 알 수도 없는 그녀를 하염없이 기다리고 있었다. 이제나 저제나 그녀가 언제 와주려나, 기다림에 지쳐 서성이다 산자락 밑에까지 내려왔나 보다. 심장이 제멋대로 또 다시 울컥거렸다.

'울지 마! 울면 안 돼!'

연지는 이를 악물고 터져 나오려는 눈물을 가까스로 참아 눌렀다. 그녀의 기척을 느낀 그가 뒤돌아서 그녀를 바라보았다. 그의 강파르고 마른 어깨가 흠칫 굳었다. 그러고는 이내 빠르게 다가왔다. 연지는 두 손을 꼭 움켜잡고 억지로 환한 미소를 지어 보였다. 그를 향해 달려갔다.

"연지야."

"노다 씨."

황급히 달려온 그가 걱정스런 눈빛으로 그녀를 내려다보았다. 그녀의 어깨를 꼭 부여잡고 떨리는 눈빛으로 그녀의 얼굴을 찬찬히 살폈다.

"무슨 일이 있었니?"

"아니, 별일 없었어요. 많이 기다렸어요? 미안해요. 내가 좀 늦었죠? 바보처럼 할머니가 주신 감자랑 옥수수 등을 챙겨 나오다가 쏟아버리는 바람에……."

"넘어졌어?"

그의 미간에 옴팡진 주름이 잡혔다.

"어디 안 다쳤어?"

"안 다쳤어요. 돌부리를 잘못 밟아서 휘청거리기는 했는데, 넘어지지는 않았어요. 그런데 우리 야참은 히잉, 못 먹게 되어버렸어. 깻잎이나 상추도 엄청 많았는데."

"됐어. 그게 뭐가 중요해. 네가 다치지 않은 게 중요하지. 어디 봐봐. 진짜 안 다쳤어?"

그가 그녀의 몸을 재빨리 훑어내렸다.

"안 다쳤다니까요. 그런데 진짜 많이 기다렸죠? 미안해요."

까지거나 흙 묻은 곳이 없다는 것을 확인한 그가 안도의 한숨을 내쉬었다. 그제야 그의 입가에 옅은 미소가 지어졌다. 연지는 그가 자신의 얼굴을 자세히 들여다보기 전에 얼른 그의 품으로 파고들었다. 그의 단단한 가슴팍에 얼굴을 파묻고 등을 꼭 끌어안았다.

"하아, 우리 노다 씨 냄새. 좋다."

강아지처럼 그의 가슴에 코가 납작해지도록 파묻고 킁킁거렸다. 흠칫 당황했던 그가 피식 웃으며 연지의 어깨를 꼭 끌어안아 주었다. 그녀의 정수리에 얼굴을 파묻고 그도 중얼거렸다.

"나도 좋다. 우리 연지 냄새."

"내 냄새가 있어요? 아니, 냄새라는 말은 좀 그렇다. 향기, 나한테도 나만의 향기 같은 게 있어요?"

"그럼."

연지의 눈이 동그랗게 커졌다.

"정말? 어떤 향기인데요? 난 향수도 안 쓰고 샴푸하고 린스밖에 안 하는데. 얼굴에도 스킨하고 로션밖에 안 바르고."

"그래도 있어."

"궁금하다, 어떤 향기가 나는데요? 노다 씨한테서는 굉장히 좋은 향기가 나요. 뭐라고 그럴까. 가을바람처럼 스산하면서도 깊고 청신하고 무척 그윽한 향기 같은 거요. 그래서 한 번은 물어봐야겠다 싶었어요. 향수를 쓰면 무슨 향수를 쓰나, 스킨이나

로션 냄새면 어떤 제품을 쓰나, 하고요."

노다가 어깨를 으쓱거렸다.

"나도 향수 같은 건 안 쓰는데. 나도 스킨하고 로션 바르는 게 다야. 그런데 나한테서 그런 냄새가 나? 가을바람 같은?"

"으응."

"난 잘 모르겠는데."

"난다니까."

연지가 고개를 살짝 들고 그를 올려다보았다.

"나한테서는 어떤 향기가 나는데요?"

"음, 글쎄. 그걸 뭐라고 표현해야 하나. 그냥 굉장히 좋은 향기가 나. 달콤하고 밝고 따스한 향기."

"꽃향기 같은 거?"

"아니."

"그럼?"

"그냥…… 피연지 향기."

그녀를 내려다보는 그의 눈동자가 더 없이 깊고 그윽해졌다. 연지의 가슴이 두근두근 떨렸다. 그녀답지 않게 쑥스러워진 연지는 붉은 눈가를 더욱 붉게 물들이고 고개를 푹 숙였다. 그의 가슴으로 더욱 깊이 파고들었다. 괜히 입술을 비죽거렸다.

"피, 그게 뭐야."

그가 속웃음을 웃는지, 얼굴과 맞닿은 단단한 가슴팍이 작게 들썩거렸다. 연지는 그의 등을 더욱 세게 끌어안았다. 그가 그녀의 뒷머리를 부드럽게 쓸어내렸다.

"난 무슨 안 좋은 일이 생긴 줄 알았어. 네가 하도 오지 않아서."

"미안해요."

"아니야. 미안하다는 말은 하지 마. 그냥 그랬다는 거니까. 게다가 혹시나 해서 밑에까지 내려와 봤는데, 갑자기 너희 집 있는 방향에서 웅성거리는 소리가 들리잖아."

흠칫. 연지의 입가에서 웃음기가 싹 사라졌다.

'혹시 태환이가 지껄인 말들을 모두 들었을까? 설마, 아닐 거야. 여기까지는 거리가 꽤 되잖아.'

하지만 혹시 또 모를 일이었다. 거리는 꽤 떨어져 있어도 조용한 밤이지 않은가. 긴장한 연지는 아랫입술을 살짝 깨물고 마른침을 꿀꺽 삼켰다.

"아, 그거요. 그 소리가 여기까지 들렸어요?"

연지는 최대한 대수롭지 않다는 투로 물었다.

"자세히는 아니고 그냥 웅성거리는 소리만."

후우. 그럼 그렇지. 다행이다. 연지는 가슴을 쓸어내렸다. 그러나 바로 이어진 그의 얘기에 연지의 가슴은 다시 철렁하고 말았다.

"남자 목소리였는데, 꽤 화가 났는지 소리를 지르는 것 같았어. 그런데 고함치는 남자의 목소리 사이로 네 목소리도 들리는 것 같더라고. 그리고 얼마 안 있어 이런저런 목소리들까지 웅성거리며 들려왔고. 혹시 마을에 무슨 안 좋은 일이라도 생겼니?"

연지는 떨리는 가슴을 단단히 틀어쥐고 부러 짜증스러운 어투로 투덜거렸다.

"태환이 자식 때문에요."

"태환이? 그 친구가 왜?"

"하루 종일 코빼기도 안 보인다 싶더니, 시내에 나가서 오랜만에 고향 친구들 만나 술을 마셨나 봐요. 완전히 고주망태가 돼서왔더라고요. 술에 취해서 길바닥에 널브러져 있는데, 그 꼴을 보고 내가 얼마나 놀랐게요. 돌부리에 걸려 넘어질 뻔한 것도 다 그자식 때문이었다니까요."

연지를 재빨리 머리를 굴려 거짓말을 지어냈다.

"그래서 잠깐 서로 언성 높이고 좀 다퉜어요. 내가 너무 놀라서 여기서 왜 이러고 있느냐고, 취했으면 빨리 집에 들어가 발 닦고 잠이나 자라고 한 소리 했더니, 자식이 뭘 잘했다고 고함을 치고 난리잖아요. 그 바람에 주무시던 어른들도 깜짝 놀라서 다 나와 보시고. 그 자식 때문에 나까지 괜히 한 소리 들었다니까요. 나 원 참."

"그래?"

"응. 그래서 할머니가 술 취한 녀석 끌고 가시는 거 도와드리고, 바닥에 떨어진 거 치우고 그러느라 좀 늦은 거예요."

그는 잠시간 아무 말도 하지 않았다. 그저 그녀를 좀 더 품에 꽉 끌어안고 뒷머리만 가만 가만 쓸어내릴 뿐이었다. 그러다 잠시 후. 머리 위에서 낮은 한숨과 함께 웅얼거리는 쓸쓸한 음성이 흘러나왔다.

"그랬구나. 그랬어."

117

"저기, 혹시 나한테 무슨 일 생겼을까 봐 걱정했어요?"

"응. 그런데…… 아니야. 됐어. 별일 아니었다니까 이제 됐어."

노다는 마음속에서 휘몰아치는 자괴감을 가슴 깊이 묻어둔 채 간간이 낮은 한숨만 내쉬었다. 조금 전 등신 같고 머저리 같던 제 꼴이, 한심하기 짝이 없었던 제 처지가 새삼스럽게 주마등처럼 하나둘 눈앞을 스쳐갔다.

바람결에 들려왔던 그녀의 새된 외침에도 불구하고 달려 나갈 수 없었던 그 순간의 무참함이 새삼 그의 심장을 움켜쥐고 넋을 후려쳤다. 그녀의 목소리일지도 모른다는 생각이 든 순간, 앞뒤 분간 없이 산자락을 온전히 벗어나 저 앞까지 달려 나가긴 했더랬다.

하지만 거기까지만이었다. 잠시 후 들려온 다른 이들의 웅성거림에 온몸이 굳고 다리가 움직여지지 않았더랬다. 그렇게 한참을 오도 가도 못하고 어둠 속에 등신처럼 망연히 서 있기만 했었다. 웅성거리는 소리가 잦아들고 사방이 다시 조용해질 때까지 그는 산길을 간신히 벗어난 그곳에서 우두커니 서 있기만 했었다.

남자의 고함 소리와 함께 들려왔던 여자의 음성이 진짜 연지였을지도 모르는데……. 그녀에게 어떤 변고가 생겼을지도 모르는데……. 그럼에도 그는 비겁하게 겁쟁이처럼 굳은 채 꼼짝을 하지 못했었다.

그러고는 거짓말처럼 조용해진 사위에 별일 아닐 것이다, 잘못 들었을 것이다, 노인 분들밖에 안 사는 시골 마을에 변고가 생길 일이 무에 있겠는가. 그렇게 애써 자위를 하며 겁쟁이처럼 뒷걸음 쳐 산으로 돌아가 숨어버리고 말았더랬다.

그리고 달려가지도 못하는 주제에 그녀가 빨리 나타나 주기만을, 와주기만을 애타게 기다렸다.

사랑하는 여자를 지킬 주제도, 자격도 안 되는 스스로를 새삼 증오하고 원망하면서…….

그런 주제에 멀쩡한 모습으로 달려와 준 그녀를 보고 뻔뻔하게 안도의 숨을 내쉰다. 거보라고, 그녀한테 변고가 생긴 것이 아니지 않느냐고, 이만해서 천만다행이라고……. 파렴치한 손으로 그녀를 쓰다듬으며 비겁하고 비열한 자신을 감춘다.

비열하고 이기적인 마음에 기꺼이 모든 것을 내어주고 눈을 감아버린다.

'이건 아니다. 이렇게는 살 수 없어. 더 이상은 안 돼.'

어둠을 응시하는 노다의 눈동자가 처연할 만큼 결의에 차 파르르 떨렸다. 여린 속살이 찢어지도록 이를 으득, 깨물었다.

검사와 치료를 마치고 혹시 모를 사람들 눈을 피해 지하주차장으로 내려온 노다는 운전석에 앉자마자 등받이에 털썩 기대어 긴 한숨을 토해냈다. 평소보다 배 이상 오래 소요된 검사 시간만큼이나 그의 창백한 얼굴은 피곤에 절어 하얗게 질려 있었다. 지난한 검사와 치료 때문만은 아니었다. 곤혹스러워하는 안 박사를 붙잡고 그가 내놓을 수 없는 대답을 내놓으라고 요구하느라

진을 다 뺀 탓이었다.

그러나 역시, 안 박사에게서는 그가 원하는 대답을 결코 들을 수 없었다. 겨우 얻어낸 대답이라고 해봐야 '미안하다', '그래도 한번 알아보겠다', '다행히 결과는 좋다. 이 상태를 유지하는 것만으로도 지금은 무척 고무적인 것이다', '희망을 잃지 마라'는 등의 하나 마나 한 대답이 고작이었다. 그것도 필사적으로, 끈질기게 다른 대답을 요구하는 그에게 질려서는 마지못해 내놓은 대답이었을 뿐이다.

'역시, 다른 방법은 없는 것인가.'

언제가 될지 모르는 그날을 두려워하며 하루살이처럼 비굴하게 살아가는 것, 그것밖에는 그가 할 수 있는 것은 정녕 하나도 없다는 말인가.

2년 전, 그의 몸속에 잠자고 있던 병증이 드러났을 때에도 이토록 절박하지는 않았었다. 결국 그를 이 지경으로 몬 세상과 운명을 원망하며 절망했을지언정, 이토록이나 절박하게 온전한 삶을 꿈꾸며 생에 매달리지는 않았었다.

그땐 그저 결국 이런 날이 오고야 말았구나, 이 빌어먹을 저주받은 운명에 결국 내가 지고야 말았구나, 하고 1년 가까이 버둥거리다가 지쳐 나가떨어지고 말았을 뿐이다.

그나마 늦지 않게 해보고 싶었던 것을 해보고, 보란 듯이 능력을 인정받아 '천재 건축가'라는 칭호까지 달아봤으니 이 정도면 된 것 아닌가, 됐다, 이 정도면 억울할 것도 없다고 자위하며 그 스스로 모든 것을 정리하고 제 발로 한국으로, 어머니가 갇혀 있던 이곳으로 찾아 기어들어 왔었다.

그런데 이제야 비로소 이렇게 비참하게 연명하다 미쳐서 죽고 싶지 않다, 더 이상은 구더기처럼 어둠 속에 기생하며 살 수는 없다, 나도 밝은 햇살을 만끽하며 떳떳하게 행복하게 살고 싶다, 그녀를…… 온전히 지켜주고 그녀와 함께 온전한 삶을 살고 싶다는 절실한 바람이, 절박함이 생겨 버렸다.

하지만 현실은 여전히 냉혹하고 비참할 뿐이었다.

승복되지 않는 설움이, 다시 생겨나 버린 열망이 그를 더욱 비참하고 처참하게 만들고 있었다.

지켜줄 수 없는 사랑은 처음부터 하는 것이 아니었는지도 모르겠다. 이뤄질 수 없는 꿈 따위, 희망 따위는 애초부터 품어서는 안 되는 것이었다.

그런데 그녀가 차갑게 죽여 버린 심장으로 들어와 버렸다. 그 심장을 다시 뛰게 만들고 꿈을 꾸게 만들었다. 헛된 꿈인지 알면서도 그 꿈을 꾸며 맹목적으로 간절하게 바라게 만들었다.

안 된다는 것을 알면서도……, 부질없는 꿈이라는 것을 알면서도…….

그러나 역시, 더 이상은 안 되는 거였나.

서러운 절망으로 불덩이처럼 뜨겁게 달궈지는 검은 망막 너머로 말갛게 미소 짓는 연지의 얼굴이 또렷하게 맺혔다. 어떤 순간에도 당돌하게 눈을 부라리며 당당하게 자기주장을 펼치던 모습, 아이처럼 고집 부리며 떼쓰고 억지를 부리던 모습, 발작이 일어난 그의 옆에서 울며불며 발을 동동거리면서도 도망치기는커녕 그를 부여안고 지지 말라고 소리치던 모습, 그리고 어느 순간부터 물기 젖은 눈으로 그만을 바라보며 수줍게 미소 짓던 모습, 그의 손을 잡고 안아달라고 속삭이던 모습, 그의 품에 안겨 입술을 맞추고 가쁜 숨을 쉬어대던 그 사랑스러운 모습…….

그녀의 모든 것들이 절망에 울부짖는 그의 넋을 부여잡고 서럽게 울고 있었다.

"다른 건 다 필요 없어요. 당신하고 이렇게 함께 있을 수만 있다면. 사랑해요, 사랑해요. 당신만을 사랑합니다."

눈물 젖은 그녀의 흐느낌이, 그 떨리던 애절한 속삭임이 끊임없이 귓가에 맴돌며 자꾸만 심장을 파고든다. 더 이상 파고들 데도 없는, 그녀만으로 가득 차버린 심장을.

아, 연지야…….

그의 창백한 얼굴이 무참하게 일그러졌다. 질끈 감긴 눈가가 바르르 떨렸다. 뜨거운 눈물 한 줄기가 주르륵 흘러내렸다.

그래도 그는 이 서러운 절망 속에서도 다시 한 번 힘을 내어본다. 부질없는 꿈을, 헛된 바람을 간절히 바라본다.

그러면서도 주춤주춤 또 다른 길을 모색해 본다.

그가 그녀를 위해서 할 수 있는 또 다른 무언가를.

노다는 주머니에서 핸드폰을 꺼내 어딘가로 전화를 걸었다. 신호음이 두어 번 울리자 상대방이 전화를 받았다.

「안녕하셨습니까. 저, 최노다입니다. 주무시고 계셨을 텐데 죄송합니다. ……아니요, 문제가 생긴 건 아닙니다. 다만 긴히 부탁 드릴 일이 있어서요. ……이 비서님밖에는 제가 믿고 부탁드릴 만한 분이 없어서요.」

축축이 젖은 노다의 긴 속눈썹이 천천히 위로 들렸다. 텅 빈 듯 그러나 단단한 결의로 가득 찬 갈색 눈동자가 흔들림 없이 허공의 한 점을 응시했다. 노다는 머릿속에 떠오른 생각들을 하나도 빠짐없이 말하고 부탁했다. 그의 얘기가 이어질수록 깜짝 놀라 당황하던 이 비서의 음성은 점차 침중하게 가라앉으며 짧고 무거워졌다.

마침내 그의 긴 이야기가 끝났을 때, 수화기 저편에서는 땅이 꺼질 듯한 안타까운 한숨이 터져 나왔다.

「……저 때문에 이 비서님만 번번이 귀찮게 하는 것 같아서 너무 죄송합니다.」

[아닙니다, 아니에요. 그런데 노다 군, 왜 갑자기 그런 생각이 들었는지, 왜 갑자기 증여 절차와 비용을 알아보려고 하는지 물어봐도 되겠습니까? 노다 군을 대신해서 건축에 참여할 업체를 알아보는 것은 어려울 것도 없고, 제 입장에서는 매우 다행스럽고 반가운 일입니다. 솔직히 노다 군의 재능을 이대로 썩힌다는 것은 매우 안타까운 일이니까요. 그렇게라도 노다 군이 다시 일을 시작할 마음을 굳혔다는 것은 너무도 감사한 일입니다. 이사장님도 이 사실을 아시면 매우 기뻐하실 겁니다. 하지만 증여는……. 혹시 검사 결과가 안 좋게 나왔습니까? 혹시 몸에 또 다른 이상 증상이라도 생긴 거예요?]

「아닙니다.」

[그런데 왜 갑자기 마지막을 준비하는 사람처럼……. 후우, 노다 군, 그러지 말아요. 아직 그럴 단계는 아니잖아요.]

「압니다. 그냥…… 미리 알아두는 것도 나쁘지 않을 것 같아서 드리는 부탁일 뿐입니다. 다른 의도는 없으니까 괜한 걱정은 하지 않으셨으면 좋겠습니다. 그리고 죄송하지만 한 가지 부탁이 더 있습니다.」

[후우, 말해요.]

「제가 지금 부탁드린 것들은 당분간만이라도 이사장님한테는 비밀로 해주셨으면 합니다. 제가 건축 설계를 다시 시작하겠다는 것은 아직 확실하게 믿고 협력할 업체가 정해진 것도 아니고 무엇보다 증여 문제는 제가 그냥 미리 알아보려는 것뿐인데, 그 일로 괜한 분란을 일으키고 싶지 않아서 그럽니다. 부탁드립니다.」

[……알겠습니다. 일단은 노다 군의 말에 따를게요.]

「감사합니다. 그리고 번번이 정말 죄송합니다.」

노다는 천천히 전화를 끊었다. 무거운 한숨과 함께 그의 두 눈이 다시 질끈 감겼다.

5장

노다는 뻑뻑한 눈을 부비며 자리에서 일어났다. 그동안 무의미하게 작업했던 것과 다르게 모처럼 심혈을 기울여 설계에 몰두했더니 시력에까지 무리가 갔나 보다. 그러나 마음만은 어느 때보다 뿌듯하고 좋았다. 괜스레 힘도 나고 활력도 생기는 것 같았다.

그러나 오늘 작업은 여기까지만. 책상을 정리하고 연지를 데리러 갈 시간이었다. 시간을 확인한 노다는 작업 중이던 PC와 책상을 재빨리 정리하고 1층으로 내려갔다.

이 비서한테 부탁한 지 3일이 지났건만 그를 대신해서 현장을 관리, 감독해 줄 능력 있는 업체는 아직 정하지 못했다. 이 비서가 몇 군데 후보군을 선정해서 메일을 보내왔지만 까다로운 그의 눈에는 모두 마땅치 않았다.

하여 좀 더 구체적인 조건을 제시해 그에 맞는 업체를 다시 알아봐 줄 것을 부탁했다. 이 비서는 군소리 없이 기꺼이 그러겠노라고 대답해 주었다. 오형수의 수족 역할에, 그의 눈을 피해 노다의 일까지 알아봐 주느라 몸이 열 개라도 부족할 텐데, 이 비서는 불평 한 마디, 못마땅한 기색조차 보이지 않았다.

그는 남들 눈을 피해 일주일에 한 번씩 어린 아들을 보러오는 오형수를 대신해 어린 노다를 돌봐줄 때부터 그랬었다. 거의 매일 저녁마다 찾아와 입주 가정부가 그를 살피고 집안일에 소홀하지는 않는지 꼼꼼하게 점검하고, 노다의 건강이나 학교생활에 대해서도 진심을 다해 살펴봐 줬었다.

하지만 노다는 그런 그에게 조금도 고마워하지 않았다. 자신의 일거수일투족을 감시하는 감시자라고만 생각했었다. 그러다가 미국으로 쫓겨난 후 머리가 크고 철이 들기 시작하면서 이 비서에 대한 반감이나 경계심 등이 많이 누그러졌었다. 어쨌든 부모 대신 한결같은 마음으로 그를 걱정하며 돌봐준 사람이 아닌가.

표현은 하지 못해도 노다가 진심으로 믿고 의지하는 사람은 이 비서가 유일했다. 적어도 이 비서는 단 한 번도 그를 상처 입히거나 도움의 손을 거절한 적이 없었으니까.

그런데 이번만큼은 그도 노다의 부탁을 선뜻 들어주기가 저어되는가 보다. 건축 설계 업체는 성심성의껏 알아봐주면서도 증여 문제에 관해서는 아직 이렇다 하는 말이 없는 것을 보면 말이다.

그는 그냥 미리 한번 알아보는 것뿐이라고 했으니 급할 것은 없는 것 아니냐, 그러니 급한 일 먼저 해결하고 그 다음에 확실하게 알아보겠노라며 차일피일 시간을 늦추고 있었다. 혹여 노다가 나쁜 마음이라도 먹고 있지 않나, 내심 꽤 불안한 모양이었다.

절대로 그럴 일은 없는데.

안 박사와의 일은 기대 이하로 아무런 성과가 없었으나 그렇다고 포기한 것은 아니었다. 가망 없는 절망에 빠져 이대로 삶을 포기할 그가 절대로 아닌 것이다.

연지가 있는 한, 그녀를 위해서라도.

다만…… 최악의 상황을 염두에 두고 미리 준비를 하고 싶을 뿐이었다. 그 순간이 닥쳤을 때, 바보처럼 허둥거리고 싶지 않다. 정신이 온전한 지금, 이지와 판단력이 흐려지기 전에 해야 할 일을 해두고 싶은 것뿐이다. 정신이 흐려져 자신이 무엇을 해야 하는지조차 알지 못하게 되기 전에 그녀를 위한 작은 선물을 준비해 두고 싶을 뿐이었다.

내 가엾은 사랑을 위해서 내가 해줄 수 있는 거라고는 고작 그 정도뿐이니까.

하여 마음이 조급하다.

하지만 성급하게 서두르지는 않을 것이다. 아직은 아니다. 아직까지는 버틸 자신이 있다. 그러니 어느 때보다 신중하게, 은밀하게 그리고 확실하게 일을 진행시켜야 한다. 조급한 마음에 서두르다가 일을 그르치면 큰일이다.

그러고 보니 오형수한테도 고마워할 만한 일이 하나는 있었구나 싶다. 떳떳하게 밝히지도 못하는 혼외자식에 대한 죄책감으로 그가 한 밑천 재산을 미리 떼어주지 않았다면, 그녀한테 남겨줄 거라고는 고작 이루지 못한 서러운 사랑에 대한 아픈 상처와 기억뿐이었을 테니까.

뻔뻔하고 염치없는 말이지만, 그녀가 그 아픈 상처와 기억을 딛고 그가 남긴 것으로 어떤 고난과 역경도 없이 자신의 꿈을 이루었으면 좋겠다.

영문학 박사 피연지.

교수 피연지.

틀림없이 멋지고 근사할 것이다. 그녀라면 반드시…….

「하지만 나는 그 모습을 볼 수 없겠지.」

그의 입에서 씁쓸한 읊조림이 흘러나왔다.

어쩌면 나는 그녀로 인해 행복했던 이 순간들을, 아니 그녀의 존재조차 기억하지 못할지도 모른다. 아니, 어쩌면 그땐 이미 나는 이 세상 사람이 아닐지도 모른다.

그래도 상관없다. 그래도 좋다.

그녀만 행복해질 수 있다면.

나는 간절히 바란다. 그녀가 부디 젊은 시절 폭풍처럼 휩쓸고 간 서러운 사랑을 모두 잊고 제 꿈을 당당히 이루고, 또…… 새로운 사랑을 만나 행복하게 살아주기를.

그래야 그녀의 손을 놓지 못하는 지금의 이 비열하고 이기적인 욕심을 조금이라도 용서받을 수 있을 테니까.

그래야지만 결국에는 나도 웃으며 눈을 감을 수 있을 테니까.

그래야지만…… 그래야지만…….

등신처럼 또다시 눈가가 뜨거워진다. 뻑뻑한 눈꺼풀 안쪽이 불에 덴 듯이 뜨겁다. 새로 생긴 고질병이다. 가증스러운 악어의 눈물이다.

그녀를 보내주지도 못하고, 지켜주지도 못하는 주제에.

그녀를 시름의 구렁텅이에 처박고 매일, 매 순간 눈물 흘리게 하는 주제에.

노다는 가증스런 악어의 눈물을 황급히 닦아냈다. 크게 심호흡을 하고 집을 나섰다. 가엾은 내 사랑을 또다시 심연의 어둠으로 데려오기 위해서. 아직은 그녀를 보내줄 수 없어서. 아직은 그녀를 보내고 싶지 않아서.

노다는 그렇게 비열하고 이기적인 제 자신을 증오하고 경멸하면서도 그녀를 만나기 위해 서둘러 산을 내려갔다.

"와우!"

연지가 환호성을 지르며 노다의 팔을 잡아당겼다.

"봤어요? 내가 맞혔어요. 드디어 내가 정확하게 맞혔다고요!"

크로스보우로 드디어 20여 미터 가량 떨어진 곳에 세워둔 빈 캔의 정중앙을 정확하게 맞힌 연지가 흥분해서 꺅꺅 소리를 질러댔다. 자신의 팔에 매달려 팔짝팔짝 뛰어대는 연지를 흐뭇하게 내려다보며 노다가 씨익 미소 지었다.

"잘했어. 그런데 저거 맞힌 게 그렇게 기분이 좋아?"

"그럼요! 그동안 얼마나 약이 올랐게요. 혹시 내 눈이 사시인가, 아님 팔이 삐뚤어졌나, 별의별 생각이 다 들었었다고요. 바보가 된 것 같았단 말이에요. 그런데 흐흐, 봤죠? 정확하게 정중앙을 맞힌 거. 양궁으로 치면 완전 10점 만점이라니까요."

연지는 어깨를 으쓱이며 꽤나 으쓱댔다.

"아무래도 나, 이쪽에 소질 있나 봐."

"어쩌다 한 번 맞힌 거 가지고 잘난 척하기는."

노다는 괜히 핀잔을 주며 그녀를 약 올렸다. 연지가 금세 파르
르 열을 내며 씩씩거렸다.

"아니라니까. 이젠 정말 감이 잡힌다니까요."

'글쎄' 하는 표정으로 노다가 한쪽 눈썹을 슬쩍 치켜 올렸다.

"이씨, 좋아요. 저게 결코 우연이 아니라는 것을 증명해 보이
고 말 테니까. 잘 봐요."

연지는 크로스보우에 재빨리 화살을 하나 더 장전해 빈 캔을
향해 크로스보우를 겨눴다. 이젠 제법 능숙해진 솜씨에 폼도 그
럴싸했다. 폼만 보면 프로 선수라고 해도 믿겠다. 눈을 가늘게
좁히고 신중하게 타깃을 겨냥한 연지가 방아쇠를 잡아당겼다.

슝! 퍽!

쏜살같이 날아간 화살이 이번에도 정확하게 빈 캔의 중앙을
맞혔다. 와우! 두 사람의 입에서 동시에 탄성이 터져 나왔다. 특
히, 연지는 제가 맞히고도 제가 더 놀라선 몇 초간 휘둥그레진
눈을 끔벅거리며 쩍 벌어진 입을 다물지 못했다.

그러다 이내 커다래진 눈을 반짝이며 그를 휙 올려다보았다.

"봤죠! 저래도 내 실력이 우연이라는 거예요?"

기세 등등. 흥분해서 반짝거리는 눈동자만큼이나 환하게 핀
연지의 얼굴은 귓불까지 발갛게 달아올라 있었다. 이번에는 노다

도 순순히 인정했다. 엄지를 척 들어 보였다.

"인정. 대단해."

그녀의 앞머리를 쓰담쓰담 했다. 한껏 어깨가 올라간 연지가 으스대며 헤헤거렸다.

"두고 봐요. 조만간 나도 노다 씨처럼 움직이는 목표물도 정확하게 명중시키고 말 테니까."

"재미있어?"

"그럼요. 알잖아요. 난 지고는 절대 못 산다는 거. 그리고 내 사전에는 포기라는 단어는 절대 없다고요."

노다는 발갛게 상기된 연지의 뺨을 어루만지며 마음속으로 속삭였다.

'그래, 알아. 그래서 나도 포기하지 않으려고. 연지야, 나 포기하지 않을게. 나도 최선을 다해서 버틸 수 있을 때까지 버텨볼게. 사랑한다. 그리고 미안해.'

아, 그러나 애잔했던 분위기는 어디 가고 노다는 현재, 매우 당황스러운 상황에 처하고 말았다.

크로스보우 화살 한 통을 다시 한 번 몽땅 쏘고 의기양양해진 연지가 이번에는 땀 흘렸더니 덥다며 그를 수영장으로 끌고 갔기 때문이다. 특히 오늘은 단단히 작심이라도 하고 왔는지, 어제 그제처럼 그녀만 수영복으로 갈아입고 오라고 잡힌 손을 빼내려는 그를 획 돌아보며 눈에 쌍심지를 켰다.

"벽 잡고 발장구 치는 건 그만할 거야. 대체 언제까지 그 짓만

하라는 거예요? 오늘부터는 정식으로 가르쳐 줘요. 일단 물에 가라앉지 않고 떠서 가는 법부터 차근차근."

노다는 그녀의 대찬 기세에 살짝 눌려 엉겁결에 고개를 끄덕이고 말았다.

"알았어. 그런데 그러려면 일단 기초적인 것부터 마스터해야 된단 말이야. 발장구 치고 숨 쉬고 그런 거."

"그거야 요 며칠 계속 했잖아요. 잘한다면서요?"

"어, 그야 뭐."

"그러니까 오늘부턴 진도 좀 빼자고요. 오케이?"

진도 좀 빼자는 말이 다른 뜻으로 들리는 것은 그만의 착각일까? 찔끔, 당황한 노다는 다시 한 번 얼떨결에 '어' 하고 대답하고 말았다. 그러고서도 발바닥에 껌이라도 붙은 듯 꼼짝도 하지 않으려는 그를 연지가 돌아보고 인상을 팍 썼다.

"뭐 해요? 빨리 가서 수영복으로 갈아입고 와야죠."

"어, 그게……. 너만 갈아입고 와. 나는 그냥 어제처럼……."

"또 위에서 말로만 하겠다고요? 그러다 내가 꼬르륵 가라앉으면 어쩌려고요?"

"어, 그러면 내가 빨리 들어가서 구해주면 되지."

"그러니까요. 그러니까 노다 씨도 수영복으로 갈아입어야죠. 그리고 내가 물에 빠질 때까지 위에서 지켜보겠다는 건 무슨 심보래요? 그냥 옆에서 잡아주고 물에 안 빠지게 해주면 될 것을."

연지가 기가 찬다는 듯 코웃음 치며 예쁘게 눈을 흘겼다. 그녀의 말이 틀린 말은 아닌지라 노다는 아니다, 기다 말 한 마디 하지 못하고 마른침을 꿀꺽 삼켰다. 속으로는 한 번만 봐달라고 싹싹 빌면서.

요 며칠 그녀한테 수영을 가르쳐 주며—벽 잡고 발장구 치게 한 것이 고작이긴 했지만— 노다는 물에 절대 들어가지 않았다. 당연히 수영복으로 갈아입지도 않았다. 심하게 헐벗은 비키니 차림의 그녀를 보는 것만으로도 벌렁거리는 가슴이 제어가 되지 않아 미치겠는데, 저번처럼 그녀와 함께 물속에 들어가 그런 그녀를 안기라도 한다면…… 으, 그땐 정말 자신이 무슨 짓을 저지를지 장담할 수가 없을 터였다.

그녀를 품에 안고, 입을 맞출 때마다 뻔뻔하게도 더 많은 것을 원하는 열망을 꾹꾹 참고 내리누르느라 그것만으로도 힘들어 죽겠는데. 아, 한데 그녀는 그런 그의 애끓는 마음과 노력도 몰라주고 정말 해도 너무한다. 사람 피를 말려 죽이려고 작정을 한 것이 아닌 다음에야 저럴 수는 없는 거다.

누군 사랑하는 여자를 앞에 두고 보다 뜨겁게 안고 사랑하고 싶지 않아서 참는 줄 아나. 누구는 그럴 줄 몰라서 매번 키스만 하고 놓아주는 줄 아나. 망할 불치병에 희귀병을 앓고 있는 놈이라지만 그도 어디까지나 이십대의 혈기(?) 왕성한 남자다. 제 심장을 기꺼이 내어주고도 좋을 만큼 사랑하는 여자를 만났는데, 어찌 안고 싶고 하나가 되고 싶지 않겠는가.

그러나 차마 그렇게까지는 그녀를 욕심낼 수 없어서, 그녀를 진정 위하고 사랑한다면 그 이상을 욕심내서는 절대 안 된다는 생각에 죽을힘을 다해 참고 있을 뿐이었다.

그것은 비단 과거처럼 자신과 같은 저주받은 운명을 가지고 태어나는 핏줄은 그 하나만으로 족하다, 이 망할 유전자는, 이 빌어먹을 저주받은 운명은 그의 대에서 그만 끝내야한다는 결심이나 신념 때문에 육체적 욕망을 무조건 참고 눌러온 것과는 근본적으로 차원이 다른 문제였다.

그녀이니까.

생애 처음으로 제 모든 것을 걸고 사랑하게 된 여자이니까.

최노다의 처음이자 마지막 사랑이니까.

서럽고 가엾은 사랑이니까.

남들 앞에 당당하게 나설 수도, 그녀를 안전하게 지켜줄 수도 없는 주제에 그런 그녀를 지켜줄 수 있는 거라고는 고작 이런 방법밖에는 없으니까…….

그래서 여기서 더 이상은 그녀를 욕심내지 않고자 죽을힘을 다해서 참고, 또 참고 있는 것인데…….

'하아, 연지야. 나 너무 힘들다. 더 이상 나를 자극하지 말아줘. 이 이상 나를 더 비열하고 파렴치한 놈으로 만들지 말아줘. 내가 이 끓어오르는 열망을 끝내 참아내지 못하고 너를 안게 된다면 나는 그런 내 자신을 절대 용서하지 못할 거다.'

노다는 자신의 손을 잡아끄는 연지의 손을 강하게 부여잡고 확 끌어당겼다. 깜짝 놀란 연지가 '어!' 하며 혹 끌려왔다. 부딪치듯 품에 들어온 가녀린 몸을 으스러뜨릴 듯이 꼭 끌어안고 까만 정수리에 얼굴을 파묻었다. 이렇게라도 하지 않으면 호시탐탐 기회를 넘보는 파렴치한 열망에 무너지고 말 것 같았다. 그러니 이렇게라도 녀석을 다독이며 참으라고 애원할 수밖에.

'그러니까 연지야, 잠깐만, 잠깐만 이러고 있자.'

그의 갑작스러운 포옹에 깜짝 놀란 연지는 잠시간 숨도 쉬지 못했다. 커다래진 눈을 깜박거리며 단단한 가슴에 얼굴에 파묻고 마른침만 꼴깍 삼켰다.

두근두근.

수축됐던 심장이 가파른 속도로 뛰어대기 시작했다. 얼굴에 맞닿은 그의 심장도 그녀와 마찬가지로 거세게 뛰어대고 있었다. 속에서 끓어오르는 무언가를 기를 쓰고 참듯 그의 전신은 어느새 딱딱하게 굳어 있었다. 간헐적으로 흠칫, 흠칫 떨리기도 했다.

연지는 가쁘게 터져 나오는 숨 사이로 그를 불렀다.

"노다 씨."

"⋯⋯."

"왜 그래요, 갑자기 왜⋯⋯."

"어지러워."

헉! 단 숨을 들이마신 연지가 다급하게 물었다.

"언제부터요? 많이 어지러워요?"

화들짝 놀라 바르작거리며 그의 품을 벗어나려는 그녀를 더욱 단단히 그러안고 노다는 악다문 잇새로 웅얼거렸다.

"오늘 수영은 못 하겠다. 다음에⋯⋯ 가르쳐 줄게. 미안."

"지금 수영이 문제예요? 그딴 건 아무래도 상관없다고요. 언제부터 어지러웠어요? 아까부터 그랬어요? 아이씨, 그럼 진작 그렇다고 얘기를 했어야지. 바보처럼 나는 그런 줄도 모르고⋯⋯.

노다 씨, 이거 좀 놔봐요. 빨리 집에 들어가서⋯⋯."

"그럴 정도는 아니야. 그냥 순간 현기증이 든 것뿐이야. 그러니까 연지야, 잠깐만 이러고 있자. 아주 잠깐만. 잠깐이면 돼."

노다 씨.

연지는 흘러나오지 못한 부름을 입속으로 웅얼거리며 슬그머니 아랫입술을 깨물었다. 그의 음성은 그녀를 품고 있는 굳은 몸만큼이나 심하게 갈라지고 가라앉아 바르르 떨리고 있었다. 순간, 어지럽다는 그의 말에 심장이 철렁했던 것만큼이나 그녀는 부지불식간에 깨닫고 말았다.

그의 내면에서 치열하게 일어나고 있는 다툼의 원인이 무엇인지, 그가 무엇을 이토록 참고 견뎌내려고 하는 것인지를.

사랑.

그것의 이름은 다른 무엇도 아닌, 그저 사랑일 터였다.

그녀가 그를 간절히 원하는 만큼, 그 역시 그녀를 간절히 원하는 사랑 말이다.

그이기 때문에, 그녀이기 때문에, 사랑이기 때문에 자연스럽게 피어나게 된 또 다른 의미의 사랑. 사랑의 몸짓, 사랑의 염원.

그런데 그는 그 간절한 사랑의 염원을 허락하지 않으려고 한다. 참고, 참고, 무작정 또 참으려고만 한다.

'바보. 참지 않아도 되는데.'

이제 그만 그가 자신과의 다툼에서 백기투항하고 져 줬으면 좋겠다. 이젠 그만 그가 그녀를 사랑하는 마음 그대로 후회 없이 표현하고 사랑해 줬으면 좋겠다.

사랑하는 연인 사이의 그러한 염원은 숨 쉬듯이 지극히 당연하고 자연스러운 것 아닌가. 그것이 단순한 육체적 욕망 따위도 아니지 않은가. 그이기 때문에, 그녀이기 때문에, 서로가 아니면 안 되게 되어버린 사랑이기 때문에 서로를 희구하고 조금 더 깊이 다가가 하나로 스며들고자 염원하는 것일 뿐.

　그녀의 꿈은 이제 단 하나로, 보다 명료하고 확고해졌다.

　단 하루를 살더라도 그와 이렇게 마주보고 웃고 떠들며 후회 없이 그를 뜨겁게 사랑하는 것. 그렇게 하루, 하루를 생의 전부인 양 최선을 다해 살아가는 것. 그 외의 꿈은 모두 다 무의미해져 버렸다.

　태환 덕분에 그 모든 것들이 보다 분명하고 확실해졌다. 엄마가 걱정되고 미안하지 않은 것은 아니었다. 그러나 그 마음은 그대로 내버려 두고 이 사랑에 최선을 다하고자 그녀는 이미 결심을 굳혔다.

　누군가 그가 없는 평탄한 삶과 그와 함께하는 단 하루를 선택하라고 한다면, 그녀는 일순간의 망설임도 없이 그와 함께하는 단 하루를 선택할 터였다.

　그리고 또 혹시 모르지 않는가. 그렇게 하루, 하루를 살다보면 어느새 그와 그녀 모두 백발이 성성한 노인이 되어 있을지도. 그거야말로 헛된 꿈이자 망상이라고? 아니! 그녀는 절대 그렇게 생각하지 않는다. 신이 아닌 이상 사람의 앞날이란 아무도 모르는 거니까. 무엇보다 그녀는 진실로 그와의 미래가 그리 되리라 믿어 의심치 않는다.

물론 현실적으로만 보자면, 그녀의 그러한 믿음은 이루어질 가능성보다 이루어지지 않을 가능성이 더욱 높기는 하다. 하나, 그렇다고 해도 그녀는 절대 절망하거나 후회하지 않을 터였다. 그와 함께 있는 이 순간이, 이 순간순간이 모여 이어진 하루가 그녀에게는 이미 세상의 그 어떤 삶보다도 완벽한 생의 전부가 되어버렸으니까.

그러니까 지금 그녀는 이 순간을, 하루를 살고 있는 것이 아니었다. 매 순간 생의 전부를 살아가고 있는 것이었다.

'그러니까 노다 씨, 억지로 참고 괴로워할 필요 없어요. 우리, 우리에게 허락된 순간이 얼마가 될지 몰라도 당신과 내가 함께할 수 있는 이 소중한 순간을, 생을 낭비하지 말아요.'

"노다 씨."

연지는 두 팔을 뻗어 여진처럼 떨리는 단단한 몸을 단단히 끌어안았다. 더 이상 파고들 틈도 없는 그의 품을 더욱 깊이 파고들었다. 고통스레 뛰어대는 안쓰러운 가슴에 입을 맞추고 속삭였다.

"사랑해요."

"……"

"사랑해요."

움찔. 그의 몸이 좀 더 단단하게 굳었다. 그런 만큼 그의 호흡은 한층 더 가빠지고 흐트러졌다. 조금씩 진정되어 가던 심박동이 다시금 빠르게 뛰어댔다. 그 심장에 대고 그녀가 다시 속삭였다.

"나, 당신한테 아직 솔직하게 사실대로 말하지 못한 일이 하나 있어요. 너무 창피하고 부끄러워서 아무리 당신이라고 해도, 내가 내 자신보다 더 사랑하게 된 당신이라고 해도 그것만은 절대 사실대로 말하지 않을 거라고 결심했었는데요, 이젠 안 되겠어요. 내가 사랑하는 노다 씨한테는 그 어떤 것도 감추거나 숨기고 싶지 않거든요."

노다가 간신히 입술을 달싹거렸다.

"뭔데? 아니, 굳이 말할 필요는 없어. 말하지 않겠다고 결심했던 거라며. 그러니까……."

"싫어요. 다 말할 거야. 난 우리 사이에 티끌만 한 거짓이나 숨김이라도 있는 거 싫단 말이에요. 그러니까 내가 먼저 다 솔직하게 말해야지. 안 그래요?"

"아니, 뭐, 굳이 그렇게까지는……."

그리고 갑자기 왜 그런 말을 꺼내는 걸까. 그래놓고 그한테는 또 무슨 얘기를 끄집어내게 하려고. 그녀의 의도가 무엇인지 얼추 알 것 같은 노다는 황급히 고개를 가로저으며 말렸다.

"연지야, 무슨 얘기인지 모르겠지만 그것도 다음에 하자. 미안한데 지금은 내가 컨디션이 별로 안 좋아서……."

"싫어. 지금 할 거라니까. 노다 씨는 이렇게 나 안고 가만히 듣기만 하면 되잖아요. 그러니까 아, 아니다. 내 얘기 들으면 깜짝 놀라서 더 어지러울 수도 있겠다. 하지만 걱정 마요. 내가 단단히 안고 있을 테니까. 어지러우면 나한테 기대요. 너무 기겁해서 놀라지는 말고요, 큭큭."

연지는 날씬한 그의 허리를 으스러뜨릴 듯 '꽉!' 끌어안았다. 너무 강하게 끌어안았는지, 숨이 막힌 그가 순간적으로 컥, 숨을 몰아쉬었다. 어머! 연지는 깜짝 놀란 척 팔에서 살짝 힘을 뺐다. 그러나 고목나무에 매달린 매미처럼 그에게 찰싹 달라붙어선 조금도 떨어지지 않았다.

"저기, 있잖아요. 나, 노다 씨 처음 본 거, 노다 씨가 나를 도둑으로 오해했던 그 새벽 있잖아요? 실은 그때가 처음 아니었어요."

"그거라면 이미 저번에 다 말했었잖아. 어렸을 때 수풀에 숨어서 여길 훔쳐봤을 때 이미 한 번 처음 봤었다고."

"아, 물론 그때가 생애 처음이기는 했는데, 내가 지금 얘기하는 건 어렸을 때 일이 아니고요, 이번에 말이에요."

수영복을 갈아입으러 가는 그녀를 막기 위해서 그녀를 먼저 끌어안은 것은 자신이었지만, 벌떡거리는 가슴이 진정이 되고도 통 떨어질 생각을 하지 않는 연지 때문에 기껏 애쓴 보람도 없이 파렴치한 열망은 다시 쑥쑥 덩치를 키워대고 있었다. 하여 노다는 지금 이러지도 못하고 저러지도 못하는 엄청 곤란한 상황에 처해 있었다. 그런 와중에도 뜬금없는 말을 조잘거리는 그녀의 말에 고개가 갸웃거려졌다.

"그때를 얘기하는 게 아니라고? 그럼 언제?"

"음, 그러니까 도둑으로 몰렸던 그날 새벽보다 한 열흘 전쯤?"

노다의 표정이 더욱 의아해졌다.

"그보다 훨씬 전에 날 봤었다고? 어디서?"

"그야 당연히…… 여기서죠."

"여기서? 어떻게?"

그가 듣기에도 자신의 목소리가 엄청 멍청한 듯싶었다. 아니나

다를까. 연지가 키득거렸다.

"어떻게긴요. 생각해 봐요. 산속에 두문분출, 혼자 살고 있는 남자를, 그 남자가 낌새도 못 채게 봤다면 어떻게 봤었겠는가."

"어렸을 때처럼 수풀 속에 숨어서 훔쳐봤다는 거야?"

연지가 입술을 말아 물고 고개를 끄덕거렸다.

"응."

어이없게도 그녀는 당연하다는 듯이 '응' 하고 짧게 대답했다. 몇 초간 벙쪘던 노다는 너무 기가 막혀 헛웃음을 치며 그녀의 어깨를 잡아 품에서 떼어내려고 했다. 자초지종이야 어떻든, 그래 놓고선 이제껏 아무 일도 없었다는 양 입 싹 닦고 있었던 그녀의 얼굴을 한 번 봐야겠다 싶었다. 그런데 연지가 기겁하듯 그를 더 꽉 끌어안으며 떨어지지 않았다.

"잠깐만요! 아직 할 얘기가 더 남았단 말이에요."

"더 남았다고?"

"응. 그때 여길 처음 올라왔던 이유는 저번에 얘기했던 그 이유가 맞기는 한데요, 어, 실은 나 그 이후로도 매일 밤마다 올라와서 당신을 훔쳐봤었어요."

"뭐? 한 번도 아니고 매일 밤마다?"

"응."

"왜?"

황당하다 못해서 그는 이제 진짜 그 이유가 순수하게 궁금해졌다. 연지가 쭈뼛거리며 대답했다.

"어, 그게……. 말하기 전에 너무 많이 놀라지도 말고 화내지도 않겠다고 약속해 줘요. 나중에 그 일로 두고두고 놀리지 않겠다는 것도 약속해 주고요. 그럼 사실대로 다 말해줄게요."

"하! 나 참, 기가 막혀서. 지금 얘기한 것보다 내가 더 놀랄 일이 남아 있다는 거야? 그래놓고선 놀라지도 말고, 화내지도 말고, 놀리지도 말라는 약속을 해라?"

대체 얼마나 기도 안 찰 일을 벌였기에…….

"빨리 말해. 왜 그랬어? 대체 무슨 꿍꿍이였던 거니?"

"으응, 그전에 약속 먼저요."

가당치도 않게 그녀가 혀 짧은 소리로 아양을 부리며 고집을 부려댔다. 이런, 나 원 참. 황당하고 기가 막힌 와중에도 그런 그녀가 마냥 귀엽고 예뻐 보이기만 하니, 후우. 연지한테 미쳐도 단단히 미쳤구나 싶은 노다였다. 결국 노다는 너털웃음을 흘리며 '알았어, 약속' 하고 순순히 대답해 줄 수밖에 없었다.

그의 약속을 받아내고도 한참을 뜸들이던 연지가 개미 기어가는 소리처럼 작은 목소리로 소곤거렸다.

"그게 그러니까요, 그때 내가 여기 올라왔을 때 당신이 뭘 하고 있었냐면요. 어, 그게…… 끙, 수영을 하고 있었거든요."

그런데 그녀의 목소리가 너무 작아서 잘 들리지 않았다.

"내가 뭘 하고 있었다고?"

"수영이요."

"뭐?"

이씨. 마침내 연지가 두 눈을 질끈 감고 큰 소리로 말했다.

"수영하고 있었다고요! 그것도 알몸으로!"

헉!

대번에 노다의 입이 쩍 벌어졌다. 그는 한동안 너무 놀라서 아무 말도 하지 못했다. 그런 그의 눈치를 슬쩍 살핀 연지가 다시 그의 가슴팍에 얼굴을 폭 파묻고 재빨리 말을 이었다.

"처음에는 나도 얼마나 놀랐게요. 나는 혹시 예전 그 예쁜 아줌마가 죽지 않고 다시 돌아온 건가 싶어서 올라와 봤는데 난데없이 웬 남자가 벌거벗고 수영을 하고 있으니, 내 딴에도 얼마나 기겁을 했겠느냐고요. 정말 까무러치는 줄 알았다니까요."

노다가 간신히 입술을 달싹거렸다.

"그, 그래서 내, 내 그…… 그걸 다 봤다고?"

"첫날에는 뒷모습만 봤고, 당신이 말하는 '그거'라는 게 당신의 그걸 얘기하는 거라면 그건…… 어, 그 다음 날 봤어요. 첫날보다 좀 빨리 서둘러 올라왔더니, 그제야 당신이 가운을 입고 밖으로 나왔거든요. 첫날에는 당신이 수영 끝내고 집으로 들어가는 것만 봤던 거고요. 어, 그래서 뭐, 나도 꼭 그걸 보려고 했던 건 아닌데, 어쩌다 보니까 그렇게 된 거죠. 그리고 솔직히 말해서 노다 씨가 자진해서 훌렁훌렁 벗고 보여주는데 나라고 뭐 뾰족한 수가 있었겠어요? 눈이 달려 있는데 보이는 것을 안 볼 수도 없고……."

"너, 그걸 말이라고!"

마침내 그의 입에서 꽥 하는 소리가 튀어나왔다. 그러나 연지는 '이크' 하고 살짝 어깨만 움츠렸을 뿐 그다지 놀라지도 않았다. 그러곤 주절주절 잘도 입을 놀렸다.

"그럼 이게 말이 아니면 뭐래? 설마 나한테 개 짖는 소리다, 뭐 그런 뜻은 아니죠?"

"야!"

"알았어요, 알았어. 놀라고 황당해하는 마음은 내가 다 이해를 하는데요, 그래도 솔직하게 다 얘기하잖아요. 얼마나 착해. 그럼 정상참작도 해주고 그래야죠. 자자, 좀 진정하시고. 그리고 기왕 말이 나왔으니까 하는 얘기지만, 만약 그때 내가 의문의 미남자, 즉 발가벗은 아름다운 남자한테 홀딱 반해서 여자로서의 창피함을 무릅쓰고 매일 밤 당신을 훔쳐보러 오지 않았으면 우리, 이렇게 만나지도 못했을 거라고요."

하!

노다로서는 나오느니 기가 찬 헛웃음뿐이었다. 아, 그런데 그의 알몸을 매일 밤 훔쳐봤다는 얘기를, 아니, 그보다 한술 더 떠서 그 덕분에 우리가 만난 것이니 고마워하라는 식의 뻔뻔한 얘기를 아무렇지 않게 하는 그녀보다 그가 더 쑥스럽고 창피해서 얼굴이 다 벌게지고 난리인가.

한데 완전 적반하장에 설상가상. 그녀는 얼굴에 30㎝도 더 되는 두꺼운 철판이라도 깐 듯, 점점 더 뻔뻔해지기만 했다.

"그리고 너무 그렇게 억울해할 것도 없어요. 노다 씨는 어떤지 모르지만, 나도 벌거벗은 다 큰 남자의 몸을 본 것은 그때가 생전 처음이었으니까. 그래서 그랬나. 분명히 엄청 창피하고 부끄럽고 충격적이기까지 했는데, 노다 씨한테서 도저히 시선을 뗄 수가 없더라고요. 집에 내려가서도 하루 종일 노다 씨만 생각나고. 하루라도 안 보면 애가 타서 미칠 것 같더라고요. 내가 왜 이러

나. 변태 스토커, 관음증 환자가 된 것 같기도 하고. 그래서 엄청 혼란스럽고 내 자신한테 환멸까지 느꼈었는데. 에휴. 그런데 말이에요. 그땐 내가 왜 그러나, 그 이유를 통 알 수가 없었는데. 지금 돌이켜 생각해 보니까……."

연지는 부러 뒷말을 길게 끌며 슬쩍 눈동자만 굴려 그를 올려다보았다.

"그게 바로 첫눈에 사랑에 빠지는 뭐, 그런 거였나 봐요."

노다는 여전히 놀란 가슴과 벙쩌 버린 머릿속이 진정이 되지 않아 그녀를 멍하니 내려다보기만 했다. 연지가 그런 그와 시선을 맞추고 뒤늦게 쑥스러운 듯 뺨을 발갛게 물들이고 속삭였다.

"아니, 바로 그거였어요. 나는 그때, 당신을 처음 본 순간부터 사랑에 빠지고 말았던 거예요. 당신이 누구인지, 어떤 사람인지도 몰랐으면서 무작정 당신한테 마음을 빼앗기고 말았죠."

일순 그를 품은 연지의 까만 눈동자가 꿈을 꾸는 양 아득하게 일렁거리며 바르르 떨리는 입가에 꽃봉오리처럼 수줍은 미소가 환하게 걸렸다.

"그래서 나, 지금 너무 행복해요. 태어나서 처음으로 마음에 품고, 나를 미친 듯이 첫눈에 사랑에 빠지게 만든 남자가 나와 같은 마음으로, 날 이렇게 꼭 안아주고 있으니까. 그 사람하고 함께 있을 수 있으니까. 그 사람한테 마음껏 사랑한다고 말하고, 그 사람한테 그보다 더욱 깊고 진실한 사랑을 받고 있으니까. 그래서 난 요즘 하루하루가 모두 꿈만 같아요. 일 분 일 초도 소중하지 않은 순간이 없고, 행복하지 않은 순간이 없어요."

"여, 연지야……."

"그래서 나는 이 소중한 순간을 불안한 미래 때문에 허투루 보내고 싶지 않아요. 나한테는 당신과 함께 있는 지금 이 순간이 가장 의미 있고 중요하니까. 내일? 난 그런 거 몰라요. 내일이면 또 다른 해가 뜨고 또 다른 하루가 시작되겠죠. 그럼 나는 그 하루를 당신하고 또 함께 살아갈 거예요. 나한테 하루라는 시간은 더 이상 단순한 하루가 아니에요. 당신과 함께하는 한, 그 하루는 내 생의 전부거든요. 당신이 내 세상의 전부가 된 것처럼요."

연지의 얼굴이 그를 향해 서서히 뒤로 젖혀졌다. 발꿈치를 들어 그를 향해 키를 높였다. 그의 허리를 끌어안고 있던 팔을 풀어 파르르 떨리는 그의 목을 휘감아 안았다. 꿈꾸듯 아득한 목소리로 속삭였다. 그러나 그녀의 목소리는, 그를 바라보는 눈동자는 조금도 떨리거나 흔들리지 않았다.

"최노다 씨, 나는 당신을 내 생애 전부를 걸고 사랑해요. 때문에 나는 부끄럽다고 망설이거나 주저하지 않을 거예요. 내 생은 매우 짧고, 그 생이 지면 또 다른 생이 시작되지만, 오늘은, 지금의 이 생은 다시 돌아오지 않으니까. 나는 당신을 치열하게 사랑하고 또 후회 없이 사랑할 거예요. 그리고 매 순간, 매 생애마다 당신을 더 많이 사랑할 거예요."

이제 그녀의 입술은 그의 입술에 거의 닿을 만큼 가까워졌다. 그의 떨리는 숨결이 그녀의 콧등을 뜨겁게 달구고, 그녀의 뜨거운 숨결이 그의 바르르 떨리는 턱을 토닥이듯이 감쌌다.

"난 당신한테 내 모든 것을 숨김없이 말했어요. 당신한테는 이

제 티끌만 한 어떤 것도 숨기거나 감추는 것이 없어요. 그런데 노다 씨는요? 노다 씨는 어때요?"

그의 눈가가 파르르 경련했다.

"말해봐요. 난 당신을 이토록 사랑하는데, 이토록 간절하게 당신을 원하는데 당신은 어떤가요? 당신도 생의 전부를 걸고 나를 치열하게, 후회 없이 사랑해 줄 수 있나요?"

"연지야, 나는……."

"알아요. 당신도 그만큼, 아니 어쩌면 나보다 더 간절하고 치열하게 나를 사랑하고 있다는 거. 그래서 당신이 사랑한다고 말해주지 않아도 괜찮다고 생각했어요. 당신이 말해주지 않아도 당신의 눈은 항상 그렇게 말해주고 있으니까. 하지만 지금은…… 듣고 싶어요. 당신 눈이나 몸이 해주는 말이 아닌 당신 입으로, 목소리로 사랑한다고 말해주는 그 말을."

잠시간 영겁과도 같은 시간이 흘러갔다. 그 시간 동안 연지는 오롯이 그를 바라보며 그가 용기 내어 말해주기만을 기다렸다.

노다는 격정에 일그러진 눈으로 그녀를 바라보며 내면의 자아와 혈투를 벌이고 있었다. 그러다 마침내 참혹한 혈투가 끝난 듯 격정으로 거세게 흔들리던 그의 눈동자가 서서히 단단해지기 시작했다. 여린 속살이 터져 찢어지도록 이를 악물고 있던 그의 입술이 드디어 열렸다.

"……사, …… 사랑한다, 연지야."

흔들림 없던 연지의 눈동자가 크게 일렁거렸다. 옅은 숨을 격하게 들이켰다.

"노, 노다 씨……."

"사랑해, 사랑해, 사랑해."

한 번 터진 둑은 거침이 없었다. 와르르 무너져 버린 잔해를 삽시간에 뒤덮으며 그동안 가슴속에서만 되뇌고 울부짖던 고백이 봇물처럼 쉴 새 없이 터져 나왔다.

"사랑해, 사랑해."

그러나 그녀처럼 내 생의 전부는 너다, 단 하루를 살더라도 아니, 단 한 순간을 살더라도 치열하게 너를 사랑하고 후회 없이 사랑하겠노라는 말은 차마 나와주지 않았다.

하나 그도, 그녀도 그것만으로도 충분했다. 더 이상의 다른 말은 필요 없었다. 마침내 노다의 입을 통해 터져 나온 '사랑'이라는 단어가 삽시간에 거대한 폭풍이 되어 두 사람을 휘감았다.

그가 그녀의 입술을 머금었다. 그녀의 숨결을 폐부 깊숙이 들이마셨다. 그러면서도 그는 끊임없이 용서를 구하듯 흐느끼며 속삭였다.

사랑해, 사랑해, 사랑해.

그들의 키스는 여느 때보다 뜨겁고 따스했다.

여느 때보다 부드럽고 다정했으며 격렬하고 격정적이었다.

여느 때보다 깊고 또 깊었다.

그들만의 밤이 깊어가고 있었다.

6장

  아스라한 불빛이 혹여라도 깊이 잠든 두 사람을 깨울까, 살금
살금 수줍게 뒤돌아섰다. 새근거리는 고운 숨소리를 들으며 나지
막이 미소 지었다.

  늘 그 혼자 잠들던 침대가 오늘만은 혼자가 아니었다. 적막하
고 쓸쓸하기만 했던 공기도 오늘 밤만은 봄볕처럼 따스하기만 했
다. 혼자가 아닌 두 사람의 행복한 기운이 주변을 온통 따스하게
물들였다. 두 사람의 고른 숨결이 쌕쌕 깊어질수록 주변의 따스
한 훈기 또한 보다 깊어졌다.

  그럼에도 그와 그녀는 서로를 보듬어 안은 손을 풀지 않았다.
한 몸인 양 서로를 꼭 끌어안은 채 약속이나 한 듯 서로의 품에
안겨 스르르 깊은 잠에 빠져들었다.

노다로서는 스물여섯 해만에 처음 경험하는 일이었다. 누군가와 함께 잠드는 것. 그리고 그 누군가로 인해 어떠한 근심 걱정도, 혼란과 불안, 절망과 고통도 하나 없이 신생아처럼 깊은 단잠에 빠져들 수 있다는 것은 그로서는 생애 처음 경험하는 신기한 일이었다.

그저 그녀를 품에 꼭 안고 함께 누워만 있을 뿐인데.

그럼에도 불구하고, 그것만으로도 그는 다시없을 위안과 평온을 얻었다. 기적 같은 순간, 기적 같은 사랑이었다.

아니, 그녀 자체가 기적이었다.

연지에게도 마찬가지였다.

그의 손을 잡고, 그와 함께 침대에 몸을 누이는 그 순간에도 연지는 순수한 설렘으로 떨리기는 했으나 두렵거나 긴장되지는 않았다. 그저 모든 것이 너무 당연하고 자연스럽게만 여겨졌다. 그와 함께 한 침대에 몸을 누이고, 처음 말을 뗀 어린아이처럼 '사랑해'라는 말만을 끊임없이 속삭이는 그의 가슴을 파고들어 서로의 체온을 나누는 그 모든 것들이 숨 쉬듯이 당연하고 자연스럽게 여겨졌었다.

그리고 그 모든 것들은 더하고 뺄 것 하나 없는 온전한 행복, 기쁨이었다. 마침내 이루어진 기적이었다. 그의 사랑, 그의 존재 모든 것이 다.

그래서 연지는 노다가 자신을 꼭 끌어안고 그녀의 귓가에 '사랑한다'는 말만을 끊임없이 속삭여주다가 어느 순간 스르르 잠들어 버린 후에도 한동안 잠들지 못했었다. 엄마 품에 안겨 처음으로 깊은 단잠에 빠져든 갓난아이처럼 쌕쌕, 고른 숨을 내쉬는 그의 얼굴을 보고 또 바라보기만 했더랬다.

그토록 평온해 보이는 그의 얼굴은 처음이었다. 세상의 시름 따위는 일절 모르는 갓난아이처럼 마냥 평온해 보였다. 항시 단단하게 맞물려 있던 입술이 나른하게 풀어져 있었다. 창백하던 낯빛도 조금쯤 홍조가 피어나 있었다.

그 모습이 얼마나 고맙고, 아름답고, 감격스러운지 연지는 잠든 그의 얼굴을 보고 또 보고, 흘러내린 앞머리를 손끝으로 연신 어루만졌더랬다.

그러다 그녀도 어느새 노다를 따라 깊은 잠에 빠져들었다.

두 사람은 서로의 품에서 서로의 꿈을 꾸고 있는지도 몰랐다. 행복한 꿈이라도 꾸고 있는 듯 그가 입가에 옅은 미소를 머금으면 그녀 역시 입술 끝을 말아 올리고 고운 미소를 머금었다.

그런 두 사람이 너무 예쁘고 사랑스러워 불빛조차 수줍어 고개를 돌린 것인지도 모르겠다. 시리고 외로웠던 그만을 기억하는 불빛이 숨죽여 울며 웃었다. 두 사람의 단잠을 깨우지 않기 위해서 고개를 숙인 채 조심, 조심.

두 사람의 밤은 그렇게 시나브로 깊어갔다.

"으음."

깊은 단잠에서 깨어난 의식이 눈꺼풀을 들어올리기도 전에 감각이 먼저 그를 알아채고 달콤한 미소를 머금었다. 잠기운이 묻은 그녀의 입술이 절로 벙긋 벌어졌다. 그 사이로 만족에 겨운 낮은 한숨이 보스스 흘러나왔다.

그 입술 끝에 그의 손길이 깃털처럼 스쳐 지나갔다. 사랑하는 이의 다정한 손길에 입가에 매달린 달콤한 미소가 한층 더 짙어졌다. 순간, 연지는 막연히 생각했다.

꿈이라면 영원히 깨지 않기를.

하나 꿈보다 더 황홀하고 찬란한 현실이 눈앞에서 그녀를 바라보고 있었다. 연지는 기꺼이 눈을 떠 그 현실을 마주했다. 꿈보다 오만 배는 더 아름답고 달콤한 현실을.

"잘 잤어요?"

아직 잠기운이 송골송골 맺혀 있는 가라앉은 목소리로 연지는 생애 첫 인사를 그에게 건넸다. 어제는, 어제의 삶은 흘러갔다. 그리고 오늘, 그와 함께하는 새로운 생이 다시 시작됐다. 이 짧지만 새로운 생을 그와 시선을 얽으며 시작할 수 있다는 것이 연지는 너무도 행복했다. 절로 가슴이 벅차오르고 터질 듯한 환한 미소가 지어졌다.

그 미소에 화답하듯 그녀를 한가득 담은 갈색 눈동자가 춤을 추듯 일렁거렸다. 쪽 창문 하나 없이 햇빛 한 자락 들어오지 않는 공간임에도 불구하고 그는 눈이라도 부신 듯 일렁거리는 눈을 가늘게 좁혔다.

"응. 너는, 잘 잤어?"

"응. 언제 깼어요? 더 자지. 지금 몇 시예요?"

"글쎄, 확인해 보지 않아서 모르겠는데 아마 아침일 거야."

으응, 고개를 끄덕인 연지가 고개를 갸웃거렸다.

"신기해."

"뭐가?"

"어쨌든 우리 같이 잔 거잖아요. 그럼 쑥스럽고 어색하고 좀 그래야 되는데 신기하게 하나도 안 그래. 항상 그래왔던 것처럼 당신하고 이러고 있는 게 너무 자연스럽고 당연하게만 느껴져요. 잠에서 깨서 처음 보는 얼굴이 당신이라는 게 너무 좋기만 하고요. 어젯밤에도 얼마나 달게 푹 잤는지 몰라."

연지는 싱긋 미소 지으며 그의 품을 파고들었다. 품 안에 쏙 들어오는 그녀를 꼭 끌어안고 노다도 빙긋이 미소 지었다.

"나도…… 그래. 그래서 얼떨떨하면서도 너무 좋다."

"정말? 노다 씨도 그래요?"

"응."

"헤헤. 그럼 노다 씨도 푹 잔 거예요?"

"어. 정말 푹 잤어. 아무 꿈도 꾸지 않고. 이렇게 푹 잔 건 이번이 처음이야."

"정말?"

그녀가 고개를 들고 그를 올려다보며 눈을 반짝였다. 노다가 그 눈부신 눈가를 손끝으로 살짝 건드리며 고개를 끄덕거렸다.

"응."

그러자 연지가 괜스레 콧잔등을 찡그리고 투덜거렸다.

"푹 잔 건 좋은데, 아무 꿈도 꾸지 않았다는 건 좀 그렇다."

"뭐가?"

"어쨌든 사랑하는 여자하고 처음으로 같이 잔 건데, 아무 꿈도 꾸지 않고 쿨쿨, 잠만 잘 잤다니까. 은근히 자존심 상한단 말이에요."

그의 미소가 조금 더 깊어졌다.

"너도 그랬다며. 그리고 내 기억으로는 이번이 처음은 아닌데?"

"뭐가요?"

"우리가 같이 잔 거. 우리가 처음 만났을 때도 넌 내 옆에서 잠들어 있었잖아. 아, 아니다. 너한테는 그때가 처음이 아니었지. 엉큼하게 매일 밤 나를 훔쳐보고 난 후였으니까. 그리고 보니까 혹시 그때도 일부러 그랬던 거 아니야? 때는 이때다 하고……."

연지가 눈에 쌍심지를 켜고 그를 찌릿 째려보았다.

"이씨, 놀리지 않기로 약속했잖아요."

"놀리는 거 아니야. 난 그냥 사실을 있는 그대로 얘기했을 뿐이라고."

"그게 놀리는 거 아니면 뭐예요! 정말 그러기예요? 내 딴에는 큰맘 먹고 얘기해 준 건데, 놀리기나 하고. 못됐어!"

토라진 척 '픽!' 하고 돌아서는 그녀를 노다가 얼른 뒤에서 끌어안았다. 큭큭, 속웃음을 흘리며 그녀를 살살 달랬다.

"미안. 삐치지 마, 연지야. 그런데 난 정말 놀리는 거 아닌데. 누구 말대로 엉큼한 누구 덕분에 널 만날 수 있게 돼서 정말 다행이다, 뭐 그런 얘기를 하고 있는 건데?"

이 사람이 점점! 잠깐 칭얼거리다가 그의 손을 꼭 잡고 씨익 미소 짓고 있던 연지가 자꾸만 얄밉게 구는 그의 손등을 앙 물어버렸다.

"아야!"

깜짝 놀란 노다가 작게 비명을 질렀다. 큭큭, 어깨를 들썩인
연지가 자신의 침에 살짝 젖기만 하고 잇자국도 남지 않은 손등
을 살살 문질렀다.

"세게 깨물지도 않았는데 엄살은. 이제 보니까 노다 씨, 완전
엄살쟁이야. 엄청 얄미운 엄살쟁이."

"아니야. 진짜 아파."

노다가 부러 불쌍한 척 진짜 엄살을 부렸다.

"치, 알았어요. 믿어줄게요. 에구, 많이 아팠쪄요? 어디 봐요.
우쭈쭈. 내가 호 해줄게요. 호."

그의 손등에 대고 호호, 입김을 불었다. 간지러운지 그가 키득
거렸다. 그러다 갑자기 그녀를 강하게 확 끌어 당겨 안았다. '어!'
하고 깜짝 놀라는 그녀를 단단히 품에 끌어안고 가녀린 목덜미에
얼굴을 깊숙이 파묻었다. 코끝을 간질이는 그녀의 달콤하고 향
긋한 체취를 깊이 들이마시고 안도하듯 긴 숨을 내쉬었다.

"하아. 눈을 떴을 때 네가 옆에 없으면 어쩌나 싶었어. 꿈이었
다면 어떡하나. 그럼 영원히 깨지 않았으면 좋겠다 싶었지. 그래
서 무서워서 눈을 뜰 수가 없었어. 그런데…… 숨을 쉴 때마다 네
향기가 맡아지는 거야. 그제야 아, 꿈이 아니구나, 안심하고 눈을
뜰 수 있었어. 고맙다, 연지야. 꿈이 아닌 현실이어 줘서. ……고
마워."

노다 씨…….

바보처럼 눈물이 왈칵 쏟아지려고 했다. 슬프고 아파서 나오는 눈물이 아니라 너무 기쁘고 행복해서 나오는 눈물. 그러나 어떤 이유로든 더 이상의 눈물은 흘리지 않을 생각이다. 연지는 눈물 대신 기쁘고 행복한 만큼 환한 미소를 한껏 머금고 자신을 단단히 끌어안고 있는 그의 팔을 꼭 감싸 안았다.

'노다 씨, 나도 고마워요. 용기를 내어줘서, 나를 사랑하는 그 마음을 감추지 않고 표현해 줘서.'

하지만 고맙다는 말도 하지 않을 생각이다. 사랑하는 연인 사이에는 고맙다는 말도, 미안하다는 말도 하는 게 아니니까.

"사랑해요."

그래, 사랑한다는 이 말 한 마디면 충분했다.

"사랑해."

그래, 이거면 충분하다. 사랑한다는 그녀의 속삭임에 같은 마음으로 사랑한다고 속삭여 주는 그가 있으니까……. 이것으로 더 이상은 바랄 것이 없다.

그러나 화장실 들어갈 때와 나올 때의 마음은 다른 법이라더니, 그녀의 마음도 딱 그랬다. 어젯밤, 마침내 그의 입으로 직접 사랑한다는 말까지 극적으로 토해내게 하고 함께 잠까지 자놓고서, 서로 끌어안고 잠만 잤지, 결과적으로는 아무 일도 일어나지 않았다는 것이 못내 서운하고 못마땅한 연지였다.

보통 이럴 땐 뼈와 살이 타는 뜨거운 정열로 하얀 밤을 불태우는 것이 정상 아닌가? 영화에서 보면 거의 다 그렇던데. 딱 끈적거리는 베드 신이 나올 타이밍이었다 이거다.

그런데 이거 뭐, 옷 하나 흐트러진 게 없고 소꿉장난하는 애들처럼 손만 잡고 잤으니. 쯧쯧. 연지는 거울 속에 보이는 자신의 멀쩡한 얼굴을 보며 눈을 가늘게 좁혔다.

"암만 생각해도 이건 아니야."

수채화처럼 순수하고 예쁜 사랑도 좋지만 때로는 유화처럼 끈적거리고 강렬한 순간도 있어주는 것이 거 뭐냐. 강약, 중간약, 음양의 조화 뭐 이런 것이 적절하게 어우러지는 것이 좋지 않겠느냐, 이런 말이다.

"그러기에는 내가 너무 밍밍한가?"

연지는 거울을 통해 자신의 모습을 새삼 앞뒤로 꼼꼼히 비춰 보았다. 에휴. 절로 한숨이 흘러나왔다. 그녀 자신이 보기에도 육감적이거나 섹시한 것과는 거리가 멀어도 너무 먼 몸이 한심하기 짝이 없었다.

그가 아무리 외면보다는 내면을 중시하는 진국이라도, 그녀를 목숨처럼 사랑한다고 하더라도 이건 좀 심하다 싶다. 말랐어도 엔간히 말랐어야지. 그녀가 남자라도 쇠꼬챙이가 친구 하자고 덤빌 만큼 삐쩍 마른 여자를 안고 싶다는 욕망은 안 들지 않지 않을까 싶다.

뭐, 그럼에도 불구하고 그는 그녀를 무진장 사랑하고, 사랑하는 만큼 안고 싶어 하는 열망을 그동안 꾹꾹 눌러 오긴 했었지. 그가 그녀를 안지 않는 이유가 그녀의 볼품없는 마른 몸 때문이 아니라 다른 이유 때문이라는 것도 잘 안다.

하지만 어젯밤 같은 순간에도 그녀를 안지 않은 것에는 살짝 문제가 있지 않나 싶다.

"에이, 여기서 내 가슴이 조금만 더 컸어도 상황은 좀 달라졌을지도 모르는데."

그가 아무리 그럴 생각이 없었다고 해도, 어쨌든 사랑하는 여자를 꼭 끌어안고 자는데, 자꾸만 몰캉거리는 가슴이 자극을 해 댔다면…… 그가 과연 그것만으로 만족하고 깊은 잠에 빠져들 수 있었을까?

"쩝, 아깝다, 아까워. 어제가 절호의 찬스였는데."

하지만 아직 실망하기에는 이르다. 천 리 길도 한 걸음부터라고 했다. 그가 마음속으로 단단히 움켜쥐고 있던 둑이 와르르 무너져 버렸으니, 흐흐흐.

"이제부터가 시작이야. 암, 그렇고말고."

연지는 음흉한 미소를 지으며 욕실을 나갔다.

탁탁탁탁.

1층으로 내려가는데 도마에 칼질하는 소리가 경쾌하게 들려왔다. 그녀보다 먼저 씻고 내려간 그가 아침으로 벌써 무언가를 만들고 있나 보다. 연지는 코를 킁킁거렸다. 향긋한 커피 냄새가 났다. 아침 메뉴가 뭔지는 모르겠으나 짙은 커피 냄새만으로도 까마득히 잊고 있던 시장기가 확 돌았다. 연지는 군침을 꼴깍 삼키며 주방으로 서둘러 달려갔다.

"뭐 만들어요? 음, 커피 냄새, 너무 좋다."

샐러드를 만들기 위해서 파프리카를 썰고 있던 그가 씨익 미소 지으며 주방으로 들어서는 그녀를 바라보았다.

"샐러드. 아침으로 샐러드랑 스크램블 에그, 빵 이렇게 하려고 하는데 괜찮겠어?"

"그럼요. 완전 좋아요."

엄지를 척 들어 보인 연지는 괜히 걷을 것도 없는 소매를 걷는 척하며 그에게 쪼르르 달려갔다.

"나도 도울게요. 뭐 할까요?"

"그냥 앉아 있어. 나 혼자만으로도 충분하니까. 할 것도 별로 없고."

"에이, 그래도 사람이 의리가 있지, 어떻게 가만히 앉아서 얻어먹기만 해. 뭐 할까요? 스크램블 에그, 내가 할까요? 어, 계란은 벌써 다 풀어놨네요. 그럼 이거 그냥 팬에 부어서 하면 되죠?"

연지는 노란 계란물이 찰랑거리는 볼로 손을 뻗었다. 노다가 재빨리 칼을 내려놓고 그녀의 손에서 볼을 빼앗았다.

"됐다니까. 내가 해."

"왜요, 나 잘해요. 설마 내 솜씨를 못 믿어서 그러는 거예요?"

"어."

어어? 연지가 뜨악한 표정으로 그를 향해 찌릿, 눈을 흘겼다.

"이씨, 나 잘한다니까."

"큭, 알았어. 믿어. 그런데 그냥 내가 할게. 넌 가만히 앉아 있어."

연지가 으응, 하고 칭얼거렸다.

"정 그러면 포크나 좀 놔줘. 아, 그리고 냉장고에서 오렌지 6개만 꺼내줄래?"

연지는 얼른 냉장고로 달려갔다. 과일칸에서 야구공만 한 오렌지 6개를 꺼내 아일랜드 식탁으로 쌩하니 돌아갔다.

"자, 여기요. 샐러드에 넣으려고요? 그럼 6개는 너무 많지 않아요? 껍질 깔까요?"

"아니, 주스 짜려고."

'아' 하고 고개를 끄덕인 연지는 재빨리 시선을 돌려 세라믹으로 된 하얀 수동 착즙기를 제 앞으로 냉큼 끌고 왔다.

"이건 내가 할게요. 노다 씨는 반으로 잘라만 줘요. 여기에 엎어놓고 빙빙 돌리면서 즙내면 되는 거잖아. 맞죠?"

"훗, 그래, 그럼."

노다가 오렌지를 반으로 잘라 그녀한테 건넸다. 그러면 연지는 하나씩 착즙기에 엎어놓고 빙빙 돌리며 즙을 짜냈다. 두 사람은 그렇게 서로를 위해 아침을 함께 준비했다. 연신 서로를 바라보며 눈빛과 미소를 교환하면서. 그러다 누가 먼저라고 할 것 없이 서로의 뺨이나 입술에 쪽, 입을 맞추고는 했다.

고소하고 향긋한 아침 메뉴만큼이나 고소하고 향긋한 두 사람이었다.

연지는 집에 가고 싶지 않았다. 어차피 밤이 되면 또 올라올 텐데, 굳이 귀찮게 내려갔다가 또 올라올 필요가 있겠나 싶었다. 그냥 하루 종일 그와 함께 있고 싶었다.

그런데 매일 그녀가 잘 있나 살피러 와주시는 태환이 할머니를 생각하면 집에 돌아가는 것이 맞기는 했다. 그녀가 온종일 집에 없으면, 거기다가 만에 하나라도 지난밤에 외박했다는 사실을 알게 되시면 그녀한테 무슨 변고라도 생겼나, 엄청 걱정하실 테니 말이다.

아, 거기다가 태환이도 있었다. 요전 날 그 난리를 피우고 난 뒤로 태환이는 그녀 가까이에 도통 다가오려고 하지 않고 있었다. 그저 멀찍이 서서 근심 걱정 가득한 심각한 얼굴로 그녀를 지켜보기만 할 뿐이었다. 그 다음 날 바로 서울로 달려가 엄마한테 다 일러바칠 줄 알았는데, 다행히 그 짓만은 하지 않고 있었다.

혹시 전화로 일러바쳤나 싶어 어제 엄마한테 전화하면서 엄청 긴장했었는데, 웬걸. 엄마는 아무것도 모르는 눈치였다. 아무래도 전화로 일러바치는 짓도 하지 않은 모양이었다. 그러고선 멀찍이 떨어져 심각한 표정으로 그녀를 지켜보기만 하는데, 흐음. 요즘 같아서는 녀석이 무슨 생각을 하고 있는지 도통 알 수가 없었다.

휴가도 거의 다 끝나갈 텐데, 서울에 올라갈 생각도 통 하지 않고. 어쨌든 이래저래 반나절 동안만이라도 평소처럼 집에 내려가 있는 것이 맞긴 맞을 성싶었다.

하여 연지는 마지못해 그와 헤어져 산을 내려왔다. 해가 뜬 바람에 집 밖으로 나와보지도 못하는 그를 혼자 두고 현관을 나서는 마음이 너무 안 좋았다. 말 그대로 발이 천근만근 엄청 무거웠다. 그래도 괜찮다며 환하게 웃으면서 되레 산 밑까지 데려다주지 못해서 미안하다고 쓸쓸해하는 그에게 울컥한 티는 낼 수 없어서 연지는 최대한 씩씩하게 웃으며 현관을 나섰다.

털레털레 혼자 산길을 내려오는데, 자꾸만 눈물이 나고 한숨이 흘러나와서 혼났다.

그렇게 산 끝까지 다다른 연지는 혹여라도 누가 볼세라 주변을 두리번거리며 후다닥 뛰어 집으로 쏜살같이 달려갔다. 마치 죄라도 지은 양 가슴이 어찌나 콩닥거리며 벌렁거리던지, 집에 도착했을 땐 숨이 턱까지 차올라 엄청 헐떡거렸다.

간신히 가쁜 숨을 가라앉히고 냉장고를 열어 차가운 물을 벌컥벌컥 들이켰다. 그리고 이마에 흐른 땀을 손등으로 훔치며 좁은 마루를 가로지르는데, 그제야 연지는 마루 끝에 놓여 있는 그것을 발견했다.

새하얀 편지봉투.

"뭐지?"

연지는 고개를 갸웃거리며 그것을 집어 들었다. 편지봉투에는 수신자도, 발신자도 적혀 있지 않았다. 연지는 미간을 좁히고 안의 내용물을 꺼내보았다. 안에는 네 번 고이 접은 편지지가 들어 있었다. 엄밀히 말하면 편지지는 아니었다. 대학 노트를 북 찢어 가장자리만 깨끗하게 잘라낸 것이었다.

연지는 그것을 천천히 펴보았다.

편지였다. 태환의 편지.

나다, 김태환.

놀랐냐? 나도 어색해서 죽을 것 같다. 그런데 암만 생각해도 네 얼굴 보고는 도저히 입이 떨어지지 않을 것 같아서, 그래서 할 수 없이 이렇게 글로 남긴다.

그런데 막상 펜을 들고도 무슨 말을 어디서부터 어떻게 꺼내야 할지 모르겠다. 그냥 막 답답하고 막막하고 혼란스럽고……. 어쨌든 기분 엄청 더럽다.

일단, 저번 일은 미안했다.

그런 식으로 널 다그쳐서는 안 되는 거였는데, 변명 같지만 그땐 나도 제정신이 아니었어. 놀라고 황당한 건 둘째 치고 네가 너무 걱정 돼서, 울화통이 터져서 제어가 되지 않았다.

미안.

하지만 지금도 내 생각에는 변함이 없어. 난 지금도 네가 왜 하필 그런 힘든 사랑을 선택했는지, 도저히 이해가 가지 않아.

야, 이 등신 머저리야!

네가 뭐가 모자라서 그런 놈 병수발이나 들면서 평생 산에 틀어박혀 살겠다는 거냐? 세상에 남자가 그놈 하나야? 너라면 그런 놈보다 훨씬 더 잘나고 근사한 놈 만나서 보란 듯이 떵떵거리며 행복하게 살 수 있어!

지금 당장 상황이 잠깐 힘들어졌을 뿐이지, 네 꿈이 영원히 좌절된 것도 아니잖아. 나는 말이야, 피연지 너라면 지금의 이 힘든 시기를 보란 듯이 이겨내고 조만간 반드시 네 꿈을 이룰 거라고 믿어 의심치 않아. 이건 정말 내 진심이다.

내가 아는 피연지라면, 내가 알던 피연지라면 반드시!

네가 그럴 의지만 굳힌다면, 나도 최선을 다해서 널 도울 거다. 나, 이제

163

곧 제대하잖아. 제대만 하면 나, 너 도와줄 수 있어. 힘들겠지만 지금까지처럼 너 계속 알바하고, 나도 알바해서 돈 같이 모으면 대학원 등록금 따위, 얼마든지 모을 수 있다고. 그리고 너 박사 딸 때까지 내가 그거 하나 뒷바라지 못해주겠냐! 나, 김태환이, 그 정도 능력은 있어.

하지만 너는 내 도움 따위, 남의 도움 따위 절대로 받으려고 하지 않겠지. 너는 죽이 되든 밥이 되든 네 능력으로, 네 힘만으로 해내야만 직성이 풀리는 애니까. 독하고 모진 계집애. 고집이 쇠심줄보다도 독한 년.

그래서 나, 너무 답답하고 무섭다.

그런 너라서, 그런 네가 선택한 사랑이 바로 그놈이라서.

내가 아니라 어머니, 세상 사람 어느 누가 와서 뜯어말려도 절대 포기하지 않을 너라는 것을 알아서 너무 막막하고 또 화가 난다.

피연지, 정말 그놈이 아니면 안 되는 거냐?

그렇게 그놈을 사랑해? 네 인생 전부를 걸고도 아깝지 않을 만큼? 후회하지 않을 자신 있냐? 하루하루 죽어가는 그놈을 지켜보면서 아파하고 후회하지 않을 자신이 있어? 그런 놈을 위해서 해줄 수 있는 거라고는 옆에서 손잡아주는 거, 그것밖에 없는 네 자신을 확인할 때마다 절망하지 않을 자신이 있느냐고!

난 정말 모르겠다. 네가 왜 그런 고통스럽고 험한 가시밭길을 네 발로 걸어 들어가려고 하는지.

사랑?

그래, 그거 좋지. 사랑만큼 숭고한 것이 없다는 건 나도 잘 알아.

하지만 연지야!

그 사랑이 언제까지 갈 것 같아! 긴 병에 장사 없다는 말도 모르냐, 이 등신아! 사랑, 행복, 그런 건 다 잠시뿐이고 고통만 더 길 수도 있어.

그런데 그럼에도 불구하고, 그래도 네 선택은 그놈이라면…….

부디 너무 많이 아파하지 말고, 너무 많이 울지도 말고…….

부디, 제발 행복해라.

내가 너, 이렇게 보내주는 거 죽어서도 후회하지 않도록 제발 보란 듯이 행복해져.

어머니 일은 걱정하지 마. 네가 먼저 말씀드리기 전에는 나, 절대로 먼저 말씀드리지 않을 거다. 그리고 언젠가 어머니가 네 결정을 아시게 됐을 때, 어머니가 너무 큰 충격으로 쓰러지지 않으시도록, 네 걱정으로 너무 많이 아파하지 않으시도록 내가 잘 말씀드려 볼게.

그리고 네 대신 내가 잘 돌봐드릴게.

친구 어머니는 내 어머니와도 마찬가지니까. 약속할게.

자식, 너 친구 하나는 진짜 잘 둔 줄이나 알아.

연지야.

넌 나한테는 정말 둘도 없는…… 소중한 친구다. 걷지도 못하고 엉금엉금 바닥을 기어다닐 때도 그랬고, 네 쫄따꾸로 졸졸 쫓아다닐 때도 그랬고, 커서도, 지금도 그리고 앞으로도 계속 그럴 거다.

하지만 당분간은 널 못 볼 것 같다. 널 보면 내가, 내가 더 힘들어서 견딜 수 없을 것 같아. 아직은 네 사랑을 진심으로 응원하고 축복해 주지 못하겠다. 그럴 자신이 없어.

그래서 차마 네 얼굴도 못 보고 이렇게 편지만 남기고 간다.

나중에, 시간이 조금 더 흐른 후에 그때 다시 보자.

그때까지 잘 살아. 잘 버텨라.

그리고 부디, 제발 행복해져라.

내 친구, 힘내.

이것만은 내 진심이다.

연지는 바르르 떨리는 손으로 소중한 친구의 편지를 품에 꼭 끌어안았다. 뜨거운 눈물과 함께 입술 사이로 옅은 읊조림이 흘러나왔다.

"고마워, 정말, 정말 고맙다, 태환아."

밤 10시가 조금 넘은 시간. 연지는 평소보다 두 시간이나 일찍 서둘러 산으로 올라갔다. 밤이 으슥해지는 것을 기다리는 것만으로도 그가 너무 보고 싶어서 참기가 힘들었다. 그런데 두 시간이나 더 기다려야 한다니. 좀이 쑤셔서 참을 수가 없었다. 어차피 9시, 10시만 돼도 마을 어르신들은 일찍 잠자리에 드시니까 들킬 염려는 없을 듯싶었다.

"그는 뭘 하고 있을까? 내가 일찍 올라가면 깜짝 놀라겠지? 히히, 깜짝 놀래켜 줘야지."

연지는 룰루랄라, 콧노래를 부르며 부리나케 어둑한 산길을 올라갔다. 헉헉. 쉬지도 않고 잰걸음으로 뛰다 걷다를 반복하며 올라온 터라 산 중턱에 다다랐을 땐 숨이 턱까지 차올랐다. 연지는 가쁜 숨을 몰아쉬며 철문을 열고 마당을 가로질렀다. 그녀가 현관에 다다르기도 전에 철문 열리는 소리에 깜짝 놀란 노다가 '뭐지?' 하는 표정으로 밖으로 나왔다.

"어? 연지야. 이렇게 일찍 어쩐 일이야."

그의 얼굴을 본 것만으로도 기분이 좋아 날아갈 것 같은 연지. 터질 듯 환한 미소를 터뜨리며 그를 향해 후다닥 달려갔다. 잰걸음으로 마중 나오는 그의 품에 와락 달려들어 마른 상체가 휘청거리도록 그를 꽉 끌어안았다.

"어!"

"와, 우리 노다 씨다."

럭비 선수처럼 달려든 연지 때문에 휘청거린 노다가 재빨리 중심을 잡고 얼떨결에 연지를 꽉 마주 끌어안았다. 벙찐 표정으로 가슴팍에 얼굴을 파묻고 헤실거리는 연지의 검은 머리통을 내려다보다가 그도 피식 헛웃음을 터뜨리고 말았다.

"뭐야. 깜짝 놀랐잖아."

"히히, 많이 놀랐어요?"

"어."

"좋지는 않고요?"

그녀의 뒷머리를 쓸어내리는 그의 미소가 더욱 짙어졌다.

"……좋아."

"진짜?"

"어."

"뭐가 좋은데요?"

"그냥 다."

"으응, 두루뭉술하게 대답하지 말고 구체적으로 말해봐요."

연지가 애처럼 보채며 그의 품으로 더욱 깊이 파고들었다. 쑥스러움에 노다의 새하얀 뺨이 살짝 붉어졌다. 짓궂긴. 뭐가 좋다는 건지 저도 빤히 다 알면서. 하나 어쩌겠나. 그녀가 듣고 싶다면 수백 번, 수천 번이라도 더 말해주는 수밖에. 노다가 나지막한 목소리로 속삭였다.

"너…… 너 때문에 다 좋아. 네가 피연지라서, 피연지가 너무 좋아."

꺄악! 연지는 속으로 환호성을 터뜨리며 웃음꽃을 한껏 머금었다. 닭살스러운 멘트에 온몸이 간질간질했다. 그래서 너무 좋았다. 그녀가 좋고, 그녀라서 너무 좋다는 닭살스러운 멘트를 속삭여 주는 사람이 다름 아닌 바로 그이니까.

"나도 노다 씨 때문에 다 좋아요. 당신이 최노다라서, 최노다가 너무, 너무 좋아!"

발꿈치를 든 연지가 얼굴을 들어 올리고 그의 입술에 '쪽' 입을 맞췄다. 살구꽃 물이 든 듯 볼그스름했던 그의 뺨이 조금 더 붉어졌다. 동그래진 그의 눈매가 이내 실낱처럼 가늘어지며 부드러운 호를 그렸다. 그녀의 허리를 단단히 받쳐 안은 그가 그녀의 입술에 쪽, 다시 입을 맞췄다.

두 사람은 키득거리며 쪽쪽, 몇 번 더 서로에게 아이처럼 상큼한 입맞춤을 날렸다.

그녀의 뺨을 어루만지며 노다가 물었다.

"그런데 오늘은 진짜 왜 이렇게 일찍 왔어? 무슨 일 있어?"

"아니요, 일은 무슨 일. 그냥 노다 씨가 너무 보고 싶어서 더 이상 기다릴 수가 없더라고요. 어차피 이 시간이면 마을 어르신들은 거의 다 주무시니까. 그래서 에라, 모르겠다 하고 부리나케 올라와 버렸죠, 뭐."

그렇구나 하고 고개를 끄덕이는 노다의 미간에 미세한 홈이 파였다.

"안 되겠다. 내일이라도 당장 핸드폰 하나 장만해야지."

"노다 씨 핸드폰 있잖아요."

"너 말이야."

"나요? 난 필요 없는데."

뜨악해진 연지의 콧잔등을 손끝으로 톡 건드렸다.

"내가 필요해."

"왜요?"

"오늘만 해도 그렇잖아. 오늘처럼 네가 시간을 앞당겨서 올라오고 싶을 때 미리 연락만 해줬으면 내가 데리러 갔을 텐데, 연락할 방법이 없어서 그럴 수 없었잖아."

연지가 '에이' 하며 고개를 가로저었다.

"그런 용도라면 필요 없어요. 나 혼자서도 충분히 올라올 수 있는데요, 뭐."

"밤늦게 너 혼자 올라오는 거, 내가 싫어서 그래. 그리고 저번처럼 너한테 무슨 안 좋은 일이라도 생긴 건지, 어쩐 건지도 모른 채 나만 여기서 바보처럼 널 기다리고만 있는 것도 좀 그렇고."

말하다 보니 그건 정말 아니다, 두 번 다시는 못할 짓이다 싶은 생각이 들었다. 사랑하는 여자한테 무슨 일이 생겼는지도 모른 채 등신처럼 기다리고만 있는 짓 따위는 두 번 다시 하고 싶지 않았다.

"내일 저녁에 당장 핸드폰 사러 가자. 좀 일찍 서둘러 가면 매장 문 닫기 전에 살 수 있을 거야."

괜찮다고 말하려던 연지의 얼굴이 대번에 흥분과 기대로 발갛게 상기됐다.

"우리 둘이 같이요?"

"응. 같이. 그리고 내려간 김에 저번에 약속했던 장도 같이 보자."

"정말?"

그가 고개를 끄덕이기 무섭게 연지가 '꺄악!' 환호성을 터뜨리며 좋아서 방방 뛰어댔다.

"진짜죠? 와아!"

"후후, 그렇게 좋아?"

"그럼요! 완전 좋아요."

연지는 그에게 와락 안겼다가, 그의 손을 잡고 빙글빙글 돌기도 했다가 또 그의 목을 끌어안고 쪽쪽 입을 맞추기를 반복하며 아이처럼 신나 어쩔 줄 몰라 했다.

생각해 보니, 핸드폰을 새로 하나 장만하는 것도 좋은 생각인 것 같았다. 그와만 연락을 주고받을 수 있는 핸드폰! 그럼 낮에도 수시로 전화 통화를 하면서 그의 목소를 들을 수 있는 것 아닌가. 그 생각을 왜 진작 못했는지 모르겠다.

그리고 무엇보다 드디어 아기다고기다리던 그와의 외출이 이루어지는 것 아닌가!

연지는 벌써부터 가슴이 설레고 부풀어 좀체 진정할 수가 없었다.

해가 지고 저녁 7시가 되자, 연지는 한 시간 전부터 때 빼고 광내고 있던 모습 그대로 부리나케 동구 밖으로 나가 그를 기다렸다. 그와의 접선 장소는 마을에서 한참 떨어진 큰길가의 커다란 쌍바위 앞이었다.

마을을 완전히 벗어나고도 혹시 모른다는 마음에 연신 주변을 두리번거리며 종종걸음으로 쌍바위 앞까지 도착한 연지는 슬그머니 쌍바위 뒤로 들어가 그를 기다렸다.

못내 아쉬운 눈빛으로 제 모습을 힐끔 내려다보면서.

"이럴 줄 알았으면 내려올 때 구두랑 원피스 한 벌 정도는 챙겨오는 건데. 에이씨, 짜증나."

서울 집에 두고 온 원피스나 구두라고 해봐야 몇 개 되지도 않고 눈이 번쩍 뜨일 만큼 예쁘고 좋은 것들은 아니지만, 그래도 지금 걸치고 있는 것보다는 훨씬 더 낫지 않았을까 싶다.

새벽녘에 집으로 돌아온 직후부터 연지는 몇 벌 되지도 않는 옷들을 죄 꺼내놓고 이걸 입었다가 저걸 입었다가, 수십 번 입고 벗기를 반복했더랬다. 그런데 뭘 입어도 그와의 첫 데이트에 어울릴 법한 옷이 없었다. 맨 반바지나 티 쪼가리뿐.

그렇고 고르고 골라 결국 낙점된 것이 여길 내려올 때 입었던 화이트 진과 스트라이프 셔츠였다. 그나마 그게 가장 멀쩡했다. 신발은 역시 운동화밖에는 신을 만한 것이 없었다.

그래도 셔츠는 새로 박박 빨아서 한낮 동안 햇볕에 바짝 말린 후, 태환이 할머니 댁의 다리미까지 빌려서 깨끗하게 다리기까지는 했다. 그리고 혹여 자국이라도 생길까 봐 더워 죽겠는데도 꾹 참고 머리를 감은 뒤 그대로 말려 찰랑찰랑한 긴 생머리를 만들어 열심히 빗어 내렸다. 몇 개 안 되는 화장품으로 공 들여 화장도 했다. 그래봐야 눈썹 좀 진하게 덧 그리고 입술에 립글로스 바른 게 고작이긴 했지만 말이다.

하나 아무리 거울을 보고 후한 점수를 주고 싶어도 도저히 사랑하는 남자와 첫 데이트 가는 여자의 몰골로는 보이지 않아서 절로 한숨을 푹푹 터져 나왔더랬다.

그러나 어쩌겠나. 지금으로서는 이게 최선인 것을.

"후우, 그는 아무거나 걸쳐도 빛이 번쩍번쩍 나는데, 나는 왜 요 모양, 요 꼴로 생긴 거야."

평범하기 짝이 없는 제 외모를 새삼 비관하기도 했다. 게다가 그는 백옥처럼 하얀 피부를 자랑하는데 정작 여자인 자신의 피부는 촌스럽게 거무튀튀하기나 하고. 외모부터 피부색까지 완전 극과 극. '그와 같이 다니면 참 비교되고 볼만하겠다'라는 생각이 절로 들었다.

아무리 그가 필요 이상으로 아름다운 거지, 결코 자신이 못생긴 것은 아니라고 자위를 해봐야 소용없었다.

"어, 노다 씨다!"

저쪽에서 한 쌍의 헤드라이트 불빛이 반짝거리며 마을을 벗어나 큰길가로 빠져나오는 것이 보였다. 자가용이 한 대도 없는 마을에서 이 시간에 나오는 차라면 그의 차밖에는 없을 터였다. 언제 자신의 평범한 외모를 비관하며 풀이 죽었었느냐는 듯이 연지의 얼굴은 금세 환하게 피어 다가오는 불빛처럼 반짝거렸다. 재빨리 쌍바위 틈새를 빠져나왔다.

"여기예요, 여기!"

괜스레 목소리를 낮춰 소리치며 양팔을 마구 흔들었다. 검은 차체가 속도를 줄이고 천천히 다가와 멈췄다. 보조석 문이 딸각 열렸다. 연지는 냉큼 안으로 들어가 차 문을 닫았다. 운전석에 앉아 있는 그를 돌아보고 환하게 미소 지었다.

"안녕!"

스냅백으로도 모자라 집업 후드까지 깊숙이 눌러쓴 그가 그녀의 손을 꼭 잡았다.

"언제부터 나와 있었어? 7시 반 약속 아니었나?"

"맞아요."

"그런데 왜 이렇게 일찍 나왔어. 아직 20분밖에 안 됐는데. 너 기다리게 할까 봐 나도 일부러 10분 빨리 온 건데."

그가 살짝 속상한 어투로 말했다. 연지가 헤헤 웃으며 어깨를 으쓱거렸다.

"좀이 쑤셔서 그때까지 기다릴 수가 있어야죠. 그리고 누가 먼저 와서 기다리면 어때요. 이렇게 우리가 만난 게 중요하지."

"그래도. 오래 기다렸어?"

"아니요. 나도 방금 왔어요."

찰랑거리는 긴 생머리를 늘어뜨리고 입술까지 볼그스름한 연지의 얼굴을 생전 처음 보는 사람처럼 멍하니 바라보던 노다가 그윽해진 눈빛으로 미소를 머금었다.

"평소와 조금 다른 것 같아. 화장했니?"

괜히 쑥스러워진 연지가 혀를 쏙 빼물고 관자놀이를 긁적거렸다.

"입술만 좀 살짝."

그의 눈치를 슬쩍 살폈다.

"이상해요?"

그의 눈빛과 미소가 한층 더 깊고 그윽해졌다.

"아니. 너무 예뻐서."

반달이 된 그녀의 눈가가 입술처럼 볼그스름해졌다. 그가 그 붉어진 홍조를 사랑스러운 듯 어루만졌다.

"넌 뭘 해도 다 예뻐. 화장을 해도 예쁘고, 안 해도 예쁘고."

"아이참. 너무 그러지 마요. 노다 씨가 자꾸 그러면 꼭 놀리는 것 같단 말이에요."

연지는 그의 손을 톡 쳐내며 예쁘게 눈을 흘겼다. 좋으면서도 싫은 척, 괜히 삐친 척 앙탈을 부리는 그녀였다. 자신의 손을 톡 쳐낸 그녀의 손을 다시 단단히 그러잡고 노다가 속삭였다.

"놀리는 거 아닌데. 진심인데."

"치, 알았어요. 이제 보니까 노다 씨도 별수 없구나? 사랑에 빠지면 눈에 콩깍지가 쓰인다더니, 노다 씨가 지금 딱 그 짝이네."

"진짜라니까."

"알았다고요. 그러니까 그만하고 이제 출발합시다."

부끄러워서 괜히 눈을 부라리는 연지를 바라보며 그도 킥, 웃음을 터뜨렸다.

"그래, 가자. 그런데 잠깐만."

돌연 그가 스윽 다가왔다. 깜짝 놀란 연지의 가슴이 두 근 반, 세 근 반 가쁘게 뛰어댔다. 눈을 동그랗게 뜨고 입술이 닿을 듯 가까이 다가온 그의 얼굴을 기대에 찬 눈길로 바라보았다. 콩닥거리는 설렘과 기대, 흥분으로 바짝 달아오른 검은 눈동자와 캐러멜 시럽처럼 달콤한 갈색 눈동자가 서로를 응시하며 부드럽게 얽혀 들었다.

연지는 어제처럼 자신이 먼저 그에게 '쪽' 입을 맞출 수도 있었지만, 오늘은 왠지 그럴 수가 없었다. 두근두근. 세차게 뛰어대는 심박동을 손끝까지 느끼며 마른침만 꼴깍 삼켰다.

그의 새하얀 손이 그녀의 얼굴을 스치듯 다가왔다. 그녀의 눈이 저절로 스르르 감겼다. 그런데 아무리 기다려도 얼굴을 어루만지는 그의 손길이 느껴지지 않았다. 대신 슥 하는 소리와 함께 찰칵 하고 안전벨트 잠기는 소리가 들려왔다.

그제야 그가 안전벨트를 매주기 위해서 다가왔던 것임을 알아챈 연지는 그의 다정한 배려에 고맙기는커녕 되레 얄밉다는 생각이 들었다. 날이 날인지라, 오늘따라 부쩍 창피하고 부끄럼까지 많아진 그녀였다. 무안함에 얼굴은 물론 귓불까지 금세 빨개진 연지가 실눈을 뜨고 그를 찌릿, 째려보았다.

'내가 뭘? 왜?' 하는 표정으로 웃음을 참고 있는 그의 얼굴이 바로 코앞에 있었다. 그 얼굴이 그렇게 얄미울 수가 없었다. 이씨, 연지는 그를 확 밀어내려고 했다. 그런데 바로 그 순간, 그가 방글방글 터지는 미소를 한껏 머금고 그녀의 심통 난 입술을 '쪽' 하고 훔쳤다.

뾰로통했던 그녀의 얼굴이 금세 환하게 펴졌다.

아, 금방 풀어주고 그러면 안 되는데, 싶으면서도 연지는 저도 모르게 환하게 웃으며 그의 목을 꼭 끌어안았다. 큭큭 웃음을 터뜨리는 두 사람의 입술이 조금 더 오래 서로를 품고 서로에게 머물렀다.

한참 뒤에야 자세를 바로 한 그가 그녀의 손등에 입술을 지그시 누르고 속삭였다.

"이러다 매장 문 닫겠다. 이제 그만 출발해 볼까?"

"응!"

두 사람은 맞잡은 손을 놓지 않은 채 어둠이 깔려가는 한산한 2차선 국도를 빠르게 달려갔다.

두 사람이 대형 마트에 도착했을 때, 연지의 손목에는 최신 스마트 워치가 떡하니 채워져 있었다. 노다가 연지에게 처음으로 한 선물이었다. 두 눈이 휘둥그레질 만큼 비싼 가격에 연지는 스마트 워치는 필요 없다고, 핸드폰 하나만 개통하겠다고 했으나 노다가 극구 핸드폰과 스마트 워치 두 개나 모두 계산을 해버리고 말았다.

'선물은 해주는 사람 맘'이라는 억지 논리를 펼치면서.

그래봐야 그것에 저장할 전화번호는 단 하나, 그의 번호밖에는 없을 텐데 말이다. 쓸데없는 낭비라고 고집을 부려봤지만 소용없었다. 하여 기껏 비싼 값 주고 구입한 핸드폰은 그의 차 안에 박스 채 얌전히 놓아두고 스마트 워치만 손목에 차고 나온 참이었다. 물론 두 개 다 개통이 되려면 내일 정오나 되어야 할 테지만.

그런데도 굳이 이걸 차고 마트로 나온 이유는…… 그녀에게 처음으로 무언가를 선물해 주고 너무 기뻐하는 그의 모습이 엄청 가슴 설렐 만큼 보기 좋았기 때문이다. 마냥 눈을 반짝이며 싱글벙글 웃는데, 그녀도 덩달아서 연신 웃음이 터져 나왔다. 그렇게 두 손을 꼭 잡고 마트로 들어선 두 사람은 예전에 얘기했던 대로 카트를 함께 밀며 대형 마트 이곳저곳을 누볐다.

사람들은 연신 두 사람을 힐끔거렸다. 엄밀히 말하면 두 사람이 아닌 그, 노다를 쳐다보는 것이었지만. 물론 그것은 그의 필요 이상으로 아름다운 외모와 유리인형처럼 새하얀 피부 때문은 아니었다. 그는 8월 중순의 무더운 날씨임에도 불구하고 긴팔 집업에 후드까지 깊숙이 눌러쓰고 있었으니까.

아마 가만있어도 땀이 줄줄 흐르는 무더운 여름에 그런 복장으로 돌아다니니 더욱 눈에 띄는 것인지도 몰랐다. 안 그래도 모델처럼 호리호리하고 커다란 신장 때문에 눈에 확 띄는 사람이 얼굴까지 꼭꼭 감추고 있으니 혹시 유명 연예인 아닌가 해서 연신 쳐다보는 것인지도 모르겠고.

어쨌든 그는 이래저래 물 먹는 하마처럼 사람들의 시선을 잡아먹는 독보적인 존재였다.

언제가 한 번, 그는 이런 말을 한 적이 있었다.

"나는 내 외모가 싫어."

그녀로서는 도저히 이해할 수가 없어서 '왜요?'라고 물어봤더니, 그는 미간을 찡그리고 이렇게 대답했었다.

"어렸을 때부터 내 의사와는 상관없이 어딜 가나 사람들의 호기심 어린 시선들을 받으며 살아야 했거든. 그들은 지나가다가 그저 '와, 예쁘다'라고 한마디 한 것이 전부였을지 몰라도 매번 그런 노골적인 시선을 받는 나로서는 꽤나 불편하고 피곤한 일이었지."

그래도 한 살, 두 살 나이를 먹어가면서부터 그도 그런 시선과 관심들에 점차 익숙해지기는 하더란다. 차갑게 외면하고 무시해 버리는 쪽으로.

그 얘기를 들었을 땐 굳이 꼭 그럴 필요까지 있었을까, 살짝 오바라는 생각이 들었었는데, 막상 그와 함께 부나방처럼 달려드는 사람들의 시선을 겪고 있으니 십분 이해가 간다. 얼굴을 가리고 있는데도 이 정도인데, 얼굴을 까면 어느 정도일까. 쯧쯧. 이런 게 바로 잘나도 너무 잘난 사람의 비애라는 거구나. 참 피곤

했겠구나 싶었다.

어쩌면 그 때문에 발병했을 때 그 스스로 세상과 담을 쌓고 산으로 들어가는 쪽을 선택했는지도 모르겠다는 생각이 들었다. 물론 햇빛을 쐬면 안 되고, 언제 증상이 더욱 악화되어 정신착란증이 오게 될지 모른다는 불안감과 두려움이 가장 큰 원인이긴 했을 것이다. 그래도 그 이유 중에는 그와 같은 이유도 조금쯤 영향을 끼치지 않았을까 싶다.

다행히 지금 그는 무척 편안하고 남들의 시선 따위는 조금도 신경을 쓰지 않는 것 같아 보이기는 했다. 하나 정말 속마음까지 그럴까? 연지는 부러 그의 옆에 착 달라붙어 함께 카트를 미는 긴 손가락에 자신의 손가락들을 더욱 꼭꼭 깊게 얽었다.

그가 그녀를 내려다보며 빙긋 미소 지었다.

그녀도 그를 올려다보며 환한 미소를 되돌렸다.

두 사람은 그렇게 사람들의 시선 따위는 조금도 아랑곳하지 않고 온 마트를 돌아다니며 신나게 쇼핑을 했다.

연지는 언젠가 그가 얘기했던 것처럼 시식 코너마다 잠시 걸음을 멈추고 이쑤시개로 음식을 콕 찍어 그의 입에 쏙 집어넣어 주었다. 그리고 자신도 하나 날름 찍어 먹고 물었다.

"어때요? 맛있어요? 우리, 저거 하나 살까요? 별로예요? 흐음, 난 괜찮은데. 아주머니, 죄송해요. 우리 이이 입맛에는 잘 안 맞는가 봐요. 잘 먹었습니다. 수고하세요."

연지는 그렇게 부러 그의 핑계를 대며 살 생각도 없던 시식 코너를 피해 다른 곳으로 가기도 하고, 비린 것은 싫다고 고개를 가로젓는 그의 입에 억지로 시식용 젓갈을 집어넣고 울상이 된 그의 얼굴을 보고 혼자 깔깔 배를 잡고 웃으며 줄행랑치기도 했다. 그러면 노다가 눈을 부라리며 쏜살같이 뒤쫓아 왔다.

"피연지, 너 거기 서!"

"큭큭, 노다 씨 비린 거 진짜 못 먹나 보다. 표정이 큭큭, 완전 똥 씹은 표정이야."

"비린 건 못 먹는다고 했잖아. 그래서 젓갈은 한 번도 먹어본 적 없단 말이야."

"그러니까 한번 먹어보라고요. 사람이 편식하고 그러면 못써요. 젓갈이 몸에 얼마나 좋은 건데. 이럴 때 아니면 언제 먹어 봐?"

"그러는 넌, 넌 왜 안 먹어?"

쪼르르 도망치던 연지가 뒤를 휙 돌아보고 당연한 걸 뭘 물어보냐는 투로 말했다.

"나? 난 당연히 안 먹죠."

"왜!"

"난 젓갈 싫어하거든요. 으, 맛이나 식감이 좀 이상해. 명란젓은 맛있는데 다른 건 좀……."

"뭐? 와, 자기도 그러면서……. 너 거기서!"

기가 막히고 코가 막혀 벙쪘던 그가 돌연 눈을 부라리며 불도저처럼 카트를 밀고 부다다다 달려왔다.

"꺄악!"

깜짝 놀란 연지가 비명을 지르며 꽁지 빠지게 달아났다.

"피연지, 거기 안 서! 잡히기만 해봐. 내가 저거 한 통 사서 네 입에 다 넣어주고 말 테니까."

연지가 뒤를 돌아보며 혀를 베, 내밀었다.

"누구 맘대로. 그럴 일은 절대 없을걸요? 약 올라요? 그럼 능력껏 한 번 잡아보시든가. 노다 씨, 나 잡아봐라."

연지는 앙증맞게 두 눈을 빠르게 깜박거리며 한 손으로 머리카락을 휙 휘날렸다. 그러다 노다가 바로 코앞까지 쫓아오자 다시 꺄악, 비명을 지르며 도망쳤다.

그렇게 두 사람은 네 개 층이나 되는 마트를 제집, 아니 놀이 공원처럼 뛰어다니고 돌아다니며 연신 토닥거리고 웃음을 터뜨렸다. 두 사람이 마트를 나올 땐 계산을 마친 과일과 채소 등 각종 음식들이 박스에 그득그득 담겨 있었다.

그것들을 차 뒷자리에 옮기고, 나란히 차에 올라 집으로 돌아오는 길. 그동안에도 두 사람의 꼭 잡은 손은 한시도 풀어질 줄 몰랐고, 서로를 바라보는 행복한 시선도, 미소도 그와 그녀에게서 한시도 떨어질 줄 몰랐다.

시간은 어느새 자정을 향해 달려가고 있었다.

7장

　두 사람은 자정 넘어 노다의 집에 도착했다. 현관 앞에 차가 멈춰 서기 무섭게 연지가 먼저 차에서 내렸다. 뒷좌석에 그득 쌓여 있는 쇼핑백으로 손을 뻗는 연지에게 부리나케 다가가며 노다가 말했다.

　"됐어, 내가 할게. 무거워."

　"별로 안 무거워요. 그리고 이 많은 걸 노다 씨 혼자 어떻게 옮겨. 같이 해요. 같이 하는 게 빨라."

　부득불 상체를 숙여 쇼핑백 하나를 집어 드는 연지였다. 노다가 그런 연지의 허리를 잡아 뒤로 쑥 잡아당겼다. 연지가 '어어' 하며 뒤로 밀려났다. 노다는 얼른 그녀의 손에서 커다란 쇼핑백을 빼앗아 바닥에 내려놓았다.

"하지 말라니까. 여기 가만있어. 내가 할게."

"으응, 같이 해요. 같이 옮기면 빨리 끝날 걸 왜 혼자 하겠다고 그래. 나 배고프단 말이에요. 우리 이거 빨리 옮기고 맛있는 거 해먹어요."

연지의 그의 팔뚝을 잡고 매달렸다. 노다가 다른 손으로 그녀의 허리를 자연스럽게 휘감아 끌어안았다.

"배고파?"

"응."

노다가 다정하게 미소 지으며 그녀를 내려다보았다.

"뭐 먹고 싶은데?"

"맛있는 거면 뭐든 다."

"그러니까 맛있는 거 뭐?"

"해줄 거예요?"

"어. 내가 해줄 수 있는 거라면 뭐든. 말만 해."

연지가 그의 가슴을 어루만지듯 양 손바닥으로 지그시 짚으며 동그래진 눈을 데굴데굴 굴렸다.

"음, 뭐가 좋을까? 아, 그게 좋겠다. 우리 아까 식빵 샀죠?"

"어. 샌드위치 해줘?"

연지가 싱긋 웃으며 고개를 가로저었다.

"아니요, 토스트. 그리고 그건 내가 만들어줄게요. 노다 씨 혹시 길거리 표 토스트 먹어본 적 있어요?"

"아니, 그게 뭔데?"

"별건 아니고요, 그냥 식빵에 마가린을 발라서 노릇하게 구운 다음에 계란 프라이랑 치즈, 햄, 양배추 이런 거 넣고 케첩하고 머스터드소스 잔뜩 뿌려서 먹는 거예요. 되게 간단하죠? 그런데 진짜 맛있어요. 나, 학교 다닐 때 그거 진짜 많이 먹었는데. 싸고 맛있고 그거 하나만 먹어도 속이 든든해서."

연지는 생각만 해도 군침이 도는지 침을 꼴깍 삼켰다. 노다의 미소가 한층 더 깊어졌다.

"말만 들어도 진짜 맛있겠다. 그런데 만들 줄은 알아?"

"그럼요. 만들기가 얼마나 쉬운데. 설마 내가 그거 하나 못 만들까 봐. 그런 것쯤은 눈 감고도 만든다."

피, 하고 입술을 비죽인 연지가 예쁘게 눈을 흘겼다.

"두고 봐요. 둘이 먹다가 하나가 죽어도 모를 만큼 엄청 맛있을 테니까. 아마 노다 씨도 한 번 먹어보면 홀딱 반할걸요?"

"큭, 하여튼 큰소리는. 좋아, 한번 기대해 보지."

버터에 구운 토스트에 계란과 치즈 등이 들어간 거라면 특별한 맛은 아니어도 맛이 없기가 더 어렵지 않을까 싶다. 어느 정도는 충분히 예상 가능한 맛. 그러나 노다는 정말 기대된다는 듯 눈을 반짝이며 덩달아 군침을 꿀꺽 삼켰다.

다른 누구도 아닌 연지가 해주는 것이 아닌가. 그녀가 해주는 거라면 맨 밥에 물만 말아 먹어도 어떤 산해진미보다도 훨씬 더 맛있을 터였다. 그녀와 이렇게 함께 있는 것만으로도 세상의 전부를 가진 양 행복한 것처럼 말이다.

지금 이 순간이 그에게는 최고의 행복이자 기적이었다.

사랑하는 여자와 정상적인 사람들처럼 함께 다정하게 장을 보고, 또 애들처럼 장난도 치고, 그렇게 함께 집으로 돌아와 그것으로 오늘은 뭘 해 먹을까 노닥거리는 이 모든 일상들이 꿈인 양 믿기지 않는 행복, 기적일 뿐이었다.

그 때문이었을까. 노다는 평소와 달리 달라진 주변의 기운을 조금도 눈치채지 못했다. 심지어 닫혀 있어야 할 현관문이 열려 있다는 사실조차 깨닫지 못하고 있었다. 그 현관문을 밀고 누군가 안에서 나오기 전까지 그의 신경은 온통 품 안의 연지에게만 오롯이 집중되어 있었다.

스윽.

당연히 현관문이 활짝 열리는 소리도 듣지 못했다. 이곳에 있어서는 안 되는, 절대 들려와서는 안 되는 그 누군가의 떨리는 음성이 들려오기 전까지 노다는 마냥 행복에 젖어 그녀만을 바라보고 있었다.

"노, 노다야……."

웃음꽃이 만발했던 그의 얼굴이 삽시간에 차갑게 얼어붙었다. 충격과 경악으로 얼어붙은 시선이 천천히 현관으로 이동했다. 그곳에 우뚝 서 있는 누군가가 시야에 들어온 순간, 경악한 갈색 눈동자가 지진이라도 일어난 듯 거세게 흔들렸다. 따사로운 봄볕처럼 나른하게 풀어져 있던 안색이 금세 시체처럼 창백해졌다.

갑작스런 낯선 이의 음성에 소스라치게 놀란 것은 연지도 마찬가지였다. 당연히 연지의 시선도 음성이 들려온 방향으로 휙 날아갔다. 백발이 무성한 노신사 한 분이 현관 앞에 서 있었다. 처음 보는 낯선 할아버지였다. 하나 어디선가 한두 번쯤은 본 듯한 낯익은 얼굴이기도 했다.

한눈에 척 보기에도 권세깨나 있을 법한 비범한 노신사를 그녀가 알 턱이 없는데 말이다. 이상한 일이었다. 그러나 그것은 순간적으로 스쳐 간 소소한 의문이었을 뿐이다.

그 노신사가 누구든, 그건 차후 문제였다. 중요한 것은 어떤 누군가도 절대 있어서는 안 되는 그의 빈 집에서 누군가가 불쑥 나타났다는 사실이었다. 더구나 노신사는 그의 이름까지 정확히 알고 있었다.

"노, 노다야."

그녀가 잘못 들은 것이 아니라면 저 노신사는 분명 그렇게 말했었다. 그러고는 그와 그녀만큼이나, 아니, 어쩌면 두 사람보다도 더욱 믿을 수 없다는 양 까무러칠 듯이 놀란 표정으로 이쪽을 바라보고 있었다.

'누, 누구…….'

때문에 연지는 '누구세요?'라는 물음조차 섣불리 입에 올릴 수 없었다. 갑작스레 나타나 본인이 더욱 망연자실해 있는 노신사나 그로 인해 삽시간에 얼어붙어 버린 공기의 흐름은 그녀의 입조차 얼어붙게 만들기에 충분했다.

더욱이 흠칫 놀라 돌아본 노다의 얼굴은…… 그녀를 더욱 더 알 수 없는 충격과 두려움에 빠지게 만들어 버렸다. 그의 얼굴은 귀신이라도 본 듯, 아니 본인이 더욱 귀신처럼 창백하게 질려서 차갑게 얼어붙어 있었다.

그의 저런 얼굴이라면 예전에도 몇 번 본 적이 있었다. 그녀를 도둑으로 몰아붙이며 적대심을 드러내던 그때. 그리고 그 후로도 가끔.

그런데 지금 그의 얼굴은 그때보다도 몇 십 배는 더 무섭고 차갑게 굳어 있었다. 그의 얼굴에서 다시 표정이, 모든 감정들이 사라져 버렸다. 자기 자신과 세상, 운명에 대한 증오와 원망으로 스스로를 가두고 살아오던 얼마 전의 그로 돌아가 버린 것 같았다.

연지는 다른 무엇보다 그 점이 가장 무섭고 두려웠다.

'노다 씨…….'

그녀가 그를 부르기 전에 그가 먼저 움직였다. 연지의 손목을 붙잡아 자신의 등 뒤로 확 끌어당겼다. 그리고 맹수로부터 그녀를 보호하듯이 자신의 등 뒤에 감추고 저 앞의 노신사와 마주섰다.

그에게 잡혀 있는 손목이 부러질 듯이 아팠다. 차가워진 그의 체온을 통해 그의 내면에서 폭발할 듯 들끓고 있는 맹렬한 적개심과 분노가 고스란히 전해져 왔다.

갑자기 이게 다 무슨 일일까. 저 앞의 노신사는 대체 누구일까. 대체 누구이기에 그를 이토록 분노케 한 것일까.

"노다……."

연지는 그의 어깨 너머로 그 못지않게 하얗게 질려 있는 노신사를 두려운 시선으로 바라보며 간신히 입술을 달싹거렸다. 그러나 그녀의 떨리는 음성이 흘러나오기도 전에 북풍한설처럼 차가운 노다의 음성이 칼날처럼 흘러나왔다.

「댁이 왜 여기에 있습니까.」

"노다야."

「여기가 어디라고 감히, 누구 맘대로…….」

「노다야, 흥분하지 마라. 난 그저 네가 어떻게 지내는지 걱정이 돼서…….」

노신사의 떨리는 음성 또한 그의 무섭도록 차가운 음성에 무참히 잘려나갔다.

「긴 말 하지 않겠습니다. 잊었나 본데 여긴 더 이상 이사장님 소유가 아닙니다. 이사장님이 오고 싶다고 멋대로 올 수 있는 곳이 아니란 말입니다. 당장 내 집에서, 내 산에서 꺼져요.」

「노다야…… 그러지 말고 우리 얘기 좀 하자, 응?」

노신사가 비틀거리며 앞으로 걸어 나왔다. 그의 전신이 흠칫, 경련하듯 떨리며 더욱 차갑게 얼어붙었다. 그녀의 손목을 으스러뜨릴 듯 움켜잡고 있는 손아귀에도 보다 강한 악력이 실렸다.

「꺼지라는 내 말, 안 들립니까. 주인도 없는 남의 집에 함부로 들어와서 뭐하자는 수작입니까. 지금 당장 내 눈앞에서 꺼지지 않으면 경찰을 부르겠습니다. 웬 정신 나간 이상한 사람이 사유지에, 남의 집에 무단으로 침입해서 난동을 부리고 있으니 빨리 와서 잡아가라고 신고를 하겠다, 이 말입니다.」

그가 피식, 차가운 비소를 흘렸다.

「후후, 그럼 꽤 볼만하겠군요. 알고 보니 그 정신 나간 침입자가 다른 누구도 아닌 대한재단 이사장이자 곧 국회의원이 되실 여당의 비례대표라는 사실이 밝혀진다면 말입니다. 물론 경찰이야 이사장님 말 몇 마디로 충분히 덮어 누를 수 있겠죠. 하지만 과연 언론도 그럴까요? 만에 하나 이 사실이 언론으로 새어나가서 기자들이 이상한 냄새라도 맡게 된다면, 이사장님 입장이 굉장히 곤란해지실 것 같은데 말입니다.」

연지는 흠칫 놀랐다.

'누구라고? 대한재단 이사장? 대한재단이라면…… 설마, 대한대학교와 중, 고등학교 등 무수히 많은 학원을 거느린 바로 그 대한재단을 말하는 거야?'

설마 싶었지만, 그녀가 아는 한 대한재단이라면 바로 그 대한재단밖에는 없었다. 이른바 한국을 대표하는 내로라하는 사학재벌 중 하나로 매스컴에도 심심찮게 오르내리는 그 사학재단 말이다. 뿐만 아니라 그녀가 시간제 강사로 알바를 뛰고, 선배를 통해 정식 강사로 스카우트 제안을 받았던 학원도 그 재단에 속해 있는 학원 중 하나이기도 했다.

때문에 연지는 알바하던 당시, 학원 곳곳에 자랑스럽게 걸려 있던 재단의 역사 및 대학 등의 홍보 사진들과 초대 이사장 및 역대 이사장들의 사진 등을 매일 지겹도록 보며 지나치고는 했었다. 아! 그제야 연지는 처음 보는 저 노신사의 얼굴이 왜 낯익은 듯이 느껴졌었는지, 그 이유를 깨달았다.

그 사람이 맞았다. 한때 그녀가 매일 보며 지나쳤던 사진 속의 인물. 대한재단의 현 이사장 오형수.

'헉! 그런데 저 사람이 왜 여기 있는 거지? 노다 씨와는 대체 어떤 사이인 거지?'

순간, 그녀의 뇌리로 언젠가 노다가 했던 말들이 빠르게 떠올랐다.

"부모도, 가족도 아무것도 없는 나를 이제껏 후원해 주고 있는 사람. 포프피린증이라는 희귀병에 걸린 나를 치료하기 위해서 자신이 소유하고 있는 병원을 하룻밤 동안 깨끗하게 비우고 병원장을 움직일 만큼 위세와 능력이 대단한 사람. 그리고 이 희귀병을 물려준 내 어머니를 위해서 이 산을 사고 그 어머니가 미쳐 돌아가실 때까지 여기를 금역으로 만들었던 최초의 장본인이기도 하지. ……그리고 애석하게도 그 사람이 바로 내 생물학적인 생부야."

그때 그는 분명히 그렇게 말했었다.

그럼 그때 그가 말했던 병원이 어쩌면 대한대학종합병원이었는지 모른다. 아니, 그 병원이 틀림없었을 터였다. 자정이 넘은 늦은 시간에 느닷없이 나타난 오형수 이사장. 게다가 그는 철문과 현관의 도어락 비밀번호까지 알고 그의 집을 마치 제집인 양 버젓이 들어가 그를 기다리고 있었다. 그리고 그런 오형수 이사장을 향한 노다의 손에 잡힐 듯한 맹렬한 분노와 적개심. 이 모든 것들이 지금 그녀의 뇌리 속에 불쑥 치솟은 추측이 결코 황당무계한 상상이 아니라는 것을 입증해 주고 있었다.

그렇다면 정말 오형수 이사장이 노다의 친부라는 것인가. 저분이 바로 이 사람의 아버지……! 연지는 저도 모르게 터져 나오려는 비명을 황급히 입을 틀어막았다.

오형수는 자신의 존재를 부정하고 밀어내는 어린 아들의 신랄한 원망 앞에서 아무 말도 할 수 없었다. 그는 노다 앞에서는 죄 많은 아비일 뿐이었다. 어떤 말로도 용서를 구할 수 없는 죄 많은 아비. 가슴이 무너져 내렸다. 하나 지은 죄가 너무 많아서 미안하다는 말조차 할 수가 없었다. 노다 앞에서는 눈물 한 줄기조차 마음껏 흘릴 수가 없었다.

그조차 저 가엾고 불쌍한 아들놈한테는 가증스러운 눈물로밖에는 여겨지지 않을 테니까.

그래서 오형수는 오늘도 터져 나오려는 눈물을 이를 악물고 참아냈다. 참을 수 있을 때까지는 어떻게든 참아볼 생각이다. 저놈도 저렇게 악착같이 참고 버티고 있는데, 내가 무슨 주제로, 무슨 자격으로 저놈 앞에서 눈물을 보인단 말인가. 오형수는 숨을 깊이 들이마셨다. 간신히 터져 나오려는 눈물을 집어 삼켰다. 순식간에 십 년은 더 늙어버린 초췌한 낯빛으로 아들이라고 마음껏 안아볼 수도 없는 어린 아들을 안타깝게 바라보았다.

「화가…… 많이 났구나. 그래, 그럴 만도 하지. 너도 없는 집에 연락도 없이 불쑥 들이닥쳐서는 뻔뻔하게 집 안을 차지하고 있었으니. 후우. 하지만 노다야, 그건 네가 이해를 좀 해줬으면 좋겠구나. 나는 네가 집에 없는 줄 몰랐어. 당연히 집에 있을 줄 알았다. 오늘은 병, 안 박사한테 가는 날도 아니라서 말이야.」

오형수는 노다 뒤에 서 있는 연지를 힐끔 쳐다보고는 재빨리 병원이라는 단어 대신 안 박사라는 말로 바꿔서 말했다.

「물론 미리 연락하지 않은 것은 내가 정말 잘못했다. 하지만 난 정말 네가 당연히 집에 있을 줄 알았어. 그리고 아간 너무 마음이 급해서 전화할 생각 같은 건 아예 나지도 않았어. 이 비서 한테 네가 다시 일을 시작할 결심을 굳혔다는 얘기를 듣고는 너무 기뻐서 널 빨리 봐야겠다는 생각밖에는 나지 않았어.」

노다의 가늘어진 눈빛이 서릿발처럼 차갑게 벼려졌다. 오형수가 황급히 변명하듯이 말을 이었다.

「아, 이 비서 탓은 하지 말거라. 이 비서가 나한테 말하고자 해서 말한 건 아니니까. 우연하게 들었다. 이 비서가 업체들하고 통화하는 내용을 말이다. 그래서 알게 됐지. 이 비서는 내가 추궁을 하니까 어쩔 수 없이 다 말한 것뿐이야.」

「상관없습니다. 그러니까 이사장님도 관심 끄시죠. 내가 뭘 하든 이사장님과는 상관없는 일입니다. 이사장님이 무슨 이유로 여길 찾아왔는지도 궁금하지 않습니다. 그러니까 쓸데없는 말은 다른 데 가서나 하시고, 빨리 꺼져 주시기나 하시죠.」

「노다야, 그러지 말고 우리 얘기를 좀 하자.」

「나는 이사장님과 할 얘기도 없고 들을 얘기도 없습니다. 만나서 좋을 것 없는 사람들끼리 대체 무슨 얘기를 하자는 겁니까. 그것도 멋대로 찾아와서는 이게 뭐하는 짓입니까. 더욱이 여기가 어디라고 감히, 감히 당신이!」

순간적으로 노다는 자제력을 잃고 노성을 터뜨리고 말았다.

그러나 이내 가쁜 숨을 몰아쉬며 부지불식간에 드러내고만 감정을 재빨리 거둬 들였다. 보다 차갑게 굳은 무감한 음성으로 뇌까리듯 씹어 뱉었다.

「여기는 당신이 함부로 드나들 수 있는 곳이 아닙니다. 가세요. 가서 두 번 다시는 오지 마십시오. 한 번만 더 내 말을 무시하고 이런 짓을 벌인다면, 그땐 나도 가만있지 않을 겁니다. 어차피 난 여기서 더 잃을 것이 없어요. 하지만 당신은 다르죠. 지킬 것도 많고, 더욱이 큰일을 앞두고 있는 분이 아닙니까. 그런데 이제 와서 당신이 어떤 인간인지 세상에 모두 밝혀진다면…….」

차갑게 굳은 노다의 입매에 시린 비소가 얼핏 어렸다.

「나야 아무래도 상관없지만 이사장님은 꽤 억울하지 않겠습니까. 평생 쌓아온 허명에, 금배지까지 날아가 버릴 텐데요. 돌아가실 날도 이제 얼마 안 남았는데 그럴수록 더욱 몸을 사리셔야죠. 평생 그렇게 살아오신 분 아닙니까. 그러니까 어울리지도 않는 '척' 그만하시고, 당신의 안전한 세상으로 돌아가십시오. 혹여 내 이름이 바람결에 들려도 모르는 척, 그동안 살아온 대로만 계속 살아가세요. 어쭙잖은 감정으로 말년에 인생 망치고 싶지 않다면 말입니다.」

오형수의 얼굴이 처참할 정도로 무참히 일그러졌다. 그때였다. 산 밑에서 커다란 중형차 한 대가 빠른 속도로 달려왔다. 철문을 열기 위해서 잠시 멈춰 선 차에서 이 비서가 황급히 뛰어내렸다. 대립하고 선 두 남자와 노다 뒤에 서 있는 연지를 본 이 비서의 두 눈이 놀란 빛을 띠었다.

다시 차에 오른 이 비서가 쏜살같이 달려왔다. 허겁지겁 차에서 내린 이 비서는 잠시 노다와 연지를 망연히 쳐다보다가 금방이라도 쓰러질 듯 창백해져 있는 오형수에게 달려갔다.

"이사장님, 괜찮으십니까?"

오형수가 자신을 부축하는 이 비서한테 기대어 잠시 휘청거렸다.

"괘…… 괜찮아. 나는 괜찮네."

이 비서가 안타까움과 미안함, 안도와 원망이 뒤섞인 복잡한 시선으로 노다를 바라보았다.

「노다 군, 정말 미안합니다. 내가 조심성이 부족해서 실수를 했어요. 이사장님은 우연히 내가 통화하는 내용을 들으시고 너무 기뻐서 달려오신 것뿐이에요. 순전히 내 불찰입니다. 내 잘못이에요.」

그러면서 이 비서는 오형수가 그 사실을 알자마자 당장 노다를 만나러 가봐야겠다며 다그치는 바람에 미리 연락할 새가 없었다며 다시금 미안하다고 사과했다. 그런데 막상 와보니 그는 없고 집은 텅 비어 있더란다. 혹여 그에게 무슨 변고라도 생긴 건 아닌가, 걱정이 된 오형수가 마을이든 어디든 주변을 샅샅이 찾아보라고 해서 이 비서는 그의 차를 찾아 근방을 죄 훑다가 돌아온 참이라고 했다. 그에게 전화를 해도 계속 부재 중 통화로만 넘어가기만 해서 정말 무슨 일이라도 생긴 건 아닌가 싶어 걱정이 이만저만 아니었다면서.

그렇게 상황 설명을 하면서도 이 비서는 연신 노다의 어깨 너머로 보이는 연지의 얼굴을 힐끔거렸다. '저 아이가 여긴 왜?'라는 황망함과 의아함이 뒤섞인 시선으로 연지와 차갑게 얼어붙은 노다의 창백한 얼굴을 쉼 없이 오고갔다.

그러면서도 이 비서는 오형수와 노다의 안타까운 대립을 중재하느라 여념이 없었다.

「그러니까 노다 군, 너무 역정만 내지 말아요. 이사장님은 너무 기쁘셔서, 노다 군에게 어떤 식으로라도 더 도움이 될 만한 일은 없을까 하고 부리나케 달려오신 것뿐이니까요.」

「됐습니다. 구차한 변명 따위, 듣고 싶지 않습니다. 아무래도 내가 잘못 생각했던 것 같군요. 처음부터 이 비서님한테 부탁을 드리는 것이 아니었습니다. 이 비서님, 지금 이 시간부로 제가 부탁드렸던 일에 대해서는 더 이상 신경 쓰지 마십시오. 지금까지 알아봐 주신 것만으로도 충분합니다. 감사했습니다. 이제부터는 내가 알아서 하겠습니다.」

「노다 군.」

「이제 그만 이사장님 모시고 돌아가 주세요. 그리고 이사장님께도 분명히 말씀드렸지만, 오늘 같은 일이 두 번 다시는 반복되지 않도록 해주십시오. 여기가 어떤 곳인지, 이 비서님도 잘 알지 않습니까. 여기는 저 사람이 제 멋대로 함부로 발을 들일 수 있는 곳이 아닙니다. 다른 곳은 몰라도 여기만은 절대로, 절대로 안 돼요.」

오형수의 주름진 눈이 질끈 감겼다. 어린 아들이 여기만은 왜 절대로 안 된다고 말하는지, 누구보다 그 자신이 너무도 잘 알기에 오형수는 질끈 감은 눈을 뜨고 노다를 다시 바라볼 수 없었다. 이제 그만 자신을 용서해 달라고, 미안하다는 말도 할 수 없었다. 참담한 후회와 죄책감이 무겁게 노회한 어깨를 짓눌러 왔다.

노다는 그런 오형수에게 더 이상 시선도 주지 않았다. 냉담한 시선으로 고집스레 이 비서만 바라보며 마저 말을 이었다.

「참는 것은 이번뿐입니다. 그것도 결코 두 분을 위해서가 아닙니다. 만약 다음에 또 이런 일이 벌어진다면, 그땐 어떤 경우에라도 절대 참지 않을 겁니다. 내 말, 허투루 듣지 마십시오.」

노다는 더 이상은 할 말도 없고, 오형수를 마주하고 있는 것도 더 이상은 참기 힘들다는 듯 잔뜩 숨죽인 채 긴장하고 있는 연지의 손목을 잡아당겼다. 그녀를 돌아보았다.

"들어가자."

칼처럼 벼려져 있던 음성이 금세 가라앉아 나지막이 흘러나왔다.

"노다 씨……."

연지는 어찌해야 할 바를 몰랐다. 아버지가 아니라 할아버지라고 하는 것이 더욱 맞은 성싶은 오형수 이사장이 노다의 부친이라는 사실도 충격적이었지만, 그보다는 오형수를 대하는 노다의 태도가 너무도 적대적이고 하는 말마다 너무 잔혹할 만큼 무서웠기 때문이었다.

분명히 노다가 그럴 수밖에 없을, 피치 못할 사연이라는 것이 있을 터였다. 태어나 한 번도 아버지라고 불러본 적도 없었고, 같이 살아본 적도 없었다고 했었다. 그저 후견인과 피후견인의 관계였을 뿐이라고 그 스스로 비웃으며 신랄하게 말했더랬다.

오형수, 최노다. 그리고 천사처럼 예쁘던 그의 어머니.

그의 어머니는 오형수의 부인이라고 하기에는 너무 젊고 어렸다. 오형수의 자식보다도 젊지 않았을까 싶다. 그런데 그 젊고 아름답던 여자가 제 아버지뻘과도 같은 나이든 남자의 아들을 낳고 결국 몹쓸 희귀병에 걸려 이 산속에서 홀로 미쳐 외로이 죽음을 맞았다.

그리고 그 아들은 아버지의 성도 물려받지 못한 채, 그 아버지와 후견인과 피후견인이라는 괴이한 관계로만 살다가 모친처럼 희귀병을 앓게 되었다.

그녀가 알고 있는 대충의 사정들만으로도 노다가 왜 아버지인 오형수를 '이사장님'이라고 부르며 적대하고 원망하는지, 그 이유를 십분 알 수 있을 것 같았다.

하나 이렇든 저렇든 어쨌든 그의 친아버지이지 않은가. 칠순이 넘은 노인이 저토록 괴로워하며 이제라도 제 자식으로 떳떳하게 거두지 못한 아들에게 눈물로, 눈빛으로 용서를 구하고 있지 않은가.

아, 모르겠다. 뭘 어떻게 해야 좋을지 하나도 모르겠다. 하나 이것 하나만은 분명했다.

안타까웠다. 가슴이 무너질 듯이 아팠다. 안 그래도 참담한 병 때문에 고통스러운 나날을 살아가는 그가 가슴속에도 친부에 대한 미움과 원망으로 시퍼런 칼날을 품고 괴로워하고 있다는 사실이 너무도 안타깝고 가슴 아팠다.

오형수에 대한 미움과 원망으로 또다시 제 안에 틀어박혀 홀로 서럽게 울며 괴로워하는 그의 아픔이 손에 잡힐 듯이 느껴졌다.

아, 노다 씨!

그를 위해서 내가 해줄 수 있는 게 뭐가 있을까. 내가 뭘 어떻게 해야 하나.

연지는 터져 나오려는 울음을 꾹 참고 차갑게 얼어붙은 그의 손등을 꼭 감싸 쥐었다. 지금 당장 그녀가 해줄 수 있는 거라고는 겨우 그것뿐이었다.

'괜찮아요, 노다 씨. 너무 아파하지 말아요. 너무 괴로워하지 말아요. 내가, 내가 있잖아요. 당신은 혼자가 아니에요. 그러니까 혼자 울지 말아요. 혼자 아파하지 말아요. 우리, 함께하기로 했잖아요. 제발 나한테 당신의 아픔을 나눠줘요. 나한테 기대요. 나한테 기대서 마음껏 울어도 돼요.'

연지는 온 마음으로 빌며 속삭였다. 철저하게 오형수와 이 비서를 외면하고 지나쳐 가는 노다 대신 두 사람에 죄송하다, 조심해서 잘 가시라고 고개 숙여 인사했다. 눈빛으로 간절하게 호소했다.

'죄송해요. 제가 감히 끼어들 자리는 아니지만, 오늘은 그만 돌아가 주세요. 노다 씨가 너무 힘들어해요. 너무 아파해요. 죄송합니다. 안녕히 가세요.'

그렇게 연지는 노다의 차가운 손을 꼭 잡은 채 그와 함께 집으로 들어갔다.

띠리릭.

현관문이 잠기고 정원에는 오형수와 이 비서만이 남았다. 두 사람은 현관문이 잠기고도 한참동안 복잡한 시선으로 단단하게 걸어 잠긴 현관문을 바라보았다.

쓰러질 듯 비틀거리는 음성으로 오형수가 말했다.

"그만…… 가지."

"네."

이 비서는 오형수를 부축해 뒷좌석에 앉히고 재빨리 운전석에 올라 차를 출발시켰다. 산길을 내려오는 길. 망연히 검은 차창만 바라보던 오형수가 읊조리듯이 말했다.

"아까 그 아이…… 누군가?"

"피연지 양입니다. 일전에 말씀드렸던 호기심 많은 여대생 말입니다. 호기심에 산에 올라왔다가 발작을 일으킨 노다 군을 보고 제 몸 다쳐가면서 철문을 뛰어 넘어가 노다 군을 도와줬던 그 여대생이요."

"아, 그때 그 학생……."

그러고 오형수는 또 한참 동안 말이 없었다. 그러다 한참만에야 다시 입을 열었다.

"그 일이 인연이 됐던 모양이군. 노다가 많이 좋아하는 모양이야. 그 아이도 그래 보이고."

"네."

"그 아이, 우리 노다가 어떤 병을 앓고 있는지 알고 있을까?"

"……."

이 비서는 그 질문에는 어떠한 대답도 할 수 없었다. 아는 바도 없었을 뿐더러 그 자신도 어찌된 영문인지 무척 놀라고 있는 중이었다.

"흐음. 이 비서."

"네."

"이름이 피연지라고 했나. 그 아이에 대해서 좀 소상히 알아봐 봐. 되도록 빨리."

이 비서는 속으로 낮은 한숨을 내쉬었다.

'연지 양에 대해서 알아보고 또 뭘 하시려는 걸까.'

노다 곁에 갑자기 등장한 여자이니 당연히 알아보기는 해야겠으나, 내심 불안해지는 이 비서였다. 하나 어쩌겠나. 그는 지시받은 대로 움직일 수밖에 없는 처지인 것을.

"네, 알겠습니다."

두 사람이 탄 차는 어느덧 서울 시내로 들어서고 있었다.

집으로 들어온 직후, 노다는 문 앞에서 꿈쩍도 하지 않았다. 문 너머에서 차 시동 소리가 들려오고 오형수를 태운 차가 정원을 빠져나가는 소리가 들려오고도 그는 두 눈을 감은 채 미동도 하지 않았다.

그녀를 돌아보지도 않았다. 그저 미세하게 떨리는 손으로 그녀의 손목만 그악스럽게 움켜잡고 있을 뿐이었다.

연지 역시 섣불리 입을 열거나 움직이지 않았다. 안타깝고 걱정되는 마음으로 차갑게 굳어버린 그의 너른 등만 하염없이 바라보았다.

그러다 주변이 모두 조용해진 후에야 연지는 움직였다. 그의 손을 잡은 채 말없이 그를 이층으로 이끌었다. 흠칫, 몸을 굳히 기는 했으나 노다는 그녀의 이끌림에 순순히 따라와 주었다. 두 사람은 그렇게 아무 말 없이 계단을 올라 이층으로 올라갔다. 그 리고 그의 방으로 향했다.

연지는 그를 편히 쉬게 해주고 싶었다. 마음껏 울게 해주고도 싶었다. 그리고 아픔도 미움도 모두 잊고 자신의 품에서 편히 잠 들었으면 좋겠다 싶었다.

그의 손을 이끌고 침대에 먼저 올라가 누웠다. 우뚝 멈춰 선 그의 손을 잡아당겼다. 그녀를 내려다보는 퀭한 갈색 눈동자는 애처롭게 떨리고 있었다.

'괜찮아요. 지금은 아무 말도 하지 않아도 돼요. 아무 생각도 하지 말아요. 그냥 우리 함께 있어요. 이리 와요. 내가 안아줄게 요.'

연지는 말갛게 미소 지으며 다정한 눈빛으로 속삭였다. 주저 하던 그가 무너지듯 그녀의 옆으로 몸을 뉘였다. 연지는 차갑게 굳어버린 안쓰러운 연인의 어깨를 꼭 끌어안아 주었다.

그제야 노다는 아이처럼 그녀에게 안기어, 그녀의 가슴에 얼 굴을 파묻고 처음 숨을 쉬는 법을 배운 사람처럼 막혔던 숨을 토 해냈다. 그녀를 으스러뜨릴 듯이 강하게 끌어안았다. 아니, 그녀 에게 파묻히듯 안기어 울음 대신 막혔던 숨을 거듭 토해냈다.

그녀가 아무 말 없이 그의 뒷머리를 쓸어내리며 쉼 없이 등을 토닥거려 주었다.

그 온유하고 다정한 손길에, 온몸으로 그의 시린 몸을 안아주는 따스한 체온에 그의 가슴 속에 일던 핏빛의 붉은 격정이 점차 사그라졌다. 모든 것을 베어버릴 듯 망나니 춤을 추어대던 시퍼런 칼날이 점차 무뎌져 갔다.

그렇게 노다는 연지의 품에서, 그녀의 깊고 깊은 사랑 속에서 안정을 되찾았다.

그리고 그 스스로 입을 열어 오랜 세월 가슴 속에만 꽁꽁 묻어 두고 있던 아픈 이야기를 꺼내기 시작했다.

"최수영. 그게 내 어머니 이름이야."

아, 그분 이름이 최수영이었구나. 연지는 고개를 끄덕이며 노다의 머리카락을 계속 쓸어내렸다.

"어머니는 프리마돈나를 꿈꾸는 여대생이었지. 타고난 빼어난 미모에 발레리나로서의 신체조건도 훌륭하고 실력도 뛰어나서 어릴 때부터 꽤 촉망받는 유망주였나 봐. 수상 경력도 꽤 되고. 그래서 대한대학교에 우수한 성적으로 입학을 했지. 인기도 엄청 좋았대. 입학하자마자 바로 캠퍼스의 여신으로 불리며 온갖 남학생들이 졸졸 쫓아다녔을 정도로."

"그랬구나. 맞아. 그분이었다면 당연히 그랬을 것 같아요. 저번에 내가 말했었죠. 난 그분을 처음 봤을 때 사람이 아니라 진짜 천사인 줄 알았었다고."

연지는 품에 안고 있는 그를 내려다보며 살짝 미소 지었다. 그도 그녀를 올려다보며 힘겹게나마 미소를 지어 보였다. 그러나 고개를 숙이고 그녀의 품을 파고드는 순간, 그의 입가에 어려 있던 미소는 안타깝게도 금세 사라지고 말았다.

"그러나 어머니한테 아름다운 미모는 축복이 아니었어. 불행의 시초였을 뿐이지. 그 아름다운 미모 때문에 파렴치한 늙은 재단 이사장의 눈에 들어버렸거든."

만약 그때, 여자 혼자 몸으로 사업을 일구며 홀로 어린 딸을 키우던 어머니의 어머니, 할머니의 사업이 부도가 나지 않았다면 상황은 달라졌을지도 모른다. 그러나 안타깝게도 현실은 비극의 연속이었다. 집안은 하루아침에 풍비박산이 났고 그 충격으로 쓰러진 할머니는 사경을 헤매다 끝내 숨을 거두시고 말았다니 말이다.

"하루아침에 가난한 고아가 된 어머니는 학교도 제대로 다닐 수가 없었대. 당연히 발레도 더 이상은 할 수가 없었지. 그보다는 당장 먹고 살 길이 더 막막하고 시급한 문제였다니까."

그런 어머니 앞에 도움의 손길이랍시고 더러운 욕망의 손을 뻗친 것이 바로 오형수, 그자였다.

"처음에는 대학 이사장으로서 자신의 학교를 대표할 만한, 더나아가서 장차 한국을 대표할 만한 전도유망한 젊은 발레리나의 미래를 돕는 것이 교육자로서, 어른으로서 당연히 해야 할 몫이라면서 접근을 했다고 하더라. 학비를 대신 내주고, 무료 레슨을 받게 해주고 격려를 한다는 명목으로 틈틈이 저녁 식사 자리에 불러 용돈도 주고 이것저것을 챙겨주며 힘내라고 격려도 해주면서 그렇게 절망에 빠져 있는 어린 여대생의 빈틈을 파고든 거지."

그렇게 더러운 속셈을 감추고 1년여 동안 공을 들인 덕분에 오형수는 마침내 제 딸보다도 어린, 젊고 아름다운 여대생을 제 것으로 만드는 데 성공했다고 한다.

"그런데 한 번으로는 만족이 안 됐나 봐. 아니면 그 한 번이 너무 만족스러워서 아예 제 것으로 들어앉힐 속셈을 굳혔던 건지도 모르지. 허름한 하숙집에서 살던 어머니를 빼내서 근사한 아파트를 한 채 안겨주고 아예 제 숨겨진 여자로 만들어 버렸거든. 여기까지는 그렇고 그런 뻔한 스토리야. 돈 많고 성공한 늙은 남자와 젊고 아름답지만 한순간에 모든 것을 잃어버린 불쌍하고…… 어리석은 어린 여자의 추잡한 불륜."

맙소사! 얼핏 예상은 했었지만 그 정도로 불미스러운 사연이 있을 줄은 몰랐다. 솔직히 생각만으로도 너무 추잡하고 역겹기까지 한 이야기였다. 하아. 연지는 속으로 안타까운 신음을 흘렸다.

"결국 어머니는 학업도 접고 발레리나의 꿈도 포기한 채 완전히 오형수의 여자로 전락해 버렸다고 하더군. 하긴 학교 이사장과 그런 관계가 됐는데, 그 비밀이 새어 나갈까 봐 무서워서 학교나 제대로 다닐 수 있었겠어? 그때 어머니 나이가 고작 스물한두 살 때였다는데, 그 정도로는 뻔뻔하지 못했던 거지."

그런데 불행은 거기서 끝이 아니었다. 더 큰 불행이, 지옥이 어머니를 기다리고 있었다. 떳떳하지 못한 관계에 대한 자괴감, 불안감 때문에 술에 취하는 빈도수가 늘어나고, 1년, 2년 피임제를 지속적으로 복용하게 된 바람에 몸속에 존재하는지도 몰랐던 유전적 병증이 발발하게 된 것이었다.

"물론 그런 것들이 어머니의 몸속에 잠재되어 있던 병증을 일으킨 주된 원인이었는지 어떤지는 아무도 몰라. 특히 포르피린증을 앓고 있는 환자 중에는 그와 같은 직접적인 원인이 없었다고 해도 유소년 시절까지는 아무 증상도 없이 잘 지내다가 나이가 들어 어느 순간 병증이 나타나는 경우가 많다니까. 이를테면 나처럼."

연지는 그를 더욱 꼬옥 끌어안았다.

"다른 사람은 몰라도 어머니 본인은 자신의 몸에 이상이 생겼다는 것을 알고 계셨을 거야. 하지만 그것이 무엇 때문인지는 모르셨겠지. 그래도 술이나 피임제가 이상 증세를 촉진시킨다는 것 정도는 본능적으로 느끼셨나 봐. 그래서 술을 줄이려는 노력도 하셨고 피임제도 더 이상 먹지 않으려고 하셨대."

그러다 보니 당연히 임신을 하시게 됐단다. 그것도 두 번씩이나. 그러나 그때마다 오형수는 중절을 요구했고 그에게 모든 것을 의지하고 있던 어머니는 오형수의 요구를 거부할 수 없었다고 한다. 두 번의 임신, 그리고 두 번의 중절.

그럴 때마다 어머니는 술을 멀리해야 한다는 것을 알면서도 더욱 술에 의존하게 되셨고, 자신에게서는 절대 아이를 원치 않는 오형수의 강압에 밀려 또 다시 피임약을 복용하게 되셨다고 한다. 한 번만 더 어머니가 몰래 피임약을 끊고 임신을 하게 된다면, 그녀와의 관계를 정리할 수밖에 없다는 오형수의 협박 아닌 협박에 잘못했다고, 한 번만 봐달라며 매달릴 수밖에 없었다고 한다.

"그런데 무슨 생각에선지 어머니는 또 다시 피임약을 끊으셨지. 자줏빛 소변을 보고 햇빛에 닿으면 피부가 타듯이 벗겨지고, 환각이 보이거나 환청이 들리는 빈도수가 잦아지는 것에 대한 두려움 때문만은 아니었대. 어쩌면 그때 어머니는 이미 자신이 죽어가고 있다는 것을 어렴풋이나마 자각하고 계셨는지도 몰라. 그래서 죽기 전에 사랑하는…… 우습지만 어머니는 오형수를 진심으로 사랑하셨어. 그래서 죽기 전에, 버림 받기 전에 그 사랑하는 사람의 자식이라도 가져야겠다는 생각을 하셨던 건지도 모르겠어."

결국 어머니는 뜻을 이루시기는 했었다. 1년여의 긴 노력 끝에 마침내 그를 임신하게 되었으니까. 어머니는 자신이 또다시 임신했다는 사실을 최대한 숨길 수 있을 때까지 오형수한테 숨겼다고 한다.

그러나 배가 부르기 시작하자 더 이상은 숨길 수가 없게 되었다고 한다. 오형수는 당연히 펄쩍 뛰며 당장 뱃속의 아이를 지우라고 난리를 피웠단다. 안 그러면 당장 어머니와의 관계를 끊고 금전적 지원도 모두 끊어버리겠다고 말이다.

그런데 이번만큼은 어머니도 완강하게 버티셨단다. 버림을 받아도 좋고, 돈줄을 끊어도 좋으나 이번만큼은 절대 뱃속의 아이를 포기하지 않겠노라고.

"그러자 오형수는 진짜 그날로 발길을 뚝 끊어버렸대. 다달이 보내던 돈도 당연히 끊어버렸지. 오형수는 그러면 당연히 어머니

가 얼마 못 가 백기를 들 것이라고 생각했었나 봐. 그런데 어머니
는 끝까지 버텼어. 그리고 마침내 날 낳으셨지."

하지만 어머니의 고집과 모정은 거기까지만이었다. 아들을 낳
았음에도 오형수가 돌아와 주지 않자, 정녕 그대로 그와의 관계
가 끝나 버리는 것인가, 새삼 두려움에 휩싸였던 모양이었다.

"그 즈음의 어머니 상태는 이미 정상이 아니기도 했대. 갓난아
이한테 젖을 먹이다가도 돌연 고함을 내지르며 갓난아이를 집어
던지고는 했대. 그가 자신을 버린 것이 모두 너 때문이라고, 너
따위는 낳는 것이 아니었다고…… 그러면서 배고프다고 우는 갓
난아이는 쳐다보지도 않고 온종일 오형수 이름만 부르며 울며불
며 난동을 피우고는 했다더군."

그 꼴을 보다 못한 가정부가 결국 이 비서한테 전화를 걸어 사
정 설명을 하고 한 번만 좀 와보시라고 통사정을 했고, 그에 이
비서가 놀라서 달려왔다고 한다. 배고픔과 두려움에 떨며 빽빽
울어대는 갓난아기, 그런 제 아들을 본 체 만 체하고 오형수를
데려오라며 미쳐 날뛰는 최수영. 그 꼴을 보고 바로 보통 일이 아
님을 간파한 이 비서가 오형수를 불러왔다고 한다.

그날로 어머니는 오형수의 지시로 곧장 병원으로 끌려갔다.

"처음에는 어머니가 앓고 있는 병이 포르피린증이라는 사실은
아무도 몰랐대. 그저 어머니가 완전히 미쳤다고만 생각했었대.
당연하지. 그 당시에는 그런 병이 있다는 것조차 알지 못했을 테
니까."

그런데 단순히 미쳤다고만 보기에는 외적 증상이 너무 심각해

서 안 박사를 통해 은밀하게 정밀검사를 진행했단다. 심한 구토
와 빈혈 증상, 자줏빛 소변, 햇볕에 닿기만 해도 피부가 타버리
는 증상 등은 단순히 정신적인 문제라고만 치부해 버리기에는 해
괴하기 짝이 없었으니 말이다.

"그래서 이런저런 시행착오를 거쳐 마침내 어머니가 어떤 희귀
병을 앓고 있는지를 알아냈다고 하더군."

그제야 연지가 힘겹게 입을 열었다.

"그래서 여기를 사서 그분을……."

"어. 오형수는 그땐 그 방법밖에는 없었다고 줄기차게 변명을
하지만 실상 그것은 명백한 격리, 감금이었어. 자신의 추하고 더
러운 불륜 사실을 완전히 감추기 위해서. 그때 어머니는 가끔 제
정신으로 돌아올 때가 있었거든. 그럴 때면 날 안고 절대 품에서
떨어뜨리려고 하지 않으셨어. 그리고 그럴 때면 당신은 어떻게 되
도 좋으니, 나만은 무슨 일이 있어도 책임을 져 달라고, 오형수의
핏줄로, 호적에 올려달라고 끊임없이 요구를 하셨대. 안 그러면
그의 집에, 세상에 그가 어떻게 제 딸보다도 어린 여자를 더러운
욕망으로 취하고 끝내 그 인생을 엉망으로 짓밟았는지 모두 밝혀
버리겠다고 협박까지 하셨다더군."

오형수한테 가장 두렵고 끔찍한 것은 바로 그것이었을 것이다.
자신이 얼마나 추하고 더러운 인면수심의 이중인격자인지, 그 본
색이 세상에 까발려지는 것. 그래서 오형수는 어머니가 다시 제
정신을 잃고 미쳐 날뛸 때 이 외진 산에 어머니를 가둬 버렸다.
아무에게도 그 사실을 까발리지 못하도록.

그런데 아이러니하게도 그렇게 어린 아들과 강제로 떨어져 산속에 갇히게 된 어머니는 온전한 정신을 잃어갈수록 자신을 그렇게 만든 오형수에게 더욱 집착하게 되었다. 그가 자신에게 가했던 무도한 강압과 핍박, 어린 아들에 대한 기억은 모두 잃어버린 채 오형수와 행복했던, 사랑했던 순간들만 기억하게 된 것이었다.

어머니는 그렇게 오형수만을 애타게 그리고 사랑하며 끝내 이곳에서 숨을 거두셨다.

노다는 그런 어머니를 도저히 이해할 수 없었다. 이해할 수 없었던 만큼 용서할 수도 없었다. 어머니는 처음부터 나약하고 어리석은 사람이었다. 힘겨운 현실을 벗어나기 위해서 오형수가 내민 더러운 욕망의 손을 잡은 순간부터 모든 불행은 어머니 스스로가 자초한 것이나 진배없었으니 말이다.

그래서 노다는 어머니를 그리워하면서도 미워했고, 가여워하면서도 용서할 수 없었다.

그러나 지금은…… 마냥 가엾고 불쌍하기만 하다.

그래도 어쨌든 자신을 낳아주신 어머니니까.

하여 노다는 어머니가 오형수에게 사랑받고, 그를 사랑했던 기억만을 품고 돌아가신 것이…… 그나마 불행 중 천만 다행이 아니었을까. 이제야 그런 생각이 조금씩 든다.

그나마 그 순간만큼은 행복하셨을 테니까.

삐뚤어진 거짓 사랑이었다고 하더라도 그 순간만큼은…….

연지는 두 눈을 질끈 감았다. 그의 머리를 쓸어내리는 손이 절로 바들바들 떨렸다. 가슴속에서부터 뜨거운 무언가가, 사납고 격렬한 무언가가 끓어올랐다.

세상에! 어떻게 그런 끔찍한 일이 있나. 어떻게 그토록 악랄한 인간이 다 있을 수가 있나. 그래놓고선 겉으로는 세상에 둘도 없는 인격자에 교육자인 양 존경받는 사회 지도층으로 이름을 떨치고 살았다니! 인간도 아니었다. 금수만도 못한 인간이었다.

그런데 그런 인간이 이 사람의 아버지라니…….

아, 불쌍해서 어쩌나. 가엾어서 어쩌나.

노다 씨, 노다 씨.

연지는 터져 나오려는 울음을 꾹 참고 그를 더욱 강하게 끌어안았다. 이번에는 노다가 그런 연지를 달래듯 그녀의 마른 등을 가만가만 쓸어내리며 토닥거렸다.

'괜찮아, 연지야. 울지 마. 너까지 가슴 아파 할 이유는 없어. 이러려고 얘기한 건 아닌데. 그러니까 제발 울지 마라, 연지야. 나 때문에 더 이상은 울지 마. 그럼 내가 너무 미안하잖아. 그럼 내가 널 이렇게 잡고 있을 수가 없잖아. 어차피 다 지난 일이야. 이젠 아무 의미도 없는 다 지난 일일 뿐이라고.'

'그래요, 다 지난 일이에요. 안 울게요. 아파하지도 않을게요. 그러니까 노다 씨도 그만 아파해요. 그러니까 노다 씨도 이제 그만…….'

두 사람은 서로를 한 몸처럼 끌어안고 함께 울며 서로를 다독였다. 한없이 미안하다, 괜찮다고 속삭이며 서로를 위로하고 따스한 체온을 나눴다.

연지가 바르르 떨리는 목소리로 속삭였다.

"이제 그만 자요. 아무 생각 말고. 힘들었던 오늘은…… 오늘 생은 다 끝났어요. 내일은, 우리가 함께하는 새로운 삶은 내일 다시 시작될 거예요. 그리고 내일 다시 시작되는 우리의 삶은 오늘보다 틀림없이 더 행복할 거예요. 그 새로운 삶에도 우리는 함께할 거니까. 오늘보다 내일, 나는 당신을 더 사랑할 거니까. 그만큼 우리의 사랑은 한층 더 깊어져 있을 테니까. 내가 약속할게요."

"연지야……."

"그러니까 이제 아무 생각 하지 말고 푹 자요."

으응, 그래, 그렇게, 연지야. 연지야, 연지야.

"사랑해."

노다는 미안하다는 말 대신, 고맙다는 말 대신 사랑을 이야기했다. 연지가 힘껏 미소 지으며 온 마음을 다해 화답했다.

"으응, 나도, 나도 사랑해요."

8장

정오가 훌쩍 지난 시간. 느지막이 일어나 세수를 하고 욕실을
나오던 연지는 대문을 들어서는 엄마를 보고 깜짝 놀라 그 자리
에 멍하니 멈춰 서고 말았다.

"엄마……?"

순간적으로 그녀의 뇌리에 스친 생각은 한 가지였다.

'김태환, 이 새끼! 엄마한테 말하지 않는다더니 서울로 올라가
자마자 몽땅 다 말해 버렸구나.'

"어우, 그래 내 새끼. 그동안 잘 있었어?"

엄마는 연지를 보자마자 눈물을 글썽거리며 양손에 바리바리
챙겨온 짐들을 마루에 내려놓고 후다닥 신발을 벗고 마루로 올라
왔다. 냉큼 둘째 딸의 손을 부여잡고 울먹거렸다.

"몸은 어때. 어디 아픈 데는 없니? 밥은? 잘 챙겨먹고 있는 거야? 에휴, 어째 내려오기 전보다 더 마른 것 같다, 응?"

'엥, 이건 뭐지? 엄마의 분위기를 보아하니, 뭔가를 알고 내려오신 건 아닌 것 같은데?'

연지는 벙찐 표정으로 중얼거렸다.

"아니야. 더 쪘어."

"그래? 그런데 햇볕에 많이 타서 그런가, 어째 더 말라 보인다, 얘."

"아니라니까. 그런데 엄마, 연락도 없이 갑자기 어쩐 일이야? 가게는 어떻게 하고? 언니는?"

혹시나 하는 생각에 조심스럽게 물었다. 엄마가 연신 연지의 손과 어깨 등을 어루만지며 대답했다.

"그냥 오늘 하루 문 닫았어."

"왜?"

"왜긴. 너 보러 오려고 그랬지."

"그러니까 갑자기 왜? 집에 무슨 일 있어?"

"그런 거 없어. 그냥 우리 막내딸이 계속 눈에 밟혀서, 보고 싶어서 내려온 거야. 혹시 화났니? 엄마가 연락도 안 하고 갑자기 내려와서?"

엄마는 눈물이 그렁그렁한 눈으로 연신 연지의 눈치를 살폈다. 연지는 얼른 굳은 표정을 풀었다.

'후우, 노다 씨 일 알고 내려오신 건 아닌 모양이네. 다행이다.'

안도의 숨을 내쉬며 가슴을 쓸어내린 연지는 엄마를 힐긋 바라보며 겸연쩍은 미소를 흘렸다.

"화는 무슨. 아니야. 그냥 엄마가 연락도 없이 갑자기 나타나
니까 너무 놀라서 그렇지."

한 달 전까지만 해도 만약 엄마가 연락도 없이 불쑥 내려왔다
면 불같이 화를 냈겠지만, 지금은 도저히 그럴 수가 없었다. 이
유가 어찌되었든 엄마의 입장에서 보자면 그녀가 선택한 길은 불
효막심한 길일 수밖에 없으니까.

그녀로 인해 앞으로 엄마의 눈에서는 눈물이 마를 날이 없을
지도 모른다. 때문에 너무 죄송하다. 그럼에도 불구하고 엄마의
눈물을 닦아드릴 수 없어서 더욱더.

'미안, 정말 미안해, 엄마.'

연지는 속으로 나지막이 용서를 구했다.

그녀의 눈치를 살피던 엄마가 낮은 한숨을 내쉬며 가슴을 쓸
어내렸다.

"그래? 후유, 그럼 고맙지. 난 또 네가 연락도 없이 엄마가 멋
대로 내려왔다고 화를 내면 어쩌나, 엄청 걱정했었는데. 후후,
아이고, 고맙네, 우리 딸."

"엄마는 별걸 다 고맙대. 그런데 진짜 갑자기 어쩐 일이야? 집
에 진짜 아무 일 없어? 그냥 진짜 나 보려고 온 거야?"

얼른 눈가의 눈물을 훔친 엄마가 손사래를 쳤다.

"그럼. 집엔 아무 일도 없어. 연서도 요즘 공부한다고 매일 제
방에서 틀어박혀 있는데 뭐. 네 언니, 요즘 정말 열심히 공부한
다. 이번엔 꼭 붙겠다고 아주 열의가 대단해. 넌 어때, 괜찮니?"

연지의 손을 잡아끌며 마루에 앉은 엄마는 오랜만에 보는 막내딸의 얼굴에서 한시도 시선을 떼지 못했다.

"어. 그런데 힘들게 왜 내려오고 그래. 일주일에 한 번씩 전화 통화도 하면서."

"전화로 통화만 하는 거랑 이렇게 직접 보는 거랑 어디 같니? 후유, 너 그렇게 혼자 내려 보내고 엄마 맘이 얼마나 안 좋았는지 몰라. 그동안 고생만 해온 우리 딸, 혼자 좀 쉬겠다고 하는데 말릴 수도 없고. 그래도 엄마가 같이 내려와서 이것저것 좀 봐주고 그랬어야 했는데, 네가 한사코 혼자 있겠다고 내려오지 말라고 말리는 바람에 그러지도 못하고."

엄마는 한숨을 폭폭 내쉬며 거친 손으로 눈가를 훔치셨다.

"엄마라는 게 뭐 하나 제대로 해주지도 못하고."

"엄마."

연지는 미간을 찌푸리고 또 한 차례 눈물을 흘리며 신세 한탄을 시작할 엄마를 말렸다.

"아이고, 그래. 너 이런 말 하는 거 싫어하는데. 미안하다, 미안해. 이런, 내 정신 좀 봐. 너 먹이려고 이것저것 만들어 와놓고서 쓸데없는 소리만 하고 있네."

엄마는 부리나케 마루에 내려놓은 쇼핑백 꾸러미로 달려갔다. 쪼그리고 앉은 엄마의 손에서 커다란 찬합들이 줄줄이 나왔다.

"너 좋아하는 잡채랑 더덕무침하고 이런저런 것들 좀 만들어 왔어. 에휴, 그런데 날이 더워서 쉬지나 않았는지 모르겠다. 뭔 날이 이렇게 더운지. 쉬기 전에 얼른 냉장고에 넣어놔야겠다. 아참, 연지야, 너 밥 먹었니?"

"아직."

엄마가 미간을 찌푸리고 그녀를 돌아보았다.

"지금이 몇 신데, 뭐 한다고 아직 밥도 안 먹었어. 아직 한 끼도 안 먹은 거야? 쯧쯧. 내가 너 이럴 줄 알았다. 배고프지? 잠깐만 기다려. 엄마가 얼른 상 차려줄게."

연지가 황급히 일어나는 엄마의 손을 잡아당겼다.

"오느라고 힘들었을 텐데, 엄마는 그냥 여기 앉아 쉬셔. 내가 차릴게."

네댓 개나 되는 사단짜리 찬합을 챙겨 들며 혀를 내둘렀다.

"와, 뭘 이렇게 많이 만들어왔어."

"얼마 안 돼."

"우리 엄마, 또 이것들 만드느라 새벽부터 일어나서 동동거리셨겠네. 그냥 오지, 힘든데."

"어떻게 그래. 그리고 하나도 안 힘들었어. 매일 하는 일인데, 뭐. 게다가 우리 막내 먹일 거 생각하니까 한 개도 안 힘들고 힘만 더 펄펄 나더라. 에이, 이리 줘. 엄마가 할게."

연지의 손에 들려 있는 젓은 수건을 내려다보고 엄마가 말을 이었다.

"너 방금 씻고 나온 거 아니니? 그럼 빨리 방에 들어가서 로션이나 발라. 얼굴 당긴다. 이리 줘."

"아이 참, 내가 한다니까."

연지와 엄마는 잠시 찬합을 사이에 두고 실랑이를 벌였다. 연지가 피식 헛웃음을 터뜨리며 엄마의 어깨를 꼭 끌어안았다.

"알았어, 그럼 같이 해."

엄마도 그녀를 바라보며 흐뭇하게 미소 지었다. 고개를 끄덕이며 딸아이의 손을 꼭 잡았다. 두 사람은 사이좋게 찬합 꾸러미를 나눠들고 주방으로 향했다.

엄마는 연락도 없이 왜 내려왔느냐고 화를 내기는커녕 예전처럼 곰살맞게 구는 연지가 그렇게 고마울 수 없었다. 마치 예전의 연지로 되돌아간 것 같았다. 대학원 진학이 좌절되기 전의 씩씩하고 밝던 연지로.

'후우, 다행이다. 참말 다행이야.'

연지를 보고 왔다는 태환의 표정이 너무 어두워서 혹시 연지한테 무슨 일이라도 생긴 건가 싶어 걱정이 이만저만 아니었는데, 아무래도 괜한 노파심이었나 보다.

그제 저녁에 태환이 반찬 가게로 찾아왔었다. 휴가가 끝나서 군에 복귀한다고 인사를 하러 온 녀석의 표정은 웃고 있는데도 묘하게 굳어 있었다. 특히 연지의 이름을 올릴 때마다 눈빛이 어둡게 가라앉는데, 가슴이 철렁했었다. 제 딴에는 표정을 감춘다고 노력을 하는 모양인데 그녀의 눈에는 번연히 다 보였다. 할 말은 많은데, 차마 곧이곧대로 말은 하지 못하고 속으로만 벙어리 냉가슴 앓는 녀석의 무거운 속내가 말이다.

하여 태환을 앞에 앉혀 놓고 이것저것을 물어보았더랬다. 혹시 연지한테 무슨 안 좋은 일이라고 생겼더냐. 몸이 어디 안 좋아 보이더냐. 그런데 태환이는 끝까지 딱 잡아떼고 아무 일도 없다는 말만 반복했었다.

"걱정 마세요, 어머니. 연지, 아주 잘 지내고 있어요. 한량처럼 아무 일도 안 하고 먹고 노는 게 체질에 맞는가 봐요. 아주 제 세상 만난 것처럼 얄미울 정도로 잘 지내고 있더라고요. 제가 보기에는 그거, 한동안은 거기에 처박혀서 꼼짝도 하지 않을 것 같아요."

그러더니 태환이는 그녀의 손을 갑자기 꼬옥 잡고 새삼 진지하게 말했다.

"그러니까 어머니, 걔는 그냥 저 좋을 대로 살게 내버려 두시고 이제부턴 어머니도 연지 걱정 그만하시고 다리 쭉 뻗고 편하게 사세요. 막말로 자식이 연지 하나밖에 없는 것도 아니고 연서 누나도 있잖아요. 그리고 저도 있고요. 연지는 저 편한 대로 살 도록 그냥 내버려 두세요. 지가 시골에 처박혀서 사는 게 좋다는데 어쩌겠어요. 걔가 누구 말 들을 애도 아니고요. 어머니, 제가 어머니 엄청 사랑하는 거 아시죠? ……건강하셔야 돼요. 저 이번에 들어가면 곧 제대해요. 그럼 제가 연지 대신 자주 찾아뵐게요."

그러고는 어깨를 축 늘어뜨리고 돌아가는데, 연지한테 뭔 일이 생긴 것이 틀림없다는 생각이 들더랬다. 그래서 고민 끝에 가게 문도 닫고 새벽부터 이것저것 준비해서 내려온 참이었다. 그런데 후우. 다시 예전처럼 씩씩하고 밝아진 딸아이의 모습을 보니, 괜한 걱정이었구나 싶었다.

한데 태환이는 왜 그랬을까.

'태환이한테 무슨 안 좋은 일이라도 생긴 건가? 에휴, 대체 뭔일이기에 그 크다 만 놈이 어깨가 축 늘어져서는 그렇게 코를 빠트리고 있었을까. 이제 곧 제대한다는 놈이……'

하긴 녀석 딴에도 근심 걱정이 많긴 할 터였다. 복학하면 좋은 날도 잠시, 밀린 공부 따라가려면 고생깨나 할 테니 말이다. 사내놈이니 미래에 대한 걱정이나 고민이 더욱 많겠지.

'그런 줄도 모르고 힘내라는 말 한마디도 못 해줬네. 미안해라. 우리 연서도, 연지도, 태환이도 모두 잘돼야 될 텐데.'

엄마는 속으로 낮은 한숨을 내쉬며 개수대에서 쌀을 씻고 있는 연지를 돌아보았다. 태환이 때문에 혹시나 하고 걱정했던 것이 무색하게 절로 입가에 미소가 지어졌다.

태환이 말대로 이곳 생활이 연지에게는 무척 잘 맞는 모양이었다. 아직도 많이 낙담하고 상심해 있으면 어쩌나 싶었는데, 생각보다 혈색이나 분위기가 무척 좋아 보였다. 태환이가 왜 그런 말을 했는지 알 것 같았다. 저 좋을 대로 당분간 더 여기에 놔둬야겠구나, 싶었다.

그러나 엄마는 그 시간이 앞으로도 계속 오래 지속될 거라고는 생각하지 않았다. 길어야 한두 달. 그러면 연지도 여기 생활을 접고 서울로 올라와주지 않을까. 엄마는 연지만 생각하면 미안한 마음투성이였다.

여유가 조금만 더 있었어도 저 좋아하는 공부, 실컷 하라고 뒤를 밀어줬을 텐데. 엄마가 돼서 그거 하나 밀어주지 못하는 제 처지가 한심하고 마냥 미안하기만 했다. 엄마의 눈시울이 금세 붉어졌다.

"와, 잔치 상이 따로 없네. 이러다 진짜 상다리 부러지는 거 아니야? 큭큭. 음, 맛있어. 이것도, 이것도 진짜 다 맛있다."

갓 지은 뜨끈한 밥에 엄마가 새벽부터 정성껏 마련해 온 온갖 반찬들을 볼이 미어지도록 입안에 쑤셔 넣으며 연지가 연신 엄지를 치켜들었다.

"아이고, 그러다 체할라. 천천히 먹어."

그러면서도 엄마는 연지가 좋아하는 반찬들을 연신 앞으로 밀어주었다.

"응, 엄마도 빨리 먹어."

막내딸이 맛나게 먹는 것만 봐도 배가 부른 엄마는 그래, 그래 고개를 끄덕이면서 흐뭇하게 연지만 바라보았다.

배가 터지도록 간만에 포식한 연지는 엄마가 해온 음식과 반찬들을 아낌없이 반으로 덜어 엄마와 함께 태환이 할머니 댁으로 갔다. 두 분은 이산가족 상봉이라도 한 양 눈물까지 글썽거리며 얼싸안고 마냥 기뻐하셨다.

그런데 그 시간이 한 시간에서 두 시간으로 넘어가자 연지는 슬슬 초조해지기 시작했다. 시간이 벌써 6시를 향해 달려가고 있었다. 해가 지면 이 마을을 경유하는 버스의 간격이 한층 더 길어진다. 엄마를 양평 시내까지 모셔다 드리는 데에는 별 지장이 없겠지만, 문제는 그 후에 어떻게 돌아오느냐 하는 거였다.

9시, 10시만 돼도 여기까지 들어오는 버스는 끊겨 버린다. 그럼 꼼짝 없이 택시를 타야 되는데, 그게 또 비용이 만만치가 않다. 택시비로 몇 만원을 길에 버리는 것은 너무 아깝다. 그러니 일찌감치 엄마를 양평까지 배웅해 드리고 버스가 끊기기 전에 버스를 타고 돌아오는 것이 상책.

한데 엄마가 통 일어나실 생각을 하지 않는다. 여기까지 내려온 엄마를 얌체처럼 혼자 가시라고 할 수는 없는 노릇. 연지는 슬그머니 엄마의 옷자락을 잡아당겼다.

"엄마, 이제 그만 일어나자. 양평 시내까지 가려면 지금 일어나야 돼."

"어? 시내에는 왜?"

"왜긴, 엄마 모셔다 드리려고 그러지."

"나?"

엄마가 뜨악한 표정으로 고개를 갸웃 기울였다. 그러다 이내 손을 내저으며 활짝 웃었다.

"엄마 양평 시내까지 데려다주려고? 아우, 우리 착한 딸. 그런데 안 그래도 돼, 연지야."

"왜?"

"엄마, 오늘은 너랑 하룻밤 자고 갈 거야."

엥? 연지의 눈이 휘둥그레졌다. 태환이 할머니가 톡 끼어들었다.

"그래, 잘 생각했다. 힘들게 내려왔는데 딸내미랑 하룻밤은 자고 가야지."

어, 그럼 안 되는데.

예상하지 못한 상황에 연지는 커다래진 눈만 끔벅거렸다. 큰일 났다. 엄마가 오늘밤 여기서 주무시면 노다 씨한테는 못 간다는 얘기. 나흘 전 오형수 이사장이 왔다 간 뒤로 노다의 상태는 요 며칠 그다지 좋지 않았다. 그 나름대로는 평소보다 말도 많이 하고 많이 웃으며 괜찮은 척하고 있지만, 어디 진짜로 괜찮겠는가. 순간, 순간 어두워지는 그의 눈빛이나 표정이 그의 내면에서 어떤 파란이 일고 있는지를 대변해 주고 있었다.

'그런데 오늘밤에는 그에게 갈 수가 없다니. 젠장. 안 되는데. 그 옆에는 내가 있어줘야 하는데.'

연지는 아랫입술을 지그시 깨물었다.

저녁 식사를 차린다고 두 분이 분주하신 틈을 타 연지는 슬그머니 골목으로 빠져나왔다. 인적 없는 뒷길로 돌아 서둘러 그에게 전화를 걸었다. 벨이 한 번 울리기 무섭게 그가 전화를 받았다.

[어, 연지야.]

그의 목소리만 들어도 가슴이 찌르르 울렸다.

"뭐 하고 있었어요?"

[그냥 이것저것. 너는? 저녁 먹었어?]

"지금 먹으려고요. 노다 씨는요?"

[나도 이제 먹을까 생각 중.]

'으응' 하고 뒷말을 늘이며 연지는 주저주저 말을 이었다.

"저기, 노다 씨."

[응?]

"나, 오늘은 못 가요."

몇 초간의 침묵이 흘렀다. 대번에 굳은 음성이 흘러나왔다.

[무슨 일 있니? 말해. 무슨 일이야? 혹시…….]

그가 괜한 생각으로 불안해하기 전에 연지는 얼른 대답했다.

"갑자기 엄마가 오셨어요."

[엄마? 연지 어머니?]

깜짝 놀란 듯 굳은 그의 음성이 반 옥타브 정도 올라갔다.

"응. 갑자기 나 보고 싶다고 연락도 없이 오셨지 뭐예요. 완전 서프라이즈였다니까요. 그런데 기왕 오신 김에 오늘밤 하루 주무시고 가신대요. 그래서…….."

스피커 너머에서 안도하는 낮은 한숨 소리가 들려왔다.

[그랬구나. 그럼, 오랜만에 딸 보러 오셨는데 주무시고 가야지. 그래서 오늘은 못 온다는 거였어?]

"응."

연지가 풀 죽은 목소리로 대답했다. 풋, 그가 짧은 웃음을 흘렸다.

[그런데 목소리가 왜 그래. 뽈난 애처럼. 오랜만에 어머니를 만난 건데 신나서 방방 뛰어야지. 혹시 나 때문에 그러는 거라면 그러지 마, 연지야. 오늘만 날도 아니고, 우리는 내일 보면 되잖아.]

"그래도…….."

엄마한테는 정말 죄송하지만, 지금은 엄마보다 그가 훨씬 더 중요했다. 그와의 하루는 단순한 하루가 아닌 감사하고 소중한 새 생의 전부. 그런데 오늘 그를 보지 못한다면 생 하나를 허투루 보내게 되는 것이 아닌가. 그를 만나지 못한다면, 그가 없다면 오늘 하루는 그 의미를 퇴색하고 다른 이들과 다름없는 평범한 하루로 전락해 버리고 만다.

나와 그와의 하루는 단순한 하루가 아닌데.

연지는 그것이 너무 속상하고 안타까웠다.

[그러지 말라니까. 난 정말 괜찮아. 그러니까 연지야, 오늘은 다른 생각 하지 말고 어머니하고 잘 보내. 얘기도 많이 나누고 오랜만에 마음껏 응석도 부리고.]

"치, 나 원래 응석 같은 거 안 부려요. 우리 집에서 애교 담당은 우리 언니라고요. 어렸을 때부터 그랬어요. 언니는 애교가 철철 넘쳐흐르는데 난 사내아이처럼 드세고 씩씩하고 자기주장이 강한 고집쟁이였거든요. 우리는 완전히 바뀌었어. 그래서 모르는 사람들은 내가 첫째고 언니가 내 동생인 줄 안다니까요."

그가 키득거리며 웃었다.

[그래, 상상이 간다. 그럼 고집쟁이 피연지가 애교부리는 건 나한테만 그러는 건가?]

"누가, 내가요?"

[몰랐어? 너 내 앞에선 애교 엄청 부려. 내가 거기에 깜박 넘어간 거잖아.]

"말도 안 돼. 내가 언제 애교를 부렸다고."

뜨악해진 연지가 스마트 워치가 그인 양 눈을 부라렸다. 그러다 이내 키득거리며 속삭였다.

"하긴 내가 한 매력 하기는 하죠. 까칠한 누구 눈에 콩깍지를 확 씌웠을 만큼. 큭큭. 인정. 하지만 이거 하나는 확실하게 짚고 넘어가죠. 그건 말이에요, 단순한 애교가 아니라 피연지만의 거부할 수 없는 치명적인 매력이라는 거예요."

[오, 그러셔? 그래, 기분이다. 그렇다고 쳐 주지.]

"어어, 그렇다고 치는 게 아니라 진짜 그렇다니까. 아님 최노다 씨가 이렇게 나한테 홀딱 넘어왔겠어요?"

[오케이, 인정.]

두 사람은 키득거리며 한참을 더 알콩달콩 이야기를 나누었다. 저쪽에서 엄마가 '연지야! 밥 다 됐어. 저녁 먹자!' 하고 부르는 소리가 들려왔다. 연지는 잠시 말을 멈추고 '어!' 하고 큰소리로 대답했다. 엄마가 대문을 닫고 안으로 들어가는 소리가 들리자 연지는 목소리를 낮춰 소곤거렸다.

"전화 이만 끊어야겠다. 엄마가 불러요."

[그래. 밥 맛있게 먹고 어머니와 즐거운 시간 보내.]

"응, 노다 씨도요. 나 없다고 너무 풀 죽어 있지 말고요, 심심하다고 운동만 죽어라고 하지 말고요."

[알았어.]

"무슨 일 있으면 바로 전화해요?"

[그래.]

"건성으로 대답하지 말고요, 진짜 무슨 일이 있거나 컨디션이 안 좋다 싶으면 바로 전화해요, 알았죠?"

그는 잠시간 뜸을 들였다가 마지못해 알았다고 대답했다.

[빨리 가. 어머니 기다리시겠다.]

"응. ……노다 씨."

[음?]

연지는 땅이 꺼질 듯 한숨을 터뜨렸다.

"벌써부터 걱정이다. 노다 씨 보고 싶어서 하룻밤을 어떻게 보내지? 지금도 이렇게 보고 싶어서 죽겠는데."

[…….]

"이따 또 기회 봐서 전화할게요."

[그래.]

"사랑해요."

[나도…… 사랑해.]

연지는 스마트 워치에 '쪽' 입을 맞추고 마지못해 전화를 끊었다. 시무룩해진 표정으로 스마트 워치를 그인 양 거듭거듭 어루만졌다.

"후우. 진짜 걱정이다. 벌써부터 이렇게 보고 싶어서 어떡하냐. 몇 시간도 못 참겠는데, 내일까지 어떻게 참아."

연지는 터덜터덜 태환이 할머니 집으로 걸음을 옮겼다.

모처럼 아침 일찍 일어난 연지는 아침을 먹기 무섭게 엄마를 다그쳐 집을 나설 준비를 했다. 그녀의 성화에 설거지도 못 하고 신발을 신는 엄마는 못내 서운한 표정으로 연지를 쳐다보았다.

"이렇게 서두르지 않아도 되는데."

"내일은 가게 문 열어야지. 그럼 일찍 가서 장도 새로 보고 해야 될 거 아니야. 늦게 가면 엄마만 더 힘들어. 그리고 오늘은 채소 아저씨도 오지 말라고 했다며. 그럼 시장 가서 장 봐야 될 텐데, 늦게 가면 좋은 거 다 빠지고 시들한 것만 남아 있을 거 아니야. 그럼 단골 떨어져. 채소 상태나 양념이 조금만 달라져도 손님들이 귀신같이 먼저 더 알아챈다며."

"그야 그렇지만."

연지는 미적거리는 엄마의 손을 잡아당겼다.

"뭐가 그렇지만이야. 그럼 그런 거지. 아이참, 엄마는. 빨리 가자. 나도 엄마 양평까지 데려다주고 다시 돌아오려면 시간이 빠듯해."

"네가 뭐 하는데 시간이 빠듯해?"

"여기 들어오는 버스가 별로 없잖아. 그리고 왜 이러셔? 나도 나름 할 일이 많거든?"

막내딸과 조금만 더 같이 있고 싶은데, 자신을 쫓아내지 못해서 안달하는 것 같은 연지한테 못내 서운한 엄마는 입을 비죽이며 눈을 흘겼다.

"네가 뭘 한다고……."

그러다 문득 방 한쪽에 놓여 있던 노트북에 생각이 미쳤다. 엄마의 눈이 번쩍 뜨이며 반짝거렸다.

"혹시 공부 다시 시작한 거니? 아니면 다른 거 뭐라도 미리 준비하는 게 있는 거야?"

연지의 미간이 슬쩍 찌푸려졌다.

"그런 거 아니라니까. 아, 몰라. 어쨌든 빨리 가자."

연지는 엄마의 손을 잡고 좁은 마당을 가로질렀다. 그러다 우뚝 걸음을 멈췄다. 그녀의 두 눈이 휘둥그레졌다. 뒤에서 딸에게 끌려오던 엄마가 '왜 그래?' 하고 돌연 멈춰 선 연지를 바라보았다. 그러고는 딸아이의 시선을 따라 대문으로 시선을 옮겼다. 흠칫 놀란 엄마의 눈도 휘둥그레 커졌다.

야트막한 대문 너머에 누군가가 서 있었다. 8월 중순의 푹푹 찌는 더위에도 불구하고 짙은 색 양복을 근사하게 차려 입은 중년의 신사였다. 그 신사가 연지를 향해 정중하게 묵례를 취하고 있었다. 그러다 연지의 어깨 너머로 고개를 비죽이 내민 엄마를 보고는 잠시 곤혹스러운 표정을 지었다. 그러나 그 표정은 금세 사라졌다. 신사의 점잖은 눈빛이 다시 연지에게로 향했다.

"연지 양, 잘 있어요?"

마른침을 꿀꺽 삼킨 연지가 뒤늦게 고개를 까딱여 인사했다.

"아, 안녕하세요."

의아함에 엄마의 눈이 더욱 동그래졌다. 아무래도 연지와 저 중년의 신사는 이미 잘 아는 사이인 듯싶었다. 그런데 연지가 저런 중년 신사를 어떻게 아는지, 한눈에 딱 봐도 꽤 부유하고 학식 있어 보이는 중년 남자가 딸뻘인 연지한테 왜 윗사람인 양 정중하게 고개까지 숙여가며 인사를 하는 것인지 그녀로서는 도통 이 상황을 이해할 수 없었다.

점잖은 중년의 신사가 말했다.

"이른 아침에 연락도 없이 불쑥 찾아와서 미안합니다. 실례인 줄 알면서도 결례를 범했습니다. 그런데 연지 양, 미안하지만 시간을 잠시만 내줄 수 있을까요?"

"지금…… 요?"

"네, 미안합니다."

중년 신사는 미안하다고 거듭 정중하게 사과하면서 뒤편의 검은색 중형차를 시선만으로 힐끗 가리켰다. 연지의 시선이 이 비서의 시선을 따라 빠르게 중형차로 날아갔다. 검은색 차체만큼이나 검게 썬팅이 되어 있는 창문. 당연히 아무것도 보이지 않았다. 그러나 연지는 직감적으로 저 차에 누가 타고 있는지를 알 수 있었다. 그녀의 까만 눈동자가 바르르 떨렸다.

연지의 시선이 재빨리 이 비서를 향해 돌아갔다. 그녀의 바짝 긴장한 무언의 물음에 이 비서는 보일 듯 말듯 고개를 끄덕거렸다. 연지의 어깨가 딱딱하게 굳었다.

심상치 않은 분위기를 눈치챈 엄마가 바짝 굳어버린 연지의 어깨를 황급히 감싸 안으며 딸아이를 걱정스럽게 바라보았다.

"연지야, 왜 그래? 무슨 일이야?"

주먹을 꽉 말아 쥔 연지가 억지로 입가에 미소를 띄우고 엄마를 바라보았다.

"어? 별일 아니야."

"별일 아니긴. 저분은 대체 누구시니? 누군데 네 얼굴이 이렇게 얼어붙었어?"

"아니라니까. 갑자기 연락도 없이 오셔서 좀 놀라서 그래."

"누구신데?"

"그냥 좀 아는 분."

그냥 알긴! 대체 어떻게 그냥 아는 사람이기에 연지의 얼굴이 금세 사색이 된단 말인가! 엄마의 시선이 득달같이 이 비서를 향해 날아갔다. 새끼를 지키는 어미 새처럼 엄마는 곧장 연지를 감싸듯 뒤로 물리고 앞으로 나섰다.

"누구신지는 모르겠지만, 보아하니 우리 딸한테 볼일이 있어서 오신 모양인데, 무슨 일인지는 모르겠으나 저한테 말씀하세요. 제가 이 아이 어미 되는 사람입니다."

이 비서가 옅은 미소를 짓고 고개를 숙였다.

"안녕하십니까. 처음 뵙겠습니다. 저는 이문균이라고 합니다. 연지 양과는 얼마 전에 우연한 일로 알게 되었습니다. 그 일로 연지 양과 잠깐 상의할 일이 있어서 실례인 줄 알면서도 이렇게 찾아뵀습니다. 저 때문에 많이 놀라신 것 같은데, 정말 죄송합니다. 하지만 어머님이 염려하시는 것처럼 불미스러운 일로 찾아온 것은 아니니 걱정 마십시오."

사람 좋아 보이는 온화한 얼굴에 정중한 태도까지. 이 비서의 말처럼 불미스러운 일로 찾아온 것은 아닌 것 같기는 했다. 하지만 혹시 또 모르는 일. 엄마는 여전히 미심쩍은 눈빛으로 이 비서를 바라보며 경계를 늦추지 않았다.

"이문균 씨요? 예, 알겠습니다. 그런데 우리 애하고는 어떻게 아시는 사이신지……. 그리고 이른 아침에 대체 무슨 일로 찾아오신 건지……. 저기, 죄송합니다만, 무슨 일인지는 몰라도 그냥 저하고 말씀하시죠."

속으로 숨을 깊이 들이마신 연지가 엄마의 팔을 살짝 잡아당겼다.

"엄마, 괜찮아. 이상하거나 나쁜 분 아니야. 안 좋은 일도 아니고. 나 도와주신 분이야."

"어? 널 도와주다니, 뭘?"

"나중에 얘기해 줄게, 말하자면 좀 길어. 이렇게 서서 할 얘기도 아니고."

연지를 돌아보는 엄마의 눈동자가 불안하게 흔들렸다.

"연지야."

연지가 안심하라는 듯 싱긋 미소를 지어 보였다.

"진짜야. 나중에 다 얘기해 줄게. 엄마, 미안한데 여기서 잠깐만 기다려 줘. 나, 저분하고 나가서 잠깐만 얘기하고 올게."

연지가 입가에 미소를 지은 채 이 비서를 돌아보았다.

"잠깐이면 되겠죠?"

"네."

'거봐' 하는 표정으로 엄마를 다시 돌아본 연지가 불안해하는 엄마의 손을 잡아 마루에 앉혔다.

"엄마, 여기에 잠깐 있어. 나, 금방 갔다 올게."

"연지야, 그러지 말고 그냥 여기서 얘기해. 별일 아니라며. 그럼 여기서 그냥 얘기해도 되잖아. 엄마, 입 꾹 다물고 아무 말도 하지 않을게. 그냥 듣기만 할게. 응?"

"에이, 엄마, 그건 아니다. 내가 애도 아니고, 나랑 긴히 할 애기가 있어서 오셨다는데 그럴 수는 없잖아. 나중에 하나도 빠짐 없이 다 얘기할게. 약속. 그러니까 엄마, 지금만 좀 봐줘."

연지는 엄마를 안심시키기 위해서 최대한 활짝 웃어 보였다. 그러나 눈빛만큼은 단호했다. 연지가 저런 눈빛과 표정일 때는 어쩔 도리가 없다는 것을 잘 아는 엄마는 할 수 없이 연지의 손을 놔줄 수밖에 없었다.

연지가 몸을 돌리고 이 비서에게 다가갔다. 뒤로 한 걸음 물러난 이 비서가 대문을 열고 나오는 연지에게 나지막이 말했다.

"어머님이 와 계신지 몰랐습니다. 난처하게 해서 정말 미안해요, 연지 양."

이분이 사과할 일이 무에 있을까. 이 시간에 그녀를 찾아온 사람은 이분이 아니라 다른 사람인 것을. 연지는 애써 굳은 미소를 지어 보였다.

"괜찮습니다. 이 비서님 뜻이 아니시잖아요. 가시죠."

속으로 깊은 한숨을 내쉰 이 비서가 무거운 걸음을 옮겼다. 그를 따라 연지도 걸음을 옮겼다. 왠지 모를 무섬증과 불안감에 자꾸만 고개가 숙여지려고 했다. 그럴수록 연지는 턱을 바짝 치켜들고 허리를 꼿꼿하게 세웠다.

그녀 자신은 잘못한 것이 없었다. 노다도 잘못한 것이 없었다. 용서받을 수 없는 잘못을 저지른 것은 저기 저 차에 있는 사람. 그러니 그녀가 겁먹을 이유도, 고개를 숙일 이유도 없었다. 오형수 이사장. 저 사람이 왜 자신을 찾아왔는지는 모르겠다. 하지만 크게 궁금하지도 않았다. 어차피 저 사람을 만나 얘기를 들어보면 곧 밝혀질 일. 연지는 속으로 침착하자는 말만 수없이 되뇌었다.

이 비서가 열어준 뒷좌석에는 예상대로 오형수 이사장이 앉아 있었다. 오형수의 주름진 노회한 눈과 그녀의 당당한 시선이 마주쳤다. 오형수가 들어와 앉으라는 듯 손을 까딱거렸다. 연지는 살짝 묵례만 취한 뒤 오형수의 옆에 앉았다.

이 비서가 운전석에 오르자마자 차를 출발시켰다. 연지는 어디로 가느냐는 말 한 마디 묻지 않았다. 그저 꼿꼿하게 허리를 세우고 앉아 정면만 응시했다. 오형수도 두 눈을 지그시 감은 채 입을 꾹 다물고 있었다. 빠르게 마을을 벗어난 차는 한참을 더 간 뒤에 한적한 공터에 멈춰 섰다.

그제야 오형수의 무거운 입술이 달싹거렸다.

"잠깐 나가 있게."

이 비서가 내린 뒤에도 오형수는 한동안 입을 꾹 다문 채 아무 말도 하지 않았다. 두 눈도 여전히 지그시 감은 상태였다. 그렇게 얼마나 있었을까. 차 안에 팽팽하게 감도는 긴장감에 숨이 막혀 올 무렵, 마침내 오형수가 닫혀 있던 말문을 열었다.

"이름이 피연지라고?"

연지는 마른침을 꿀꺽 삼킨 뒤 대답했다.

"네."

"일전에 우리 노다를 도와줬다는 얘기는 전해 들었네. 늦었지만 이제라도 감사 인사를 해야겠군. 고마웠네."

연지는 '괜찮다, 아니다'라는 말 대신 고개만 살짝 끄덕거렸다.

"그런데 노다와 꽤 가까운 사이 같더군. 그때 그 일을 계기로 연이 닿은 건가?"

"네."

"흠, 놀랍군. 피연지 양도 알겠지만 그 녀석, 사람 사귀는 데에 소질이 없는 녀석이거든. 제 곁에 사람이 다가오는 것을 극도로 경계하는 녀석이지. 그런데 그런 녀석이 피연지 양한테는 마음을 열었다니, 실로 놀라운 일이야."

잠시간의 침묵이 흘렀다. 오형수가 다시 입을 열었다.

"내가 누구인지는 알고 있나?"

"네."

연지는 계속 단답형의 짧은 말로만 대답했다.

"어떻게, 내가 누구라고 알고 있나?"

"며칠 전에 왔다 가신 뒤에 노다 씨한테 직접 들었습니다."

오형수의 주름진 미간이 꿈틀거렸다.

"그 녀석이 내가 누구인지, 그쪽한테 직접 얘기를 했다는 건가?"

연지가 고개를 끄덕이자, 순수한 놀라움에 오형수의 눈이 살짝 커졌다. 그는 알 수 없는 눈빛으로 담담한 표정으로 긴장을 감추고 있는 연지의 옆모습을 한동안 바라보았다. 무겁게 가라앉은 음성으로 말을 이었다.

"그럼 혹시 노다가 왜 혼자 산에 살고 있는지, 그 이유도 알고 있나?"

"네."

"자네가 알고 있다는 그 이유라는 건 뭐지?"

"지병을 앓고 있기 때문입니다.

"그 병이 무슨 병인지도 알고 있나?"

"네."

연지의 단답형의 대답이 짜증스러운 듯 오형수의 미간이 슬쩍 일그러졌다.

"말해보게. 자네가 알고 있다는 노다의 병이 무엇인지."

연지는 담담한 어조로 대답했다.

"포르피린증입니다."

일순 오형수의 눈매가 칼날처럼 날카로워졌다.

"의외로군. 정말 의외야. 좋아. 그렇다면 굳이 돌려서 얘기할 필요가 없지. 단도직입적으로 묻겠네. 노다한테 접근한 진짜 이유가 뭔가?"

연지의 눈매가 미세하게 일그러졌다. 당당하고 담담하지만, 불쾌감이 역력한 눈빛으로 오형수를 바라보았다.

"무슨 뜻이죠?"

"우리 노다가 앓고 있는 병이 포르피린증이라는 사실을 알고 있으면서도 그 아이 옆에서 얼쩡거리는 진짜 이유가 뭐냐는 말일세. 보아하니 그 병이 어떤 병인지도 알고 있는 것 같은데, 한창 나이의 젊은 아가씨가 언제 미쳐서 죽을지도 모르는 놈 옆에 붙어 있을 땐, 그만 한 이유가 있을 것 아닌가."

공간을 사이에 두고 오형수의 날카로운 눈빛과 연지의 매서운 눈빛이 첨예하게 부딪쳤다.

"돈 때문인가? 알아보니 집안 형편이 꽤나 열악하더군. 학업을 중단하고 여기에 내려와 있는 이유도 그 때문이고. 그런데 산속에 틀어박혀 죽을 날 받아놓고 외롭게 사는 놈을 보니, 바로 이거다 싶었나? 어차피 얼마 못 가 미쳐서 죽을 놈, 그때까지만 적당히 녀석 비위를 맞춰주며 여자 노릇을 해주면 한 밑천 잡을 수 있겠다 싶어서?"

경악한 연지의 입에서 커다란 외침이 터져 나왔다.

"뭐라고요?"

"하긴 노다 정신이 흐릿해지면 그놈 간지러운 곳 살살 긁어주며 꼬드겨서 본인 앞으로 산이든 재산이든 명의를 모두 옮겨놓으면 아가씨는 평생 돈 걱정 없이 떵떵거리며 살 수 있을 게야. 몇 년 죽었다, 하고 병든 놈 수발들면서 몸 대준 대가치고는 사실 상상도 못할 엄청난 것이지."

이 인간이 진짜! 말이면 다 말인 줄 아나! 인면수심의 졸렬하고 악랄한 인간이라도 어쨌든 사랑하는 남자의 친부. 하여 어떻게든 끝까지 참고 예의를 지키려고 했었다. 그런데 뭐가 어쩌고 어째? 연지는 더 이상은 참을 수 없었다.

"이것 보세요, 오형수 이사장님!"

고작 생각해 낸 것이 그것이냐. 겨우 그런 되도 않는 말이나 하려고 이른 아침부터 나를 찾아온 것이냐. 사람을 어떻게 보고! 세상 사람들이 모두 당신 같은 파렴치한인 줄 아느냐고 한 바탕 퍼부어 대려는데 오형수가 먼저 그녀의 말을 끊고 매섭게 일갈했다.

"내 말, 끝까지 들어! 내 이 자리에서 분명이 경고하지. 아가씨가 어떤 술수로 우리 노다를 꼬셨는지는 모르겠지만, 내가 알게 된 이상, 절대로 그렇게 되지는 않을 걸세! 어딜 감히 내 아들을 이용해서 제 배를 채우려 들어. 그놈이 어떤 놈인데! 평생 마음의 상처만 안고 자란 불쌍한 놈이야. 그런데 거기다가 제 어미의 망할 병까지 물려받아 저 젊은 나이에 제 꿈 하나 제대로 펼쳐보지 못하고 하루하루를 고통스럽게 병마와 싸우고 있는 불쌍한 놈이라고!"

오형수의 주름진 볼살이 부들부들 떨렸다.

"그런데 그런 가엾은 놈을 너 같은 게 감히 우롱하고 기만하려고 들어! 내 눈에 흙이 들어가기 전까지는 그런 꼴, 절대로 못 봐! 여기 있네!"

오형수가 양복 상의 안주머니에서 봉투 하나를 꺼내 연지 앞으로 휙 던졌다.

"무기명채권일세. 섭섭지는 않을 거야. 그거 챙겨서 우리 노다 한테서 그만 떨어져. 단, 조건이 있네. 우리 노다는 이 일을 절대 몰라야 해. 그리고 아가씨가 우리 노다의 외로운 마음을 이용해서 취하려고 했던 계략도 절대로 모르게 해야 하네. 그 녀석 더 이상 상처 입지 않도록 학업 핑계를 대든, 집안 형편을 대든 녀석이 이해할 수 있을 만한 핑계를 만들어서 우리 애한테서 조용히 떨어져 주게. 그럼 추후에 딱 그만큼의 돈을 더 주지. 아가씨 입장에서도 전혀 손해 볼 게 없는 일일걸세. 노다 옆에서 몇 년 시간 낭비할 것 없이 그만큼의 거금을 손에 쥐게 되는 거니까."

오형수는 제 용건은 다 끝났다는 듯, 그녀와는 더 이상 할 얘기가 없다는 듯 두 눈을 다시 질끈 감고 고개를 휙 돌려 버렸다. 모멸감과 분노로 연지의 온몸이 부들부들 떨렸다. 으득 깨문 여린 속살에서 비릿한 피가 비어져 나와 식도로 흘러 넘어갔다.

연지는 제 앞에 놓인 하얀 봉투를 더러운 병균인 것처럼 두려운 듯 혹은 경멸스러운 눈빛으로 노려보았다. 오형수에게 당한 어머니의 얘기를 하며 아파하던 노다의 얼굴이 눈앞을 스쳐 지나갔다. 그가 너무도 가여웠다. 하필 저런 추하고 비열한 인간을 아버지로 둔 그가 너무 가여워서 가슴에서 피눈물이 흘러나왔다.

하지만 연지는 절대 울지 않을 터였다. 저런 인간 앞에서 눈물을 보일 수는 없다. 그를 위해서라도, 우리의 사랑을 위해서라도 절대로!

연지는 천천히 시선을 들어 더 없이 차갑고 냉정한 시선으로 오형수를 노려보았다. 파란이 이는 가슴을 꾹 눌러 내리고 최대한 담담하고 냉정한 음성으로 말했다.

"노다 씨가 너무 가엾네요. 당신 같은 사람이 그의 생부라니. 그가 왜 그토록 타인을 배척하고 믿지 못하는 외로운 삶을 살아왔는지 이제야 조금 알 것 같네요."

오형수의 눈가가 꿈틀거렸다. 그가 눈꺼풀을 천천히 들어 올리고 그녀를 돌아보았다. 실낱처럼 눈매를 가늘게 좁히고 그녀를 노려보는 눈빛이 살벌할 만큼 매서웠다.

"내 제안을 거절하겠다는 건가? 보기보다 많이 어리석군. 다시 한 번 잘 생각해 보게. 자네한테 이로운 것이 무엇인지."

연지는 그 소름 끼치도록 매서운 시선을 회피하지 않았다. 조금도 움츠러들지 않았다. 당당히 그 시선을 마주하고 제 뜻을 피력해 가기 시작했다.

"생각할 필요조차 없는 제안입니다. 아니, 입에 담을 가치조차 없는 더러운 제안이라는 것이 더 맞는 말이겠군요. 노다 씨의 친부라는 분이 어떤 분인지 그 진면목을 알게 된 것이 더 없이 슬프고 가슴 아플 뿐입니다."

"뭐라고?"

"저한테 이로운 것이 무엇일지 다시 한 번 생각해 보라고요? 아니요. 전 저한테 무엇이 이롭고 무엇이 해로운지 따위에는 관심이 없습니다. 그것이 무엇이든 알고 싶지도 않고요. 그런 것을 따지고 계산할 단계는 이미 지나가 버렸거든요. 아니, 노다 씨를 처음 본 순간부터 그런 것들은 끼어들 여지가 없었습니다. 사람이 사람한테 끌리고, 그 사람을 좋아하게 되고, 사랑하게 되는 감정에는 그런 것들은 전혀 필요하지 않거든요."

오형수의 일그러진 입술에서 비웃음이 흘러나왔다.

"노다를 진심으로 사랑한다, 그런 말을 하는 것인가? 후후, 우습군. 말이 되는 소리를 해. 우리 노다를 언제부터 알았다고!"

"사랑에는 시간 따위도 중요하지 않죠. 물론 이사장님은 전혀 이해하지 못하겠지만요. 하지만 세상에는 그런 사랑도 분명히 존재한답니다. 그 사람이 누구이든지 간에 상관없이, 그 사람이 처한 상황 따위는 아무래도 상관없는 그런 무조건적인 사랑이요. 그런 사랑은 거짓말처럼 순간적으로 찾아오죠. 내가 아니라 그

사람이 더욱 중요해지고, 더욱 소중해지고 내 삶이, 온 우주가
오로지 그 사람만을 중심으로 돌아가는 그런 절대적인 사랑이
요."

말을 이어갈수록 연지의 눈빛과 목소리는 보다 단단해져 갔
다.

"이사장님이 제 말을, 이런 사랑을 믿든 말든 저한테는 그조차
아무런 상관이 없습니다. 돈 따위는 더더욱 무의미하고요."

"사랑? 말은 좋지. 물론 나는 그런 사랑은 믿지 않지만, 아가
씨가 끝까지 그렇다고 주장한다면, 좋아. 나도 그 정도는 믿어줄
용의가 있네. 하지만 아무리 그렇다고 한다고 해도 그 사랑이 언
제까지 갈 것 같은가. 노다는 내일 당장이라도 정신 줄을 놓을
수 있어. 그 병이라는 것이 원래 그래. 멀쩡해 보이다가도 한순간
에 휙 가버리거든. 그럼 무섭도록 빠른 속도로 악화만 될 뿐, 호
전된다는 것은 아예 불가능해지지."

오형수는 연지를 뭣 모르는 철부지 어린애처럼 한심하게 바라
보며 비웃었다.

"자네, 그 병을 앓는 사람을 본 적이 있나? 당연히 없겠지. 하
지만 난 본 적이 있어. 그것도 아주 가까이에서. 바로 노다의 엄
마가 그랬으니까."

오형수의 비웃음이 더욱 짙어졌다.

"사랑이라고? 후후후. 어리석기는. 지금이야 노다가 멀쩡해 보
이니까 그런 말을 할 수 있는 거야. 하지만 정신을 잃기 시작하면
그때부터는 지옥이 따로 없을걸세. 아무것도 모르는 주제에 함

부로 까불지 말라는 말이야. 내 장담하건데, 지금 내 제안을 거절하면 내일 당장이라도 아가씨는 이 제안을 거절한 것을 땅을 치고 후회하게 될걸세."

그래서 당신은 그의 어머니를 실컷 가지고 놀다가 쓸모없어진 인형처럼 버리고 이 산속에 가둬 버린 겁니까? 불쾌하네요. 나를, 우리의 사랑을 함부로 당신과 비교하지 말아요. 불쾌하다 못해서 역겨워서 구역질이 나올 것 같으니까.

연지는 터져 나오려는 울분을 가까스로 내리눌렀다. 그리고 진심에서 우러나는 미소를 지어 보였다.

"걱정 마세요. 그럴 일은 없을 테니까. 전 내일을 살지 않습니다. 그를 사랑하고, 그와 함께하겠다는 결심을 굳힐 순간부터 저는 오로지 오늘만을 생각하고, 그와 함께하는 오늘만을 살아갈 뿐이에요. 그와 함께하는 오늘이 제 생의 전부라고요. 그러니까 내일은 또다시 시작되는 새로운 삶, 고마운 선물인 셈인 거죠. 그렇게 주어진 새로운 삶이 오늘과 같은 행복일지, 아니면 이사장님이 말씀하시는 지옥일지는 저도, 그도, 이사장님도, 이 세상 어느 누구도 알 수 없는 것 아닙니까? 그 알 수 없는 미래 때문에 지레 겁먹고 오늘의 행복을, 삶을 포기한다는 것만큼 어리석고 멍청한 일은 없을 겁니다."

연지의 입가에서 미소가 사라졌다. 차갑게 경직된 오형수의 얼굴을 똑똑히 응시하며 마저 말을 이었다.

"그리고 이것은 저뿐만이 아니라 노다 씨의 마음이기도 합니다. 노다 씨의 병세가 악화된다고 해도 저희 둘의 이 마음은 절대 흔들리지도, 변하지도 않을 겁니다. 후회도 하지 않을 겁니다. 오형수 이사장님. 외람되지만 저도 한 가지만 부탁드리죠. 두 번 다시는 오늘과 같은 일로 저를 찾아오지 마십시오. 그리고 되도록 그를 찾아가 더 이상 힘들게 하지 말아주세요."

일그러진 오형수의 눈가가 심하게 흔들렸다.

"며칠 전에 이사장님이 찾아오신 뒤로 그 사람, 겉으로는 아무렇지 않은 척하고 있지만 지금도 많이 힘들어하고 아파하고 있습니다. 잊고 지냈던 과거가, 어머니 일이 이사장님으로 인해 자꾸만 생각나나 봐요. 괜찮다고 웃는 그의 눈에서 자꾸만 눈물이 보여요. 그가 아프면 저도 아파요. 그리고 제가 아파하면 그도 또 아파하죠."

연지는 잠시 숨을 고른 뒤 말을 이었다.

"우리 노다라고 하셨죠? 그 말씀을 믿고 싶네요. 방법은 틀렸지만 오늘 절 찾아오셔서 하신 제안, 이사장님 나름대로 그를 사랑하기 때문에 그를 안전하게 지키기 위해서 고심 끝에 하신 말씀이었다고 생각하고 싶습니다. 지금의 제 이런 생각이 제발 틀리지 않았기를 바랍니다."

연지의 눈빛과 음성이 보다 단단해지고 강렬해졌다.

"그런 마음으로 감히 부탁드립니다. 만약 노다 씨를 진심으로 위하고 사랑하신다면, 더 이상은 이런 그릇된 방법으로 그를 자극하는 일은 하지 말아주세요. 저는 오늘 일, 노다 씨한테 말하지 않을 겁니다. 그 사람한테는 어떠한 비밀도 만들지 않을 생각이었는데, 이사장님 때문에 비밀이 하나 생기고 말았네요. 그러니까 이사장님도 오늘 일, 그가 절대로 모르게 해주세요. 그가 만약 지금 이 일을 알게 된다면…… 너무 많이 힘들어 할 거예요. 저한테 너무 많이 미안해서 제 눈을 똑바로 쳐다보지 못할지도 몰라요."

연지는 세차게 고개를 가로저었다.

"그 사람이 그러는 거, 전 절대 보고 싶지 않습니다. 우리에게는 하루하루가, 일 분 일 초가 너무도 소중해요. 함께 바라보며 웃고 떠들고, 사랑을 이야기하기에도 너무도 부족한 시간이라고요."

연지는 깊게 숨을 들이마셨다.

"맹랑한 아이라고 욕하셔도 할 수 없습니다. 어쨌든 이렇게 저를 찾아오셨는데, 어쨌든 제가 사랑하는 남자의 아버님 되시는 분이신데 이렇게밖에 건방진 말씀을 드릴 수밖에 없게 되어 너무 속상하고 또 죄송합니다."

연지는 꾸벅, 깊숙이 고개를 숙여 인사했다.

"조심히 돌아가세요."

연지는 몸을 돌려 차에서 내리려고 했다. 오형수가 황급히 그녀의 팔을 잡았다.

"잠깐만!"

연지의 미간이 미세하게 찌푸려졌다. 천천히 그를 돌아보았다. 일순 연지는 헉! 급하게 숨을 들이마셨다.

일흔이 넘은 노인이, 추하고 파렴치한이라고만 생각했던 오형수가 거만하고 냉혹한 가면을 모두 벗어던지고 뜨거운 눈물을 흘

리고 있었다. 그 순간 그는 내로라하는 사학재벌의 재단 이사장
도, 곧 금배지를 달 국회의원도 아닌 초로의 늙은 아비였을 뿐이
었다. 회한으로 눈물짓는 죄 많은 아비.

"미, 미안해요, 연지 양. 나, 나는…… 흐흐흑. 나는 노다에게
아비라고 나설 자격도 없는 못나고 죄 많은 아비일 뿐이요. 하지
만 내가 그 아이의 아비라는 사실만은 절대 변하지 않지. 비록
세상에 떳떳하게 밝히지는 못하지만 노다는…… 내 아들이요.
내 하나밖에 없는 아들, 내 모든 것을 내어주고도 아깝지 않을
내 아들……."

오형수는 연지의 손을 꼭 부여잡고 아이처럼 펑펑 눈물을 흘
렸다.

"그 아이의 병을 고칠 수만 있다면, 지금 당장 악마한테 내 영
혼을 팔라고 해도 기꺼이 그럴 수 있소. 그 빌어먹을 병만 고칠
수 있다면……. 흐흐흑. 모두 내 죄야. 내가 지은 죄가 너무 많아
서 아무 죄도 없는 그 아이가, 수영이가 모두 그렇게 된 게야. 내
가, 내가 죽일 놈이요. 나 때문에, 모두 나 때문에……."

"이, 이사장님……."

"그래서 내가 살아 있는 동안에는 무슨 수를 써서라도 그 녀석
을 안전하게 지켜야 한다고 결심했지. 녀석이 한사코 나를 밀어내
고 거부해도 나는 그럴 수 없었어. 수영이한테 한 짓을 불쌍한 내
아들한테도 똑같이 저질러서는 안 되는 거잖소. 그런데 나는 그
동안 바보처럼 계속 같은 잘못을 저질러 왔어요. 수영이하고 너
무 똑 닮은 아이의 얼굴을 보는 것이 너무 괴로워서, 녀석이 내가

제 어미한테 무슨 짓을 저질렀는지 알게 되는 것이 너무 두렵고 무서워서 멀리 보내놓고 사람을 시켜 커가는 것을 지켜만 봤지."

그러지 말아야 했다. 그깟 구설수가, 사람들 손가락질 따위가 뭐가 무섭다고……. 어떻게든 호적에 올려놓고 내 아들로 떳떳하게 살게 해줘야만 했다. 노다가 용서해 줄 때까지 미안하다고 용서를 빌며 아비로서 안아주고 돌봐줘야만 했다.

그런데 그땐 그것이 최선인 줄 알았다. 파렴치한 늙은 아비의 혼외자라는 그늘에서 벗어나 다른 나라에서 제 꿈을 펼치며 살아가게 하는 것. 부모의 추하고 아픈 과거 따위 일절 모르게 하는 것.

한데 노다는 어린 시절을 하나도 잊지 않고 빠짐없이 기억하고 있었다. 자신이 왜 미국으로 추방되어 살아야 했는지 그 이유까지도 한시도 잊지 않고 기억하고 있었다. 하지만 그때까지만 해도 자세한 내막까지는 몰랐을 것이다. 한데 노다의 이름이 신문지상에 오르내리자마자 과거의 치부가 적나라하게 들춰지고 말았다.

다른 누구도 아닌 오형수의 본처로 인하여.

오형수는 그때까지도 아내가 수영과의 과거를 모르는 줄 알더랬다. 당연히 노다의 존재도 모를 것이라고 믿었었다. 그런데 아니었다. 아내는 그가 딸보다도 어린 수영과 몰래 딴 살림을 차린 순간부터 모든 사실을 알고 있었단다. 그런데 20년 넘게 아무것도 모르는 척 입을 다물고 있었단다.

한데 노다의 이름이 세상에 알려지자마자 아내가 이성을 잃었다. 천재 건축가라고 스포트라이트를 받은 노다가 계속 승승장

구해서 유명인사라도 된다면, 그가 누구의 핏줄인지, 오형수와 최수영의 추한 과거까지 모두 까발려지는 것은 시간문제일 거라며 미국에까지 날아가 노다를 만났단다.

그는 아내가 노다한테 무슨 얘기를 어디까지 했는지는 지금도 자세히 알지 못한다. 아내가 노다를 만나러 미국에 갔다는 사실을 뒤늦게 알고 쫓아갔을 땐 이미 모든 것이 끝난 다음이었다. 아내는 한국으로 돌아가는 비행기에 몸을 실은 상태였고, 노다는 충격과 분노로 거의 제정신이 아니었었다.

그때부터였다. 노다가 두려움이 아닌 시퍼런 적대감을 오롯이 드러내고 그를 증오하며 무섭게 밀어내기 시작한 것이.

그리고…… 그 일이 벌어지고 난 지 이태도 되지 않아 노다의 몸속에 잠재되어 있던 망할 병증이 나타났다.

모두 그의 업보였다. 용서받을 수 없는 그의 죄였다.

"노다는 이 못난 아비 때문에 태어나서 단 한 번도 제대로 된 사랑도, 인정도 받아본 적이 없는 아이요. 마음의 상처와 아픔이 너무 커서 아무도 곁에 두려고 하지 않고 믿지를 않지. 발병하여 산에 틀어박힌 뒤로는 그런 성향이 더욱 강해졌어. 그런데 그런 아이가 연지 양을 곁에 두고, 내게서 지키려고 했지. 난 너무 놀랐소. 녀석이 누군가를 마음에 들였다는 사실이 고맙고 다행이라는 생각이 들기보다는 걱정이 앞섰소."

혹여 노다가 또 다른 마음의 상처를 받기라도 하면 어쩌나. 그의 상식으로는 사지육신 멀쩡한 젊은 여자가 언제 미쳐 죽을지 모르는 남자 옆에 붙어 있다는 것이 도저히 순수한 의도로 보이지 않았다.

"그래서 노다가 깊은 마음의 상처를 입기 전에 연지 양을 멀리 쫓아버리는 것이 낫겠다는 생각이 들었지. 난 노다를 잘 알아. 그 아이가 가벼운 마음으로 연지 양을 옆에 뒀을 리가 없어. 절대로 그럴 아이가 아니거든. 원체 타인에 대한 불신이나 방어기제가 심한 편이기도 하지만, 지금은 세상과 아예 담을 쌓아버린 아이니까."

그런데 그런 노다가 누군가에게 마음을 열고 곁을 내줬다? 그 것도 젊은 여자에게? 그것은 절대 가벼운 마음이나 장난일 수가 없었다. 언제 끝날지 모르는 제 남은 생을 모두 걸고 내어준 마음일 터였다. 절박하도록 절실한 사랑일 터였다.

"그런데 그런 사랑에 배신이라도 당해봐요. 우리 노다가 그 충격과 아픔을 과연 견뎌낼 수 있을지. 아니. 그렇게 되면 그 아이는 절대 못 버틸 거요. 지금도 간신히 버티고 있는데……. 난 그 꼴만은 절대 못 봐요. 우리 노다가 저기서 더 큰 절망에 빠져 고통스러워하는 모습만은 절대로."

연지는 무거운 한숨을 토해냈다. 마음이 무겁고 머리가 혼란스러웠다. 어쩐지 오형수가 안되고 딱해 보이기도 했다. 분명 치졸하고 비정하고 파렴치한 사람인데. 그가 아무리 노다와 그의 어머니에게 저질렀던 과거의 죄를 반성하고 후회하고 있다고 해도, 결코 용서받을 수는 없는 일인데. 그럼에도 불구하고 지금 그녀 앞에서 비통하게 참회의 눈물을 흘리고 있는 오형수는 딱하고 안된 늙은 노인일 뿐이었다.

"그런데 아무래도 이번에도 내가 잘못 생각했던 것 같군."

그가 어렵게 시선을 들어 연지를 바라보았다.

"연지 양, ……고마워요. 나는 이런 말 할 염치도, 자격도 없는 사람이지만, 정말 고마워요. 우리 노다를 더 이상 외롭지 않게 해줘서, 진심으로 사랑해 줘서……."

그녀의 손을 잡은 오형수의 손에 강한 악력이 실렸다. 그가 고개를 깊숙이 숙이며 간절하게 부탁했다.

"우리 노다를…… 잘 부탁해요."

집으로 돌아오는 길의 차 안 분위기는 여전히 침통하고 무거웠지만, 아까처럼 칼날 같은 긴장감만은 흐르지 않았다. 연지와 오형수, 이 비서 모두 간간이 짙은 한숨만 흘릴 뿐, 누구 한 사람 섣불리 입을 열지도 않았다.

근엄한 위엄을 모두 내려놓은 오형수는 초로의 노인이 되어 비통함에 젖어 있을 뿐이었다. 연지는 그런 그를 안타깝게 바라보다가 창밖으로 시선을 돌렸다. 그가 미치도록 보고 싶었다. 오형수도, 엄마도 모두 잊고 당장 그에게 달려가 그를 끌어안고 그의 체취를 마음껏 들이켜고 싶었다.

사랑한다고 입이 부르트도록 외치고 싶었다.

차가 마을 어귀에 들어섰다. 그녀의 집인 파란 지붕 집이 보였다. 야트막한 대문 너머로 초조하게 마당을 서성이고 있는 엄마의 모습이 보였다.

차가 집 앞에서 멈춰 섰다. 움찔 놀란 엄마가 이쪽을 바라보았다. 연지는 차에서 내리기 전에 오형수를 돌아보았다. 고개를 깊숙이 숙여 인사했다. 오형수가 천천히 눈꺼풀을 올리고 그녀를 바라보았다. 고통이 진득이 고인 눈빛으로 그녀를 바라보며 고개를 끄덕거렸다. 그가 진솔한 눈빛으로 온 마음을 다해 다시 한번 부탁했다.

'미안해요. 고마워요. 그리고 우리 노다, 꼭 좀 잘 부탁합니다.'

'네, 걱정 마세요.'

연지도 눈빛으로 인사했다. 몸을 돌려 차문을 열었다.

딸깍.

그때였다.

뒷산에서 검은 차가 우렁찬 노성을 터뜨리며 빠른 속도로 달려왔다. 차에서 내린 연지도, 대문을 나서려던 엄마도, 침통함에 빠져 있던 오형수와 이 비서도 모두 소스라치게 놀라 무서운 속도로 달려오는 검은 차를 망연히 바라보았다.

성난 비호처럼 무섭게 달려온 차가 오형수의 차를 그대로 들이받을 듯 돌진해 왔다. 그러다 극적으로 아슬아슬하게 급정거했다.

끼이이익!

뒷산에서부터 전속력으로 무섭게 달려온 검은 차가 노다의 차인 줄 번연히 알면서도 연지는 설마 했다. 아직 해가 지려면 멀었다. 아직 정오도 되지 않은 시간. 정상을 향해 솟아오른 태양은 뜨거운 햇살을 사방으로 흩뿌리며 정수리 위에 드높게 떠 있었다.

그런데 어떻게 그가!

아니야. 그럴 리가 없어. 절대로 그일 리가……. 헉!

"노, 노다 씨……!"

그녀의 입에서 목이 졸린 듯한 경악한 신음이 흘러나왔다.

노다가 운전석 문을 열고 밖으로 나오고 있었다. 긴팔 점퍼에, 긴 바지, 장갑에 후드까지 깊숙이 쓰고 있어서 얼굴은 자세히 보이지 않았지만, 그곳에 서 있는 네 사람 중 그가 노다임을 모르는 사람은 연지의 엄마밖에는 없었다.

깊숙이 눌러쓴 후드의 그림자 속에서도 분노에 이글거리는 그의 눈동자가 번연히 다 보였다. 이성을 잃고 격분한 맹수의 눈빛이었다. 단두대보다도 시퍼런 야차의 눈빛이었다.

그런 그의 시선은 연지를 빠르게 스쳐 차 안의 오형수를 향해 정확히 날아가 꽂혔다. 그가 무서운 속도로 성큼성큼 걸어왔다.

작열하는 태양이 두꺼운 옷감을 뚫고야 말겠다는 듯이 노다를 향해 내리꽂혔다. 그의 전신에서 금세 하얀 김이 피어오르기 시작했다.

9장

'노, 노다 씨…… 안 돼, 안 돼요.'

연지는 비명을 내질렀다. 그러나 정작 입 밖으로 새어나온 것은 목 졸린 듯한 신음 소리뿐이었다. 하얀 김을 뿜어내며 다가오는 그를 향해 달려가고 싶었지만 몸도 움직여 주지 않았다. 공포가 사슬처럼 그녀의 사지를 칭칭 휘감고 풀어주지 않았다.

그러나 그도 찰나였을 뿐이다. 그녀의 사지를 휘감고 얼어붙게 만들었던 경악한 공포가 또한 그녀를 움직이게 만들었다.

그의 전신이 타고 있었다.

발화제를 만난 불덩이처럼 작열하는 태양이 두터운 옷감의 미세한 틈을 비집고 들어가 그의 살갗을 태우고 있었다.

그가 타고 있다! 내 목숨보다도 소중한 저 사람이!

"아악! ······안 돼, 안 돼!"

그제야 그녀의 얼어붙은 입에서 짐승의 울부짖음과도 같은 비명이 터져 나왔다. 동시에 공포의 사슬을 칭칭 매단 몸이 용수철처럼 튀어 나갔다. 코앞까지 다가온 그를 향해 몸을 날렸다.

"아악!"

그녀의 입에서 다시 경악한 비명이 터져 나왔다. 닥치는 대로 움켜잡은 그의 어깨, 팔 어디 할 것 없이 온몸이 모두 불덩이처럼 뜨거웠다. 그의 몸에서 뿜어져 나오는 화기에 그녀의 손바닥마저 데일 것 같았다.

"안 돼요, 노다 씨. 이러면 안 돼!"

이성보다 본능이 앞섰다. 타고 있는 그를 태양으로부터 감춰야 한다는 생각밖에는 나지 않았다. 덮치듯 그를 온몸으로 끌어안았다. 잔인한 태양에 그를 한 올도 내어주지 않기 위해서 미친 듯이 그를 부둥켜안고 울부짖었다.

"아아, 어떻게 해. 어떻게 해!"

그런데 그는 그녀를 먼저 걱정했다. 자신을 부둥켜안고 울부짖는 연지의 어깨를 황급히 떼어내고 다급하게 물었다.

"괜찮니? 괜찮아?"

연지에게는 그의 목소리가 들리지 않았다. 자신을 멀찍이 떼어낸 그의 손을 떼어내기 위해서 몸부림쳤다. 양손을 허우적거리며 그 손을, 그 팔을 태양으로부터 가리기 위해서 감싸고 부여잡았다. 그를 다시 제 안에 감추기 위해서 발버둥 쳤다.

"이거 놔! 이러면 안 돼요. 이러면 안 되는 거잖아! 미쳤어요?

죽고 싶어서 환장했느냐고! 아, 안 돼!"

"연지야, 나 봐, 나 보라고!"

노다가 실성한 듯 몸부림치는 연지의 어깨를 세차게 흔들었다. 공포와 두려움에 물들어 이성을 잃고 허공을 헤매는 그녀의 눈동자를 잡아채고 소리를 질렀다. 그제야 그녀의 눈동자를 전부 먹어치울 듯이 확장됐던 동공이 수축되며 그와 간신히 시선을 맞춰왔다.

"노, 노다 씨……."

그가 자신을 비추는 겁먹은 검은 눈동자에 시선을 맞추고 힘겹게 입술 끝을 말아 올렸다.

"그래, 나야."

"노다 씨, 흐흑, 왜 나왔어요, 왜……. 당, 당신 뜨거워요. 온몸이 다 뜨거워. 타, 타고 있는 거죠, 그렇죠?"

사색이 되어 바들바들 떨리는 뺨으로 쉴 새 없이 뜨거운 눈물이 흘러내렸다.

"안 돼. 왜 이런 짓을 해요. 미쳤어. 이리 와요. 내가…… 내가 막아줄게요. 아니, 빨리 차로 돌아가요. 여기서 이러면 안 된단 말이에요."

"괜찮아, 연지야. 이 정도쯤은 충분히 견딜 수 있어."

"거짓말……. 전신이 다 이렇게 뜨거운데……. 당신 몸에서 지금 연기도 난단 말이야."

"괜찮다니까."

그가 되레 연지를 다독이며 달랬다. 노다는 연지의 눈물을 닦아주고 싶었다. 자신에 대한 걱정과 두려움으로 부들부들 떨리는 사랑하는 이의 가녀린 몸을 괜찮다고 꼭 끌어안아 주고 싶었다. 그러나 그럴 수 없었다. 조금씩 타고 있는 제 몸뚱이의 화기가 그녀를 다치게 할까 봐. 노다는 그것이 가장 두렵고 무서웠다. 조금씩 타고 있는 제 육신의 고통보다 자신으로 인해 상처받고 울부짖는 그녀의 눈물이 더욱 가슴 아팠다.

노다는 차마 그녀의 눈물을 닦아주지도, 사랑하는 이의 얼굴을 어루만지지도 못한 채 시선만으로 연지의 얼굴을 어루만졌다. 사랑하는 여자를 온전히 지켜주지도 못하는 자신에 대한 자괴감과 분노, 죄책감으로 차갑게 굳어 있던 얼굴이 일그러졌다.

"미안하다."

연지는 고개를 세차게 가로저었다. 바보. 미안하긴 뭐가 미안하다는 말인가!

"너한테 이런 일을 겪게 해서 정말 미안해."

아니라니까! 연지는 세차게 고개를 가로저으며 연신 그의 팔을 잡아당기기만 했다.

"그런 얘기는 나중에 해요. 지금은 그게 중요한 게 아니잖아요. 노다 씨, 제발…… 빨리, 빨리 차로 돌아가요, 응?"

"그래, 그럴게. 그런데 그 전에 해야 할 일이 있어. 연지야, 미안한데 집에 먼저 들어가 있을래? 나, 저 인간하고 할 얘기가 있어서 그래. 그러니까 잠깐만 응? 오래 안 걸릴 거야."

"싫어."

"연지야."

"저분이 나 만나러 왔다는 거 알고 내려온 거예요? 저분이 나한테 안 좋은 얘기라도 했을까 봐?"

노다가 그 사실을 어떻게 알고 내려왔는지 모르겠다. 하지만 지금 중요한 것은 그것이 아니었다. 그가 태양이 떠 있는 이 시간에 위험을 무릅쓰고 여기까지 내려왔다는 것. 지금 이 순간에도 그의 몸이 뜨거운 햇볕에 계속 조금씩 타들어가고 있다는 사실이었다.

"그런 일 없었어요. 그냥 노다 씨 잘 부탁한다는 말씀밖에 안 하셨어요. 정말이에요. 그런데 왜 바보처럼 이런 짓을 벌여요. 노다 씨, 제발 이러지 말아요. 나랑 같이 가요. 집이든, 차든 어디로든 제발 빨리. 저분하고 얘기는 나중에 해도 되잖아요."

"알았어. 네 말대로 할게. 그런데 잠깐만. 아주 잠깐이면 돼."

뒤늦게 정신을 차리고 달려온 이 비서가 재킷을 벗어 노다의 머리부터 어깨를 꽁꽁 감싸고 벼락처럼 소리쳤다.

"노다 군! 이게 뭐 하는 짓입니까! 위험해요. 이리 와요!"

이 비서는 온몸으로 노다를 뒤에서 끌어안고 황급히 차로 끌고 가려고 했다. 노다의 굳은 음성이 차갑게 흘러나왔다.

"이거 놓으십시오."

"노다 군이 이런다고 일이 해결되는 것이 아니잖습니까!"

이 비서의 시선이 황급히 오형수에게 날아갔다. 오형수는 시체처럼 하얗게 질린 채 차 옆에 서 있었다. 노다가 생명의 위험도 무릅쓰고 한낮에 나타났다는 것이 제 눈으로 보면서도 도저히 믿기지 않는 모양이었다. 그는 그런 노다에게 차마 다가오지는 못하고 부들부들 떨고만 있었다.

이 비서 역시 오형수나 연지처럼 그런 노다에게 놀라고 경악하기는 마찬가지. 아니, 어쩌면 그는 두 사람보다 더 큰 충격에 빠져 있는지도 몰랐다. 노다의 귀에 대고 다급하게 속삭였다.

"내가 이러라고 노다 군한테 얘기해 준 줄 알아요! 노다 군이 앞뒤 분간 못하고 뛰쳐나올 줄 알았다면 애초에 전화도 하지 않았을 겁니다."

평생을 오형수의 수족으로 살아온 이 비서였다. 오형수는 세간에 알려져 있는 것처럼 존경받을 만한 훌륭한 인격의 교육자는 아니었지만, 그래도 악하고 나쁜 사람은 아니었다. 사실 금수저를 물고 태어난 사람치고는 꽤 괜찮은 사람이기도 했다.

그런데 그런 오형수가 한순간의 유혹을 뿌리치지 못하고 파렴치한 이중인격자로 전락해 버렸다. 딸보다도 어린 최수영을 마음에 품어버린 것이었다. 그때부터 오형수의 삶도 내리막이었다. 최수영만 인생을 망친 것이 아니었다. 오형수도 마찬가지였다. 딸보다도 어린 여자를 사랑하고 급기야 제 것으로 만들어 버린 순간부터 그의 인생도 뒤틀리기 시작했으니까.

이 비서는 그런 오형수를 가장 측근에서 오랫동안 지켜봐 왔다. 이 비서는 오형수의 그릇된 사랑과 욕망을 이해할 수 없었다. 때로는 최수영한테 미친 그를 경멸하고 혐오하기도 했었다. 그러나 이해와 판단의 몫은 그의 몫이 아니었다. 그는 그저 안락한 부와 미래를 보장받는 대가로 오형수의 지시대로만 움직이는 수족일 따름이니까.

최수영을 딱하다거나 불쌍하게 생각한 적도 없었다. 오형수가 내민 손을 잡은 것은 그녀의 선택이었다. 그녀 역시 자신처럼 오형수가 제공해 주는 안락한 부와 미래를 위해 기꺼이 자신을 던진 그렇고 그런 존재일 뿐이었다.

물론 그녀가 미쳐 버렸을 땐 딱하다는 생각이 잠시 들기는 했었다. 그리고 치유 불가능한 희귀병을 앓고 있다는 사실을 알았을 땐, 때문에 외진 산으로 보낼 수밖에 없었을 땐 그녀의 인생도 참 가련하다는 생각이 들었더랬다.

그러나 노다에게 품게 된 안쓰러움이나 애정과는 차원이 다른 것이었다. 어쨌든 최수영의 인생이 망가진 것은 그녀 자신에 의한 선택이었으나 노다는 아니었다. 오형수와 최수영의 부적절한 욕망과 사랑으로 태어난 죄밖에 없는 무고한 아이였다.

그런데 그 아이가 그들의 죄를 혼자 짊어졌다. 아무 죄도, 잘못도 없는 그 아이가, 아무것도 모르는 그 어린아이가.

이 비서는 노다를 볼 때마다 세상 빛도 보지 못한 채 아내의 뱃속에서 8개월 만에 사산된 어린 아들이 생각났다. 그놈이 죽지 않고 태어났으면 저 아이만 했을 텐데. 저렇게 예쁘고 사랑스러웠을 텐데.

오형수의 지시로 어린 노다를 보러 갈 때마다 이 비서는 마음이 먹먹했었다. 부모 없이 자라는 아이가 가엾고 딱하면서도 건강하게 무럭무럭 자라는 노다가 마냥 대견하고 그가 더욱 뿌듯했었다. 어느 누구에게도 말한 적 없고, 표현 한 번 해본 적은 없었으나 그는 노다를 제 아들처럼 진심으로 사랑했다.

첫 정이었다. 죽은 아들에게 주지 못했던 아비로서의 첫 정. 그에게 노다는 죽은 아들 대신이었다. 각별한 존재였다.

그런데 그 아이가 몹쓸 어미의 병을 물려받았단다. 그 청천벽력과도 같은 사실을 알았을 땐 그의 가슴도 오형수 못지않게 무너졌었다. 실로 억장이 무너지는 것 같았다. 큰아들을 잃은 후 몇 년이 지나 천만다행으로 그와 아내의 피를 이어받은 자식을 둘이나 보았지만, 그의 마음속에 큰아들은 여전히 노다였다.

한데 그런 아이가 제 어미처럼 미쳐 죽을 운명이라니! 무슨 그런 개 같은 운명이 다 있나. 신이 있다면 그토록 가혹하고 잔인할 수는 없을 터였다. 그 아이가 무슨 죄가 있다고, 신은 왜 유독 노다에게만 그토록 잔혹할 수 있던 말인가.

무던히도 신을 원망했었다. 오형수도 원망했었다. 그리고 그보다 배는 더 큰 원망으로 죽은 최수영을 원망했었다.

그러나 그로서는 노다를 위해서 해줄 수 있는 것이 하나도 없었다. 그는 아직도 오형수의 수족이었으며, 노다와는 피 한 방울 섞이지 않은 남남일 뿐이니까. 더욱이 그 또한 노다에게는 죄인일 뿐이었다. 용서받을 수 없는 일인 줄 알면서도 오형수와 최수영의 그릇된 사랑과 욕망을 방관하고 심지어 오형수를 대신해 비밀을 은폐해 온 당사자였으니 말이다.

그런데 씩씩하고 당찬 연지가 나타났다. 이 비서는 첫 눈에 보자마자 연지가 마음에 들었다. 곤경에 처한 상황에서도 그녀는 굽힘이 없었다. 당돌하리만치 당당했고 자긍심이 넘치는 까만 눈동자는 속이 훤히 다 들여다보일 만큼 맑고 투명했다.

호기심 때문에 뒷산에 올라갔다가 우연히 발작을 일으키고 있는 노다를 보고 도운 것뿐이라고 했지만, 그의 눈에는 노다를 향한 연정 같은 것이 번연히 다 보였더랬다. 노다의 이름이 거론될 때마다 당돌한 검은 눈동자가 호기심에 반짝거리고 수줍은 듯 귓불이 발개지고는 했었다.

 그것이 아름다운 노다의 외모에 대한 막연한 호기심이든 연심이든, 조짐이 좋다는 생각이 들었다. 곤경에 처한 사람을 외면하지 않고 제 몸 던져 가며 도와준 호기로운 선한 마음도 무척 마음에 들었더랬다.

 연지의 호기심과 당돌함, 자긍심과 호기로운 선한 마음을 잘만 활용한다면, 도우미도 필요 없다며 산속에 홀로 외로이 살고 있는 노다에게 어떻게든 도움이 되지 않을까 싶었다.

 그래서 혹시나 하는 마음으로 그녀에게 슬그머니 돈을 남기고 돌아왔다. 그의 바람과는 달리 연지가 그것을 웬 떡이냐 하고 받아 챙기면 어쩔 수 없지만, 혹여 그녀가 발끈해서 노다를 찾아가면 어떤 식으로든 만남이 이어지지 않을까 싶어서.

 그런데 그녀에게 오백만 원을 준 것이 맞느냐는 확인전화를 딱 한 번 한 뒤로 노다에게서는 더 이상 아무런 연락이 없었다. 그 뒤로 그녀가 노다를 또 다시 찾아와 귀찮게 했다면, 이 비서가 괜한 일을 해서 일이 더 피곤해졌다며 이런저런 전화가 왔을 텐데 말이다. 하여 연지와의 인연은 그것으로 끝이었나 보다 싶었다.

 한데 그것으로 끝이 아니었었나 보다.

노다와 그녀는 함께 있었다. 심지어 노다는 오형수로부터 그녀를 지키려고 했었다. 한눈에 보기에도 두 사람 사이는 보통 사이가 아닌 듯싶었다.

　사랑. 두 사람 사이에 흐르는 감정은 분명 사랑이었다.

　이 비서는 놀라면서도 기뻤고, 당황하면서도 흐뭇했었다. 그런데 오형수가 연지에 대해서 자세히 알아보라고 지시를 내렸다. 불안했다. 하지만 그는 지시받은 대로 할 수밖에 없었다. 연지와 그녀의 가족, 집안 형편 등에 대해서 알아볼 수 있는 대로 샅샅이 조사해 오형수에게 보고했다.

　그 다음 날 오형수는 그에게 상당 금액의 무기명채권을 준비하라고 지시를 내렸다. 이번에도 그는 군소리 없이 그 지시에 따랐다. 하지만 오늘 아침, 오형수가 그것을 챙겨들고 연지에게 가자고 명령한 순간, 이 비서는 그의 지시를 따른 것을 뼈저리게 후회했다.

　그동안 오형수의 수족 노릇을 해오며 그가 최수영과의 부적절했던 과거와 노다의 존재를 숨기기 위해서 어떤 식으로 일을 처리해 왔는지 누구보다 잘 아는 사람이 바로 그 자신이었다. 때문에 단박에 감이 왔다.

　오형수가 노다를 지킨다는 명목으로 준비한 무기명채권을 연지에게 던져주고 입막음을 한 뒤에 멀리 쫓아내 버리려고 한다는 것을.

　오형수가 왜 그런 마음을 먹었는지 모르지는 않았다. 오형수가 노다에게 얼마나 죄스러워 하는지도, 그를 얼마나 사랑하는지도 잘 알고 있었다.

하나 이 비서는 오형수의 방식에는 동의할 수 없었다. 그것은 그릇된 부정(父情), 그릇된 사랑이었다. 막아야 한다고 생각했다. 그러나 그로서는 오형수를 막을 도리가 없었다. 연지를 차에 태운 후 공터에 주차한 차 속에 두 사람만을 두고 내린 후에도 계속 망설이고 갈등했다.

'이건 아닌데, 내가 노다를 위해서 해줄 수 있는 게 뭐가 있을까. 과연 무엇이 노다를 위하는 길일까.'

아무리 고민하고 갈등해도 답을 찾을 수 없었다. 그러나 이거 한 가지만은 확실했다. 지금 오형수 이사장이 연지를 만나고 있다는 사실만은 노다도 알고 있어야 하지 않을까.

그래서 고민에 고민을 거듭한 끝에 노다에게 전화를 걸었다.

「노다 군, 너무 놀라지도 말고 흥분하지도 말고 내 말 잘 들어요. 지금 이 순간에도 내가 과연 잘하는 짓인지 확신이 서지 않지만, 그래도 노다 군은 알고 있어야 할 것 같아서 이렇게 전화를 한 겁니다. ……지금 이사장님이 여기에 내려와 계십니다. ……연지 양을 만나고 계십니다.」

당연히 노다는 격분했다. 그러나 노다가 생명의 위험을 무릅쓰고 여기까지 내려올 줄은 정말 꿈에도 생각하지 못했다. 결코 이런 상황을 바라고 전화해 준 것은 아닌데. 이 비서는 자신의 생각이 짧았음을 뼈저리게 후회했다.

노다가 이 정도로 끔찍하게 연지를 사랑하고 있는 줄 알았더라면…… 결코 섣불리 전화 따위는 하지 않았을 것이다.

이 비서는 참담한 심정으로 절박하게 속삭였다.

"노다 군, 제발 이러지 말아요. 이러면 노다 군뿐만 아니라 연지 양에게도 좋지 않아요. 연지 양이 무서움에 떠는 것이 보이지 않습니까? 연지 양을 생각해요. 이러다 노다 군이 크게 상하기라도 하면 연지 양도 무너져요."

"놓으라고 말씀드렸습니다."

"이깟 옷 정도로는 햇빛을 완전히 막을 수 없단 말입니다! 지금도 살갗이 타고 있잖아요. 조금만 더 있으면 온몸이 다 타버릴 겁니다. 안 돼요, 그것만은 절대로! 제발 진정해요. 제발 흥분 좀 가라앉히고 본인 몸 먼저……."

"놓으라고요!"

격분한 노다의 외침이 노성처럼 터져 나왔다. 어깨를 틀어잡고 질질 끌고 가려는 이 비서를 거칠게 뿌리쳤다. 갑작스러운 힘에 뒤로 밀린 이 비서가 휘청거리며 밀려났다. 망연자실. 황망한 시선으로 자신을 바라보는 이 비서를 바라보며 노다가 손끝으로 저 앞에 망부석처럼 얼어붙어 있는 오형수를 가리켰다.

"저자가 내 인생에 관여하는 꼴을 더 이상은 두고 보지 않을 겁니다. 더 이상은 참을 수 없어요."

끝장을 볼 것이다. 두 번 다시는 저 인간이 아비랍시고 얼쩡거리며 날뛰지 못하도록 끝을 보고야 말 것이다. 저가 뭔데, 저게 뭔데 감히!

격분한 노다의 얼굴은 야차처럼 무시무시했다. 시퍼런 칼날이 뚝뚝 떨어지는 흰자위에 핏발이 곤두서 툭툭 터져 나갔다. 붉은 핏물이 고인 것 같은 눈에 분노한 갈색 눈동자가 타오를 듯 이글거렸다.

노다는 자신을 잡아채고 끌어안으려는 연지와 이 비서를 뿌리치고 오형수를 향해 빠르게 걸어갔다. 하얗게 질려 바들바들 떨고만 있는 오형수의 멱살을 와락 움켜잡았다. 코가 맞닿을 듯 오형수의 얼굴에 얼굴을 바짝 내리고 가증스런 눈물을 흘리고 있는 노회한 눈을 잡아먹을 듯이 노려보았다.

악 다문 잇새로 음산한 목소리가 씹어뱉듯이 흘러나왔다.

"내가 분명히 경고했을 텐데요. 두 번 다시는 내 앞에 나타나지 말라고, 더 이상은 내 인생에 관여하지 말라고!"

"노, 노다야⋯⋯. 이, 이러지 마라. 이러다 너⋯⋯ 너⋯⋯."

"연지한테 뭐라고 했습니까. 다른 사람들한테 한 것처럼 또 그 잘난 돈을 들이대면서 입 다물고 꺼지라고 했습니까?"

"노다야, 나는 너를 위해서⋯⋯."

"당신이 뭔데, 대체 당신이 뭐라고 그런 말을 함부로 지껄여! 당신이 내 아버지라도 돼? 아니잖아. 한 번도 내 아버지였던 적 없잖아! 오형수 이사장님, 그 잘난 후견인 노릇도 이젠 제발 그만하시죠. 내가 여기에 들어온 그날부터 당신과 내 계산은 깨끗하게 끝났어. 기억 안 나? 당신 도움 따위, 더 이상은 필요 없다고 했는데도 당신 멋대로 내 앞으로 이것저것을 옮겨놓았을 때, 그때 당신 입으로 분명이 그렇게 말했잖아. 이번이 마지막이다.

약속한다. 그래놓고선 왜 자꾸 내 앞에서 얼쩡거려. 왜 당신 멋대로 연지를 만나서 상처를 줘! 당신이 뭔데!"

오형수가 흐느끼며 애원했다.

"그, 그래, 내가 다 잘못했다. 그러니까 노다야, 제발 그만하고 차, 차에라도 들어가자. 이러다 너 정말 큰일 나."

"걱정하는 척하지 마. 그 위선! 가증스러워. 지긋지긋해. 역겨워서 더 이상은 참을 수가 없다고. 내가 이제껏 당신 위해서 참고 쥐 죽은 듯이 살아준 줄 알아? 천만에! 어리석었지만 불쌍한 내 어머니 이름이 당신과 함께 세상에 오르내리는 게 싫어서 참은 거야. 어쨌든 나와 어머니 때문에 평생 지옥에서 살았다는 당신 부인, 당신 딸들 불쌍해서…… 어머니 대신 속죄한다는 마음으로 참고 살아온 거라고. 어쨌든 어머니도 그 사람들한테는 당신과 같은 가해자니까. 용서받을 수 없는 죄인이니까. 내가 바로 그 더러운 핏줄이니까!"

"노, 노다야, 제발……."

핏줄이 터진 노다의 붉은 눈이 기괴하게 번들거렸다.

"그런데 더 이상은 못 참나. 안 참아. 당신, 내가 부셔 버린다. 두고 봐. 내가 당신을 어떻게 부셔 버리는지."

오형수의 눈이 질끈 감겼다.

"그래. 네 마음대로 하거라. 네 분이 풀릴 때까지 얼마든……. 그러니까 노다야, 제발 차에 타자. 이러다가 네가 먼저 다쳐. 날 쓰러뜨리기 전에 네가 먼저……."

뒤늦게 달려온 연지가 뒤에서 와락, 그를 덮치듯이 끌어안았다. 울며 애원하며 매달렸다.

"노다 씨, 이제 됐어요. 그만해요. 이제 제발 그만해……."

그때였다.

모두 까마득히 잊고 있던 존재가 떨리는 목소리로 연지를 불렀다.

"연지야……."

그제야 이 자리에 자신들뿐만 아니라 연지의 엄마도 함께 있었다는 사실을 깨달은 연지와 이 비서, 오형수의 얼굴이 또 다른 충격으로 얼어붙었다. 그중에서도 가장 경악해서 얼어붙은 것은 노다였다. 오형수의 멱살을 잡은 채 그의 전신이 돌덩이처럼 딱딱하게 얼어붙었다.

연지가 사색이 된 얼굴로 뒤를 돌아보았다.

"엄마……."

"이, 이게 다 무슨 일이니? 이 사람들은, 그 사람은 다 누구야. 이 사람들이 대체 뭐라고 하는 거야."

충격과 황망함으로 기겁한 엄마가 휘청거리며 다가오고 있었다. 오열하며 울부짖던 연지의 눈동자가 바르르 떨렸다. 연지는 무슨 말을 어디서부터 어떻게 설명해야 할지 알지 못했다. 아무 생각도 나지 않았다. 아무 말도 할 수 없었다. 벙긋거리는 입술에서는 머뭇거리는 떨리는 숨만 가느다랗게 흘러나올 뿐이었다.

"그 사람이 누구니? 대체 누군데 네가……."

엄마는 방금 전 자신이 본 광경들을 믿을 수 없었다. 특히 갑자기 돌진하듯 달려온 차에서 내린 저 남자. 한 여름임에도 불구하고 남자는 머리부터 발끝까지 꽁꽁 싸매고 있었다. 그것만으로도 뜨악한데, 남자의 전신에서 허연 김이 피어오르기 시작했다. 마치 불에 타들어가는 장작처럼.

어떻게 그런 일이 벌어질 수 있나. 멀쩡한 사람 몸에서 어떻게? 그런데 더욱 놀라운 일은 그 다음에 벌어졌다. 연지가 그 괴상한 남자에게 울부짖으며 달려간 것이었다. 그러고는 그 남자를 어미 새처럼 온몸으로 감싸며 부둥켜안고 애원을 해댔다.

"노다 씨, 이러지 말아요. 안 돼요!"

괴상한 남자의 이름이 노다인 모양이었다. 그런데 뭐가 안 된다는 것일까. 뭘 그러면 안 된다는 말이었을까. 아니, 그보다는 연지가 저 정체불명의 괴상한 남자를 어떻게 안단 말인가! 충격과 황망함으로 정신이 하나도 없는 와중에도 연지와 저 남자와의 사이가 보통이 아니라는 것쯤은 바로 딱 감이 왔다.

그 다음에 벌어진 일들은 그 사실에 비하면 놀랍지도 충격적이지도 않았다. 사실 다른 사람들이 떠드는 소리는 들리지도 않았다. 엄마의 눈에는 오로지 연지밖에 보이지 않았다. 울부짖으며 애원하는 딸아이의 비명 같은 흐느낌밖에는 들리지 않았다.

뭐가 어떻게 된 일인지 알 수 없었다. 그러나 한 가지만은 분명했다. 저 정체불명의 괴상한 남자는 위험하다! 연지를 저 남자한테서 떼어내어야만 한다. 비단 멀쩡한 몸이 타는 듯이 전신에서 허연 김이 뿜어져 나오는 것 때문만은 아니었다. 연지가 울고 있지 않은가. 겁에 질려서, 저가 더 괴로워하며 울부짖고 있지 않은가!

내 딸이 왜, 저 남자가 대체 뭐라고!

엄마는 고개를 가로저으며 연지를 향해 손을 뻗었다.

"이리 와, 연지야. 그, 그 남자 놓고 엄마한테 와."

남자에게 닿아 있는 연지의 모든 피부가 발갛게 달아올라 있었다. 맙소사! 저러다 내 딸마저 타버릴지 모른다는 생각이 들었다. 두려움에 머릿속이 하얗게 비어져 버렸다.

그런데 그런 엄마를 보면서도 연지는 남자를 끌어안고 있는 손을 풀지 않았다. 더욱 그악스럽게 남자를 부둥켜안고 고개를 가로저을 뿐이었다.

"아니야, 안 돼, 엄마."

"엄마 말 안 들려! 당장 그 남자한테서 떨어지란 말이야!"

고함을 내지르며 엄마는 연지에게 달려들었다. 손에 잡힌 연지의 몸도 뜨거웠다. 기겁한 엄마는 연지를 노다에게서 떨어뜨리기 위해 미친 듯이 소리치며 그악스럽게 딸아이를 잡아당겼다.

"엄마, 이러지 마, 제발 엄마까지 이러지 말라고!"

"너 미쳤니? 엄마 앞에서 이게 대체 뭐 하는 짓이야! 너 잘못되면 엄마도 죽어. 엄마 죽는 꼴 보려고 이래! 놔, 빨리 놔!"

"엄마 제발! 내가 사랑하는 사람이란 말이야. 내가 내 목숨보다도 사랑하는 사람이라고!"

"뭐?"

흠칫 놀란 엄마의 두 눈이 경악에 물들었다.

노다는 두 눈을 질끈 감았다. 오형수가 연지를 만나러왔다는

사실에 순간적으로 이성을 잃고 미쳐 날뛴 스스로에 대한 회의
감이 해일처럼 밀려왔다. 연지의 어머니가 내려와 계신다는 사실
을 잠시 잊고 있었다. 바보처럼…… 제정신이 아니었다.

노다는 자신을 그악스럽게 끌어안고 있는 연지의 손을 가만히
잡아 풀었다. 그를 절대 놓지 않겠다는 듯 연지의 손가락들이 더
욱 단단히 맞물렸다. 노다는 그 부러질 듯 엮여 있는 손가락들을
하나하나 달래가며 풀어냈다.

"안 돼, 싫어……."

다시 그를 부둥켜안기 위해 달려드는 연지를 향해 돌아섰다.
그녀의 어깨를 잡고 자신에게서 천천히 떼어냈다. 안 된다고 도리
질 치며 울부짖는 그녀를 내려다보며 나지막이 미소 지었다.

"괜찮아, 연지야."

"노다 씨."

"어머니 말씀이 맞아. 이러면 너도 다쳐. 난 너 다치는 거 싫
어. 네가 아픈 것도, 나 때문에 우는 것도 다 싫어. 네가 아프면,
네가 울면 나는……."

버틸 수가 없어. 내 자신을 절대 용서하지 못할 거다.

"미안해."

"노다 씨."

"정말 미안하다. 내가 이 정도밖에 안 되는 놈이라서. ……이
런 놈이라서."

"그런 말 하지 말아요. 미안하다, 고맙다, 그런 말 하지 않기로
했잖아요. 사랑해요, 사랑해요! 난 당신만 있으면 돼요. 나는 무

슨 일이 있어도 당신 안 놔. 그러니까 당신도 나 놓지 말아요. 어떤 이유에서라도 절대. 그럼 나, 절대 당신 용서하지 않을 거야. 흐흐흑. 후우. 노다 씨, 나랑 같이 가요. 이제 그만하고 나랑 같이 우리 집에 가, 응?"

우리 집······. 그래, 그가 홀로 버티며 외로이 지내던 집은 어느덧 우리의 집이 되어버렸다. 너, 나, 우리의 집.

그의 미소가 조금 더 깊어졌다.

"그래, 가자, 우리 집으로."

"노다 씨."

연지가 흐느끼며 다시 그의 품으로 뛰어들려고 했다. 번뜩 정신을 차린 엄마가 그런 연지의 어깨를 다시 잡아채 뒤로 끌어당기며 소리쳤다.

"안 돼, 연지야!"

엄마한테 잡힌 어깨를 떨쳐내기 위해서 몸부림치는 연지를 내려다보며 노다가 다정하게 속삭였다.

"그런데 연지야, 지금 말고, 나중에. 좀 이따가 같이 가자. 지금은 안 돼."

노다가 고개를 가로저었다. 연지도 세차게 고개를 가로저었다.

"왜요, 왜 지금은 안 되는데? 싫어. 지금 가요. 지금 빨리······."

"어머니 많이 놀라셨어. 그런데 그런 어머니를 두고 우리끼리 가자고?"

아랫입술을 으득 깨문 연지가 엄마를 돌아보았다. 그러나 이내 고개를 다시 돌리고 그만을 올려다보았다. 결의에 찬 음성으로 흔들림 없이 말했다.

"어."

"안 돼, 그럴 순 없어."

"당신은 그럴 수 없을지 몰라도 나는 그럴 수 있어요. 내가 나중에 이해하실 수 있게 찬찬히 말씀드릴게요. 그럼 돼요. 하지만 지금은 안 돼. 지금은 당신이 더 중요해."

경악한 엄마의 외침이 터져 나왔다.

"여, 연지야, 너!"

연지는 엄마의 외침을 무시했다.

"당신…… 많이 상했을 거야. 아, 아프죠?"

노다가 미소를 지은 채 고개를 가로저었다.

"거짓말. 온몸이 이렇게 뜨거운데. 어, 얼굴도…… 이게 뭐야. 벌써 상해 버렸잖아요."

연지는 떨리는 손을 들어 발갛게 벗겨지기 시작하는 그의 뺨을 어루만졌다. 용광로에 집어넣은 쇳덩이처럼 그의 얼굴이 조금씩 녹아 타고 있었다.

"내가 대신 아팠으면 좋겠어. 내가 대신……. 내가 아프면 당신도 아프다고 했죠? 나도 그래요. 나도 당신이 아프면 내가 아파. 당신 대신 아파질 수 없어서 내가 더 아프다고요. 이리 와요. 우리 같이 가요. 내가…… 아프지 않게 해줄게요. 더 이상 아프지 않게, 더 이상 고통스럽지 않게 내가 호호 불면서 치료해 줄게요. 그럼 금세 아물 거야. 더 이상 아프지 않을 거예요."

연지야.

간신히 미소 짓고 있던 그의 입가가 무너지듯 바르르 떨렸다.

"당신이 그랬죠? 내 손이 약손이라고. 나와 함께 있으면 조금도 외롭지 않고 더 이상 고통스럽지도 않다고. 나와 함께 있는 매 순간이 행복이자 기적이라고요. 그러니까 우리, 여기서 더 이상 시간 낭비하지 말아요. 우리한테는 일 분, 일 초가 소중하잖아. 내 전부이자 기적인 최노다 씨, 우리 이제 그만 가요."

그녀의 속삭임에 이성을 잃고 미쳐 날뛰던 흉폭한 맹수가 푸르르, 힘을 잃고 쓰러져 눈을 감는다. 전신을 태우고 있는 고통도, 세상과 오형수에 대한 원망과 증오도, 연지와 그녀의 어머니를 향한 미안함과 죄스러움도 모두 스르르 가라앉아 사라져 갔다. 염치도 뭣도 버리고 그녀의 말처럼 오로지 그녀만을 바라보며 지금 당장 그녀를 '우리만의 집'으로 데려가고 싶다는 열망이 끓어올랐다.

하나 노다는 그럴 수 없었다.

어차피 허락받지 못할 사랑일 터였다. 결국에는 그녀의 어머니 가슴에 대못을 박게 되고 말 터였다. 그리고 끝내 용서받지 못할지도 모른다.

그러나 그렇다고 하더라도 지금 여기서 연지를 데리고 갈 수는 없는 것 아닌가.

적어도 지금은 아니었다.

노다는 처연하도록 아련하게 미소 지었다. 연지를 지나쳐 그녀의 뒤에 서 있는 어머니에게로 시선을 돌렸다. 경악해 반쯤 정신이 나가 있는 그녀의 어머니를 향해 깊숙이 고개를 숙였다.

"인사가 늦었습니다. 최노다라고 합니다."

"연, 연지야……."

그 와중에도 엄마는 연신 연지를 잡아당기며 딸아이의 이름만 불렀다.

"진작 찾아뵙고 인사를 드렸어야 했는데 그러지 못했습니다. 해괴한 꼴로 몹쓸 모습을 보여서 정말 죄송합니다. ……죄송합니다, 어머니."

"어머니라니, 내가 왜 그쪽 어머니예요! 난 그쪽이 누구인지도 몰라요. 우, 우리 애하고 어떻게 알게 된 사이인지는 모르겠지만, 이, 이건 아니에요. 아, 아무래도 우리 애 정신이 어떻게 됐나 봐요. 이럴 애가 아닌데……."

엄마는 두서없이 횡설수설했다.

"보, 보아하니 어디가 많이 아픈 모양인데, 우리 애한테 그러지 말아요. 얘, 얘도 아픈 애예요. 못난 부모 잘못 만나서 평생 고생만 해오다가 마, 마음의 병이 생겨서 잠, 잠깐 쉬러 내려온 애라고요. 얘, 얘가 워낙 착해 빠져서 안됐고 어디 아픈 사람 보면 가만있질 못해서 이러는 거지, 절대로 딴 맘이 있어서 그런 게 아니라고요. 내 말 무슨 뜻인지 알죠?"

"엄마!"

엄마가 그악스러울 만큼 거칠게 연지를 세게 잡아당겼다.

"가만있어. 입 닥치지 못해! 이게 보자 보자 하니까 못 하는 말이 없어. 뭐, 엄마보다 저 사람이 더 중요해? 같이 어딜 가? 미친 년. 내가 너 이러라고 여기 내려 보낸 줄 알아? 딱 봐도 모르겠어? 너도 눈이 있으면 똑똑히 봐. 저게 정상적인 사람이니? 어디가 이상해도 단단히 이상한 사람이지! 어떻게 멀쩡한 사람이 몸에서 연기가 나. 어떻게 멀쩡하던 얼굴이 금세 저렇게 불에 데인 것처럼 벗겨질 수가 있어!"

"엄마, 그건……."

"긴말 할 것 없다. 이상한 사람이야. 해괴망측한 병에 걸린 게 틀림없어. 그런데 네가 왜 저런 사람하고 같이 있어. 그러다 너까지 옮으면 어쩌려고! 안 돼, 절대 안 된다. 당장 떨어져! 이리 와. 아니, 당장 엄마랑 같이 서울로 올라가자. 어서!"

엄마는 무섭고 두려워서 노다를 똑바로 쳐다볼 수도 없었다. 이를 악물고 버둥거리는 연지를 악착같이 집으로 끌고 갈 뿐이었다.

"엄마, 이러지 마. 내가 나중에 다 얘기할게. 용서를 구하든 이해를 구하든 나중에 다 얘기해 줄 테니까 이거 좀 놔. 저 사람 힘들어. 저 사람 저렇게 나오면 안 되는데, 나 때문에 죽음도 불사하고 나온 거란 말이야! 그런데 엄마까지 이러면 어떻게 해! 내가 사랑하는 사람이야. 내가 목숨보다 사랑하는 사람이라고! 나, 가야 돼. 이거 놔. 나 저 사람한테 가야 된다고!"

엄마한테 벗어나기 위해서, 끌려가지 않기 위해서 발버둥치는 연지를 아프게 바라보며 노다는 그러지 말라고 고개를 가로저었다.

'그러지 마, 연지야. 어머니한테 그러면 안 돼. 난 괜찮아. 그러니까 안심하고 일단 가. ……곧 데리러 갈게.'

"노다 씨, 안 돼, 노다 씨!"

연지는 비명을 지르듯 소리치며 몸부림쳤다. 그러나 애통하게도 몸부림치면 몸부림칠수록 연지는 점점 노다에게서 멀어져 갔다. 악착같은 힘으로 그녀를 끌고 가는 엄마의 힘을 그녀 혼자의 힘으로는 도저히 당해낼 수 없었다. 그녀는 교도관에게 끌려가는 죄수처럼 뒤에서 양팔이 붙들린 채 질질 끌려갔다.

그런 연지를 바라볼 수밖에 없는 노다의 눈에서 뜨거운 눈물이 주르륵 흘러내렸다. 오형수는 그런 아들의 안쓰러운 뒷모습만 하염없이 바라보며 오열을 삼켰다. 안타까움에 눈물짓던 이 비서가 황급히 달려왔다.

오형수가 자신의 재킷을 벗어 이 비서에게 건넸다. 이 비서는 자신과 오형수의 재킷으로 망연히 서 있는 노다를 다시 꼼꼼히 감싸 부축했다.

노다는 더 이상 이 비서의 손을 거절하지도, 밀쳐내지도 않았다. 그저 잡을 수도, 놓을 수도 없는 연지를 마지막 순간까지 하염없이 바라볼 뿐이었다. 이 비서가 그런 노다를 떠밀다시피 밀며 화급히 차로 데려갔다.

난데없는 소란에 깜짝 놀라 뛰어나온 마을 어른들이 웅성거리며 그런 그들을 호기심에 찬 시선으로 쳐다보았다. 태환이 할머니와 몇 명이 뒤늦게 정신을 차리고 연지와 엄마를 따라 부리나케 집으로 따라 들어갔다.

야속한 태양은 여전히 기승을 부리며 뜨겁게 타오르고 있었다.

"가세요. 혼자 있고 싶습니다."

현관에 들어서자마자 노다는 뒤따라 들어오는 이 비서를 향해 말했다. 이 비서가 분통이 터진다는 듯 이를 악물고 그를 노려보았다.

"걱정 말아요. 치료만 끝내면 노다 군이 가지 말라고 해도 갈 거니까."

필경 전신에 다 화상을 입었을 것이다. 그런데도 부득불 병원에 가지 않겠다고, 집에 간다고 고집을 부린 노다였다. 독하다. 분명 생살을 저미는 듯한 끔찍한 고통이었을 텐데 비명 한 번 지르지 않다니. 연지를 향한 사랑이 그 정도로 깊었단 말인가! 아마 오늘 노다의 행동에는 오형수에 대한 그동안의 증오와 원망, 불신하는 마음도 어느 정도 영향을 끼쳤을 터였다.

그래도 그렇지. 어쩌자고 그런 무모한 짓을 벌인단 말인가. 그러다 온몸이 타들어가는 것은 둘째 치고 고통에 자극받은 병증이 악화되거나 발작이 또 일어나면 어쩌려고! 어쨌든 보통 일이 아니었다.

"옷 벗어봐요. 약, 아니 일단 헤모 주사 먼저 맞고 화상 치료를 합시다. 약, 어디 있어요? 소독약하고 화상 약은 충분해요?"

마음이 급한 이 비서는 평소의 그답지 않게 허둥대며 황급히 노다를 지나쳐 안으로 들어가려고 했다. 노다가 한 팔을 뻗어 그런 그의 움직임을 저지했다.

"이 비서님."

서늘하게 가라앉은 그의 음성은 허둥대는 이 비서를 움찔 멈춰 서게 할 만큼 단호하고 강경했다.

"죄송하지만, 이만 돌아가 주세요."

"노다 군!"

"치료는 저 혼자서도 충분히 할 수 있습니다."

"하지만……."

노다가 스윽, 시선만 돌려 이 비서를 보았다. 완벽한 무(無). 텅 비어버린 그의 눈동자는 소름끼치도록 차갑고 시리도록 공허했다. 다시 예전의 그로 돌아간 차갑고 공허한 눈동자가 이 비서의 가슴을 아프게 후벼 팠다.

"저 때문에 입장이 난처해지신 것은 아닌지 모르겠습니다. 그점은 정말 미안합니다."

순간 이 비서는 어이없게도 '노다 군이 한국말을 이렇게 잘했었나?'라는 의문이 들었다. 물론 찰나에 스쳐 지나간 의문에 불과했지만. 이 비서는 퍼뜩 정신을 차리고 고개를 가로저었다.

"괜찮아요. 신경 쓰지 말아요. 내 일은 내가 알아서 처리할게요."

아마 오형수의 지시를 어기고 그 멋대로 노다에게 그가 연지와 만나고 있다는 사실을 알렸다는 것을 빌미로 조만간 그에 상응할 만한 처벌이 떨어질 터였다. 지금이야 무참해진 심정과 갑작스레 벌어진 상황에 오형수도 경황이 없어서 빨리 노다를 데리고 가라고 손을 내젓기는 했지만, 제 명을 어긴 아랫사람에 대한 처우를 결코 유야무야 덮고 넘어갈 오형수가 아닌 것이다.

더욱이 그로 말미암아 노다가 벌건 대낮에 밖으로 뛰쳐나오기까지 하지 않았나. 다른 것은 몰라도 그런 위험천만한 상황을 야기한 잘못만은 반드시 물을 터였다.

어쩌면 평생 해온 일자리를 잃게 될지도…….

후우.

이 비서는 마음속으로 무거운 한숨을 내쉬었다. 그러나 지금은 제 앞날이나 걱정하고 있을 때가 아니었다. 노다의 상태가 어느 정도인지부터 확인해야 한다. 만약 생각보다 심각하다면, 때려서 기절을 시켜서라도 서둘러 안 박사한테 데려가야 할 터였다.

"상태부터 확인합시다. 옷 좀 벗어봐요, 노다 군."

"감사합니다. 항상 그랬어요. 어렸을 때에도, 미국으로 추방당했을 때에도 그리고 여기로 돌아온 후에도 항상 감사하게 생각하고 있습니다."

감정일랑 한 치도 느껴지지 않는 시리고 공허한 눈빛으로 노다는 새삼 뜬금없는 소리를 했다. 이 비서는 흠칫 놀라 그를 쳐다보았다.

"어렸을 때에는 이 비서님을 경계하고 의심도 했었습니다. 하지만 지금은 아니에요. 만약 이 비서님마저 안 계셨다면 저는 지금보다 더욱 힘들고 외로웠을 겁니다. 이 비서님은 제게 아버지와 같은 존재였습니다. 제가 유일하게 믿고 의지할 수 있는 분이셨죠. 그런데 한 번도 감사하다는 말씀을 드리지 못했습니다. 감사합니다, 이 비서님."

"노, 노다 군……."

왜 갑자기 저런 말을 하는 걸까. 이 비서는 노다의 심중을 도무지 알아차릴 수 없었다.

"저는 그동안 제가 혼자였다고 생각했는데 그것도 아니었어요. 항상 이 비서님이 제 곁에 계셨죠. 이 비서님을 많이 의지했고 또 항상 많은 도움도 받았습니다. 하지만 지금은 저 혼자 있고 싶습니다. 이제는 정말 저 혼자 문제를 해결하고 헤쳐 나가야 할 때인 것 같습니다."

망할 병 따위에 지지 않겠다고 했었지만 실상 그는 그 앞에 무릎 꿇고 백기 투항한 삶을 살고 있었다. 망할 병에, 저주받은 운명을 원망하며 마지못해 하루를 살아, 아니 버텨내고 있을 뿐이었다.

그러나 이제는 그토록 버텨내는 비루한 삶을 살아서는 안 되게 되어버렸다. 누구를 의지해서도 안 되고, 누구를 원망하는 삶도 이젠 그만두어야 할 때였다. 그의 의지로 세상과 운명에 맞서며 당당하게 살아가야 할 때, 어느 누구보다 강해져야 할 때였다.

연지를 위해서, 그녀와 함께하려면.

그녀의 눈에서 더 이상의 눈물이 흐르지 않게 하려면.

등신처럼 그것을 이제야 깨달았다.

기적 같은 사랑에 처음으로 가슴 설레고 행복을 꿈꾸며 삶의 의지를 세웠으면서도 그는 여전히 운명에 무릎 꿇은 겁쟁이였었다. 그녀를 온전히 지켜줄 수 없는 제 비루한 처지를 원망하며 미치지 않게만 해달라고, 그녀와의 이 기적 같은 하루가 하루만,

한 순간만 더 이어지게 해달라고 빌기만 했었다.

그리고 그녀를 언젠가는 놓아줄 생각을 했었다.

언제 끝날지 모르는 이 남은 생을 모두 걸고서라도 사랑하는 그녀임에도 불구하고.

그것이 그녀를 위하는 길이라고 생각했었다. 그것이 그녀를 진정 사랑하는 길이라고 믿었었다.

하지만 모두 틀렸다.

단 하루를 살아도 그 하루를 남들의 전 생애를 합친 것만큼이나, 아니 그보다 더 크고 진실 되게 사랑할 수 있다면 그것으로도 충분하다는 그녀의 말을 그동안에는 진심으로 이해하지 못했었다.

여기서 그녀를 더 많이 원하는 것은 이기적인 사랑이라고 내자신을 억압하고 억눌러 왔었다. 어쩌면 그것이 오히려 내 자신만을 생각하는 이기적인 사랑이었을지도 모르는데.

그녀가 원하는 사랑은 그런 사랑이 아니었는데.

그녀가 하는 사랑은 결코 그 정도의 사랑이 아니었는데.

내 사랑 역시 그 정도로 빤한 그릇에 담을 수 있는 사랑이 아닌데.

인정하자.

나는 그동안 비겁한 겁쟁이였다.

어떻게 언제 미쳐 죽을지 모르는 놈이 그녀를 사랑할 수 있느냐, 어떻게 감히 그녀를 곁에 잡아두려고 하느냐, 이기적이다, 파렴치하다, 그릇된 사랑이라고 욕하고 손가락질할 사람들의 비난

이 두려워 항상 한쪽 발을 뒤로 빼고 몸을 사리고 있었다. 나는 내 부모라는 사람들과는 다른 사람이다, 나는 그들처럼 파렴치하고 이기적이지 않다. 내 사랑은 달라. 나는 그들과 달라! 그렇게 외치며 강박 속에 내 사랑을 가두고 그녀의 사랑을 염치없이 받아 마시기만 했었다.

이젠 온 힘을 다해 용기를 내야 할 때였다. 강해져야 할 때였다. 단 하루를 살더라도 내 모든 것을 던져 후회 없이 그녀를 사랑해야 할 때였다.

그것만이 그녀의 사랑을, 우리의 사랑을 비루하지 않게 온전히 지키는 길일 터였다.

그러니 내가 강해져야만 한다. 이 따위 고통에 져서는 안 된다. 다른 누군가를 탓하지도, 의지하지도 말아야 한다. 내 의지로 그녀에게 가야 한다. 처참하게 무너지고 부서지는 한이 있더라도 내 발로, 내 손으로 그녀의 손을 잡아야만 한다.

연지에게 약속했다.

곧 그녀를 데리러 가겠노라고.

'절대로 지지 않는다. 이 따위 고통에, 이 따위 병에는 절대로 무너지지 않아.'

노다는 몸을 돌려 정면으로 이 비서를 응시했다. 더 없이 단단하고 결의에 찬 음성이 흘러나왔다.

"돌아가 주세요. 여긴 이제 더 이상 저 혼자만의 공간이 아닙니다. 연지와 저, 우리의 공간, 우리의 집입니다. 그녀의 허락 없이 다른 사람을 집에 들일 수는 없어요. 그것이 아무리 이 비서님이라고 하더라도요. 이해해 주세요."

당혹감에 망연해 있는 이 비서를 바라보며 그가 옅은 미소를 흘렸다.

"걱정하시는 일은 없을 겁니다. 저, 이 정도로 쓰러지지 않습니다. 그럴 수 없어요. 연지를 데려와야 되거든요. 우리 연지, 참 을성이 별로 없어요. 오래 기다리게 하면 불같이 화를 낼 겁니다."

"노다 군……."

"조심히 가세요."

노다는 멀뚱히 눈만 끔벅이고 있는 이 비서를 향해 정중하게 묵례를 취했다. 결국 이 비서는 뒤돌아서 그의 집을 나설 수밖에 없었다. 정원을 가로질러 철문을 열고 나와 산길을 내려가는 이 비서는 잠시 걸음을 멈추고 뒤를 돌아보았다.

뜨거운 햇살이 동굴처럼 거대한 이층집을 태울 듯이 내리쬐고 있었다. 그 주변을 빙 둘러 싸고 있는 나무와 풀잎마저 햇살에 보석처럼 반짝거리고 있었다. 늘 어둠 속에 가려져 있던 것들이 새로운 생명을 얻은 듯 빛을 발하고 있었다.

그 때문일까. 온몸에 화상을 입고 혼자 고통을 참고 있을 노다를 남겨두고 온 저 공간이 마냥 쓸쓸하고 스산해 보이지 않았다. 더 이상 벼랑 끝에 서 있는 것처럼 아슬아슬하고 위태로워 보이지도 않았다. 여전히 염려스럽기는 하지만 노다 혼자 잘 이겨 낼 것이라는 막연한 믿음도 피어났다.

"사랑……."

사랑의 힘이라는 것이 이런 것이었나. 이 비서는 '사랑'이라는 낯선 단어를 처음 입에 담는 사람처럼 중얼거렸다. 안도인지 모를, 무어라 규명할 수 없는 한숨이 연달아 흘러나왔다.

❖

"긴말 할 것 없어. 당장 일어나!"

엄마는 더 이상 얘기할 것도 없다는 듯 손에 잡히는 대로 이것저것을 쑤셔 넣던 가방마저 필요 없다는 듯 휙 던져 버리고 자리에서 벌떡 일어났다. 그러나 연지는 불상처럼 자리를 지키고 앉아 꼼짝도 하지 않았다.

엄마가 악에 받친 듯 다시 소리를 질렀다.

"피연지!"

어떠한 태풍에도 흔들리지 않는 거목처럼 지그시 눈을 감고 있던 연지가 눈을 뜨고 엄마를 올려다보았다.

"안 간다고 했잖아. 미안해, 엄마. 난 못 가."

그녀의 목소리는 담담하다 못해 고요하기까지 했다.

"왜, 왜 못 가!"

그가 데리러 온다고 했다. 그에게 가야만 한다. 그를 두고는 한 걸음도 가지 못한다. 절대로 그를 혼자 내버려 둘 수는 없다.

"그 사람이 여기 있으니까. 나는 그 사람하고 같이 있을 거야. 그 사람이 없으면 내가 안 돼. 그래서 못 가. 갈 수가 없어."

"너 정말 미쳤니? 네가 왜 그딴 놈 때문에……. 그 사람, 포,

포르인가 뭔가 하는 병에 걸렸다며. 약도 없는 희귀병이라며!"

"포르피린증."

연지는 다시 한 번 그의 병명을 정확하게 알려주었다.

"그래, 그거! 나는 태어나서 그딴 병, 이름조차 처음 듣는다. 세상에, 무슨 그딴 병이 다 있니? 뭐가 어떻게 잘못됐기에 멀쩡한 사람 피부가 햇빛에 타? 더구나 뭐? 약도 없는 희귀병이야? 유전이야?"

엄마는 그의 몸에서 왜 하얀 연기가 피어올랐는지, 왜 멀쩡하던 살갗이 타듯이 벗겨지기 시작했는지, 그것이 무엇 때문인지, 그가 어떤 병을 앓고 있는지 얘기를 해준 순간부터 계속 같은 말만 반복하고 있었다.

연지는 속으로 낮은 한숨을 터뜨렸다. 안타까운 마음으로 담담하게 엄마를 바라보았다.

"어, 하지만 엄마가 말한 것처럼 전염되거나 그러는 건 아니라니까. 희귀병이지만 생명에 지장이 있는 것도 아니고."

놀란 태환이 할머니와 마을 어른들이 흥분한 엄마를 달래다 돌아가신 직후, 연지는 엄마한테 그동안의 일들을 소상히 다 말했다. 노다는 엄마가 생각하는 것처럼 괴물이 아니라고. 그를 처음에 어떻게 만났고, 그가 어떤 병을 앓고 있는지 모두.

그러나 처음 그를 봤을 때 발작을 일으키고 있었다는 얘기나 포르피린증 때문에 그가 가끔 발작을 일으킨다는 얘기, 상태가 악화되면 정신이상자가 될 수도 있으며 그러다 끝내 죽을 수도 있다는 사실만은 사실대로 얘기하지 않았다.

가뜩이나 경악하고 겁먹어 흥분할 대로 흥분한 엄마한테 굳이 그런 얘기까지 해서 자극할 필요는 없으니까. 하나 그 외는 가급 적이면 모두 솔직하게 다 말했다. 노다는 그저 조금 생소한 병을 앓고 있을 뿐이라고, 조금도 위험하거나 당장 죽는 병이 아니라 고, 햇빛만 피하고 잘만 관리하면 아무런 이상이 없다고.

그리고 그런 그를 자신이 사랑한다고.

그러나 멀쩡한 사람이 햇빛에 조금씩 타들어가는 충격적인 장 면을 본 엄마는 그것만으로도 기겁해선 다른 말은 귀에 들어오지 도 않는 모양이었다.

"생명에 지장이 없다니, 아까 그 꼴을 보고도 그런 말이 나와? 너도 두 눈으로 똑똑히 봤잖아. 멀쩡한 사람 몸에서 막 연기가 나고, 피부가 막 까지고……. 그런데 그게 아무것도 아니라고? 위 험하지 않다고? 말이 되는 소리를 해!"

막말로 그런 괴상한 병을 앓느니 암이 더 낫겠다. 그럼 최소한 수술은 할 수 있는 것 아닌가. 요즘에는 암도 초기에 발견해서 수술하면 다 낫는다더라. 그럼 적어도 정상적인 사람처럼 생활할 수는 있는 것 아닌가.

물론 암 환자라면 오냐, 알았다, 네 맘이 정 그러면 허락하겠 다는 말은 절대 아니다. 세상 천지에 아픈 놈한테 딸을 내줄 부 모가 어디 있나. 수술해서 낫는다고 해도 평생 가슴 졸이며 고생 할 게 빤한데. 애들 아빠처럼 결혼해서 아들 딸 낳고 잘 살다가 운이 나빠 그런 몹쓸 병에 걸렸다면 모를까. 인생이 구만 리 같은 딸이 그런 놈이 좋다고 붙어 있겠다고 하는데 세상에 어떤 부모가 그래라, 하고 내버려둔단 말인가!

돈이 수억 있으면 뭐하나. 떵떵거리는 집안에 잘난 놈이면 뭐하나. 절대로 안 될 말이었다. 내 눈에 흙이 들어가기 전에는 절대로!

"사랑? 웃기고 있네. 지금이야 네가 순진하고 어려서 그놈 아니면 안 될 것 같을지 몰라도 아니야. 사는 게 그렇게 호락호락한 줄 아니? 네가 말하는 그 사랑이라는 게 가면 얼마나 갈 것 같아. 긴 병에 장사 없다고 했다. 그런데 밖에 돌아다니지도 못하고 귀신처럼 밤에만 돌아다닐 수 있는 놈, 약도 없어서 평생 그렇게 살아야 되는 놈하고 대체 뭘 어쩌겠다는 거야."

엄마는 손을 휘휘 내저었다.

"씨알도 안 먹힐 말 그만하고, 얼른 일어나. 얼른 엄마랑 같이 집에 가자. 그게 너도 살고 나도 사는 길이야."

"엄마가 무슨 말 하는지 알아. 엄마 맘, 충분히 이해도 하고. 그런데 엄마, 말했잖아. 나, 그 사람 사랑해. 난 그 사람 없으면 안 돼. 내가, 그 사람 없으면 죽을 것 같다고. 아니, 그 사람 없으면 나 죽어, 엄마. 내가, 내가 그 사람이 없으면……."

짝!

급기야 엄마는 연지의 어깨를 세차게 내려치고 말았다. 부들부들 떨며 소리쳤다.

"이, 이게 엄마 앞에서 못하는 말이 없어. 뭐, 죽어? 그게 엄마한테 할 소리야! 망할 년."

엄마는 거친 숨을 몰아쉬었다.

"후우, 후우. 그래, 지금은 그런 맘이 들기도 할 거야. 너한테는…… 어쨌든 첫 정일 테니까. 하지만 연지야, 엄마 말 믿어. 두고 봐. 지금이야 그놈 없으면 죽을 것 같고, 영원히 못 잊을 것 같지만 안 그래. 시간 지나면 다 잊히게 되어 있어. 사람 사는 게 원래 다 그래."

엄마는 바닥에 털썩 주저앉아 연지의 손을 와락 움켜잡았다. 조금도 흔들리는 않는 연지의 눈을 악착같이 부여잡고 애원했다.

"그, 그럼 그땐 엄마 말이 맞았구나, 하고 엄마한테 고마워하게 될 거야. 정말이야. 약속할게. 꼭 그렇게 될 거야. 그러니까 연지야, 엄마랑 같이 가자. 고집 그만 부리고."

엄마의 눈에서 다시 눈물이 쏟아져 흐르기 시작했다.

"엄마가 이렇게 빌게. 난…… 너 맘고생 하면서 힘들게 사는 꼴 못 본다. 가뜩이나 부모 잘못 만나서 고생만 해온 우리 딸, 우리 막내. 그런 네가 왜……. 안 돼. 너 이러는 거 알면 네 아빠도 하늘에서 피눈물을 흘리실 게야. 그럼 엄마, 죽어서도 아빠 얼굴 못 봐. 무슨 염치로 아빠 얼굴을 보니. 내가 무슨 염치로……."

눈 감는 그 순간까지도 오직 애들 걱정이었던 사람이었다. 혼자 두고 가서 미안하다, 평생 호강 한 번 못 시켜주고 고생만 시켰는데, 이제 와선 또 당신한테만 애들을 맡기고 가게 되어 정말 미안하다. 하지만 당신을 믿는다. 힘들어도 당신이라면 우리 애들 잘 돌보며 살아줄 거라고…….

"그래도 참말 다행이오. 우리 애들, 어디 내놔도 부끄럽지 않을

만큼 똑똑하고 씩씩하고 바르게 잘 자라줬잖아. 다 당신 덕분이
야. 당신이 없었으면 어림도 없었지. 당신이 정말 고생 많았어.
그런데 이제 그 고생도 그리 길지 않을 거야. 애들 이제 거의 다
컸잖아. 학교 졸업하고 사회에 나가면 얼추 고생 끝이지, 뭐. 그
때까지만 당신이 조금만 더 힘내고 고생해 줘. 미안해. ……대
신 당신은 한참 있다가 와? 내 대신 애들이 시켜주는 호강도 실
컷 해보고, 내 대신 애들 좋은 남자 만나서 아들 딸 낳고 행복하
게 잘 사는 것도 지켜보고, 손주들 재롱도 원 없이 보다가 그렇
게 오래 오래 있다가 와. ……미안하이, 정말 미안하이."

　죽는 순간까지도 애들 걱정에 눈을 쉬이 못 감던 남편이었다.
그런 남편한테 약속했었다. 당신 대신 내가 뼈가 부서지는 한이
있더라도 애들 뒷바라지하며 키울 테니까 아무 걱정 말고 가시라
고, 나만 믿으라고. 그런데 세상 사는 것이 녹록치 않아 애들 뒷
바라지를 제대로 해주지 못했다. 특히 연지한테는 고생만 시켰
다. 큰딸보다 더 큰딸 같고 똑똑하고 바지런하고 책임감이 강한
연지 덕분에 그녀가 되레 많은 도움을 받았다. 남편 대신, 큰딸
보다 연지를 더욱 의지했었다.
　공부든 제 일이든, 하다못해 집안일이든 저가 알아서 뭐든 다
똑 부러지게 척척 해내는 대견하고 기특한 딸이었다. 고맙고 또
미안한 딸이었다.
　그런데 그런 딸이 평생 해괴한 병을 달고 살아야 되는 놈을 사
랑한단다. 그놈이 아니면 안 된단다. 그놈이 아니면 죽을 것 같

287

단다.

맙소사.

내 죄였다. 내가 못나고 무능한 어미라서 내 딸이 저렇게 되었다. 이 썩어 문드러질 몸을 팔아서라도, 사채 빚을 져서라도 저좋아하는 공부 계속하라고 뒤를 밀어줬어야 했는데. 그랬다면 연지가 휴학하고 여기에 내려올 일도 없었을 테고, 그랬다면 그 괴상한 병에 걸린 놈을 만나는 일도 없었을 텐데.

'아이고, 여보, 이 일을 대체 어쩐답니까.'

엄마는 땅을 치고 후회했다. 그러나 지금 당장은 억장이 무너지는 가슴을 부여잡고 울고만 있을 때가 아니었다. 지금이라도 잘못을 바로잡아야만 한다. 늦었지만 이제라도.

"연지야, 엄마가 잘못했다, 응? 엄마가 배운 게 없고 어리석어서 우리 딸한테 너무 큰 짐을 씌웠어. 이제라도 바로잡자. 너, 서울에 올라가자마자 바로 복학하고 대학원에도 가. 너, 박사 되고 대학 교수 될 때까지 엄마가 무슨 수를 써서라도 뒤 밀어줄게. 이제부터는 아르바이트도 하지 말고 다른 건 일절 신경 쓰지도 마. 너 좋아하는 공부만 해."

"엄마."

"그러니까 서울 가자. 가서 여기서 일 다 잊고 공부해. 그러다 보면 언제 그랬었냐는 듯이 다 잊힐 거야. 가자, 응? 어여."

연지는 두 눈을 질끈 감았다. 후우, 무거운 한숨을 내쉬고 안타까운 시선으로 엄마를 바라보았다.

"알았어. 엄마 말대로 할게."

눈물 젖은 엄마의 눈이 번쩍 떠졌다. 순순히 자신의 뜻을 따르겠다는 연지의 말이 고마우면서도 믿기지 않아 미심쩍은 눈초리로 딸을 바라보았다.

"진짜 엄마 말대로 할 거야?"

"어. 그런데 오늘은 안 돼. 내일 가자."

"왜?"

"그 사람 괜찮은지 확인은 하고 가야지. 이대로 가면 나, 아무것도 못해."

엄마의 얼굴이 다시 무섭게 일그러졌다.

"그 사람을 만나러 가기라도 하겠다는 거야? 안 돼, 난 허락못 한다."

"안 가."

"그럼 뭘 어떻게 알아보겠다는 거야."

"이 비서님을 통해서. 전화로 알아보면 좋은데, 애석하게도 그분 전화번호를 몰라. 안다고 해도 지금은 경황이 없을 테니까 통화하는 것 자체가 무리일 테고. 하지만 내가 여기 있는 걸 아니까 그의 상태가 좀 나아지면 바로 와서 얘기해 주실 거야. 그의 상태가 어떤지 알기 전에는 내가 여기서 한 발짝도 움직이지 않고 한숨도 못 자리라는 것을 그분도 아실 테니까."

연지는 제 손을 으스러져라 꽉 부여잡고 있는 엄마의 손등을 가만히 잡아 안심하라는 듯 다독였다.

"그러니까 엄마, 오늘 하루만. 만약에 내일까지 기다려도 아무 연락이 없으면 엄마 말대로 서울로 같이 올라갈게. 그 정도는 엄마가 이해해 줘요. 오늘 하루만, 응?"

결국 엄마는 불안해하며 연지를 못 미더워하면서도 마지못해 고개를 끄덕거렸다.

'그래, 하루만 참자.'

본인 입으로 내일은 무슨 일이 있어도 같이 올라간다고 하지 않나. 제 입으로 한 번 뱉은 말은 목에 칼이 들어와도 반드시 지키는 아이였다. 자존심과 고집이 세서 문제지, 위기를 모면하고자 거짓말 따위를 하는 애가 절대 아닌 것이다. 하여 엄마는 순순히 자신의 말을 따르겠다는 연지가 불안했지만 딸아이를 믿기로 했다.

그렇게 불안한 시간이 흐르고 흘러 해가 지고 밤이 깊어졌다.

엄마는 연지의 곁에서 한시도 떨어지지 않았다. 혹여 연지가 자신의 눈을 피해 뒷산으로 줄행랑을 칠까 봐, 두 눈 부릅뜨고 그녀를 지켰다. 잠 한숨 자지 않고 연지를 지켜볼 생각이었다.

그런데 쌕쌕, 고른 숨을 내쉬며 깊이 잠든 딸아이의 얼굴을 보고 있자니, 마음이 풀어졌는지 그녀도 어느새 잠에 빠져들고 말았다.

그렇게 얼마나 지났을까.

깊이 잠들어 있는 줄 알았던 연지의 두 눈이 스르륵 떠졌다. 시선만 돌려 옆에 잠들어 있는 엄마를 바라보았다. 잠들어서도 연지의 손을 꼭 잡고 있는 엄마를 안타까이 바라보는 연지의 눈동자에는 잠기운 하나 묻어 있지 않았다.

'엄마, 미안해.'

연지는 제 손에 엮여 있는 엄마의 손가락을 하나둘, 조심스럽게 풀어냈다. 천천히 몸을 일으켰다. 연지는 잠들기 전에 앉은뱅이책상에 미리 눈대중으로 확인해 둔 메모지와 펜을 찾아들고 무어라 빠르게 적었다.

어두워서 제대로 써졌는지 모르겠다. 하나 불을 켤 수는 없었다. 아무 말도 없이 그냥 갈 수도 없었다. 적어도 엄마한테 미안하다는 말 한 마디는 남겨두고 가야할 것 같았다.

연지는 펜을 내려놓고 조심스레 몸을 일으켰다. 덥다고 미리 열어둔 문으로 소리 없이 걸어갔다. 방을 나서기 전, 연지는 마지막으로 잠든 엄마를 돌아보았다.

'죄송해요. 하지만 이번에는 엄마가 날 좀 이해해 줘. 엄마나 언니는 나 없어도 살지만 그 사람은 아니야. 나도 마찬가지고. 엄마, 그동안 키워주셔서 감사합니다. 나 때문에 너무 맘 상해 하지도 말고, 너무 많이 울지도 말고 아프지도 마세요. 엄마 말대로 나중에, 시간이 지나면 엄마도 괜찮아질 거야. 나, 엄마가 걱정하지 않도록 잘 살게. 행복해질게. 건강하세요.'

연지는 고개를 깊숙이 숙여 엄마에게 마지막 인사를 했다. 야반도주. 이것이 옳지 못한 방법이라는 것을 그녀도 잘 안다. 하지만 그와 함께하기 위해서는 이 방법밖에는 없었다. 엄마는 절대 그와의 사랑을 허락해 주지 않을 테니까.

그런 엄마를 절대 원망하지 않는다. 그녀를 사랑하기 때문에 절대 허락할 수 없는 엄마의 마음을 잘 안다. 그 마음을 어찌 모를까. 만약 그녀가 엄마라도 마찬가지였지 않았을까 싶다. 자식을 사랑하는 부모라면 누구나 다 그러할 테니까.

그래서 그녀가 선택할 수 있는 길은 이 길밖에 없다. 설득 불가능한 엄마와 계속 충돌하며 서로의 마음을 갈기갈기 찢어놓기 전에, 엄마의 마음을 이해하고 미안해하면서도 엄마를 원망하기 전에 그녀가 엄마를 떠나주는 것. 돌이킬 수 없는 상황에 엄마가 그녀를 포기하게 만드는 것.

노다를 사랑하고, 그의 곁에 있기로 결심한 순간부터 각오했던 길이기도 했다.

연지는 발소리를 죽여 댓돌의 신발을 신고 조용히 집을 나섰다. 그녀의 움직임에는 조금의 주저함이나 망설임이 없었다. 지체 없이 뒷산으로 달려갔다.

노다가 있는 곳으로.

목숨보다 사랑하는 남자가 홀로 아파하며 고통에 신음하고 있을 곳으로.

어쩌면 그는 화를 내며 돌아가라고 할지도 모른다.

그러면 그녀는 활짝 웃으며 이렇게 말할 것이다.

데리러 온다고 해서 기다렸는데 안 와서 내가 왔어요. 가라고 하지 말아요. 난 이제 갈 곳이 없어요. 여기, 당신 곁이 아니면 더 이상 갈 곳이 없어. 돌아갈 다리를 다 끊어버렸거든요. 당신 곁에 있을 거야. 앞으로는 여기가 내 집이에요. 아니, 우리 집이에요. 아니, 원래부터 우리 집이었어. 그런데 내가 우리 집 놔두고 어딜 가. 그죠?

그리고 그의 품에 달려들어 온 힘을 다해 그를 안을 것이다.

그가 절대 그를 안은 내 손을 풀지 못하도록 온 힘을 다해, 으스러지도록, 단단히.

"노다 씨, 조금만 기다려요. 내가 가고 있어요."

연지는 눈을 반짝이며 힘차게 속삭였다. 앞만 보고 달려가는 그녀의 눈가로 투명한 눈물이 한두 방울 떨어졌다. 떨어진 눈물 방울이 흩날리는 머리카락을 적시며 뒤로 흩어져 날아갔다. 그럼에도 연지는 그에게 달려가는 뜀박질을 늦추지 않았다. 뒤도 돌아보지 않았다. 흔들리지 않는 검은 눈동자는 오로지 정면을 응시하고 있을 뿐이었다.

한 치 앞도 보이지 않던 어둠이 걷히고 아스라한 빛이 보이기 시작했다. 그가 있는 곳이었다. 그와 그녀만의 낙원이자 두 사람만의 세상, 온 우주였다.

그녀의 눈동자가 더 없이 반짝이며 그리움과 안도, 그의 무사함을 기원하는 바람과 절절한 사랑으로 촉촉이 젖어갔다.

연지는 그와 자신만의 세상, 그들만의 우주로 달려갔다.

10장

　허겁지겁 달려온 연지가 현관을 벌컥 열고 들어가는 순간 깜짝 놀란 노다와 눈이 마주쳤다. 햇빛에 덴 상처를 치료하느라 웃통을 벗은 노다의 상체는 온통 붕대에 휘감겨 있었고 그림처럼 아름다운 얼굴에도 군데군데 하얀 붕대가 붙어 있었다.

　"연지야!"

　"노다 씨!"

　주책없이 눈물이 먼저 터져 나왔다. 연지는 상처 입은 그의 마른 몸을 와락 끌어안았다.

　"노다 씨."

　"윽."

　순간적으로 그의 입에서 낮은 신음이 흘러나왔다. 화들짝 놀란 연지는 얼른 그에게서 떨어졌다.

"미안해요."

'미쳤어. 안 그래도 데어서 아픈 사람을 그렇게 끌어안으면 어떡해. 살짝만 건드려도 아플 텐데. 바보. 생각 좀 해라, 피연지!'

연지는 어쩔 줄 몰라 하며 떨리는 손으로 붕대에 칭칭 휘감겨 있는 그의 상체를 더듬더듬 어루만졌다.

"얼, 얼마나 다친 거예요? 치료는 다 했어요? 병원에는 안 가 봐도 돼요? 여기만 이래요? 다른 데는요? 등은 괜찮아요?"

산을 올라오는 내내 더 이상은 울지 말자, 그의 앞에서는 절대로 눈물을 보이지 말자고 누누이 결심하고 다짐했었다. 그러나 하얀 붕대에 칭칭 휘감겨 있는 그를 본 순간, 그 수많았던 결심과 다짐들이 모두 속수무책으로 사라져 버렸다. 연지는 터져 나오는 눈물을 참을 수 없었다. 아니, 자신이 울고 있는지조차 인지하지 못했다. 속수무책으로 터져 나온 눈물이 두서없는 질문들과 함께 한꺼번에 터져 나왔다.

그의 등과 어깨는 어떤지, 제 눈으로 확인하기 위해서 그의 뒤로 돌아가려는 연지의 어깨를 노다가 황급히 양손으로 붙잡아 세웠다.

"연지야."

눈물에 젖어 흔들리던 그녀의 까만 눈동자가 그제야 그를 오롯이 담고 주춤거렸다.

"노다 씨……."

"어떻게 왔어? 어머니는?"

노다는 지금쯤 연지가 어머니의 손에 이끌려 서울로 올라갔을 거라고 생각했다. 그런데 그녀가 여기에 나타났다. 그것도 자정이 훌쩍 넘은 이 시간에! 어머니가 그녀를 순순히 자신에게 보내 주셨을 리는 없는데.

"설마 너…… 도망쳐 온 거야? 어머니 몰래……."

"이 방법밖에 없었어요. 당신한테 오려면. 화내지 말아요. 가 라고 하지도 말아요. 당신이 아무리 가라고 밀어내도 난 이젠 더 이상 갈 곳이 없어요. 갈 수가 없어. 안 갈 거야. 당신하고 같이 있을 거야."

연지는 고집스레 이를 악물고 고개를 세차게 가로저었다.

맙소사. 결국엔 내가 너를…….

일순 그의 얼굴이 딱딱하게 굳었다. 노다의 깊은 눈매가 아프 게 일그러졌다. 연지가 노다의 팔을 잡고 매달렸다.

"괜찮아요, 당신 탓 아니야. 내가 당신하고 같이 있고 싶어서, 내가 당신 아니면 안 돼서……."

연지는 손등으로 황급히 눈물을 닦았다.

"엄마도 나중엔 용서하고 이해해 주실 거예요. 지금은 너무 놀 라서, 당신이 어떤 사람인지 몰라서 그러시는 것뿐이에요. 그러 니까 노다 씨도 너무 걱정하지 말아요. 많이 서운했죠? 아까 엄 마가 한 말 때문에 마음에 상처 많이 입었죠? 미안해요. 내가 대 신 사과할게요."

"아니야. 어머니로서는 당연히 하실 말씀을 하신 것뿐이야."

"우리 엄마, 실은 그렇게 무정하고 독한 분 아니에요. 마음이 되게 여리고 착한 분이에요. 아깐 너무 놀라고 당황해서 말이 심하게 나간 것뿐이에요. 그러니까 그건 노다 씨가 조금만 이해해 줘요. 맘에 담아두지 말아요, 응?"

노다는 무거운 한숨을 내쉬었다. 연지가 이렇게 마음 졸이며 미안해할 일이 아닌데, 어머니가 잘못 말씀하신 것도 없는데. 그럼에도 자신과 어머니 사이에서 중재자 역할을 하느라 쩔쩔 매는 연지를 보니 마음이 한층 더 무거워졌다.

혼자 마음 썩이며 얼마나 맘고생을 했는지, 하루 동안 얼굴이 아주 해쓱해져 버렸다. 쉴 새 없이 흐르는 눈물. 저러다 우리 연지 눈이 아예 짓물러 버리겠다.

후우, 모두 자신 때문이었다. 이 모든 사달의 원인은 다른 어느 누구도 아닌, 그, 자신 때문이었다.

마음속에 서럽고 안타까운 격랑이 인다. 미안하고 또 미안해서 고개를 들 수가 없다.

머저리, 이렇게 될 줄 몰랐나? 연지의 손을 잡았을 때부터 이런 일이 벌어질 줄 미리 예상을 했었어야지. 그녀를 지키고 연지가 너 때문에 저토록 울지 않도록 미리 방법을 강구했어야지!

그 자신에게 격노한 자아가 고함을 내지른다. 멍청하고 염치없는 또 다른 자아가 고개를 숙이고 눈물을 흘린다.

그러나 더 이상은 겁쟁이처럼 숨지도 움츠리지 않을 것이다. 원망하고 한탄하며 주저하고 망설이지도 않을 것이다.

이제는 내가 용기를 내어 그녀를, 우리의 사랑을 지킬 차례.

뻔뻔하고 파렴치한 놈이라고 욕먹어도 할 수 없다. 돌팔매질을 맞아야 된다면 그것 또한 기꺼이 맞으리라. 그러나 그것은 오롯이 나의 몫, 내가 감당해야 할 몫이다. 가뜩이나 서러운 사랑을 품고 있는 내 가여운 사랑을 더 이상은 홀로 아프게 할 수는 없다.

내가 나서야 한다. 내가 책임져야 한다. 무릎 꿇고 피떡이 되도록 얻어맞고 모진 욕을 듣더라도 내가, 나 혼자 그것을 감당해내야만 한다.

노다는 짓물러 버린 눈가에서 쉼 없이 흘러내리는 연지의 눈물을 가만가만 거둬냈다. 아릿한 미소를 머금었다.

"큰일 났다, 우리 연지. 이러다 아예 울보 되겠네."

"노다 씨."

"미안, 정말 미안해. 이러려고 널 사랑한 게 아닌데. 하루라도, 단 한순간이라도 우리 연지 행복하게 해주고 싶었는데, 항상 웃게 해줄 생각이었는데……. 그런데 매번 울게만 만드네. 미안하다는 말도 이젠 염치가 없어서 더는 못 하겠다."

연지가 고개를 세차게 가로저었다.

"그런 말 하지 말라니까요. 노다 씨가 그러면 내가 더 미안하단 말이야. 내 맘이 더 아프다고요. 너무 속상해. 그러니까 미안하다는 말, 더 이상은 하지 말아요. 그런 생각도 아예 하지 말아요. 사랑하는데 뭐가 미안해. 당신이 날 이만큼 사랑해 주는데. 몸이 타는 고통도 불사하고 날 지키기 위해서 뛰쳐나왔을 만큼 당신이 날 사랑하는데……. 그거면 충분해요."

연지는 애써 환한 미소를 지어 보였다.

"그래서 나 너무 행복해요. 당신이 다쳐서 너무 속상하고 애가 타 죽겠는데도 마음 한편으로는 너무 행복하고 고마워요. 좋아 죽겠어. 나, 되게 못됐죠?"

노다도 애써 환한 미소를 지으며 고개를 가로저었다.

"아니, 예뻐. 고마워."

연지의 어깨를 가만히 끌어안았다. 연지가 깜짝 놀라 그를 밀어내며 소리쳤다.

"안 돼요. 아프잖아."

"괜찮아. 하나도 안 아파."

자신으로 말미암아 벗겨진 그의 살갗이 쓸릴까 봐, 그에게 안기고 싶은데도 안기지 못하고 버티는 연지를 노다는 꼭 품에 끌어안았다. 욱신거리는 살갗들이 비명을 질러댔다. 그러나 육신의 고통 따위는 금세 잊혀졌다.

그녀의 체취가 코끝을 파고든다. 맞닿은 몸을 통해 그녀의 따스한 체온이 느껴진다. 그녀로 인해 그는 마음이, 영혼이 안식을 얻는다. 용기를 얻는다. 이 절대적인 사랑을, 내 가여운 사랑을 지키기 위해 기꺼이 무도하고 파렴치한 남자가 될 용기.

그녀의, 피연지의 최노다가 될 용기.

조심스레 안겨온 그녀의 얼굴을 어깨에 깊숙이 기대게 했다. 여진처럼 바르르 떨리는 가녀린 몸을 단단히 감싸 안았다. 떨리는 등과 머리를 쓸어내리며 자그마한 정수리에 얼굴을 파묻었다. 깊은 숨을 들이마시며 그녀로 폐부를 가득 채웠다. 그녀를 내쉬는 것이 아쉬워 날숨마저 꼭꼭 들이마셨다.

"연지야."

"노다 씨."

"네가 와줘서 기뻐. 고마워. 널 다시 안고 볼 수 있다는 사실이 이렇게 널 안고 있는데도 꿈인 양 믿기지가 않아."

연지가 바르르 떨리는 아랫입술을 앙 깨물고 울먹이며 그의 이름을 불렀다. 그제야 주저하고 있던 팔을 들어 상처 입은 그의 등을 조심스레 끌어안았다.

"많이 아팠죠? 이젠 정말 괜찮은 거예요? 이렇게 있어도 돼요? 당신, 이렇게 있으면 안 돼. 침대에 가서 누워요. 내가 마저 치료해 줄게요. 더 이상 아프지 않게 내가 꼭 안고 재워줄게요."

"그래, 그러자. 그런데 연지야. 그 전에 부탁이 있어."

"응? 뭔데요? 말만 해요. 뭐든지 다……."

"어머니한테 가자."

두 눈을 감고 안도의 숨을 내쉬던 연지의 눈이 커다래졌다. 황급히 그에게서 떨어지려고 했다. 그런데 노다가 그녀의 등을 꼭 안고 놓아주지 않았다. 그가 달래듯 그녀의 등을 토닥였다.

"쉬이, 잠깐만 내 말을 끝까지 들어줘. 널 보내겠다는 말이 아니야. 가란다고 순순히 갈 너도 아니고, 나도 너 없이는 이제 안 돼. 보내고 싶지 않아. 아니, 절대 안 보낼 거다."

"그런데 왜……."

"하지만 이렇게는 아니야. 이런 식으로 너를 내 옆에 둘 수는 없어. 어머니한테 정식으로 인사드리고……."

기겁한 연지가 세차게 고개를 저으며 그의 말을 가로막았다.

"안 돼요, 우리 엄마는 절대로……."

"알아. 허락하지 않으실 거라는 거. 세상에 어떤 어머니가 나 같은 놈한테 딸을 주시겠어. 절대로 안 될 말이지. 내가 어머니라도 절대로 허락 안 해."

연지는 입안의 여린 속살을 꽉 깨물었다.

'그런데 왜 그런 말을 해요. 안 돼요, 노다 씨. 가지 말아요.'

"하지만 아무리 그렇대도 이런 식으로 너를 내 곁에 두는 것은 도리가 아니야. 우리 연지를 이렇게 예쁘고 곱게 키워주신 어머니한테 최소한 감사합니다, 죄송하다는 말씀을 드려야지."

노다는 연신 고개를 가로젓는 연지의 머리를 가만가만 쓸어내렸다.

"물론 그렇게 하는 것이 어머니를 더욱 힘들고 괴롭게 하는 일이 될지도 몰라. 끝내 허락도 받지 못할 테고. 아마도, 아니 틀림없이 어머니나 너, 나 모두에게 견디기 힘든 시간이 되겠지. 연지야, 그래도 나는 그래야만 한다고 생각해. 왜냐면 다른 누구도 아닌 연지 어머니시니까."

그래서 안 된다는 거예요. 엄마니까. 엄마는 절대 당신과 내 사랑을 이해하지 못하실 테니까.

"어머니는 당신 딸이 누구를 사랑하고, 어떤 놈이 당신 딸을 사랑하는지 아실 권리가 있어. 그놈을 반대하고 원망하며 미워하고 욕하실 권리도 있지. 그리고 나한테는 그 원망과 욕을 기꺼이 감수해야만 할 의무가 있어. 나는 어머니한테 용서를 빌어야만 돼. 그리고 그것은 내가 마땅히 해야만 하고 감당해야만 할 몫이야. 비겁하게 힘들다고 회피할 수는 없어. 내가 아무리 힘들고 괴롭다고 한들, 어머니보다 더할 수는 없을 테니까."

"그래서 엄마한테 무릎 꿇고 빌기라도 하겠다는 거예요? 엄마가 욕하면 욕하는 대로, 때리면 때리는 대로 그걸 다 받고 견디겠다고? 당신 혼자서? 싫어요. 그건 내가 싫어! 당신이 왜? 우리가 뭘 잘못했는데! 당신 병이 당신 탓도 아니고, 우리가 사랑하는 게 죄도 아니잖아요."

그가 왜 이런 말을 하는지 모르지 않았다. 어떤 마음으로 그런 각오까지 했는지도 모르지 않았다. 엄마 가슴에 맺힐 한을 그런 식으로라도 조금이나마 풀어드릴 생각일 터였다. 그런 식으로라도 용서를 구하고 또 용서를 구할 생각일 터였다.

희귀병을 달고 사는 놈이 뻔뻔하게도 당신 딸을 사랑한다고, 그런 놈 주제에 염치없게도 당신 딸을 놓을 수 없어서 너무 죄송하다고.

자진해서 그 수모와 험한 꼴을 기꺼이 감내하겠다는 그의 사랑이 고맙고도 서럽다. 그에게 받는 이 사랑이 행복하면서도 가슴이 찢어질 듯이 아프다. 그래서 연지는 그의 부탁을 절대 허락할 수 없었다. 아니, 그의 이 깊고 절박한 마음일랑 두 눈 질끈 감고 모른 척하고 싶었다.

그가 우리의 사랑 때문에 누군가에게 죄인처럼 머리를 조아리고 용서를 구하는 모습 따위, 절대로 보고 싶지 않다. 그 대상이 아무리 엄마라고 할지라도 그것만은 절대로 안 된다.

그가 왜, 우리가 왜!

"노다 씨, 그러지 말아요. 그렇게까지 할 필요 없어요. 우리 그냥, 다 잊고 우리만 생각해요. 우리 사랑만 생각해요."

우리한테는 사랑할 시간도 부족하다고요!

연지는 억지로 그에게서 몸을 떼어내고 절박하고도 간절한 시선으로 그를 올려다보았다. 여기저기 붕대에 가려진 그의 아름다운 얼굴이 서럽도록 안타깝게 미소를 지었다. 그녀의 전부이자 우주가 되어버린 사랑이 자신의 아픔을 감추고 그녀를 위해 위로하고 다독였다.

"염치없지만…… 그래야만 돼. 너하고 같이 있기 위해서, 우리의 사랑을 지키기 위해서 그래야만 돼. 그래서 그러려고 하는 거야. 그러니까 연지야, 나를 조금만 이해해 줘. 내 부탁을 거절하지 말아줘. 허락해줘. 내가…… 내가 이렇게 부탁할게."

안 돼요. 당신이 나 때문에 그 수모를 견뎌내는 거, 난 싫어요. 평생 본인의 잘못도 아닌 잘못으로 지탄받으며 고통만 당해온 당신이잖아요. 단 한 번도 마음껏 웃고, 사랑하고 사랑받지도 못했고, 억울하게 불안하게만 살아온 당신이잖아요. 이제 겨우 사랑의 행복이 무엇인지 알게 된 당신이잖아요. 이제 겨우 살아갈 용기와 희망을 품게 된 당신이잖아요.

그런데…… 이제 겨우 알게 된 그 사랑도, 행복도, 간절히 바라게 된 삶도 언제 끝날지 모르는 운명에 놓여 있는 당신, 그리고 우리잖아요.

그런데 당신의 잘못도 아닌 일로 당신이 또 고통 받으며 참는 것을 나보고 허락해 달라는 거예요? 싫어요. 그럴 수는 없어요. 그건 너무…… 너무 가혹하잖아.

연지는 차마 입 밖으로 내뱉을 수 없는 말을 가슴으로 외치며
고개를 절레절레 가로저었다.

"안 돼……. 나한테 그러지 말아요. 나한테 너무 무리한 것을
바라지 말아요. 난, 나는 절대 허락 못 해. 당신이 아무리 그래도
나는 절대로…… 흑!"

노다가 낮은 한숨을 내쉬며 울음을 터뜨린 연지를 꼭 보듬어
안았다. 두 눈을 지그시 감고 가라앉은 음성으로 속삭였다.

"미안. 정말 미안해."

흐느끼는 그녀의 어깨를 어루만졌다. 그의 눈가도 축축이 젖
어갔다.

"으음."

뒤척이는 엄마의 손이 옆자리를 더듬거렸다. 잠결에도 옆자리
가 텅 비어 있다는 것이 느껴졌다. 엄마의 눈이 번쩍 떠졌다.

"헉!"

소스라쳐 벌떡 몸을 일으킨 엄마가 황급히 손으로 옆자리를
더듬거렸다. 연지가 잠들어 있어야 할 그곳에 만져지는 것이라고
는 서늘해진 이불뿐이었다.

"연지야!"

경악한 엄마는 벌떡 일어나 불을 켰다. 혹시나 하는 마음에
황급히 바닥을 내려다보았다. 그러나 역시나. 잠들어 있어야 할

연지는 어딘가로 사라지고 없었다.

"얘, 얘가 어딜 간 거야? 설마……. 아니. 아닐 거야. 우리 딸이 그럴 리 없지. 화, 화장실에 갔을 거야. 여, 연지야, 연지야!"

엄마는 쏜살같이 방 밖으로 뛰어나갔다. 노크도 하지 않고 욕실 문을 벌컥 열었다. 맙소사! 혹시나 했는데 역시나. 컴컴한 욕실도 이부자리처럼 텅 비어 있었다.

"아니야. 이럴 리가 없어. 연지야, 연지야!"

엄마는 주방으로도 뛰어 들어갔다. 그러나 주방에도 연지의 모습은 보이지 않았다. 쿵쿵. 불안하게 뛰어대던 심장이 두려움에 휩싸여 목 끝까지 차올랐다. 엄마는 신발을 신을 겨를도 없이 마당으로 뛰어 내려와 딸아이의 이름을 불렀다. 대문 밖까지 뛰어 나갔다. 그러나 어디서도 연지의 모습을 찾을 수 없었다.

깜짝 놀란 마을 어른 몇 분이 무슨 일이냐고 눈 비비며 나와보셨다.

"왜 또, 연지가 없어? 어디로 사라졌어?"

사색이 되어 입술만 벙긋거리던 엄마는 주먹을 꽉 움켜쥐고 고개를 가로저었다.

"아, 아니에요. 어딜 가긴요. 집에 있어요. 자요."

"그런데 왜 그래?"

"그러게요. 어휴, 내가 왜 이러지? 아무래도 아까 낮에 일 때문에 많이 놀랐었나 봐요. 헛꿈을 다 꾸고. 죄송해요, 어르신. 들어가 주무세요."

"쯧쯧. 엄청 놀랐었나 보네. 헛꿈도 다 꾸고. 왜, 연지가 어디 멀리 가는 꿈이라도 꿨어? 에휴, 그렇다고 멀쩡히 잘 자는 애를 두고 밖에 나와서 뭐 하는 짓이야. 이럴수록 어미인 네가 정신을 똑바로 차려야지. 어여 들어가. 들어가서 좀 더 자. 날 밝으려면 아직 멀었어."

"네, 죄송합니다. 주무세요."

엄마는 거듭 죄송하다고 사과하고 서둘러 집으로 돌아왔다. 연지가 말도 없이 사라졌다는 것은 아무리 한 식구처럼 지내던 마을 어른들이라고 할지라도 함부로 말할 수 없었다. 아까 낮에 벌어졌던 난리 때문에 안 그래도 연지가 언제 뒷산에 사는 남자와 눈이 맞았느냐, 그럼 저 사람들이 다 뒷산에 사는 사람들이냐, 그런데 뭐 저렇게 괴상망측한 사람이 다 있느냐, 보다보다 몸에서 연기가 나고 햇빛에 타들어가는 사람은 처음 봤다며 이래저래 말들이 많았는데. 거기다가 말만 한 여자아이가 오밤중에 사라졌다고 해봐라. 혼삿길 막히는 것은 말할 나위도 없고 두고두고 흉이 될 터였다. 그러니 남들 알기 전에 얼른 연지를 찾아야 될 텐데, 대관절 이 아이가 어딜 갔단 말인가!

온갖 안 좋은 생각들이 다 들었다.

"설마 그놈한테 간 건 아니겠지?"

아니, 절대로 그건 아닐 거다. 날 밝으면 엄마랑 같이 서울로 올라가겠다고 철석같이 약속한 딸이 아닌가.

"잠깐 바람 쐬러 갔을 거야."

암, 그렇고말고. 제 딴에는 그래도 첫 정인데 이대로 헤어지려니 그 맘이 좋을 리가 있나. 그래서 바람이나 쐬며 마음을 추스르고 있을 것이다.

"후우, 후우."

엄마는 떨리는 숨을 몰아쉬었다. 집으로 돌아간 엄마는 혹여 그새 연지가 돌아왔을까 싶어 서둘러 방으로 들어갔다. 그러나 방은 여전히 텅 비어 있었다. 텅 빈 방을 훑는 엄마의 눈동자가 불안하게 흔들렸다. 그러다 문득 소스라쳤다.

방 끝에 밀어둔 낮은 책상 위에 펜과 메모지가 놓여 있었다. 메모지에 쓰여 있는 한 글자가 눈에 들어왔다.

엄마.

머리끝이 주뼛 곤두서는 것 같았다. 엄마는 벌벌 떨며 책상으로 다가갔다. 시선만 내려 그것을 읽었다.

엄마.
미안해요.
나, 그 사람 아니면 안 돼. 그 사람 없으면 내가 죽어.
그래서 나, 그 사람한테 가. 내가 살고 싶어서, 행복해지고 싶어서.
그러니까 엄마, 나 찾지 마.
엄마 맘도 몰라주고 말도 지지리 안 듣는 제멋대로인 불효막심한 딸, 없는 셈 쳐요.
내 걱정 말고 언니하고 둘이 행복하세요. 아프지도 말고 건강하세요.
나도 꼭 행복해질게. 아니, 그 사람하고 함께라면 그곳이 어디더라도 거

307

기가 내겐 천국일 거야. 내겐 그 사람이 전부고 온 우주거든.

키워주셔서 감사합니다.

죄송합니다.

그리고 사랑합니다.

엄마의 불효막심한 둘째 딸, 연지가.

경악한 엄마의 몸이 바닥으로 무너져 내렸다. 사색이 된 엄마의 전신이 사시나무처럼 바들바들 떨렸다.

"이, 이게 기어코……. 아이고, 연지야. 안 돼. 그것만은 절대 안 돼. 네가 나한테 어떤 딸인데, 네가 왜, 네가 어떻게……."

무너진 가슴을 부여잡고 정신없이 울던 엄마가 불현듯 벌떡 몸을 일으켰다. 눈물로 일그러진 얼굴이 부들부들 떨리며 딱딱하게 굳었다. 핏발이 곤두선 눈에 서슬 퍼런 이채가 서렸다. 엄마는 황급히 다시 집을 뛰쳐나왔다. 비명이 터져 나올 것 같은 입을 악물고 뒷산으로 미친 듯이 달려갔다.

연지도 울고 싶었다. 주저앉아 떼를 쓰며 그를 말리고 싶었다. 그러나 더 이상은 울 수도, 그를 말릴 수도 없었다. 그녀를 사랑하기 때문에, 이 사랑을 지키기 위해서 엄마한테 무릎 꿇고 진심으로 용서를 구해야 한다는 그를 더 이상은 잡을 수 없었다.

어쩌면 그의 앞을 막고 붙잡는 것이 그를 진정 이해하고 위하는 것이 아닌, 자신의 이기적인 욕심일지도 모른다는 생각이 들었다. 어쩌면 그녀를 위해, 우리의 사랑을 위해 제 몸 던져 가며 몸부림치는 그의 용기를 다른 누구도 아닌 자신이 폄훼하고 짓누르는 것일지도 모른다는 생각이 들었다.

그래선 안 되는 것 아닌가. 그럴 수는 없는 것 아닌가.

솔직히 흥분한 엄마에게 수모를 당할 그를 지켜볼 자신은 여전히 없었다. 가능하다면 최대한 멀리 도망치고 싶었다. 가장 피하고 싶은 일이었다. 하지만 연지는 그의 뜻을 따르리라, 마음을 고쳐먹었다.

그가 무릎 꿇으면 그녀도 함께 무릎 꿇고, 그가 머리를 조아리고 용서를 구하면 그녀도 함께 그리할 것이다. 끝내 서로의 마음에 지독한 생채기와 원망만을 남기고 허락받지 못한다고 하더라도, 그의 손을 잡고 그의 옆에 있을 것이다.

그리고 그와 함께 우리의 집으로 돌아가야지. 쓰러지고 무너지면 그런 대로 서로를 부축하고 의지하며 안전한 우리만의 우주로 돌아가면 된다. 그곳에서 서로의 상처를 핥아주고 보듬어주면 된다. 그럼 그도, 그녀도 곧 치유될 것이다.

그는 그녀로 말미암아, 그녀는 그로 말미암아.

그렇게 하루를, 또 새로운 생을 살아가면 그뿐.

그와 함께한다면 그 무엇도 두려울 것이 없다.

연지는 그의 손을 꼬옥 잡았다. 그도 그녀의 손을 꼬옥 잡아주었다. 서로를 바라보며 미소 지었다.

괜찮아?

응, 괜찮아요.

무섭니?

아니. 하나도 안 무서워. 당신이 같이 있으니까. 이 손, 무슨 일이 있어도 당신이 절대로 안 놓으리라는 것을 아니까. 그래서 이젠 하나도 안 무서워요.

"미안⋯⋯."

"어, 그건 약속 위반인데."

연지가 미간을 찡그리고 눈을 흘겼다.

"미안하다, 고맙다는 말, 두 번 다시는 서로 하지 않기로 했잖 아요. 대신에 우리, 다른 말 하기로 하지 않았나?"

노다가 잔잔히 미소 지으며 그녀의 손등에 입을 맞췄다.

"사랑해."

그녀도 빙긋 미소 지었다. 걸음을 멈추고 발꿈치를 들어 그의 뺨에 입을 맞췄다.

"사랑해요."

그가 바람에 날리는 그녀의 머리카락을 다정하게 귀 뒤로 넘겨 주었다. 두 사람은 손을 꼭 맞잡은 채 멈췄던 걸음을 다시 옮겼 다. 철문을 나와 마을로 내려가는 산길을 향해 걸어갔다. 그런데 산길을 대여섯 걸음 정도 앞두고 누군가 헉헉거리며 다급하게 뛰 어올라오는 소리가 들려왔다.

흠칫 놀란 두 사람은 우뚝 걸음을 멈췄다. 서로를 빠르게 바라 보았다.

그때였다.

헉헉거리는 거친 숨소리와 다급한 발자국 소리가 점점 더 가까워진다 싶더니, 수풀이 거세게 흔들리며 땀에 흠뻑 젖은 엄마가 산길에서 툭 튀어나왔다.

"헉, 엄마!"

화들짝 놀란 연지의 입에서 단말마와도 같은 외침이 터져 나왔다. 중턱에 오르자마자 나란히 서 있는 연지와 노다를 보고 소스라치게 놀란 것은 엄마도 마찬가지. 사색이 되어 있는 엄마의 얼굴이 일순 하얗게 질려 움찔 굳었다.

그러나 그것도 잠시였다. 그토록 애원하며 말렸건만 거짓말까지 하고 밤중에 편지 한 장 달랑 남긴 채 남자를 찾아 도망쳐 버린 연지, 그런 연지와 보란듯이 두 손 꼭 잡고 나란히 서 있는 노다를 본 엄마의 눈에서 불꽃이 튀었다. 아까 낮에 봤던 것과 달리, 노다는 머리부터 발끝까지 꽁꽁 싸매고 있던 모자와 점퍼 등을 벗어던지고 셔츠에 정장까지 갖춰 입은 멀쑥한 모습이었다.

하여 엄마는 순간이나마 노다가 아까 낮에 봤던 괴상망측한 남자가 아닌가 싶기도 했다. 하나 핏기 하나 없이 새하얀 얼굴 곳곳에 붙어 있는 붕대로 보아 아까 그 괴상한 놈이 필경 맞을 성싶었다. 무엇보다 연지와 보란 듯이 손을 꼭 잡고 있지 않은가!

엄마는 두 번 생각할 것도 없이 두 사람에게 달려들었다. 온몸을 던져 맞잡고 있는 두 사람의 손을 떼어냈다. 연지가 '꺄악!' 비명을 질렀다.

"엄마!"

엄마는 연지를 쳐다보지도 않았다. 비틀거리는 연지가 넘어지든 말든 뒤로 확 밀어내고 깜짝 놀라 연지에게 손을 뻗는 노다에게 성난 맹수처럼 달려들었다. 온 힘을 다해 노다의 가슴을 때리며 뒤로 밀쳤다.

"윽."

노다가 낮은 신음을 터뜨리며 휘청, 뒤로 밀려났다. 비틀거린 노다가 상체를 세우기 무섭게 오른손을 번쩍 들어 휘둘렀다.

짝!

세찬 파열음과 함께 노다의 얼굴이 왼쪽으로 휙 돌아갔다. 새하얀 피부에 벌건 손자국이 남았다. 하얀 붕대에 붉은 핏물이 금세 번져 나왔다. 그러나 엄마의 눈에는 아무것도 보이지 않았다. 격분한 엄마가 악에 받쳐 소리쳤다.

"약도 없는 괴상한 병에 걸린 주제에 감히 누구를 넘봐. 네가 뭔데 인생이 구만리 같은 내 딸 인생을 망치려 들어!"

엄마의 손이 다시 번쩍 위로 치켜 올라갔다. 연지가 비명을 지르며 엄마에게 달려들었다. 위로 번쩍 치켜 올라간 엄마의 손을 낚아채듯 부여잡았다.

"뭐 하는 짓이야! 안 돼, 엄마, 그러지 마!"

"이거 놔. 너야말로 뭐 하는 짓이야! 뭐? 이놈 없으면 네가 죽는다고? 그래서 이놈한테 간다고? 찾지 마? 딸 하나 없는 셈 쳐? 그게 엄마한테 할 소리야! 그따위 편지 하나 달랑 써놓고 도망치면 엄마가 오냐, 그래라, 하고 내버려 둘 줄 알았어? 내가 널 어떻게 키웠는데, 네가 어떤 딸인데!"

"잘못했어요. 엄마, 내가 잘못했어. 하지만 어떻게 해. 엄마가 우리 사랑을 이해해 줄 것도 아니고, 허락해 줄 것도 아니잖아. 이렇게 나올 게 뻔한데, 그럼 어떻게 해! 난 이 사람 아니면 안 되고, 엄마는 그걸 절대로 가만 두고보지 않을 거잖아. 그럼 서로 악에 받쳐 원망밖에는 안 하게 될 거라고. 나, 엄마 미워하기 싫어. 그런데 엄마가 자꾸 이러면, 이 사람한테 못 가게 하면 난 엄마 미워할 수밖에 없어. 엄마를 미워하지 않기 위해서, 엄마도 살고, 나도 살기 위해선 그 방법밖에는 없었다고!"

엄마의 눈이 부들부들 떨렸다.

"오냐, 차라리 미워해. 그게 나아. 너, 저런 놈 병수발이나 들면서 평생 고생만 하면서 사는 꼴 보느니 차라리 그게 오만 배는 더 낫다!"

"엄마!"

"왜, 또 저놈 아니면 죽겠다는 말 하려고? 그럼 차라리 죽어! 이 꼴 저 꼴 보느니 차라리 그게 더 나아. 아니 우리 이 참에 혀 콱 깨물고 같이 죽자. 나는 너, 그렇게 사는 꼴은 절대 못 봐. 내가 너 그렇게 살라고 이제껏 키운 줄 알아. 가진 것 없고 배운 게 없어서 고생만 시켰지만, 그래도 네가 이러면 안 되지. 어떻게 남자 때문에, 그것도 몹쓸 병 걸린 해괴한 놈 때문에 엄마 가슴에 대못을 박아! 나는 그렇게는 못 살아. 나는 죽어도 너 그렇게 사는 꼴은 못 봐. 네가 왜, 뭐가 모자라서!"

엄마가 소리치며 연지의 어깨를 마구 흔들었다. 연지가 울며불며 소리쳤다.

"그래서 미안하다고 했잖아. 딸 하나 없는 셈 치라고 했잖아! 엄마, 제발 그만해. 이러지 말아요. 내가 이렇게 빌게. 제발!"

무참하게 일그러진 노다의 눈이 질끈 감겼다. 바닥에 털썩 무릎을 꿇었다.

"죄송합니다. 정말 죄송합니다, 어머니."

뒤에서 들려온 그의 참담한 음성에 연지의 얼굴이 휙, 뒤로 돌아갔다. 차가운 맨 바닥에 대역 죄인처럼 무릎 꿇고 앉아 있는 그의 모습이 시야에 돌진하듯 들어와 박혔다. 연지의 입에서 소리 없는 비명이 터져 나왔다.

그가 허락은 결코 받을 수 없겠지만, 그래도 자신이 엄마를 직접 만나 뵙고 사죄하고 용서를 구해야만 한다고 했을 때, 엄마 앞에서 무릎 꿇고 빌기라도 하겠다는 건가 싶기는 했었다. 만약 그가 무릎을 꿇는다면 그녀도 그 옆에서 무릎을 꿇으리라, 마음도 먹었다. 그러나 그가 진짜 무릎을 꿇을 줄은 몰랐다.

'싫어. 이건 아니야!'

경악한 연지는 엄마를 뿌리치고 노다에게 달려갔다.

"왜 이래요, 이러지 말아요, 노다 씨. 일어나요. 당신이 왜 나 때문에 무릎을 꿇어. 싫어. 난 당신 이러는 거 싫어. 일어나, 빨리 일어나라고요!"

연지가 그의 팔을 마구잡이로 잡아당겼다. 그러나 노다는 꿈쩍도 하지 않았다. 가슴이 무너지도록 먹먹한 미소를 지으며 그녀를 바라볼 뿐이었다.

"괜찮아, 연지야. 난 괜찮으니까 잠깐만, 응?"

엄마의 손찌검에 안 그래도 피부가 벌겋게 벗겨진 상처가 제대로 터진 모양이었다. 붉은 핏물에 발갛게 물들어가던 붕대는 이미 빈 곳을 찾아볼 수 없을 만큼 붉게 물들어 버렸고, 급기야 새하얀 피부를 붉게 적시며 턱 아래로 뚝뚝 떨어지고 있었다. 비명을 내지른 연지의 무릎이 중심을 잃고 풀썩 꺾였다. 그의 앞에 무너지듯 주저앉아 벌벌 떨리는 손으로 허겁지겁 주르륵 흘러내리는 핏물을 닦아냈다.

"어떻게 해! 노다 씨, 피, 피가 너무 많이 나. 아, 안 되는데. 노다 씨 피 흘리면 안 되는데…… 일어나요, 빨리 집에 가서 치료해야 한단 말이에요. 빨리, 빨리 일어나요, 제발."

노다가 자신의 피에 젖어가는 그녀의 벌벌 떨리는 손을 지그시 감싸 잡았다. 심연처럼 깊고 안타까운 시선으로 그녀를 바라보며 고개를 가로저었다.

"괜찮다니까."

피가 줄줄 흘러내리는 제 상처는 신경도 쓰지 않고 사색이 되어 펑펑 울고 있는 그녀의 눈물만 가슴 아파 거듭 지워냈다.

"울지 마. 네가 울면 내 여기가 너무 아파. 아파서 숨을 쉴 수가 없어."

연지가 꺽꺽거리며 애원했다.

"어, 안 울게요. 나 이제 안 울어. 그러니까 노다 씨도 이러지 마요. 우리, 그만 집에 가자, 응?"

갑자기 제 앞에 무릎을 꿇은 노다에게, 자신의 손찌검에 왼쪽 뺨이 금세 핏덩이가 되어가는 몰골에 기겁하고 당황해서 멈칫 굳어버렸던 엄마가 번뜩 정신을 차리고 다시 소리쳤다.

"가, 가긴 어딜 가! 저 집이 왜 네 집이야."

그러나 엄마의 성난 외침은 어느새 한풀 꺾여 바들바들 떨리고 있었다. 두려운 듯 원망스러운 눈빛으로 노다를 노려보았다.

"내, 내가 왜 그쪽 어머니예요. 난 당신 같은 사람 몰라."

노다가 시선을 돌려 엄마를 올려다보았다. 그러나 노다는 너무 죄스럽고 염치가 없어 그녀를 오래 쳐다볼 수 없었다. 고개를 툭 떨구고 진심을 다해 다시 한 번 사죄했다.

"죄송합니다, 어머니."

엄마가 악에 받쳐 소리쳤다.

"어머니라고 하지 말라니까! 소, 소름 끼친다고요, 알았어요? 그리고 뭐가 죄송하다는 거예요. 그걸 아는 사람이 이런 짓을 벌여요! 죄송한 줄 알면 죄송한 짓을 하지 않으면 될 것 아니에요. 지금 한 말이 진심이라면 말로만 그러지 말고 당장 내 딸한테서 떨어져요. 내 딸을 돌려달라구요!"

"그럴 수 없기에 죄송하다는 겁니다."

뭐라고! 엄마의 두 눈이 경악과 분노로 불타올랐다.

"어머니 말씀이 다 맞습니다. 저 같은 놈이 연지를 욕심낸다는 것은 절대로 용서받을 수 없는 짓입니다. 뻔뻔하고 파렴치한 일이죠. 약도 없는 망측한 병에 걸려 언제 병세가 악화되어 죽을지도 모르고, 악화가 안 된다고 할지라도 평생 어둠 속에서 살 수밖에 없는 놈이 최소한의 양심이라도 있다면 절대 그래서는 안 되죠. 저도 압니다. 그래서 저도 처음에는 연지에게 향하는 마음을 어떻게든 막아보려고 했습니다."

'죽을지도 몰라?'

병세가 악화되면 죽기도 하는 병이란 말인가! 맙소사! 엄마는 기겁했다. 저녁 때 연지는 그런 말은 일절 하지 않았다. 그저 아직 치유약이 없는 희귀병일 뿐이라고만 했었다. 햇빛만 피하고 살면 생명이 위험해지는 일 같은 것은 없다고.

그런데 뭐? 죽기도 해? 세상에! 그럼 그렇지. 그럴 줄 알았다. 그렇게 위험한 병이니까 암도 고치는 세상에 마땅한 치료약도 없는 거겠지. 정상적인 생활을 못하고 귀신처럼 해 떨어져서만 돌아다닐 수 있다는 사실만으로도 기겁해선 그 따위 괴상망측한 병에 걸린 놈하고 붙어 살면 고생문이 훤하다, 내 딸이 왜 그런 고생을 하고 살아야 되나 싶어서 뜯어 말린 것인데, 이제 보니 그뿐만이 아니었던 거다.

'미친년! 그런데도 저놈이 그렇게 좋다는 거야. 언제 죽을지도 모른다는데? 미쳤어. 저게 미쳐도 단단히 미쳤어!'

억장이 무너진 엄마는 너무 기가 막혀 말도 나오지 않았다.

노다가 무겁게 침잠한 음성으로 계속 말을 이었다.

"하지만 결국 이렇게 되고 말았습니다. 연지에게 향하는 마음을 더는 막을 수도, 부정할 수도 없게 되어버렸습니다. ……연지를 사랑합니다. 그 무엇과도 바꿀 수 없을 만큼, 제 모든 것을 바쳐 연지를 사랑합니다. 물론 제 사랑은 이기적이고 염치없는 사랑입니다. 어떤 말로도 결코 용서받을 수 없는 죄입니다."

연지가 흐느끼며 고개를 가로저었다.

"아니에요, 그런 말 하지 말아요. 당신이 왜…… 아니야."

"그래서 감히 어머니께 제 사랑을, 우리의 사랑을 인정해 달라, 허락해 달라는 말씀은 못 드립니다. 제가 아무리 뻔뻔하고 나쁜 놈이라고 해도 어떻게…… 그럴 수는 없죠. 하지만 어머니, 이거 하나만은 약속드릴 수 있습니다. 제 남은 생을 걸고 약속하겠습니다. 제 모든 것을 걸고 연지를 지키겠습니다. 제 숨이 끝날 때까지 그녀를 사랑하겠습니다. 그녀가 원하는 일이라면, 그녀를 웃게 할 수 있는 일이라면 그것이 무엇이든지 상관없이 제가 할 수 있는 모든 것을 다 할 겁니다."

노다가 시선을 들어 자신을 붙잡고 울고 있는 연지를 사무치도록 바라보았다.

"연지를 만나기 전의 저는 살아 있었어도 살아 있는 것이 아니었습니다. 그런데 연지가 저를 다시 살아 숨 쉴 수 있게 해줬습니다. 그녀로 인해 처음으로 살아 있음에 감사하는 마음을 갖게 되었습니다. 연지가 저를 두드리고 깨웠죠. 그녀를 만난 것은 기적이었습니다. 이제 연지는 제 생의 전부이고 심장이 되었습니다. 그녀가 웃으면 저도 웃고, 그녀가 울면 저도 울 수밖에 없습니다. 그녀가 없으면 저도 없습니다."

노다가 천천히 시선을 돌려 하얗게 질려 바들바들 떨고만 있는 엄마를 올려다보았다.

"그래서 어머니, 결코 용서받을 수 없는 죄인 줄 알면서도 저는 기꺼이 그 길을 선택할 수밖에 없습니다. 심장을 잃고서는 한순간도 살 수가 없으니까요. 연지도, 저도 서로가 아니면 안 되게 되어버렸으니까요. 어떤 말로도 어머니께 용서를 구할 수 없다는 것, 잘 압니다. 어머니께 이 모든 말들이 그저 가증스러운 변명으로밖에 들리지 않으리라는 것도 잘 압니다. 그래서 이 말밖에는 달리 드릴 말씀이 없습니다. ……죄송합니다. 죄송합니다. ……정말 죄송합니다, 어머니."

노다의 얼굴이 다시 아래로 툭 떨어졌다. 그와 동시에 바들바들 떨고만 있던 엄마의 몸이 끈 떨어진 연처럼 바닥으로 무너지듯 떨어졌다. 놀란 연지가 뒤를 돌아보며 '엄마!' 하고 소리쳤다.

무너진 엄마의 마른 등이 사시나무처럼 떨리며 들썩거렸다. 새끼 잃은 어미의 울부짖음과도 같은 처절한 오열이 웅크린 엄마에게서 쉴 새 없이 터져 나왔다. 엄마가 엉금엉금 기어 노다와 연지를 향해 다가왔다. 엄마가 비틀거리는 몸을 간신히 바로 세워 그 앞에 무릎을 꿇고 엎드렸다.

"흐흐흐흑, 내, 내가 이렇게 빌게요. 제발 우리 연지 좀 놔줘요. 그쪽이 놔주면 우리 연지도 어떻게든 맘을 잡을 수 있을 거예요. 우리 연지를 그토록 사랑한다면 제발……. 그렇게 사랑한다면서 왜 사랑하는 여자를 같이 사지로 끌고 가려고 해요. 그쪽 잘못되면 우리 연지는 어떻게 살라고. 그건 아니잖아요. 그런 게 무슨 사랑이야."

"엄마."

"그쪽한테 막말한 거 미안해요. 아픈 사람한테 그렇게 모질게 말하면 안 되는 건데, 손찌검한 것도 내가 다 잘못했어요. 내 잘못이에요, 다 내 죄야. 내가 많이 배우질 못해서 그래요. 못나고 어리석어서, 못난 어미여서. 그러니까 억울하고 분풀이하고 싶은 거 있으면 다 나한테 해요. 내가 다 받아줄게요. 하지만 우리 연지는 안 돼요. 쟤가 어떤 앤데, 나한테 어떤 딸인데…….”

엄마가 떨리는 손을 뻗어 매달리듯 노다의 무릎을 움켜잡았다.

“나도 쟤 없으면 안 돼요. 애들 아빠 먼저 앞세우고 내가 누구를 믿고 살았는데. 연서 그거는 철이 없어서 큰딸 구실도 못하고, 내가 의지할 데라고는 쟤밖에 없었어요. 그런데 내가 저걸 무진장 고생만 시켰다고요. 그래도 우리 연지, 이날 이때껏 힘들다는 불평 한 마디 하지 않고, 말썽 한 번 피운 적이 없는 애였어요. 무식한 엄마, 철없는 언니를 저가 다 보살피고 그러면서도 공부든 뭐든 제 일이라면 뭐든 다 똑 소리 나게 척척 해내는 대견하고 자랑스러운 딸이었다고요. 그래서 내가 저걸 얼마나 믿고 의지했는데, 내가 쟤한테 지은 죄가 얼만데…….”

엄마는 피를 토하듯 오열하며 고개를 세차게 가로저었다.

“그런데 나보고 저게 평생 아픈 남자 보살피며 사는 꼴을, 맘 고생하며 사는 꼴을 또 보라고요? 아이고, 나는 그렇게는 못 하겠네요. 저거 불쌍해서, 미안해서 그렇게는 못 하겠어. 내가 빌게요. 우리 연지 좀 놔줘요. 가라고 모질게 좀 내쳐 줘요. 그럼 내가 틈틈이 와서, 아니 아예 예 들어와서 진심으로 그쪽 보살피며 살게요. 밥도 하고, 청소도 하고 내가 할 수 있는 거라면 뭐든 다 할게요. 그쪽 아픈 거 다 나을 때까지, 아니 그쪽 어떻게 잘못되지 않도록 내가 정성을 다해서, 응? 그러니까 제발 저 가엾은 거, 그 짝하고의 일 다 잊고 밖에 나가서 저 하고 싶은 거 원 없이 다 하고 날개 활짝 펴고 살라고, 제발 그렇게 좀 말해 달라고요."

질끈 감은 노다의 눈에서 비통한 눈물이 주르륵 흘러내렸다. 연지가 이를 악물고 애처롭게 애원했다.

"엄마, 그만해. 제발 그만. 엄마 마음 다 알아. 하지만 그건 내가 원하는 삶이 아니야. 내가 진짜 원하는 건 그게 아니라고. 내가 원하는 건 이 사람하고 함께하는 거야. 그것 외에는 아무것도 필요 없어. 다 무의미할 뿐이라고. 난 이제 이 사람 없으면 안 돼. 이 사람 없으면 내가 죽는다고. 그러니까 엄마, 제발 그만…… 미안해. 정말 미안해."

너무 죄송해서, 제 자신이 너무 뻔뻔하고 염치가 없어서 끅끅, 오열을 참는 노다의 입에서도 연신 같은 읊조림만 흐느낌처럼 가늘게 흘러나왔다.

"죄송합니다. 죄송합니다."

한 덩이가 되어 통한의 오열만 끊임없이 터뜨리는 세 사람의 주변으로 스산한 바람이 흐느끼듯 스쳐갔다. 검은 하늘에 떠 있는 달도, 바람도, 나무도 모두 그들과 함께 숨죽여 울었다.

서럽고 애달픈 밤이 깊어가고 있었다.

그 와중에도 시간은 오늘보다는 나은 내일, 새로운 바람을 꿈꾸는 삶을 향해 쉼 없이 달려가고 있었다.

11장

전쟁처럼 뜨거웠던 더위도 9월 중순이 되자 드높은 하늘과 청
신한 바람에 자리를 내어주고 슬그머니 뒤로 물러났다. 아침저녁
으로 쌀쌀해진 날씨에 연지와 노다는 연일 서로의 옷깃을 여며주
며 따스한 체온 속에서 함께 잠들고 함께 깨어났다. 그렇게 함께
하는 시간이 하루하루 켜켜이 쌓여갈수록 두 사람의 사랑은 더
욱 단단해져 갔다.

토요일 저녁. 두 사람은 변함없이 해가 지기 무섭게 산을 내려
와 서울로 향했다. 연지의 엄마를 만나기 위해서. 한 달 전 그 일
이 있고 난 후부터 매주 이어오고 있는 두 사람만의 약속이었다.

그날 새벽. 엄마는 끝내 정신을 잃고 쓰러지고 말았다. 두 사
람은 쓰러진 엄마를 안고 황급히 응급실로 달려갔다. 겨우 의식

을 차린 엄마는 아무 말 없이 계속 눈물만 흘리셨다. 그 앞에서 연지도, 노다도 아무 말 없이 눈물만 흘렸다.

어느 누구도 섣불리 입을 열지 못했다. 그저 서럽고 아픈 눈으로 서로를 바라보며 애끓는 한숨과 눈물만 토해낼 뿐이었다. 그렇게 하루가 지나고 이틀이 지나갔다. 연지는 자신의 손을 그악스러울 만큼 꽉 움켜쥐고 창밖만 보며 눈물 흘리는 엄마의 곁을 지켰고, 노다는 해가 뜨면 근처 모텔로 자리를 옮겼다가 해가 지면 돌아와 그녀와 함께 병실을 지켰다.

그가 자리를 비울 수밖에 없었던 그 시간 동안 엄마와 연지 사이에 무슨 얘기가 오갔는지 노다는 알 수가 없었다. 하나 그는 굳이 묻지 않았다. 연지도 굳이 이야기하지 않았다.

사실 연지는 그에게 딱히 할 말이 없기도 했었다. 그 시간 동안 엄마와 그녀는 입 밖으로는 한마디도 나누지 않았으니까. 그저 서로의 손을 잡고 서럽고 안타깝게 흐느껴 울기만 했었다. 말이 아닌 마음으로 엄마에게 용서를 구하고 또 구했었다.

그리고 약속했다.

그와 꼭 행복해지겠노라고.

'미안해, 엄마. 정말 미안해.'

이틀 후. 한숨과 눈물이 마르지 않던 그 서글픈 병실을 나오던 날, 엄마는 한시도 놓지 않고 움켜잡고 있던 딸의 손을 마침내 자진해서 놓아주고 혼자 서울로 올라갔다. 사실 엄마는 병실에 누워 있던 동안, 몸을 추스르는 대로 연지를 데리고 서울로 올라갈 생각이었다. 딸아이와 철천지원수가 되는 한이 있더라도 노다와 다시는 만나지 않겠다는 약속을 받아낼 때까지 방에 가둬두고 싶었다. 노다가 연지를 찾을 수 없도록 어딘가로 멀리 보내고 싶기도 했었다.

그런데…… 그럴 수 없었다. 밤낮으로 들려오던 딸아이의 애원이, 애끓던 그 절규가 엄마의 가슴에 한처럼 쌓여 버렸다. 그 가슴 가득 쌓여 버린 한이 매 순간 엄마의 심장을 난도질해댔다. 숨을 쉴 수 없을 만큼 아프고 고통스러웠다. 목이 메어 꺽꺽거리는 짐승의 울음소리 외에는 어떤 말도, 어떤 애원도 더 이상은 할 수가 없었다.

딸아이의 심장 역시 찢어지고 부서져 피눈물을 흘리고 있다는 것을 알기에. 그런 딸아이에게 그 고통을 주고 있는 사람이 다름 아닌 어미인 자신이라는 것을 알기에. 그럼에도 연지의 마음이 결코 변하지 않으리라는 것을 알기에. 엄마의 가슴은 비통함에 더욱 무너졌었다.

그럼에도 불구하고 어미가 되어 빤히 보이는 고통 속으로, 네가 정 그렇게 원한다면 어디 한번 네 뜻대로 해봐라 하고 자식을 불구덩이 속으로 밀어 넣을 수는 없는 것 아닌가 그런 생각이 들었더랬다. 그런데 오늘 새벽에 불현듯 정반대의 다른 생각 하나가 불쑥 들어버렸다. 이렇게 붙잡고 있는 것이 딸아이를 더 큰 고통과 아픔으로 밀어 넣는 것이라면…… 그래서는 안 되는 것 아닌가 하는 생각이.

어미 가슴이 무너지고 부서져 가루가 되는 한이 있어도 자식

눈에 흐르는 저 눈물은 닦아줘야 하는 것 아닌가. 말 그대로 어미라면, 아무리 못나고 어리석은 어미라도 자식이 저토록 원한다는데, 그 사랑이 아니면 절대 안 된다는데, 그 사랑이 아니면 저가 더 죽겠다는데, 그 사람과 있어야만 비로소 눈물을 거두고 웃을 수 있다는데…….

그제야 절규하듯 소리 없이 울기만 하던 딸이 노다만 보면 눈물을 거두고 서럽도록 예쁘게 웃는 모습이 눈에 들어왔다. 그와 한 공간에 함께 있다는 사실만으로도 딸아이가 안도하고 마음의 안식을 찾는 것이 느껴졌었다.

침대 곁을 지키고 있는 딸아이와 차마 가까이 다가오지는 못하고 멀찍이 떨어져 밤새 사랑하는 이를 바라보는 노다 사이에 흐르는 질기고 깊은 사랑의 감정이 서럽도록 느껴져 버렸다.

하여 엄마는 한처럼 쌓일 선택을 할 수밖에 없었다. 내 가여운 새끼 눈에서 피눈물이 흐르는 것만은 더 이상 볼 수가 없어서. 그래, 고통과 아픔은 모두 이 못난 어미의 몫. 앞으로 닥칠 연지의 고통도 할 수만 있다면 모두 자신이 대신 짊어져 줄 수 있으면 좋겠다, 제발 그렇게 해달라고 신께 간절히 기원했다.

그때까지만 우리 딸, 부디 행복하게 잘 살 수 있게 해달라고. 원 없이 사랑하고 사랑받으며 마음껏 웃으며 살 수 있게만 해달라고. 부디 그 시간을 오래, 아주 오래오래 이어질 수 있게만 해달라고 빌고 또 빌었다.

그리고 그 시간이 끝났을 때…… 우리 딸이 너무 아파하지 않게만 해주세요. 원 없이 사랑하고 사랑받으며 살았던 행복한 추억을 안고, 그 추억으로 무너지지 않고 꿋꿋하게 살 수 있게만 해 주세요.

그렇게만 될 수 있다면 나는 아무래도 좋습니다. 가슴이 무너지는 이 고통 따위, 얼마든지 견딜 수 있어요.

하여 엄마는 이를 악물고 스스로에게 다짐했다.

견디자. 견뎌내야만 한다. 그래야 나중에 울다 지쳐 돌아올 내 새끼, 어미 곁에서라도 편하게 쉬게 해줄 수 있을 것 아닌가.

그날이 오면 수고했다고 그 가엾은 어깨를 두드려 주리라. 아무 말 없이 꼭 안아주리라.

가여운 내 새끼, 불쌍한 내 새끼.

엄마는 그렇게 울음을 삼키며 떨어지지 않는 걸음을 억지로 돌렸다. 죽을힘을 다해 작심한 마음이 행여 무너져 버릴까 봐, 연지의 얼굴을 똑바로 바라보지도 못했다. 대신 놓아지지 않는 손을 가까스로 딸아이에게서 떼어내고 처음으로 노다의 손을 꼭 잡았다.

찰나에 지나지 않을 만큼 아주 짧은 순간이었지만 엄마는 그렇게 핏기 없는 새하얀 손을 잡고 간절하게 빌고 또 빌었다.

'노다 군. 그래요, 내가 졌어요. 더 이상은 두 사람 사랑, 막지 않을게요. 대신 남은 생 동안 우리 연지만 사랑하고 행복하게 해주겠다는 약속, 그것만은 꼭 지켜줘요. 가여운 내 새끼, 더 이상 울지 않게 하겠다는 약속도 꼭 지켜줘요. 항상 웃게 해주겠다는 약속도 꼭 지켜줘야 돼요. 그리고 ……부디 아프지 말아요. 힘들겠지만 사력을 다해서 오래 오래 살아줘야 돼요.'

우리 연지, 잘 부탁해요.

그렇게 엄마는 소리 없이 울며 따라나서는 연지와 노다를 손을 들어 완강히 막고서는 혼자 서울로 올라갔다.

그날 이후로 연지와 노다는 매주 토요일마다 반찬가게로 엄마를 찾아온다. 엄마는 그런 두 사람을 아직 똑바로 바라보지 못한다. 그날 자신이 내렸던 결정이 과연 딸아이를 위한 최선이었는지, 아직도 혼란스럽기 때문이다.

때문에 엄마는 반기지도 않는 자신을 고집스레 찾아오는 두 사람의 방문이 영 반갑지 않았다. 엄마의 가슴은 여전히 아프고 쓰라렸다. 연지를 생각하면 매 순간 가슴이 무너져 내렸다. 그때마다 엄마의 마음은 하루에도 수백 번씩 뒤바뀌었다. 혼란스러운 미련과 후회가 한처럼 계속 쌓여만 갔다.

그런데 그런 연지가 매주 토요일 밤마다 그녀를 고집스레 찾아온다. '엄마!' 하고 가게 문을 열고 들어오는 연지를 볼 때마다 울컥 눈물이 치솟았다. 애써 환하게 웃는 딸아이 앞에서 어미라는 게 눈물을 보일 수는 없어서 그녀는 냉큼 뒤돌아 눈물을 훔쳤다. 하루에도 수백 번씩 뒤바뀌는 혼란에 끝내 딸아이의 손을 잡고 또 다시 패악질을 해댈까 두려워 차마 연지의 얼굴을 똑바로 보지 못했다.

당연히 노다의 얼굴도 쳐다보지 못했다. 엄마는 시선을 돌린 채 문을 닫는다, 어쩐다, 수선을 피우며 늘 두 사람에게서 멀찍이 떨어져 허공만 바라보았다. 그렇게 세 사람은 한 시간이고 두 시간이고 아직은 힘들고 고통스럽기만 한 시간을 매번 똑같이 흘려보냈다.

그러고는 '또 올게' 하고 돌아가는 딸아이와 노다의 뒷모습을 엄마는 창문 너머로 하염없이 바라보았다. 두 손 꼭 맞잡고 서로를 의지하며 걸어가는 두 사람의 모습을. 그제야 엄마는 마음껏 목청 놓아 울며 안도의 숨을 내쉬었다.

"다행이다, 정말 다행이야."

안 보는 척하면서 곁눈질로 훔쳐 본 딸아이의 얼굴은 엄마에 대한 걱정과 죄스러움으로 간간이 무거운 한숨을 내쉬면서도 저번 주보다 좋아 보이는 것 같았다. 늘 한결같은 진중함으로 자리를 지키고 서 있던 노다의 얼굴도 우려했던 것과 달리 더 건강해 보이는 것 같았다. 복사꽃처럼 활짝 핀 딸아이의 얼굴에 엄마는 신께 감사하며 가슴을 쓸어내렸다.

그렇게 엄마는 오늘도 울며 웃으며 하루를 마감했다. 그리고 제발 눈물 따위는 그만 흘리라고, 어서 다시 힘을 내라고 스스로를 채찍질했다. 그래야만 다음 주에도 오늘보다 더욱 활짝 피어 있을 우리 딸아이의 얼굴을 보다 오래, 많이 볼 수 있을 것 아닌가. 엄마는 단단히 말아 쥔 주먹으로 온 얼굴을 흥건히 적신 눈물을 싹싹 지워내고 힘차게 가게를 나섰다. 집으로 걸어가는 엄마의 가녀린 어깨가 간간히 들썩거렸다.

"끙."

또다시 찾아온 고난의 시간에 노다의 입에서 절로 앓는 소리가 흘러나왔다. 그의 품에 안겨 잠들려던 연지가 깜짝 놀란 토끼눈을 하고 그를 올려다보았다.

"왜 그래요? 어디 안 좋아요?"

노다가 얼른 고개를 가로저었다.

"아니."

아니긴 뭐가 아니란 말인가. 며칠 전부터 부쩍 잠들 때마다 어딘가가 불편한지 뒤척이며 끙끙 앓는 소리를 내는 빈도수가 잦아진 그였다. 그런데도 왜 그러냐고 물어보면 매번 아니라고만 한다. 안 되겠다. 오늘은 그 이유를 꼭 알아내고 말리라. 혹시 그가 아픈 것을 감추고 있는 것은 아닐까, 걱정이 된 연지는 심각해진 얼굴로 상체를 일으켰다.

"노다 씨."

"응?"

"솔직하게 말해줘요."

도둑이 제 발 저리다고 찔끔한 노다가 마른침을 꿀꺽 삼켰다.

"뭐, 뭘?"

"어디가 어떻게 아픈지, 불편하면 어디가 불편한지 솔직하게 말해 달라고요. 우리, 비밀 같은 거 안 만들기로 했잖아요."

노다가 커다래진 눈을 끔벅거렸다. 이런, 그녀가 단단히 오해를 한 모양이다. 그녀가 걱정하는 이유 때문은 결코 아닌데.

"그런 거 아니라니까. 너도 알잖아. 나 요즘 컨디션 좋은 거. 엊그제 받은 검사 결과도 좋았고. 걱정하지 마. 네가 걱정하는 그런 거 아니니까."

"그런데 왜 요즘 자려고 눕기만 하면 계속 끙끙거려요? 뭔가
이상이 있으니까 그런 거 아니에요. 말해요. 어디가 불편한지."

연지가 당황해서 눈동자를 굴리는 그의 안색을 살피며 시선을
다리 쪽으로 내렸다.

"혹시 다리 저려요?"

그녀가 읽어본 책에 따르면, 포르피린증의 증상 중에는 복통
이나 사지의 동통으로 유발되는 경미한 마비 등이 가장 흔하고
기본적이라고 적혀 있었다. 연지는 이제 포르피린증이라면 웬만
한 의사들보다도 더욱 해박한 지식을 자랑할 정도의 수준이 되었
다. 어디 증상뿐인가. 아직 정확하게 규명되지 않은 원인이나 반
드시 경계하고 피해야 할 것들부터 현재 시행되고 있는 치료방법
과 연구 중인 치료약까지 모두 주르륵 꿰고 있었다. 어쩌면 노다
본인보다도 그녀가 그의 병에 대해서 더욱 많은 것들을 알고 있
지 않을까 싶다.

연지는 두말 할 것 없이 시트를 젖히고 그의 다리로 손을 뻗었
다.

"그러게 운동 좀 적당히 하라니까. 요즘 너무 무리한다 싶었
어. 과유불급이라는 말 몰라요?"

"과, 뭐?"

유년 시절부터 미국에서 공부한 탓에 한자에는 약한 그가 떨
떠름한 표정으로 되물었다.

"과유불급. 사자성어인데요, 지나친 것은 모자란 것만 못하다

는 뜻이에요. 설계한다고 몇 시간 동안이나 꼼짝도 하지 않고 앉아 있다가 그 다음에는 또 운동한다고 주구장창 뛰고 걷고 거기다가 수영까지. 그러니 근육들이 멀쩡할 리가 있겠느냐고요. 그만 좀 혹사시키라고 반란을 일으키고도 남지."

그녀의 손이 허벅지에 닿자, 소스라칠 듯이 움찔 놀란 그가 펄쩍 뛰며 황급히 다리를 뒤로 뺐다.

"그런 거 아니라니까."

과도한 운동 탓이라니, 말도 안 되는 얘기다. 그녀와 함께 살기 시작한 뒤로 운동 시간을 반으로 대폭 줄였다. 그녀와 조금이라도 더 알콩달콩 함께 있고 싶어서. 물론 운동도 그녀와 함께하기는 한다. 그러나 운동할 때는 그녀의 손을 계속 잡고 있지 못하질 않나. 그래서 설계하는 시간이나 운동하는 시간도 줄였는데, 무슨.

연지가 실눈을 뜨고 계속 '그런 거 아니다'라는 말만 반복해대는 그를 찌릿, 째려보았다.

"그럼 대체 왜 그러는 건데요? 내가 납득할 수 있는 이유를 대봐요. 무조건 아니다, 괜찮다는 말만 하지 말고."

노다는 속으로 폭, 한숨을 내쉬었다. 아무래도 오늘은 그냥 넘어가기는 영 힘들지 싶다. 연지가 저렇게 눈에 쌍심지를 켜고 작심하고 나오면 아무도 그녀를 당해내지 못한다.

그가 목숨처럼 사랑하는 여자는 참으로 많은 얼굴을 가지고 있다. 한없이 여리고 순수한 얼굴도 있고, 개구쟁이 왈가닥의 얼굴도 가지고 있으며, 당차고 당돌한 모습도 있는가 하면 지금처럼 카리스마 돋는 무시무시한 얼굴도 가지고 있다. 그 외에도 무수히 많은 얼굴을 가지고 있는데, 그중에서 최고를 꼽으라면, 그것은 단연 사랑하지 않고는 배기질 못할 만큼 햇살처럼 눈부신 환한 미소를 짓고 있는 얼굴이었다.

물론 그는 그런 연지의 모든 얼굴을, 그녀의 모든 것을 사랑한다. 한순간도 그녀에게서 시선을 뗄 수가 없다. 매 순간, 일 분일 초마다 그녀에 대한 사랑은 깊어만 간다. 덕분에 그는 세상에서 가장 행복한 남자가 되었다. 저주받은 운명이라고 원망만 했던 그의 인생은 이제 무엇과도 바꿀 수 없는 축복이 되었다.

기적.

기적이라는 단어 외에는 지금의 이 행복을 달리 설명할 길이 없었다. 그는 연지 덕분에 세상에서 가장 행복한 남자가 되었으며 남들은 한 번 경험하기도 힘든 기적을 매 순간 경험하고 있었다.

하지만 이 믿기 힘든 기적이 가끔은 그를 속 시원히 설명할 수 없는 난감한 상황에 빠지게 만들기도 한다. 아이러니하게도 사랑하는 그녀와 함께 잠들기 위해 누운 가장 행복한 순간인 지금이 그에게는 바로 그런 순간이었다. 이유를 설명하자면 좀 길고 복잡한데, 간단히 말하자면 그녀를 간절히 원하면서도 선뜻 안을 수 없다는 것이 그 이유였다. 그리고 그 이유 같지 않은 이유의 주된 원인은 오롯이 심리적인 문제 때문이었다. 육체적 문제는 결단코 아니었다.

그동안—두 사람이 어머니의 묵인 하에 동거에 들어간 지가 어느새 벌써 두 달이 다 되어가고 있었다— 두 사람은 한 집에서 살면서 한 시도 떨어져 있어본 적이 없었다. 기본적인 생리 활동이나 샤워 할 때 외에는 껌 딱지처럼 서로에게 딱 붙어서 잠시도 떨어지지 않았더랬다. 식사할 때나 운동할 때는 물론 잠 잘 때도 두 사람은 항상 함께였다.

그럼에도 불구하고 두 사람은 아직 뼈와 살이 타는 육체적 사랑은 단 한 번도 나눠본 적이 없었다. 매번 서로를 꼭 끌어안고 잠들면서도 말이다. 그렇다고 혹시 두 사람이 아가페적인 사랑에 너무 심취해서 에로스적인 사랑을 등한시하는 거 아니냐고 생각한다면 그건 명백한 오산이었다. 한마디로 말하자면 두 사람은 서로를 끔찍이 사랑하는 만큼 육체적으로도 서로를 간절히 원하고 있었다.

다만 한쪽은 오랜 강박과 두려움을 아직 온전히 떨치지 못해 꾹꾹 참고만 있는 중이었고, 또 다른 한쪽은 그런 상대의 혹시 모를 건강과 기분을 살피며 조심조심 기회를 넘보고 있을 뿐이었다. 물론 전자는 노다였고 후자는 연지였다. 그리고 둘 중에 더욱 절박하고, 더욱 괴로운 사람은 노다였다.

목숨보다 사랑하는 연지를 안고 잠자리에 든 지금, 노다는 너무도 괴로웠다. 그녀의 달콤한 입술에 입을 맞추고, 같은 박자로 뛰는 심장을 하나로 맞대고, 비로소 둘이 아닌 하나가 되어 이 기적처럼 찾아온 사랑을 완성하고 싶은데 젠장! 막상 그 순간이 되면…… 여지없이 오랫동안 유전병의 두려움에 떨며 욕망 따위는 참아야 한다고 스스로를 세뇌시켰던 지독한 강박에 사로잡히고 만다.

연지를 만나고 그녀를 사랑하게 된 후부터, 그녀를 놓칠 수 없어 필사적으로 연지를 잡은 순간부터 그 따위 두려움과 강박은 모두 극복했다고 생각했었는데 그것도 아니었었나 보다. 이 고통스러운 병을 그의 대(代)에서 끝내야 한다는 강박이 아직도 내면에서 꿈틀거리고 있는 것 같았다. 다른 사람도 아닌 연지를 자신으로 인해 더럽혀서는 절대로 안 된다는 강박과 두려움이 아직도 뇌리 어딘가에 들러붙어 떨어지지 않고 있었다.

이젠 그만 극복해야만 하는 어리석은 두려움과 강박이라는 것을 그 자신도 잘 알고 있었다. 그런데 젠장! 그게 생각처럼 잘 되지 않는다. 아마도 두려움과 원망만이 전부였던 긴 세월 동안 빌어먹을 그것들이 뼈 속 깊이 새겨진 채 화석처럼 단단히 굳어버린 것이 아닌가 싶다.

그런데 아이러니한 것은 그러한 와중에도 육체만은 그녀한테 예민하게 반응하며 그녀와의 사랑을 간절히 바란다는 점이었다. 노다는 그녀를 뜨겁게 안고 싶었다. 그녀를 얼마나 사랑하고 원하는지 날것의 욕망과 사랑을 오롯이 드러내고 온몸으로 외치고 싶었다. 헌데 오랜 강박에 얽매인 의식이 그런 그를 움켜잡고 쉬이 놔주지 않고 있었다.

그래서 오늘도 그는 여지없이 곤란한 상황에 처해 버렸다. 이러지도 못하고 저러지도 못하는 난감하고 곤혹스러운 상황. 노다는 잠자리에 들 때마다 끙끙대는 이유가 뭔지, 사실대로 말해 달라며 추궁해 대는 연지를 달래느라 다른 의미로 끙끙거리며 연신 진땀을 뺐다. 사실대로 말해주고 싶지만 솔직히 용감무쌍한 그녀에게 멍청한 제 자신이 너무 창피하고 부끄러워서 차마 사실대로 말해줄 수 없기 때문이었다.

아, 무정(?)한 시간아, 제발 빨리 좀 지나가라.

달콤한 열망아, 고집스런 강박아, 이제 그만 다투고 타협 좀 하자. 저러다 우리 연지, 괜한 걱정으로 애가 다 닳겠다.

답답한 한숨 한 번, 안타까운 신음 한 번. 노다는 또다시 속으로 끙끙대며 영문을 몰라 애꿎은 입술만 자근거리며 괴롭히고 있는 연지의 팔을 확 끌어당겨 품에 꽉 안아버렸다.

"어? 뭐 하는 거예요. 놔봐요."

그녀가 바르작거릴수록 더욱 꼭꼭, 품에 끌어안았다.

"정말 별거 아니야."

조금만 더 기다려 줘. 오래 안 걸릴 거야. 꿈쩍 않고 버티는 이 두려운 강박을, 과거의 마지막 잔재를 곧 깨끗이 쓸어버리고 이겨내 보일 테니까. 약속해. 그러니까 조금만, 조금만 더 내게 시간을 줘. 미안해, 연지야.

"사랑해."

미안하다, 고맙다는 말과 동의어가 된 사랑한다는 말만 거듭 반복해 속삭였다. 달콤한 고통을, 기적을 온 힘을 다해 끌어안았다. 달콤한 키스와 다정한 손길로 못내 불안해하는 연지를 달래어 토닥토닥 잠재웠다. 어느새 그도 그녀의 품 안에서 스르르 잠들었다.

깊이 잠들어서도 두 사람은 서로를 보듬어 안은 손을 풀지 않앉다. 서로의 품에서 같은 꿈을 꾸었다.

커다란 느티나무 아래 서로를 의지하며 등을 기대고 앉은 두 사람. 사방은 눈부신 햇살에 반짝이고 있었다. 그러나 그는 안전했다. 바람에 산들거리는 울창한 잎사귀가 그와 그녀를 포근하게 감싸며 안전하게 지켜주고 있었으니까. 따스한 기운만이 사방에 넘실거렸다.

두 사람은 서로의 등에 기대어 책을 보고 있다. 뭐가 그리 즐거운지, 두 사람의 입에서는 연신 웃음이 터져 나온다. 그녀가 재미난 문구를 읽어주면 그가 파안대소하고, 화답하듯 그가 무언가를 읽어주면 그녀가 눈부신 햇살보다도 눈부신 미소를 지으며 웃음을 터뜨린다.

잔디 위로 두 사람의 손이 서서히 하나로 합쳐진다. 손가락들이 하나둘 엮이어 단단히 맞물린다. 희고 커다란 손과 까무잡잡하고 자그마한 손이 온전히 한 덩이로 단단히 맞물렸을 때, 서로를 원하며 돌아선 두 사람의 입술이 당연하다는 듯이 하나로 합쳐진다.

달콤한 미소를 매단 입술들이 서로의 입술에 포개지고 그대로 두 사람은 서로의 숨결을 나눈다. 입술 끝에 매달렸던 미소가 이내 떨리는 한숨으로 바뀐다. 하나로 엮였던 손처럼, 입술처럼 맞닿은 몸이 하나로 포개져 푸른 잔디로 쓰러진다.

그가 그녀에게 자신을 묻는다. 연지는 기꺼이 그런 그를 받아들인다. 사랑이 파도처럼 넘실거리고 한여름의 햇살처럼 뜨거운 열정이 해일처럼 두 사람을 덮친다.

그가 속삭인다.

사랑해, 사랑해, 연지야.

그녀가 속삭인다.

사랑해요, 사랑해요, 노다 씨.

같은 꿈을 꾸는 두 사람의 입가에 설레는 미소가 따스하게 감돌았다. 떨리는 숨을 내쉬며 서로를 꼬옥 끌어안았다.

토요일 저녁이 아님에도 두 사람은 서울로 향했다. 추석 전날이기 때문이었다. 당연히 엄마에게선 오라는 연락을 받지 못했다. 하지만 두 사람은 준비해 둔 선물과 찬합 등을 바리바리 챙겨 엄마와 언니 그리고 아빠가 찾아오실 집으로 향했다.

연지는 아빠가 돌아가신 뒤 처음으로 엄마를 도와 차례 음식을 만들지 못했다. 그러나 혼자서라도 아침부터 바지런히 움직여 이것저것 차례 음식을 만들었다. 옆에서 노다도 정성껏 도왔다. 뒷좌석에 놓인 찬합에는 온종일 그와 그녀가 만든 차례 음식이 가득 담겨 있었다.

하나 어쩌면 저 찬합을 건네주지도 못한 채 차례를 지내지 못하고 쫓겨날지도 모른다. 그래도 두 사람은 가야만 한다고 생각했다.

다른 날도 아닌 바로 추석이니까.

연지는 엄마한테 쫓겨날 땐 쫓겨나더라도 아빠 차례 상에 올릴 음식 한두 개쯤은 그와 자신의 손으로 직접 만들고 싶었다. 정식으로 인정받지도, 환영받지도 못할 그래도 그렇게라도 아빠한테 소개하고 싶었다. 부디 엄마가 그런 그와 자신의 바람을 외면하지 않기를 간절히 바라고 또 바랐다.

두 사람이 서울 집에 도착했을 때, 어스름하던 땅거미는 사라지고 하늘에는 둥근 보름달이 두 사람을 포근하게 감싸고 있었다. 두 사람은 긴장으로 굳어진 얼굴로 서로에게 힘내자는 미소를 지어 보이며 두 손을 꼭 맞잡았다.

"후우."

약속이나 한 듯 두 사람은 속으로 긴장된 숨을 삼키며 낡은 빌라 건물로 들어갔다. 자박자박. 같은 속도로 같은 발을 내디디며 계단을 올라갔다. 3층에 다다르자 연지가 심호흡을 하고 현관 벨을 눌렀다.

"누구세요?"

언니의 음성이 들려왔다.

"언니, 나야. 연지."

언니한테는 이 시간쯤에 도착할 것 같다는 연락을 미리 했었다. 그런 연지를 이제나 저제나 기다리고 있었든 듯 그녀가 대답하기 무섭게 문이 벌컥 열렸다. 모처럼 만난 자매의 시선이 허공에서 뒤엉켰다. 커다래진 언니의 눈가가 금세 붉게 물들었다. 울음을 참는 듯 앙다물린 언니의 입술이 바르르 떨렸다.

언니는 아무 말 없이 연지를 와락 끌어안았다.

"연지야."

"언니."

"……잘 왔어. 잘 왔어, 연지야. 흑."

언니의 눈에서 참고 참았던 눈물이 기어코 터져 나왔다. 언니를 마주 꼭 끌어안은 연지의 눈에서도 눈물이 흘러나왔다. 모처럼 만난 자매는 그렇게 한동안 떨어질 줄 몰랐다.

엄마는 내내 부엌에만 계셨다. 연서가 '엄마, 연지랑 노다 씨 왔어'라고 얘기했을 때도, 연지와 노다가 '저희 왔어요' 하고 인사를 드렸을 때도 엄마는 뒤돌아선 채 고개를 돌리지 않았다. 고집스레 잘 끓고 있는 애먼 갈비만 연신 뒤적거렸다.

그러나 기어코 예까지 찾아왔느냐, 오늘이 어떤 날인데, 어떻게 감히 집에까지 발을 들일 수 있느냐고 화를 내며 두 사람을 쫓아내지는 않았다. 그것만으로도 천만다행이었다. 그것만으로도 고맙고 감사한 일이었다.

엄마는 그저 매주 가게로 자신을 고집스레 찾아왔던 두 사람을 대하던 것처럼, 그렇게 또 묵묵히 두 사람을 견뎌냈다. 연지도, 노다도 그런 엄마를 결코 원망하지도, 서운해하지도 않았다. 그저 죄스러운 마음에 고개만 푹 숙이고 있었다.

연서 혼자 가운데서 쩔쩔맸다. 연지와 노다 손에서 선물과 찬합 등을 받아들며 부러 큰 소리로 말했다.

"그냥 오지. 뭘 이렇게 많이 사왔어."

"별거 아니야. 이 사람이 추석인데, 엄마와 언니 보러 가는데 빈손으로 갈 수는 없다고 하도 성화를 부려서 그냥 이것저것 좀 샀어. 이거하고 이건 엄마 거고, 이거하고 이건 언니 거. 그리고 이건 이 사람하고 차례 음식 몇 개 만들어왔는데…….”

연지는 식탁과 상에 그득 쌓여 있는 음식들을 보고 뒷말을 웅얼거렸다.

“그런데 이미 다 했네.”

연서가 선물들을 바닥에 내려놓고 재빨리 찬합을 하나둘 꺼내 보았다.

“우와, 뭘 이렇게 많이 해왔어. 부침에, 산적에, 나물에, 어머, 아빠가 좋아하시던 육전까지 있네. 너 혼자 이걸 다 했어?”

“아니, 이 사람이랑 같이.”

연서가 한 걸음 뒤에 죄인처럼 우두커니 서 있는 노다를 복잡한 시선으로 한참 동안 바라보았다. 다시 울음이 왈칵 쏟아지려는 것을 꾹 참고 그를 향해 애써 환하게 웃어 보였다.

“애 많이 썼네요. 힘들었겠어요. 고마워요.”

노다의 얼굴이 조금 더 깊이 숙여졌다.

연서가 육전과 각종 부침들이 가지런히 담겨 있는 찬합을 하나 들고 엄마한테 달려갔다.

“엄마, 이거 봐. 연지랑 ……노다 씨가 만들어 왔대. 아빠가 엄청 좋아하시겠다, 그지?”

“…….”

엄마는 한 번 보라며 제 앞에 찬합을 들이대는 연서의 손을 툭 쳐냈다. 당황한 연서가 재빨리 뒤에 서 있는 연지와 노다를 힐끔 쳐다보고는 엄마의 팔을 잡고 애원하듯 작게 속삭였다.

"엄마, 연지네 무안하게 왜 그래. 아까는 연지네 온다고 하니까 다행이라고 눈물까지 흘렸으면서."

"……쓸데없는 소리 하지 말고 그거, 다른 음식들이랑 섞이지 않게 식탁에 따로 갖다 놔."

"엄마."

"어서! 할 일도 많은데 왜 너까지 자꾸 귀찮게 하고 그래."

할 일이 많기는. 차례 음식 만드는 건 아까, 아까 다 끝났는데. 낮에 연지한테 온다는 연락이 왔다는 말을 전하자마자 어찌나 갑자기 서두르시는지—갑자기 음식 양도, 종류도 배로 늘어났고—, 연서도 덩달아 물 한 잔 마실 새도 없이 엄마를 도와 바쁘게 음식을 만들었다.

어디 그뿐인가. 이미 송편도 다 쪘고, 제기도 다 닦아놓은 데다가 내일 아침에 펴도 될 상이나 병풍까지 안방에 미리 다 차려 놨는데, 할 일이 또 뭐가 남았다는 건지. 휴우. 연서는 속이 다 문드러진 엄마의 마음을 다 이해하면서도 안타깝고 안쓰럽고 답답하기도 했다.

연서도 연지의 일을 알고 얼마나 많이 울었는지 모른다. 맏딸 구실도, 언니 노릇도 제대로 못하고 철부지처럼 살아온 제 자신을 무수히 원망도 하고 후회도 하고 반성도 했다. 이렇게 된 게 결국엔 모두 제 탓인 것만 같아 엄마와 연지 모두한테 얼마나 미안한지 모르겠다.

그러나 기왕 이렇게 된 거, 시간을 되돌릴 수도 없는데 어찌하나. 그저 연지가 바른 선택을 했기를, 연지, 노다 모두 아프지 말고 행복하기만을 빌어주는 수밖에.

속으로 무거운 한숨을 폭 내쉰 연서는 연지가 해온 음식들을 식탁 한쪽에 조심스레 밀어놓고 서둘러 연지와 노다의 팔을 잡아 거실로 끌고 갔다.

"이리 와. 이리 오세요. 엄마는 아직 할 일이 좀 남았나 봐요. 거의 다 했으니까 곧 끝나실 거예요. 우린 거실로 가요."

연서는 주춤거리며 무거운 발걸음을 옮기는 두 사람을 억지로 소파에 앉혔다. 연지 옆에 찰싹 붙어 앉아 그립고 미안하고, 안쓰럽기만 한 동생의 손을 꼭 잡았다.

"어떻게 지냈어? 잘 지냈어? 왜 그동안 집에는 한 번도 안 왔어. 전화만 가끔 하고. 난 너 엄청 보고 싶었는데, 넌 언니 안 보고 싶었어?"

"보고 싶었어. 그런데 언니 공부하는데 방해될까 봐. 공부, 잘돼? 힘들지?"

"엄마나 너에 비하면 뭐, 나는 하나도 안 힘들어. 사실 나만 편하지. 공부만 하면 되니까. 그런데 너나 엄마는……. 미안해, 연지야. 언니가 그동안 너무 뻔뻔하고 철이 없었어. 어렸을 때부터 넌 뭐든 혼자서 척척 다 잘하고, 당당하고 씩씩하기만 해서 너는 하나도 안 힘든 줄 알았어. 넌 워낙 잘난 애니까, 강한 애니까 너는 그래도 된다고 생각했었나 봐. 나는 죽어라고 공부해도 성적이 잘 안 나오는데, 너는 다른 거 하면서도 항상 1등만 하니까 부럽기도 하고 질투심도 나고. 후후, 이건 정말 창피한 말인데, 나 실은 그런 너한테 자격지심도 있었다? 그래서 내가 너한테 참 몹쓸 짓을 많이 한 것 같아."

연서가 동생의 손을 꼭 부여잡고 진심으로 사과했다.

"미안해, 연지야. 정말, 정말 미안해."

연지가 눈물이 그렁그렁한 눈으로 눈물을 뚝뚝 흘리는 언니를 먹먹하게 바라보았다.

"아니야. 그런 말 하지 마, 언니. 실은 나도 잘한 거 하나도 없어. 실은 나도 언니를 미워한 적 많았거든. 왜 저렇게밖에 못하나, 나 같으면 더 잘할 수 있을 텐데, 하고 주제넘게 잘난 척하면서 언니를 한심하게 생각한 적도 있었고. 미안, 정말 미안해, 언니."

연서가 아니라며 고개를 세차게 가로저었다. 한참동안 꺽꺽거리던 연서가 황급히 눈물을 훔쳐내며 부러 연지를 찌릿 흘겨보았다.

"그런데 너 정말 너무했다. 내가 아무리 못나고 철없이 굴었어도, 그래도 내가 언닌데 뭐? 한심하게 생각했었다고? 요걸 그냥."

아프지 않게 동생의 머리에 꿀밤을 먹였다. 연지가 부러 '아야!' 하고 엄살을 부렸다. 자매는 그렇게 울며 웃으며 그동안 각자의 입장에서 서운하고 미안했던 마음을 허심탄회하게 털어놓았다. 그리고 기꺼이 서로를 용서해 주었다.

연서가 눈물을 훔치며 쑥스러운 표정으로 노다를 건너보았다.

"주책이죠, 우리? 미안해요. 노다 씨하고 나는 오늘 처음 본 건데 이런 못난 꼴 먼저 보여서."

노다가 잔잔히 미소 지으며 고개를 가로저었다.

"아닙니다. 제가 더 죄송하죠. 일찍 찾아뵙고 인사를 드렸어야 했는데 죄송합니다."

"아니에요. 그럴 수밖에 없는 상황이었는데요, 뭐. 어쨌든 이렇게 봤으니까 다 됐어요."

연서가 주저하며 말을 이었다.

"노다 씨, 우리 엄마가 저러시는 거, 너무 섭섭해하지 말아요. 엄마한테 연지는 각별한 딸이거든요. 내가 그동안 맏딸 노릇을 제대로 못한 탓도 있고요. 그래서 연지를 가장 많이 의지하셨는데, 그게 또 너무 미안해서, 한이 돼서 저러시는 거니까 노다 씨가 너른 마음으로 이해해 주세요."

"아닙니다. 당연한 일인걸요. 모두 제 잘못입니다. 제가 이런 주제에 감히 연지를 욕심내서…… 정말 죄송합니다."

면구스러워 고개를 떨구는 노다의 손을 연서가 용기 내어 지그시 잡았다.

"노다 씨, 우리 연지 꼭 행복하게 해주세요. 그렇게만 해주시면 돼요. 그리고…… 그 병, 꼭 이겨내세요. 우리 연지를 위해서라도. 나는 노다 씨가 그 병을 꼭 이겨낼 거라고 믿어요. 무슨 일이든 간절히 바라고 노력하면 반드시 이루어진다잖아요."

세상에는 과학적으로 설명할 수 없는 기적들이 얼마든지 일어난다. 그러니까 그의 희귀병도 나을 수 있는 것 아닌가. 아니, 완치까지는 아니어도 오래오래 살 수도 있는 것 아닌가. 그러니까 제발 부디…….

세 사람은 먹먹한 가슴으로 그 단 한 가지 바람을 빌며 서로의 손을 잡고 눈물을 흘렸다.

불현듯 들려온 엄마의 분주한 발소리에 세 사람이 번뜩 정신을 차리고 시선을 돌렸다. 엄마가 음식들을 가득 쌓아올린 제기를 들고 분주하게 부엌과 안방을 오가고 있었다. 깜짝 놀란 자매가 서로를 멍하니 바라보고 고개를 돌려 벽시계로 시간을 확인했다.

시간은 어느새 자정을 넘어가고 있었다. 시간이 언제 벌써 이렇게 흘러갔을까. 깜짝 놀란 것도 잠시, 자매는 약속이나 한 듯 벌떡 일어나 엄마한테 달려갔다.

"엄마, 뭐 해. 왜 벌써 차례 상을 차리고 그래?"

"12시 넘었으니까 이제 추석이잖아. 제사도 원래 밤 12시에 지내는데, 제사나 차례나 다 똑같이 돌아가신 분 기리는 건데 왜 꼭 차례만 아침에 지내야 되는데? 난 옛날부터 그게 참 이해가 안 가더라."

"엄마……."

"그래서 우리 집은 앞으로 차례든 뭐든 다 이 시간에 지낼 거야. 그렇게들 알고 있어. 뭐하고 서 있어? 얼른들 옮기지 않고."

엄마는 딸들을 쳐다보지도 않고 내처 안방으로 걸음을 옮겼다. 연지의 얼굴이 먹먹하게 흐려졌다. 연서가 연지 손을 잡고 재빨리 부엌으로 달려갔다. 제기마다 차례 음식들이 소담스레 담겨 있었다. 엄마와 연서가 만들어놓은 음식들 대신 연지와 노다가 만들어온 음식들로. 깨끗하게 비어져 있는 찬합을 내려다보는 연지의 눈에서 눈물 한 줄기가 뚝 흘러내렸다. 연서가 얼른 제 눈물을 훔쳐내고 동생의 손에 제기 하나를 건네주었다.

"빨리 옮기자. 또 불호령 떨어질라. 어서."

부러 수선을 피우며 소리 없이 흐느끼는 동생의 등을 떠밀었다.

촛불을 켜고 향을 피우고 차례주를 올렸다. 없는 아들 대신 딸 둘이 제주 노릇을 하며 차례 상을 지켰다. 지아비를 앞세운 아내는 문지방 너머에 서서 아빠에게 절을 올리는 두 딸과 차례 상을 받은 남편의 영정을 서럽도록 망연히 지켜보았다.

'좋아요? 마누라랑 딸년들이 차려주는 차례 상 받아먹으니까 좋아 죽겠느냐고요. 그럼 밥값을 해야 될 거 아니에요. 대체 거서 뭐한다고 정신이 나가서는 애들 앞날도 돌봐주지 않고 그런대요? 제정신이에요? 에휴. 내가 미친년이지. 그런 서방 뭐가 예쁘다고 상다리 부러지도록 음식을 만들어 올리나 올리긴.'

엄마는 환하게 웃고 있는 남편의 사진을 보며 눈을 부라렸다.

'웃지 마요. 미워 죽겠으니까. 당신, 내 말 똑똑히 들어요. 앞으로 제삿밥이든 차례 밥이든 나한테 계속 밥 얻어먹고 싶으면 이제부턴 정신 똑바로 차리고 애들 좀 잘 살펴요. 안 그럼 앞으로는 나한테선 밥은커녕 숭늉 한 그릇도 못 얻어먹을 줄 알아요. 내 말, 무슨 말인지 알죠?'

강하게 으름장도 한 번 놓았다.

'저기 앞에 있는 전들 있죠? 다 연지가 만들어온 거예요. 저기 나물도, 육전도. 당신 육전 좋아하잖아요. 많이 들어요. 그리고

저 가엾은 거, 더 이상 힘들지 않도록 당신이 제발 잘 좀 살펴줘요. 그리고……'

엄마는 제 뒤에 굳건하게 서 있는 노다를 돌아보았다. 노다는 차마 안방으로 들어가지는 못하고 엄마를 지키듯 그녀 뒤에 말없이 조용히 서 있었다. 엄마는 새삼 노다를 머리부터 발끝까지 살피듯 찬찬히 훑어 내렸다. 아무 말 없이 몸을 돌려 그의 뒤로 걸어갔다. 흠칫 놀라는 그의 등을 지그시 앞으로 밀었다.

앞으로 갈 수도 없고, 버틸 수도 없는 상황에 당황한 노다가 멈칫거리며 조금씩 앞으로 밀려갔다. 그의 오른발이 문지방을 넘고, 이내 왼발도 문지방을 넘었다. 언니 차례가 끝나고 혼자 아빠한테 잔을 올리기 위해 무릎을 꿇고 앉으려던 연지가 흠칫 놀라 어쩔 줄 몰라 하며 안으로 들어오는 그를 올려다보았다.

일순 시선이 마주친 노다, 연지, 연서까지 모두 당황했다. 그러나 그의 등을 안방으로 떠민 것이 엄마라는 것을 알게 된 두 딸의 눈가가 금세 발갛게 짓물렀다. 연서가 그의 손목을 잡아 연지 옆에 세워주었다.

"그래, 아빠한테 인사드리려면 이젠 같이 해야지, 신랑 두고 너 혼자 하는 법이 어디 있니?"

먹먹함과 당혹감에 어찌할 바 몰라 하는 두 사람을 바라보면서 연서가 아빠에게 속삭이듯이 말했다.

"아빠, 노다 씨예요. 최노다. 아빠도 이미 다 알고 계시죠? 연지 신랑이에요. 연지가 세상에서 가장 사랑하는 사람, 연지를 세상에서 가장 많이 사랑해 주는 사람. 연지한테 이젠 첫 번째가

347

아니게 돼서 섭섭하세요? 섭섭해하지 마세요. 자식들이야 사랑하는 사람 만나면 다 그렇지, 뭐. 안 그래요?"

연서가 노다를 돌아보았다.

"노다 씨, 우리 아버지세요. 우리 아빠 처음 보죠? 인사드리세요."

"제가 어떻게 감히……."

노다의 떨리는 시선이 황급히 문지방 너머로 날아갔다. 그러나 그곳에 계시던 엄마의 모습은 이미 어딘가로 사라지고 보이지 않았다. 연서가 잔잔히 미소 지었다.

"괜찮아요. 엄마가 허락하신 거니까. 연지야, 뭐 해. 빨리 앉지 않고."

연지가 그제야 먹먹한 시선으로 텅 비어버린 안방 너머와 언니, 그리고 노다를 천천히 차례차례 돌아보았다. 그도 시선을 내려 연지를 바라보았다. 주체할 수 없는 죄스러움과 감사함에 파르르 떨리는 두 사람의 눈에서 약속이나 한 듯 뜨거운 눈물이 주르륵 흘러내렸다. 노다는 손을 내려 연지의 손을 꼭 잡았다. 그녀도 그의 손을 꼭 잡았다.

두 사람은 아빠에게 절하기에 앞서 어딘가로 사라지고 없는 엄마를 향해 깊숙이 허리를 숙였다. 깊이를 알 수 없는 엄마의 사랑에 감사하고, 죄스러움에 또 다시 용서를 구했다.

그리고 아빠한테 나란히 함께 정식으로 첫인사를 드렸다. 노다는 첫 번째 절을 하며 처음 뵙는 아버님께 머리를 찧으며 진심으로 용서를 구했다. 두 번째 절을 하면서는 온 마음을 다해 약속 드렸다.

생이 다할 때까지 연지만을 사랑하겠노라고. 그녀를 행복하게
해주겠노라고, 어떠한 경우에도 그녀만은 안전하게 지키겠노라
고. 그리고 어머니와 언니도 자신이 책임지고 신명을 다해 지키
겠노라고.

'아버님과의 이 약속을 지키기 위해서라도 절대로 연지를 혼자
남겨지지 않게 하겠습니다. 지켜봐 주십시오.'

그날의 차례는 어느 때보다도 숙연하고 엄숙한 분위기에서 진
행되었다. 방 밖 어디선가 숨 죽여 우는 흐느낌이 끊임없이 들려
왔다. 보이지 않는 엄마의 그 숨죽인 흐느낌이 연신 세 사람의
속을 후벼 파며 눈가를 뜨겁게 적셨다.

한숨과 눈물, 고마움과 죄스러움, 약속과 다짐의 연속이었던
차례가 마침내 끝이 났다. 연서가 무겁게 가라앉은 분위기를 바
꾸기 위해서 음복 잔을 노다에게 불쑥 내밀었다. 당황한 노다가
'이게 뭐죠?' 하는 눈빛으로 연서를 내려다보았다.

"음복하라고요. 노다 씨도 이제 우리 가족이니까 당연히 음복
해야죠. 게다가 현재로서는 우리 집안의 하나뿐인 남잔데. 그래
서 내가 양보하는 거예요. 먼저 마셔요. 다 마셔도 되고, 입술만
살짝 적셔도 돼요."

옆에 서 있던 연지가 깜짝 놀라 얼른 끼어들었다.

"어, 안 돼. 노다 씨…… 술 약해. 이따 집에 갈 때 운전도 해
야 되고."

"괜찮아, 이 정도는. 많이 마시는 것도 아니고 음복으로 딱 한

잔만 마시는 건데. 뭐."

연서가 부득불 노다의 손에 잔을 쥐어주었다.

이런.

노다는 난감했다. 연서의 말처럼 한 잔 정도는 괜찮을지 모른다. 하지만 만약 소량의 알코올이라도 몸 안에 흡수되는 즉시 뇌세포를 자극해서 마비를 일으킨다면……? 그럼 연지의 가족들 앞에서 발작을 일으키는 최악의 사태가 벌어질지도 모른다. 그것은 결단코 안 될 일이었다.

그러나 이젠 그가 집안의 유일한 남자라며 장녀인 자신보다 먼저 음복을 하라며 잔을 내어준 살가운 배려를 사양할 수는 없는 것 아닌가. 노다는 망설일 수밖에 없었다. 연지도 언니의 그 마음을 알기에 무척 난감했다. 그러나 어쩌겠나. 안 되는 건 안 되는 일. 자신이 나서기로 했다.

"언니, 미안한데 그러지 말고……."

"음복은 무슨 음복이야. 됐다. 치워."

연지가 입을 떼는 동시에 엄마의 매서운 목소리가 날아들었다. 흠칫한 세 사람 모두 동작을 멈췄다. 엄마가 노다의 손에서 잔을 획 빼앗았다. 당신이 그 잔을 모두 마셔 버렸다.

"엄마."

"뭣들 하고들 서 있어. 차례 끝났으면 얼른 치울 생각들 하지 않고."

엄마는 상 앞에 쪼그리고 앉아 차례 음식들을 커다란 소쿠리에 쏟아 담고 주방으로 가져갈 것은 어여 가져가라며 두 딸을 다

그쳤다. 무거워진 소쿠리를 들고 일어나려는 엄마에게 황급히 다가간 노다가 소쿠리로 손을 뻗었다.

"제가…… 들겠습니다."

보는 사람이 다 무안할 정도로 엄마는 그의 손을 거칠게 쳐냈다. 뒤도 안 돌아보고 문가로 걸어갔다. 문지방을 나서기 전, 엄마가 우뚝 걸음을 멈췄다. 굳은 목소리로 말했다.

"밥이나 먹고 가요."

엄마는 그대로 노다를 방에 남겨두고 쌩하니 부엌으로 갔다.

안 그래도 상다리가 부러지도록 한가득 차려진 차례 음식 상에 기괴한 풍경이 벌어졌다. 처음으로 네 사람이 마주앉아 식사를 하는 불편한 자리. 그 때문이었을까. 엄마는 동일한 음식들을 두 개의 그릇에 담아 하나는 그의 앞으로 죄 밀어놓고 나머지는 딸과 자신이 먹기 편하게 한쪽으로 모아두었다.

딱 보면 넌 너 혼자 먹어라. 어찌어찌해서 결국엔 너와 한 상을 사이에 두고 밥을 먹게 되기는 했지만, 나는 절대로 너와 한 식구처럼 젓가락 부딪치며 편하게 식사는 절대로 못하겠다. 그러니 넌 너 혼자, 우리는 우리끼리 먹겠다는 명백한 반감, 터부 같았다.

그쯤 되자 연지는 엄마가 조금쯤 원망스러워졌다. 이럴 거면 밥 먹고 가라는 말씀이나 하지 마시지. 굳이 이렇게까지 하실 필요가 있나. 연지는 입술을 앙다물고 건너편의 엄마를 원망스레 쳐다보았다.

노다가 상 밑으로 바르르 떨리는 연지의 손을 꼬옥 잡았다.

'괜찮아. 속상해 할 것 없어. 이렇게까지 나를 참고 받아주신 것만으로도 나는 어머니께 너무 감사해. 그러니까 연지야, 속상해 하지도 말고 어머니를 원망하는 마음일랑 조금도 갖지 마.'

'하지만……'

'그건 너무 뻔뻔하고 염치없는 일이야. 그건 우리만의 너무 과한 욕심이야. 감사한 마음으로 먹자. 우리, 이 마음 절대 잊지 말고 열심히 노력하자, 응?'

연지는 그의 간절한 눈빛에 고개를 끄덕일 수밖에 없었다. 처음으로 함께 한 네 사람의 식사는 바늘 떨어지는 소리도 들릴 만큼 조용하게 치러졌다.

마침내 하루처럼 길게만 느껴지던 식사가 끝나고 연지와 노다가 자리에서 일어났다.

"엄마, 나 가."

엄마는 고개를 들어 연지를 쳐다봐 주지 않았다. 아무 말 없이 딸아이를 지나쳐 부엌으로 휙 들어가 버렸다. 부스럭 부스럭. 무엇을 하시는지 끊임없이 부산하게 움직이시는 소리만 들려왔다. 엄마를 따라 들어가려는 연지를 연서가 막아섰다.

"오늘은 그만 가. 그게 좋겠다, 연지야."

"언니."

"앞으로 계속 볼 건데, 뭘. 그리고 엄마, 너나 노다 씨한테 화나서 저러시는 거 아니야. 그건 내가 장담해. 그냥 엄마한테는 시간이 좀 더 필요할 뿐이야."

축 늘어진 동생의 어깨를 쓸어내리며 연서가 노다를 올려다보았다.

"오늘, 와줘서 고마웠어요. 우리, 앞으로 더 자주 봐요."

"네, 가능한 한 자주 찾아뵙겠습니다."

"그래요, 자주 봐야 정이 들죠. 조심히 가세요. 새벽이라 어두운데 운전 조심하고요."

연지와 노다가 떨어지지 않는 걸음을 옮겨 신발을 신는데, 부엌에서 꼼짝도 하지 않던 엄마가 황급히 뛰어나왔다. 엄마의 손에는 연지가 가지고 왔던 찬합들이 들려 있었다.

"가져가."

엄마는 연지가 무어라 할 새도 없이 그녀의 손에 그것들을 억지로 들려주고 도로 쌩하니 부엌으로 들어가 버렸다. 연지의 눈이 커다래졌다. 당연히 비어 있어야 할 그것들이 무언가로 속을 꽉 채워진 채 묵직해져 있었다. 그녀가 처음 들고 왔을 때보다 배는 더 무거웠다.

연서가 무심코 손을 뻗었다가 그 무게를 느꼈다. 그녀의 입가에 '그럼 그렇지' 하는 잔잔한 미소가 걸렸다.

"엄마가 너랑 노다 씨 먹으라고 음식들 잔뜩 싸 넣으셨나 보다. 가서 먹어."

"어……."

예상치 못했던 일이라서 먹먹한 마음에 '어' 하고 대답하면서도 연지의 얼굴에는 곤혹스러워하는 기색이 순간적으로 스쳐 지나갔다. 아까 같이 밥 먹을 때야 음식들이 하도 많아서 그가 알아서 요령껏 마늘이 안 들어갔음직한 음식들만 골라 먹었지만, 이 많은 음식들을 집에 가져가면 그녀 혼자서만 먹을 수도 없고. 참으로 곤혹스러웠다.

물론 제사나 차례 음식에는 마늘을 넣지 않는다는 것을 그녀도 잘 알고 있다. 하지만 그건 어디까지나 제사나 차례를 치를 때까지 만이고 차례가 끝나면 엄마는 식사하기 전에 음식에 마늘이나 파 등을 꼭 넣어 다시 무치거나 끓인다. 아까도 분명 엄마가 나물이나 갈비찜, 탕국에 다진 마늘과 파를 넣는 것을 봤다. 에휴, 이 많은 걸 나 혼자 언제 다 먹나.

노다가 한숨을 폭 내쉬는 연지의 손에서 묵직한 찬합들을 얼른 받아 들었다. 연서가 슬쩍 노다의 눈치를 살피며 연지의 귓가에 속삭였다.

"걱정 마. 거기엔 마늘 안 들어갔을 거야."

깜짝 놀란 연지가 눈을 동그랗게 뜨고 언니를 바라보았다.

"뭐?"

"노다 씨 병, 마늘 먹으면 안 되는 거라며."

"언니가 그걸 어떻게 알아?"

"당연히 인터넷으로 검색해 봤지. 안 그래도 나도 너랑 노다 씨 그렇다는 거 알고 걱정 돼서 이것저것 계속 알아봤는데, 엄마가 포르피린증에 대해서 속속들이 다 알아보라고 어찌나 들들 볶아대든지. 에휴, 말도 마라. 그동안 엄마가 궁금해하는 거 죄 찾아내느라 근 한 달 동안 공부도 못하고 종일 인터넷 검색만 했었다니까. 어쨌든 그 덕분에 나나 엄마도 이젠 노다 씨 병에 대해서 기본적인 것들은 대충 알아. 증상이나 조심해야 되는 것들은 뭐가 있나, 뭐 그런 거."

연서가 아차 하며 손뼉을 쳤다.

"아, 맞다. 술도 마시면 안 되는 거지? 내가 깜박했네. 아, 그래서 아까 엄마가 음복은 무슨 음복이냐고 무섭게 잔을 뺏어갔던 거였구나."

그, 그런 거였어? 아, 엄마!

연지는 울음이 터져 나올 것 같은 입을 손으로 틀어막았다. 연서가 동생의 머리를 쓸어내리며 피식 웃음을 터뜨렸다.

"우리 엄마, 진짜 대단하지 않니? 포르피린증에 대해서 아주 달달 외우셨나 봐. 아까도 너 온다는 전화 왔다니까 그때부터 갑자기 모든 음식들을 두 종류로 나눠서 만들기 시작하는데, 어휴, 그것 때문에 양이나 시간이 배로 늘었었다니까."

연서는 다시 생각해도 너무 힘들었다는 듯 고개를 절레절레 가로저었다.

"그래서 내가 너무 힘들어서 왜 갑자기 이렇게 나눠서 만드냐고 물어봤거든? 그랬더니 엄마가 뭐라고 그랬는지 아니? 훗, 우리 연지랑 노다 군 오면 먹일 거다, 그러시더라. 노다 씨는 아무거나 함부로 먹어서도 안 되고 조심할 것도 많으니까 특별히 따로 만들어야 된다고. 그러면서 치사하게 난 맛도 못 보게 하는 것 있지."

아, 엄마, 엄마…….

"그러니까 그거 노다 씨랑 같이 맘 놓고 먹어도 돼. 엄마, 온종일 너랑 노다 씨 먹일 것만 만드셨어. 차례 음식은 신경도 안 쓰시고. 그래서 차례 음식은 나 혼자 다 했다니까."

결국 연지는 더 이상 참지 못하고 울음을 터뜨렸다.

"엄마, 엄마. 난 그런 줄도 모르고…… 너무하다고 원망만 했어. 그런 줄도 모르고……."

연서가 흐느껴 우는 연지를 꼭 보듬어 안았다.

"울지 마. 바보처럼 왜 자꾸 울어. 네가 울면 나도 울고 싶단 말이야. 그리고 네가 울면 엄마도 울어. 노다 씨도 울고. 그러니까 그만 울어. 우리, 이제 그만 울고 웃자. 웃으면서 살자, 응?"

"어, 이제 다시는 안 울게. 다시는…… 흑."

안 울겠다고 하면서도 연지의 울음소리는 점점 더 커져만 갔다. 뒤에 우두커니 서 있는 노다의 눈에서도 하염없이 눈물이 흘러내렸다. 어머니의 속 깊은 사랑만큼이나 묵직한 찬합을 든 손에 힘이 빠듯하게 실렸다.

가족이기 때문에 서로를 상처 입히고 상처 받았던 상흔들이 가족이기 때문에 진실된 마음과 눈물로 깨끗하게 씻겨 내려갔다. 오직 가족이라는 이유, 그 이름 하나로.

둥근 만월이 풍요로운 대지를 감싸고 어둠을 밝히는 밤이 깊어가고 있었다. 너와 나, 우리의 소원이 하늘 끝에 닿아 둥근 만월로 시나브로 흘러들어 갔다.

간절한 소원, 간절한 희망, 간절한 사랑.

그 모든 것들이 이루어지는 기적 같은 밤이었다.

추석이 지나자 하늘은 한층 더 높고 푸르러졌다. 깊어진 가을에 짙은 녹음을 자랑하던 나뭇잎들은 제가 마치 꽃인 양 울긋불긋 꽃물을 들이고 흐드러지게 피어나 산을 온통 붉게 물들였다.

연지와 노다는 매일 밤 그 붉은 산길을 거닐었다. 지치거나 다리가 아프면 걸음을 멈추고 그 자리에 앉아 녹음처럼 짙게 풍겨 오는 그와 그녀의 향기로 폐부를 가득 채웠다. 그가 그녀가 되고, 그녀가 그가 되고, 자연이 그들이 되는 경이로운 순간이기도 했다.

그들은 함께 있음으로 인해 온전한 내가, 우리가 될 수 있었다.

노다의 몸은 안 박사가 깜짝 놀랄 만큼 나날이 건강해져 갔다. 병증은 완쾌되지 않았지만 그렇다고 더 이상 악화되지도 않았다. 발작이 언제 일어났었는지, 그 또한 까마득하게 느껴질 정도였다. 왼쪽 뺨과 어깨, 등에는 아직 미세한 상흔이 남아 있긴 하지만, 두 달 전의 심각했던 화상도 이젠 거의 다 나았다.

그가 가장 우려하고 두려워했던 정신착란 증세도 당연히 아무런 조짐이 보이지 않았다. 그의 정신은 누구보다 또렷하고 맑았다. 그가 심혈을 기울여 설계한 도면으로 한창 건축 중인 현장도 차질 없이 진행되고 있었다. 노다를 대신해 업체와 현장을 철저하게 관리 감독하는 이 비서 덕분이었다.

노다에게 자신 몰래 자신이 연지와 만나고 있다는 사실을 알렸다는 이유로 오형수는 근 40년 가까이 자신의 수족 역할을 해온 이 비서를 단칼에 잘랐다. 그러고는 이 비서를 노다에게 보냈다. 이 비서는 더 이상 자신의 사람이 아니라고. 그는 이제 노다의 사람인 것 같다고, 그러니 이제부턴 노다가 하루아침에 일자리를 잃은 이 비서를 책임져야 한다고 말이다.

노다는 오형수가 어떤 마음으로 왜 그런 말을 하는지, 어떤 의도로 이 비서를 내치고 자신에게 보냈는지, 제 손바닥 들여다보듯이 그 속이 훤히 다 들여다보였지만, 아무 말 없이 이 비서를 받아들였다.

이 비서에 대한 그간의 고마움과 애정 때문이기도 했으나, 그보다는 어쩌면…… 연지의 가족들을 보면서 새삼 느끼고 깨닫게 된 점들이 많았기 때문일 터였다.

가족의 소중함. 그들 사이에 흐르는 끊을 수 없는 깊고 끈끈한 정, 사랑, 유대감. 그리고 부모님의 자식에 대한 무조건적인 사랑과 믿음, 희생. 그것들은 그에게는 생소하고 낯설기만 한 감정들이었다. 머리로는 알면서도 가슴으로는 이해하지 못했던 감정들. 손에 잡히지 않는 뜬구름처럼 허망하다고만 생각했던 것들, 부정하고 외면하며 비웃기만 했던, 그러면서도 한없이 그리워했던 그 모든 감정들이 연지로 인해, 연지의 가족들로 인해 현실로서 손에 잡히고 느껴지기 시작했다.

그들의 가족 구성원으로 인정받고 있다는 사실이 아직도 믿기지 않았다. 꿈만 같다. 한없이 감사하고 또 감사했다.

그때부터였을 것이다.

오형수에 대한 생각이 조금씩 달라지기 시작했던 것이.

물론 그는 아직도 오형수를 원망하며 믿지 않는다. 아버지라고 인정하지 않는다. 자식에 대한 부정 따위, 진실이라고 생각하지도 않는다. 하나 그럼에도 불구하고 노다는 오형수를 다른 각도로 바라보고자 노력하기 시작했다. 아버지, 아들 간의 입장은 아니더라도 최소한 나약하고 어리석은 인간 대 인간으로서 그를 다시 보고자 했다.

그렇게 그는 한 걸음씩 앞으로 나아가고 있었다. 연지로 인하여, 연지에 의해서, 연지의 존재, 그 자체만으로 그는 조금씩 달라지고 있었다. 세상을 향해 날카롭게 벼려져 있던 칼날은 이제 무뎌지고 무뎌져 둥글게 마모가 되었다. 미움과 원망, 자괴감과 두려움만 득시글거리던 마음속에 사랑과 희망이 기적처럼 싹을 틔우고 시들지 않는 꽃처럼 만개했다. 용기와 열망도 푸른 싹을 틔우고 점차 자라났다.

그는 오늘도 다짐한다. 그리고 확신한다.

어제보다 오늘, 그녀를 더욱 사랑하고 있음을.

그녀를 행복하게, 보다 안전하게 지켜 나가리라는 것을.

그런데…….

연지가 뜬금없이 수영을 하자며 졸라댔다. 날이 더 추워지기 전에 올해 마지막으로 수영을 하고 싶다고. 감기에 걸리면 어쩌려고. 안 된다고 말려봤지만 역시, 그녀의 고집을 꺾을 수 없었다. 그는 연지가 '제발'이라는 말만 속삭이면 도무지 안 된다는 말을 할 수가 없었다.

대신 그는 그녀의 바람을 들어주기 위해서 수영장의 물을 빼고 온천수처럼 뜨뜻한 물을 그득 채웠다. 이 집을 설계할 때, 그는 혹시나 하고 수영장에 자쿠지 기능과 수온을 유지시키는 시스템을 설치해 놓았더랬다. 노다는 자신을 위해서는 단 한 번도 사용해 본 적 없는 그것을 기꺼이 작동시켰다.

　"너무 뜨거우면 안 되는데."

　노다는 걱정되는 마음에 연신 수온을 체크했다. 그러고도 마음이 놓이지 않아 연지가 '꺄악! 이런 기능이 다 있었어요? 너무 좋아. 완벽해요. 이제 보니까 노다 씨 완전 천재네요. 능력자야. 짱!' 하고 소리치며 부리나케 수영복을 갈아입으러 간 사이 물에 들어가 먼저 수영도 해보았다.

　"너무 뜨거운가?"

　온천욕을 하고 있는 것처럼 따뜻해서 좋기는 한데, 얼굴을 물속에 넣고 수영을 하면 숨이 조금 찬 듯싶었다.

　"수온을 조금만 낮출까."

　노다는 고개를 갸웃거리며 가장자리로 걸어갔다. 풀 밖으로 나가려는데 무릎까지 내려오는 긴 가운을 입은 연지가 다다다다, 계단을 뛰어 내려왔다.

　"노다 씨!"

　"뛰지 마. 넘어져."

　노다는 아직도 그녀가 뛰어올 때마다 넘어질까 봐 불안했다. 풀장 위 바닥을 짚고 몸을 들어 올리는데, 연지가 황급히 손을 내저으며 말렸다.

"나오지 말아요. 그냥 거기 있어요."

"왜?"

"어차피 나도 바로 들어갈 건데, 뭐. 나왔다 들어갔다 그러면 체온 떨어져서 안 돼요. 그러면 진짜 감기 걸려. 따뜻해요?"

어깨를 으쓱인 노다는 순순히 그녀의 말에 따랐다. 물 밖으로 나가는 것을 포기하고 가장자리에 턱을 괴고 그녀를 올려다보았다.

"어. 그런데 수영하기에는 너무 뜨거운 것 같기도 해. 일단 들어와 봐. 너무 뜨겁다 싶으면 다시 조절하면 되니까."

"응."

힘차게 고개를 끄덕인 연지가 그를 지나쳐 윙체어가 있는 테이블로 걸어갔다. 따뜻한 물에 아직 몸을 담그지 않았는데도 연지의 얼굴은 벌써부터 발갛게 상기되어 있었다. 그녀의 뒷모습에서 알 수 없는 긴장감이 느껴졌다. 노다도 덩달아 알 수 없는 긴장감에 휩싸였다.

연지가 가운 끈을 풀었다. 잠시 머뭇거리다 천천히 가운을 벗었다. 마른 어깨가 드러나고 척추가 도드라진 등이 모습을 드러냈다. 이내 가운이 바닥으로 툭 떨어졌다.

"헉!"

노다의 입에서 목이 졸린 듯한 신음 소리가 저도 모르게 흘러나왔다. 놀랍게도 연지는 아무것도 입고 있지 않았다. 맙소사! 예상치 못한 상황에 노다의 입이 벙하니 벌어졌다. 눈동자가 파르르 떨렸다.

연지의 어깨도 부르르 떨렸다. 전신을 희롱하듯 두드리며 스쳐가는 서늘한 바람에 예민해진 살갗에 오소소 소름이 돋아났다. 그러나 그것은 비단 서늘한 밤공기와 바람 때문만은 아니었다. 보다 근본적인 이유는 따로 있었다.

사랑하는 남자 앞에 스스로 알몸이 되어 서 있는 여자로서의 부끄러움, 민망함 그리고 고조되는 흥분 속에 차오르는 설렘과 기대 때문이었다. 그런 자신을 오롯이 바라보고 있는 이가 다름 아닌 바로 그이기 때문이기도 했다.

내가 내 자신보다 사랑하는 사람. 나를 그 자신보다 사랑해 주는 사람. 그렇게 서로가 전부가 되어버린 우리이기 때문에.

크게 심호흡을 한 연지가 천천히 돌아섰다. 아무리 제 자신들보다 사랑하는 그들일지라도 이런 상황에서 당황하고 부끄러워하는 것은 어쩌면 당연한 일이었다. 각자의 입장에서 부끄럽고 놀라서 어쩔 줄 몰라 하는 두 사람의 시선이 허공에서 마주쳤다. 소스라쳐 황급히 먼저 시선을 피한 것은 아이러니하게도 이 예기치 않은 쑥스러운 상황을 만든 연지 본인이었다.

그러나 그녀는 이내 이를 앙 물고 시선을 번쩍 들어 그를 똑바로 바라보았다.

'부끄러워하지 마. 머뭇거리지도 마. 그게 더 창피한 거야.'

연지는 움츠러들려는 자신을 꾸짖었다. 잘하고 있는 거다, 조금만 더 과감하게 밀고 나가자! 그렇게 스스로를 응원했다. 그리고 창피할 게 무에 있나. 사랑하는 사이에, 이제껏 참은 것도 많이 참은 거다.

그러니 참는 것은 이제 그만. 오늘은 기필코 그와 사랑을 나누고 말 테다!

연지는 용기를 내어 그를 향해 천천히 걸어갔다. 노다는 망부석이라도 된 듯 그대로 굳어 꼼짝도 하지 않았다. 숨도 거의 쉬지 않는 것 같았다. 그녀가 다가갈수록 유리알처럼 투명하고 새하얀 피부가 물감이 번지듯 붉게 물들어가지 않았다면, 커다래진 갈색 눈동자가 파르르 흔들리고 있지 않았다면 그가 두 눈 그대로 뜬 채 정신을 잃은 것은 아닐까, 오해하고도 남았을 것이다.

마른침을 꿀꺽 삼키는 연지의 얼굴도 그 못지않게 빨갛게 물들어 있기는 마찬가지였다. 어디 얼굴뿐일까. 귓불, 목, 가슴 어디 할 것 없이 붉은 수수처럼 발갛게 달아올라 있었다.

파르르 흔들리는 그의 시선이 무의식적으로 천천히 아래로 이동했다. 그의 새하얀 얼굴이 점점 더 붉게 타올랐다. 그도 모르게 군침을 삼키듯 침을 꿀꺽 삼켰다. 도드라진 목울대가 크게 오르내렸다.

그녀가 바짝 굳어버린 그 앞에 용기를 내어 가만히 앉았다. 움찔, 뒤로 한 걸음 물러나는 그의 가슴 앞으로 가지런히 모은 두 다리를 내리고 그와 시선을 맞췄다. 그리고 기다렸다. 이젠 그가 먼저 움직여 주기를.

'난 여기까지 왔어요. 이젠 당신 차례예요. 노다 씨, 당신하고라면 소꿉장난 같은 순수하고 예쁜 사랑도 좋고, 플라토닉러브도 다 좋은데요. 그래도 나는 에로스러브도 나름 괜찮을 것 같은데. 당신 생각은 어때요?'

연지는 속으로 간절하게 속삭였다.

일순, 시간이 멈추기라도 한 듯 모든 것이 정지해 버렸다. 발갛게 달아오른 그녀를 망막 가득 담고 파르르 흔들리던 갈색 눈동자도 정지한 듯 우뚝 굳어버렸고, 서늘하게 불어오던 바람마저 거짓말처럼 멈춰 버렸다.

그렇게 얼마나 지났을까.

두 사람에게는 영겁처럼 길게만 느껴지는 순간이었지만 실상 그 순간은 십여 초밖에 되지 않았다.

그녀가 마음속으로 빌었던 간절한 속삭임을 듣기라도 한 걸까. 뻣뻣하게 굳어 절대 움직이지 않을 것 같던 노다가 먼저 움직였다. 팔을 뻗어 타오를 듯 붉게 달아올라 있는 그녀의 뺨을 감미롭게 어루만졌다. 짜릿한 전율에 그녀의 어깨가 파르르 떨렸다. 커다래진 까만 눈동자가 흥분과 기대로 반짝거렸다.

그가 떨리는 미소를 머금으며 그녀의 턱을 살며시 잡아 내렸다. 그녀의 얼굴이 아래로 내려오는 만큼 그의 얼굴이 위로 들렸다. 마침내 하나로 포개진 입술 위로 그가 속삭였다.

"사랑해."

"하아, 나도요. 사랑해요, 노다 씨."

연지는 저도 모르게 안도의 한숨을 내쉬며 그의 목을 끌어안았다. 그녀의 허리를 바짝 끌어당겨 안으며 그가 다시 속삭였다.

"사랑해. 그리고 사랑해."

미안해. 그리고 고마워.

먼저 용기 내어 손 내밀어줘서 고마워. 이번에도 또다시 네가 먼저 손 내밀게 만들어서 미안해.

노다는 사랑한다는 말로 다른 말들을 대신했다.

"사랑해요."

아니에요. 당신한테는 결코 쉽지 않은 힘든 일이라는 거 알아요. 나를 사랑하는 것과 별개로 당신 안의 그 두려움과 강박은 오랜 세월 당신 안에 존재했던 것만큼 제2의 본능처럼 확고하게 굳어져 버렸다는 것을. 그래서 당신이 왜 잠들 때마다 끙끙거리는지 그 이유를 알면서도 모른 척 엉뚱한 소리를 해대며 기다렸어요. 당신이 그것들과 싸워 이길 때까지. 난 반드시 당신이 이겨줄 거라고 믿었거든요. 그날이 머지않았다는 것도 알고요. 그런데…… 미안해요. 그날이 머지않았다는 것을 깨닫자마자 조바심이 나서 더 이상 참을 수가 없게 되어버렸어요.

연지도 화답하듯 사랑한다는 한마디로 많은 말들을 대신했다. 그러나 그도, 그녀도 서로의 마음이 속삭이는 얘기들을 모두 알아들었다.

"사랑해."

괜찮아.

"사랑해요."

정말 괜찮아요? 혹시 아직 많이 힘든데, 나 무안할까 봐 그러는 거라면 하지 말아요. 나, 안 해도 돼. 나, 얼마든지 더 기다릴 수 있어요.

노다가 환하게 미소 지으며 고개를 가로저었다.

"아니. 참지 마, 연지야. 기다릴 필요 없어. 이제 다 끝났어."

내가 이겼어. 네가 날 그것들로부터 이길 수 있게 해줬어. 아니, 이긴 건 내가 아니라 너야. 네가 이겼어. 네 사랑이, 나를 눈뜨게 하고 어둠에서 벗어날 수 있게 해줬어.

"사랑해, 사랑해, 연지야."

그의 뜨거운 속삭임에, 다정하지만 흔들림 없는 강한 손길에 연지가 그의 품으로 뛰어들듯이 들어왔다. 새하얀 몸에 감싸인 까무잡잡한 여체가 연리지처럼 사랑하는 이의 몸에 단단히 휘감겼다. 서로의 몸을 어루만지는 손길이 애틋하도록 아련하고 따스했다. 그 따스함은 곧 뜨거운 폭풍이 되어 두 사람을 덮쳤다.

마침내 온전한 사랑으로 두 사람은 둘이 아닌 하나가 되었다.

여명이 터올 무렵, 연지는 언젠가처럼 그에게 안겨 수영장을 벗어났다. 행복한 노곤함에 젖은 연지는 안전한 그의 품에 안기어 나른한 미소를 지었다.

영원히 사랑해요. 내 사랑 노다.

에필로그

　며칠 전부터 많은 사람들이 매달려 정성을 쏟은 덕분에 벚꽃인 양 불빛이 만개한 나무들이 산자락 초입부터 어둠을 환하게 밝히며 사람들을 맞이했다. 사람들은 사방을 에워싼 화려한 불빛에 탄성을 터뜨리며 산 중턱으로 향했다.

　오늘은 노다와 연지의 결혼식이 열리는 날.

　연지의 가족뿐만 아니라 이 비서와 마을 어르신 모두 두 사람의 결혼을 축하해 주기 위해서 한자리에 모였다. 태환이와 태환의 부모님도 기꺼이 한달음에 내려와 자리를 빛내주었다.

　그러나 단 한 사람만은 이 자리에 초대받지 못했다. 노다는 더이상 오형수를 원망하거나 증오하지 않는다. 하나 그렇다고 해서 오형수를 온전히 용서한 것은 아니었다. 연지를 위해서 미움과 증오 같은 어두운 마음을 한쪽으로 치우고 덮어버린 것뿐이었다. 노다는 오형수를 잊는 쪽을 선택했다.

지금도 병원에 갈 때마다 먼발치서 그와 연지를 훔쳐보는 오형수를 가끔 발견하고는 한다. 그럴 때마다 연지는 그래도 그의 친부라고 오형수한테 깍듯하게 인사를 챙기고는 한다. 처음에는 그런 연지의 손을 확 잡아당기며 서둘러 걸음을 옮기고는 했으나 이제는 그런 행동도 하지 않게 되었다.

그저 무심히 보아넘길 뿐이다. 미움과 원망이 걷힌 그의 담담한 시선에 오형수도 다행히 그 이상 다가오진 않았다. 한결 밝아지고 평온해진 노다의 안색에 홀로 눈물짓고 안도하며 돌아섰다.

노다와 오형수의 거리는 딱 그만큼이었다. 그리고 그 거리는 결코 좁혀지지 않을 터였다.

산 중턱의 반 이상을 차지하고 있던 높다란 철문은 이젠 사라지고 없었다. 대신 탁 트인 평지에는 신랑 신부를 위한 꽃길과 아치형의 꽃 기둥이 세워졌고 그 앞으로는 하객을 위한 새하얀 의자들이 꽃길 양쪽으로 주욱 놓였다.

반년 전부터 뒷산은 더 이상 금역의 땅이 아니었다. 노다와 연지는 마을 어르신들이 마음 놓고 올라와 나물과 버섯 등을 캐고 산길을 산책하실 수 있도록 산을 개방했더랬다. 처음에는 긴가민가 미심쩍어 하던 어르신들이었지만 이제는 아무 때나 수시로 올라오신다. 햇빛을 쬐면 안 되는 노다도 더 이상은 괴물처럼 보지 않으신다. 얼추 내막을 알게 된 어르신들은 '별 희한한 병도 다 있네' 하시면서 되레 노다와 연지를 측은하게 생각하신다.

태양이 높이 솟아 있는 낮에는 산에 올라오신 김에 노다와 연지 먹으라고 이런저런 먹을 것들을 현관 앞에 놔두고 조용히 돌아가시기도 하고, 해가 지면 가끔 '연지야!' 하고 올라오셔서는 이야기꽃을 피우다가 내려가실 때도 있었다. 가끔은 노다와 연지가 내려가 적적하신 어르신들의 말동무가 되어드리기도 했다.

그렇게 노다와 마을 어르신들 사이에 쌓여 있던 해묵은 오해와 경계심은 조금씩 허물어졌다. 일전에 본보기로 곤욕을 치르셨던 기태네 할머니도 저간의 사정을 아시고는 용서를 구하는 노다의 사과를 흔쾌히 받아주셨다. 물론 태환이 할머니가 어른이 돼서 옹졸하게 그 정도도 이해 못 해주느냐고 한 소리 해주시지 않았다면 그렇게 쉽게 용서를 받지는 못했을 것이다.

어쨌든 그렇게 지난 반년간 오해와 반목을 접고 살갑게 지내온 덕에 마을 어르신들은 두 사람의 결혼을 당신들 일처럼 기뻐하고 축하해 주셨다. 하여 마을잔치가 된 두 사람의 결혼식은 식이 시작되기 전부터 와자지껄, 웃음꽃이 끊이지 않았다.

"자, 모두 조용해 주십시오. 식을 시작하겠습니다."

자청해서 사회자가 된 태환이 마이크에 대고 크게 소리쳤다. 그러자 와자지껄했던 산이 다 조용해졌다. 이 비서가 마을 어르신들한테 붙잡혀 이런저런 덕담을 듣는 노다를 황급히 데려와 꽃길 앞에 세웠다. 새삼 감개무량해진 이 비서가 노다의 옷깃을 매만져 주며 눈시울을 적셨다.

"이런 날이 다 오고, 꿈만 같네요. 축하해요, 노다 군."

"모두 이 비서님 덕분입니다. 감사합니다."

노다는 진심을 다해 감사의 마음을 전했다. 이 비서가 없었다면 오늘의 그도 없었을 것이다. 유년시절부터 이 비서는 있으나 마나 했던 부모님 대신 진심으로 그를 돌봐주었고, 무엇보다 이 비서가 아니었다면 그가 바보처럼 도둑으로 몰아 내쫓았던 연지와 다시 만나지도 못했을 터였다.

어찌 보면 이 비서는 그의 생명의 은인이었다. 피연지라는 기적을 그에게 이끌어준 은인. 노다는 다시 한 번 그에게 깊숙이 머리를 숙여 감사의 마음을 전했다. 당황한 이 비서가 손사래 치며 깊숙이 숙여진 노다의 어깨를 세웠다.

"이러지 마요. 내가 뭘 했다고. 노다 군이 이러면 내가 더 미안해서 얼굴을 못 들어요. 자자, 이러지 말고 어서 입장해요. 어, 그런데 신부가 어디 있나?"

검은색 턱시도를 근사하게 차려입은 노다를 흐뭇하게 바라보던 이 비서가 뒤늦게 신부를 찾으며 뒤편의 집을 돌아보았다.

그러자 기다렸다는 듯이 때마침 현관이 열리고 순백의 드레스를 입은 신부가 모습을 드러냈다.

"신부 저기 있네."

"아이고, 저게 연지 맞아? 곱네, 고와."

이제나 저제나 신랑 신부의 입장을 기다리던 하객들한테서 탄성이 터져 나왔다. 여간해선 살이 붙지 않는 마른 몸을 보완할 요량으로 과하다 싶을 만큼 허리 아래로 확 퍼지는 드레스에 반짝거리는 티아라까지 쓴 연지는 말 그대로 동화책에 나오는 공주님 같았다. 곱게 틀어 올린 머리와 연서가 정성껏 공들여 해준 화장 덕에 까무잡잡한 피부도 싱그럽게 피어올라 사랑스럽기 그 지없었다.

다만 결혼식이 시작되기 전에 신랑이 신부를 보면 안 된다고 노다는 집 근처로는 얼씬도 못하게 하고 모녀 셋이 집 안에 꽁꽁 틀어박혀 있더니만, 셋이 손잡고 내내 울었는지 눈두덩까지 벌겋 게 부어버린 것이 흠이라면 유일한 흠이었다. 뒤따라 나온 엄마 와 연서의 눈도 코끝까지 발갛게 붉어져 있었다.

그것이 또 못내 노다에게 미안한 엄마는 얼른 고개를 숙이고 붉어진 눈가를 가렸다. 드레스 자락을 펴준다 어쩐다 하면서 눈 치 없이 동생 곁을 도통 떠날 생각을 하지 않는 연서의 손목을 잡아채고 부리나케 앞좌석으로 달려갔다. 그 뒤를 따라 이 비서 도 얼른 노다의 곁을 비켜줬다.

그제야 오롯이 단둘이 된 두 사람.

가슴이 벅차오른 노다는 홀린 듯 연지에게서 시선을 떼지 못했 다. 울다 웃으면 큰일 난다는 언니의 놀리는 귓속말도 잊고 절로 터질 듯 환한 미소를 터뜨린 연지가 그를 향해 천천히 걸어갔다. 신부를 맞이하는 그의 손을 꼭 잡았다.

노다가 떨리는 목소리로 신부의 귓가에 속삭였다.

"예뻐. 너무 예쁘다, 연지야."

연지가 귀까지 쭉 찢어져 도통 다물어지지 않는 입가를 부케로 가리며 속삭였다.

"정말?"

"응. 눈이 부셔서 제대로 쳐다보지도 못할 만큼 너무 예뻐."

"큭, 고마워요. 노다 씨도 완전 멋있어요. 사람이 이렇게 멋있어도 되나 싶을 만큼."

노다가 소박하게나마 결혼식을 하자고 했을 때는 굳이 그럴 필요가 있나 싶었다. 어차피 부부의 연을 맺고 같이 사는데, 번거롭게 식을 따로 할 필요가 있나 싶어서. 그런데 막상 가족들과 마을 어르신들을 모두 초대해서 그 앞에 웨딩드레스까지 차려입고 서 있으니, 안 했으면 크게 후회할 뻔했다는 생각이 든다.

특히 아빠 생각에 서럽도록 계속 눈물을 흘리면서도 엄마가 어찌나 좋아하시는지. 덩달아 딸들도 아빠 생각에 펑펑 울고 말았다. 그러다 이 좋은 날에 왜 우느냐, 기껏 한 화장 다 지워졌다, 귀찮게 또 고쳐야 한다고 투덜투덜, 서로 핀잔을 주고 눈을 흘기면서 또 울고 웃으며 화장을 고쳤다. 모처럼 모녀 셋이 모여 앉아 드라마 한 편을 찍었다.

어쨌든 그렇게 한바탕 울고 나니 다들 마음이 한결 후련해졌는지, 나중에는 피식피식 헛웃음을 흘렸다. 나중에 엄마는 노다를 걱정하며 화장을 고치고 매무새를 가다듬었다.

"아이고, 이러고 나가면 우리 최 서방이 오해할 텐데. 또 저 때문에 속상해서 울었나 보다, 그럴 거 아니야. 에휴, 주책, 내가 이러면 안 되는데. 우리 속 깊은 최 서방 생각해서라도 내가 이러면 안 되는데."

요즘 엄마는 그녀보다 노다 씨를 더 믿고 의지하시는 것 같았다. 사위 사랑은 장모라더니, 그 말이 맞는 모양이다. 불과 두 달 전까지만 해도 최 서방이 뭔가. 속과 달리 겉으로는 곁을 통 내어주지 않던 분이 정식으로 혼인신고를 한 뒤부터 갑자기 확 달라지셨다. 이젠 빼도 박도 못하게 한 식구가 됐구나, 싶으니 그러신가 싶기도 하고. 그럴 줄 알았으면 진작 혼인신고부터 할 걸 잘못했구나 하는 생각까지 들었더랬다.

한 번은 연지가 넌지시 그런 뜻을 비쳤더니, 엄마가 코웃음을 치며 이랬다.

"쯧쯧, 이래서 너는 하나만 알고 둘은 모른다는 게야. 노다 군이 계속 지극정성으로 내 마음을 풀려고 노력하고, 내 입에서 이제 그만 혼인신고하게, 라는 말이 떨어질 때까지 기다려 줬으니까 내 마음이 다 풀린 게지. 네 말대로 그것도 니들 멋대로 했었어 봐라. 이쯤해서 내 맘이 풀렸겠는가. 어림도 없지. 이래서 자식 키워봤자 아무 소용이 없다는 거야. 지들밖에 모르고, 다 지들이 잘났지. 니들보다 노다 군, 아니 최 서방이 오만 배는 낫다. 속이 얼마나 깊고 진중한지, 그런 사람, 다신 없지. 그 망할 병 말고는 내버릴 게 하나도 없는 사람이야."

그러면서 엄마는 땅이 꺼질 듯 한숨을 내쉬셨다.

"에휴, 그런 사람이 어쩌다 그런 몹쓸 병에 걸려서는. 하늘도 무심하시지. 하긴 사람이 너무 잘나면 하늘도 시기를 한다고 하더라. 우리 최 서방이 딱 그 짝이지, 뭐. 그래도 저만하기에 다행이지. 연지, 너, 최 서방한테 무조건 잘해. 최 서방이 네 말이면 끔벅 죽는다고 집에서 하던 것처럼 네 멋대로만 하려고 하지 말고, 무조건 최 서방하고 의논하고 최 서방 속 끓이는 일은 절대로 하지 말고 맘 편히 해줘. 특히, 먹는 거에 신경 각별히 쓰고. 엄마 말, 무슨 뜻인지 알지?"

엄마가 그럴 때마다 연지는 '엄마는 맨날 나만 가지고 뭐라고 그래'라고 입술을 비죽이면서도 속으로는 좋아서 환호성을 내질렀었다.

딸의 고집에 마지못해 피눈물을 흘리며 노다를 딸의 배필로 인정하고 받아들였던 엄마가 이제는 그를 진심으로 둘째 사위로 인정하고 믿고 의지하신다. 연지는 그런 엄마가 너무 고맙고 또 엄마가 마음의 문을 활짝 열 때까지 묵묵히 기다리며 최선을 다한 노다가 무척이나 고맙고 또한 미안했다.

그러나 그 힘들었던 시간도 이젠 모두 추억이 되었다. 하루, 하루 최선을 다해 사랑하고 또 사랑해 온 시간들이 더 큰 사랑과 희망으로 되돌아와 두 사람을 축복해 주고 있었다.

물론 그와 함께 가는 이 길에 언제나 기쁨과 행복만이 있을 거라고는 그녀도 생각하지 않는다. 언젠가는 괴롭고 아픈 순간도 올 것이다. 그의 병증은 사라진 것이 아니라 잠시 주춤거리며 쉬고 있을 뿐이니까. 어쩌면 지금 이 순간에도 그의 병은 진행되고 있는지 모른다. 인지하지 못할 만큼 더디게, 서서히 그날을 향해 다가가고 있는지도 모른다.

하나 그러면 어떤가. 우리 모두는 언젠가 한 번은 죽는다. 영원히 사는 사람은 아무도 없다. 때문에 그녀는 그날이 조금도 두렵지 않았다. 조심하며 사는 삶 또한 조금도 불편할 것이 없었다.

그만큼 우리는 오늘을 더욱 열심히, 최선을 다해서 살아갈 터였다. 흔들림 없는 사랑으로, 서로가 아니면 안 되는 사랑으로 서로의 손을 꼭 잡고 같은 길을 걸어갈 터였다.

그거면 된 것 아닌가. 그 이상의 무엇이 필요한가.

때문에 연지는 그와 자신은 축복받은 인생이라고 믿어 의심치 않았다. 그와 자신은 변함없는 사랑으로 오늘을 후회 없이 최선을 다해 살아갈 터였다.

두 사람은 서로만을 뜨겁게 바라보며 앞으로 걸어갔다.

"노다 씨, 물어볼 말이 있어요."

아직 절정의 여운이 가시지 않은 듯, 연지가 작게 헐떡이며 말했다.

"말해."

땀이 송골송골 배어난 연지의 어깨에 입을 맞추며 노다가 웅얼거렸다.

"혹시 노다 씨 아직도 내가 왜 태어났나, 원망스럽고 병 때문에 불행하고 막 그래요?"

달콤한 그녀의 향기와 살결에 심취해 있던 노다는 그녀의 뜬금
없는 질문에 번쩍 고개를 들어 연지를 내려다보았다.

"뭐?"

갑자기 그게 다 무슨 소리인가. 더욱이 그녀와 막 사랑을 나누
고 이렇게 행복해도 되나 싶을 만큼 행복한 지금, 대관절 그게
무슨 해괴한 질문이란 말인가. 뜨악해진 노다는 자신이 그녀에게
취해 말을 잘못 들었나 싶었다.

그런데 잘못 들은 것은 아니었나 보다. 그녀가 샛별처럼 반짝
거리는 까만 눈동자로 그를 빤히 올려다보며 또 같은 말을 되뇌
는 것을 보니 말이다.

"혹시 아직도 당신이 유전병을 갖고 태어난 것을 불행하다고
생각하고 원망하느냐고요."

어라. 연지가 왜 갑자기 이런 말을 꺼내지? 내가 뭘 잘못했나?
번쩍 정신이 든 노다는 바짝 긴장해서 그녀의 위에서 슬그머니
내려왔다. 혹여 감기라도 걸릴까, 그녀의 몸에 시트를 꼼꼼히 덮
어주고 그녀 옆에 팔을 괴고 모로 누웠다.

그녀가 시선만으로 그를 따라왔다. 심각해진 표정으로 그녀를
내려다보며 그녀의 발그레 상기된 뺨에 달라붙어 있는 머리카락
을 다정하게 떼주었다.

"갑자기 그런 걸 왜 물어보는 거야?"

"갑자기 궁금해져서요. 말해봐요. 혹시 아직도 그런 생각이
들어요?"

그가 낮은 한숨을 내쉬었다.

"아니. 알잖아. 나, 이제 그런 생각 하지 않는다는 거. 내가 어떻게 널 옆에 두고 그런 생각을 해. 이렇게 보기만 해도 아깝고 아까운 널 옆에 두고 아직도 그런 생각을 한다면 천벌 받지."

그의 미간이 미세하게 찌푸려졌다.

"물론 내가 아무 이상도 없이 건강하다면 얼마나 좋을까, 그런 생각은 해. 그럼 너와 함께 햇빛 쏟아지는 거리도 마음껏 거닐고 남들처럼 마음 놓고 데이트도 할 수 있을 텐데, 그건 너무 아쉽다. 속상하다, 뭐 그런 생각."

그가 고개를 가로저으며 단호하게 말을 이었다.

"하지만 결단코 더 이상은 운명이나 삶을 원망하지 않아. 불행하다는 생각 같은 것은 더더욱 하지 않고. 오히려 신께 감사해. 너를 만나고 사랑할 수 있게 해주셔서. 그리고 이제 나한테 불행이라는 단어는 아예 존재하지 않아. 널 만난 그 순간부터 그랬어. 너와 함께 있는 매 순간이 내겐 축복이자 기적이고 무엇과도 바꿀 수 없는 행복이야. 알잖아."

그녀가 세상을 다 가진 듯 환하게 미소 지었다.

"알아요. 나도 그래요. 사랑해요, 노다 씨."

그제야 노다의 살짝 굳어진 입가에도 미소가 피어났다. 그러나 아직 완전히 안심할 단계는 아닌지라 보다 신중해진 눈빛으로 연지의 표정을 살폈다.

"그런데 왜 갑자기 그런 생각이 들었어?"

"음, 노다씨 마음을 다 아는데도 가끔, 아주 가끔은 혹시나 하는 그런 생각이 들 때가 있거든요."

"왜?"

"왜냐면……."

쑥스러운 듯 시선을 내리깐 연지가 천천히 시선을 들어 땀에 젖은 속눈썹 위로 그를 올려다보았다.

"노다 씨는 내가 임신할까 봐 항상 조심하잖아요. 가능하면 항상 콘돔을 사용하고, 그걸 사용하지 못할 정도로 다급하거나 예기치 못한 경우에도, 그러니까 지금처럼 꼭 밖에 하고……."

말을 한 그녀나 듣는 그나 쑥스러움에 약속이나 한 듯 얼굴을 화르륵 붉혔다. 노다는 사레에 걸린 듯 흠흠, 헛기침까지 했다. 연지는 아랫입술을 잘근거리며 머뭇거렸다. 그러나 생각 끝에 어렵사리 꺼낸 이야기, 기왕 시작한 김에 끝을 보자는 생각에 마저 말을 이었다.

"그거, 나 임신할까 봐 조심하느라 그러는 거잖아요. 노다 씨는 아기 싫어요? 나랑 노다 씨 반반씩 닮은 우리 아기, 보고 싶지 않아요?"

이런, 그걸 말이라고 하나. 당연히 보고 싶지. 다만…… 불안하게 살아온 제 유년시절을, 결국 이 피의 굴레를 벗어나지 못해 불치병을 안고 살아가는 이 서러운 삶을 되물림하고 싶지 않을 뿐이다. 노다는 연지 하나만으로도 부족해 아이에게까지 남들과 같은 정상적인 삶을 살 수 없는 희생을 강요하고 싶지 않았다.

연지에게도 그것은 못 할 짓일 터였다. 백만 분의 일, 천만 분의 일의 확률이라도 만약 아이까지 이 몹쓸 병을 앓게 된다면 그녀는 과연 그것까지 감당할 수 있을까. 아니, 만에 하나라도 그런 일이 벌어진다면, 그땐 그녀 역시 무너지고 말리라. 한처럼 쌓일 고통 속에 지푸라기처럼 말라가고 말리라.

하여 노다는 그것만은 반드시 피해야 한다고 생각했다. 아무리 그녀를 닮은 사랑스러운 아이를, 우리의 아이를 갖고 싶고 보고 싶다고 하더라도.

연지의 얼굴을 굽어보는 그의 눈빛이 한없는 슬픔과 안타까움에 깊이 가라앉았다.

연지의 마음도 울컥, 울음을 토했다. 헤아릴 수 없는 슬픔으로 가라앉은 그의 눈동자를 바라보는 것이 가슴 아팠다. 그러나 연지는 이를 악물고 그와 함께 울고 싶은 마음에 채찍질을 했다.

'울지 마. 약해지지도 마. 내가 약해지면 안 돼.'

먹먹해진 눈빛으로 그녀를 바라보며 뺨을 어루만지는 그의 손등을 가만히 감싸 잡았다.

"노다 씨, 내 말 오해하지 말고 들어줘요. 내가 그동안 많이 알아봤거든요? 논문이나 의학서적도 많이 읽었고 안 박사님한테도 여쭤봤어요. 우리가 아이를 가지면 그 아이한테도 당신 병이 유전될 가능성이 얼마나 있는지. 이런저런 복잡한 말들이 많았는데요, 간단하게 얘기하자면 결론은 모두 하나였어요. 가능성은 해와 달이 뒤바뀔 만큼 매우 희박하다는 거."

노다가 어머니의 포르피린증을 바로 물려받았다는 것도 그동안의 사례나 연구 결과로 보면 전 세계적으로 매우, 매우 희귀한 경우라고 했다. 후대에 바로 발현되는 경우는 거의 없다고 했다.

포르피린증은 상염색체 우성으로 유전이 되지만 모든 자손들이 이 병을 이어받는 것은 아니란다. 매우 복잡한 유전 법칙을 따르므로, 누가 이 병에 걸릴지, 안 걸릴지는 예측하기 매우 힘들다고 했다. 몇몇 대는 포르피린증을 전혀 앓지 않을 수도 있고, 몇 백 년 후에나 겨우 나타날 수도 있다고 한다.

따라서 이 병은 현대 의학으로도 알 수 없는 확률과 복잡한 유전적 절차에 따라 매우 희박하게 발현되기 때문에 예측이나 예방이 전혀 불과한 유전적병이라고 했다. 중세시대—영국의 조지 3세가 이 병에 걸린 대표적인 케이스라고 한다—부터 유전되어 온 오랜 유전병임에도 불구하고, 아직까지도 그 복잡한 유전 법칙에 대한 해답이나 치료약이 개발되지 못한 까닭도, 또한 현재 그 병을 앓고 있는 이들이 전 세계를 통틀어 겨우 7천 명 정도밖에 안 되는 까닭도 모두 그 때문이라고 했다.

그러니 안 박사의 말처럼 해와 달이 뒤바뀔 만큼의 2세에 유전될 확률이 거의 없는 가능성 때문에 지레 겁먹고 아이를 포기한다는 것이야말로 천추의 한이 될 멍청한 일이 아닐까 싶었다.

물론 노다의 마음은 누구보다도 그녀가 제일 잘 알고 있었다. 그가 왜 그토록 염려하며 조심하는지, 어떤 마음으로 아이에 대한 바람을 끝끝내 접으려고 하는지. 하나 역설적이게도 그의 그러한 염려와 강박들이 연지에게 그 때문에라도 반드시 아이를 가져야 한다는 생각을 굳히게 만들었다.

그의 마음속에 남은 마지막 어둠, 절망, 두려움.

연지는 화석처럼 그의 마음속에 굳어 있는 그 어두운 것들을 보란 듯이 깨끗하게 씻어주고 싶었다. 아이와 함께 사랑을 더욱 단단하게 키워나가고 싶다.

연지는 저와 노다의 아이는 누구보다 건강하고 씩씩하며 바르고 강한 아이일 거라는 것을 믿어 의심치 않았다. 그 아이와 함께 더욱 행복해지리라는 확신도 있었다. 연지는 자신 있었다. 그와 함께, 저와 그의 아이와 함께 반드시 행복해질 자신이.

연지는 노다의 손바닥에 입을 맞췄다. 확신과 희망으로 가득한 눈빛으로 뜨겁게 그를 바라보며 천천히 다가갔다. 안쓰러운 그의 입술에 살포시 미소 지으며 입을 맞췄다. 그를 뜨거운 망막한 가득 품고 속삭였다.

"그러니까 노다 씨, 나를 한 번만 더 믿어줄래요? 나는 자신 있어요. 아니 확신해요. 우리 아이는 누구보다 예쁘고 사랑스럽고, 건강하고 바르고 강할 거예요. 그 아이가 우리의 사랑에 최고의 축복이자 기적일 거예요."

아직 식지 않은 그의 몸에 자신의 몸을 꼭 붙이고 자잘한 근육으로 뒤덮인 등에 팔을 둘렀다. 자신의 체중으로 그를 천천히 밀며 눕혔다. 그 위로 살금살금 올랐다.

"연지야, 잠깐만."

당황한 그의 호흡이 가빠라졌다. 연지는 입술을 내려 펄떡이는 탄탄한 가슴에 입을 맞췄다. 시선만 들어 유혹하듯 그를 올려다보았다.

"나, 못 믿어요?"

"믿어. 믿는데, 그래도 아하, 연지야, 잠깐만."

그녀가 싱긋 미소 지었다.

"그럼 가만있어요. 나한테 맡겨요. 이제부턴 내가 다 알아서 할 테니까."

그녀의 입술이 세차게 뛰는 가슴 언저리를 지나 천천히 아래로 미끄러지듯이 내려갔다.

"대신 당신은 나한테 우리 아이를 줘요. 당신을 똑 닮아서 천사처럼 예쁘고 사랑스러울 우리 아이를. 건강은 내가 책임질게요. 약속해요. 우리 아이는 무쇠처럼 건강하고 강할 거예요."

마침내 노다의 고개가 뒤로 젖혀지며 흔들리는 두 눈이 질끈 감겼다. 벙긋 벌어진 입술에서 거친 탄성과 함께 가쁜 숨소리가 터져 나왔다. 다음 순간, 노다가 매혹적으로 흔들리는 연지의 가는 허리를 단단히 움켜쥐고 휙, 몸을 돌려 위치를 바꿨다. 깜짝 놀란 연지가 '꺄악' 작은 비명을 질렀다. 그러곤 금세 희열에 찬 달콤한 미소를 흘렸다.

노다가 그 달콤한 입술을 삼키며 분에 찬 듯, 혹은 숭배하듯 뜨거운 숨을 뿜어내며 웅얼거렸다.

"내가 정말…… 너 때문에 못살겠다. 넌 정말……."

이 앙큼한 독재자. 사랑스러운 폭군.

그녀의 말을 거역한다는 것은 그에게는 애당초 불가능한 일이었다. 연지가 원한다면, 그녀가 장난으로 한 말이라고 할지라도, 만약 그녀가 한낮의 태양이 쨍쨍 내리쬐는 정원을 가로질러 꽃 한 송이를 따오라고 한다면 그는 기꺼이 그리할 터였다.

그녀의 존재는, 그녀의 말 한 마디는 그에겐 절대적인 의미 그 이상이니까.

그런 연지가 행복을 약속하고 다짐한다. 우리의 아이로 우리의 사랑은 더욱 단단해질 거라고 속삭인다. 그녀로 말미암아, 그로 말미암아, 우리의 아이로 말미암아 우리의 사랑과 행복은 더욱 견고하게 완전해질 거라고.

그는 그녀 안에 자신을 온전히 묻었다. 기꺼이 자신을 그녀에게 바쳤다.

어느 때보다 뜨겁고 완벽한 밤이 점차 깊어가고 있었다.

"할머니!"

"아이고, 내 강아지!"

노다의 품에서 내리자마자 총알같이 달려오는 아이를 부둥켜안고 엄마는 함박웃음을 터뜨렸다. 수십 년간 밭일에, 반찬 가게 일에 고생만 해온 터라 탈이 날대로 탈이 난 허리 때문에 노상 병원 신세를 지면서도 엄마는 세 살배기 손자를 번쩍 안아 들고 좋아서 어쩔 줄 몰라 하셨다.

"엄마, 그러지 말라니까. 허리도 안 좋으신 분이 왜 애를 안고 그래요. 쟤가 얼마나 무거운데."

남편을 지나쳐 황급히 달려온 연지가 할머니한테 안겨서 좋다고 방방 뛰는 아들한테 손을 내밀었다.

"최한울, 엄마한테 와. 할머니 허리 아프셔, 얼른."

"시쩌. 나 할머니 좋아. 한울이 하나도 안 무거워."

"그럼, 그럼. 하나도 안 무섭지. 오우, 내 새끼. 할미가 그렇게 좋아요? 할미도 우리 한울이가 세상에서 제일 좋아요."

"헤헤."

한울이 엄마를 싹 무시하고는 제 말이라면 뭐든 다 해주는 할머니한테 찰싹 달라붙어선 도통 떨어질 생각을 하지 않았다. 자신의 오동통한 뺨과 입술에 예쁘다고 연신 뽀뽀를 해주는 할머니의 목을 짧은 팔로 꼭 끌어안았다. 고사리 같은 손으로 주름진 할머니의 뺨을 톡톡 두드리며 살짝 꼬집기도 했다.

"아야."

할머니가 과장된 표정으로 엄살을 부리자 그게 또 뭐 그리 재미있다고 까르르 웃음을 터뜨렸다. 연지의 눈썹이 대번에 팔자를 그렸다. 눈에 넣어도 아프지 않을 어린 아들이지만, 그래도 버르장머리 없이 구는 것은 곧 죽어도 못 보는 연지였다.

"너, 어딜 감히 할머니 뺨을! 그러는 거 아니라고 했지."

아프지 않게 오동통한 엉덩이를 찰싹 때렸다. 그러거나 말거나. 한울이는 할머니한테 안겨 장난치느라 연신 몸을 들썩거리며 까르르, 까르르 웃음을 터뜨렸다.

"조게 진짜. 제 편이 많은 할머니 집에 왔다 이거지?"

집에서는 세 살밖에 안 되는 애가 철이 벌써 들었나 싶게 떼도 안 쓰고 의젓하기만 한데, 이상하게 할머니 집만 오면 한울은 완전 아기가 된다. 내 새끼가 맞나 싶을 만큼 순하고 말 잘 듣던 애가 여기만 오면 고집도 엄청 세지고 엄마는 아예 안중에도 없는 것처럼 행동한다. 기가 막혀 헛웃음을 치는 연지를 지나쳐 노다가 아들에게 손을 뻗었다.

"한울아, 할머니 힘드셔. 이리 와."

"할머니 힘들어?"

"아니, 하나도 안 힘들다니까."

할머니가 고개를 가로젓자 한울이 '거봐' 하는 표정으로 노다를 바라보았다.

"한울이가 예뻐서 힘드신 데도 꾹 참고 계신거야. 한울이, 할머니 아픈 거 좋아?"

"아니."

"그럼 할머니한테 안겨서 그렇게 방방 뛰면 안 돼. 그리고 한울이, 할머니한테 아직 정식으로 인사도 안 드렸지? 아빠가 할머니 만나면 어떻게 하라고 했지?"

"어, 배꼽인사!"

노다가 지그시 미소 지었다.

"그래, 우리 할머니한테 배꼽인사 하자."

그제야 한울이 '어!' 하며 아빠를 향해 양팔을 쭉 내밀었다. 노다가 얼른 아들을 안아 뺨에 쪽, 입을 맞췄다. 까르르 웃는 아들을 바닥에 내려주고 장모 앞에 새삼 자세를 바로하고 마주섰다. 한울이 아빠를 따라 배꼽에 양손을 모으고 꾸벅 인사했다.

"할머니, 안녕하셨어요."

붕어빵처럼 똑 닮은 부자(父子)가 나란히 서서 배꼽인사를 하는 모습이 어찌나 예쁘고 사랑스러운지, 엄마는 양손으로 입을 가리고 '아이고 우리 한울이 이제 다 컸네' 하며 연신 탄성을 터뜨렸다. 괜스레 콧잔등이 시큰해져서는 소매 끝으로 얼른 눈가를 훔쳤다.

속으로 '하느님, 감사합니다'라는 말이 연방 흘러나왔다.

4년 전, 연지가 임신했다는 얘기를 처음 들었을 때, 엄마는 좋으면서도 가슴이 철렁했었다. 최 서방이 앓고 있는 병이 다른 것도 아닌 유전병이라는데, 혹여 아이한테도 그 몹쓸 병이 유전되면 어쩌나 싶어서.

그래서 그 사실을 알게 된 직후부터 엄마는 매일 새벽같이 일어나 기도를 드렸다. 처음 한동안에는 옛 어른들처럼 정화수를 떠놓고 천지신명 등 알지도 못하는 모든 신께 기도를 드렸고, 몇 달 뒤에는 집 근처에 있는 성당을 찾아 매일 새벽기도를 드렸다.

제발 아이만은 몹쓸 병 물려받지 말고 무탈하게, 건강하게만 태어나게 해달라고. 우리 속 깊고 착한 최 서방도 더 이상 아프지 말고 오래, 오래만 살게 해달라고.

그 정성이 하늘에 닿았을까. 천만다행으로 아이는 아무 이상도 없이 건강하게 태어났다. 그것이 3년 전이었다. 엄마는 지금도 매일 새벽마다 성당으로 기도를 하러 다닌다. 그녀가 하는 기도는 늘 같았다.

"우리 한울이, 우리 최 서방 지금처럼만 무탈하게 오래오래 살게 해주세요. 그래야 우리 연지가 삽니다. 가엾은 우리 딸을 봐서라도 모두 건강하게 행복하게 살게 해주세요. 우리 연서도 빨리 최 서방처럼 저만 사랑해 주는 좋은 남자 만나서 가정 꾸리

고 행복하게 살게 해주세요. 제 소원은 그것뿐입니다. 다른 소
원은 아무것도 없어요."

신은 엄마의 기도를 반은 들어주고 반은 아직 들어주지 않고
있었다. 기왕 기도에 응해주시는 김에 연서한테도 든든하고 믿음
직한 남자를 만나게 해주시면 참말 좋으련만. 제 동생은 결혼해
서 벌써 애까지 있는데, 서른이 훌쩍 넘은 게 도대체 언제 시집가
서 애를 낳으려는지, 연서만 생각하면 복창이 터져 한숨만 나오
는 엄마였다.

연서는 그해 치른 사법시험에서 1차는 합격했으나 안타깝게도
2차에서는 떨어지고 말았더랬다. 한 번만 더 도전하겠다고 하면
어쩌나 싶었는데, 다행히 연서는 그것으로 깨끗하게 사법시험을
포기했다. 제 딴에도 연지와 노다를 보며 느끼고 배운 것이 많았
던 모양이다. 동생보다도 철이 없던 게 신기하게도 철이 딱 들어
버렸다. 그 후 연서는 바로 취업 준비에 들어갔더랬다. 하나 취업
도 생각처럼 쉽지는 않았다. 1년 반 넘게 취준생으로 고생 고생
하다가 중소기업에 취직하는 데에 간신히 성공을 했다. 엄마 입
장에서는 그나마도 얼마나 감사하고 고마운 일이었는지 모른다.
돈 벌고 일하는 데 재미가 붙은 연서는 요즘 회사를 어느 누구보
다도 열심히 잘 다니고 있다.

그리고 얼마 전, 엄마는 연지에게서 또 다른 기쁜 소식을 전해
들었다. 졸업장 따위는 필요 없다고 내내 고집을 부리더니만 드디
어 복학해서 학업을 마칠 결심을 굳혔단다. 1년만 더 다니면 졸

업하는데 너무 아깝지 않느냐고, 한울이는 엄마가 봐줄 테니 더 늦기 전에 복학을 생각해 보는 것이 어떻겠느냐고 넌지시 권할 때는 귓등으로도 듣지 않던 게 제 신랑이 몇 마디 하니까 금세 마음을 바꾼 모양이었다. 하여튼 제 신랑 말이라면 무조건 오케이, 꼼짝을 못하는 연지다웠다. 뭐, 최 서방도 마찬가지긴 하지만.

어쨌든 보면 볼수록 둘째네는 서로 천생연분이구나, 생각이 들었다. 엄마는 가끔 그런 생각을 한다. 자신이 노다를 끝내 반대했다면 어떻게 됐을까 하는 생각. 생각만 해도 가슴이 철렁하며 정신이 번쩍 난다. 그럴 때면 엄마는 연지의 고집에 지고 말았던 것이 천만다행이었다며 남몰래 가슴을 쓸어내리고는 한다.

사람은 겪어봐야 안다고, 그녀한테 둘째 사위는 뭐 하나 내버릴 게 없고 못하는 것이 없는 세상에서 가장 믿음직한 사람이었다. 깊고 곧은 심성이야 두말하면 잔소리고, 세상에, 알고 봤더니 둘째 사위, 즉 최 서방은 건축 쪽으로도 능력이 보통이 아니었다. 미국에서 살 때부터 천재라고 불리면서 상도 여러 개 탔었단다. 그런데 그때 하필 그 망할 병이 시작되는 바람에…… 에휴.

어쨌든 지금 노다는 번듯한 회사까지 차려서 승승장구 잘나가고 있었다. 비록 남들처럼 외부 활동은 할 수가 없어서 사장 자리는 이 비서한테 내어주고 뒤로 물러나 있기는 하지만, 설계는 모두 그가 도맡아 하고 있었다.

실력이 얼마나 좋은지, 대기업은 물론 이름만 대면 알 만한 유명 인사들도 집이나 건물 등을 설계해 달라며 연신 문지방이 닳도록 그의 회사를 찾아온단다. 이 비서, 아니 이젠 사장이지. 이사장이 최 서방의 건강을 위해서 쳐낼 것은 쳐내고 굵직굵직한 큰 일만 가려서 받을 정도란다.

실은 엄마와 연서가 살고 있는 이 집도 노다가 3년 전에 지어서 한울이 태어난 것을 기념으로 그들에게 선물한 거였다. 당연히 엄마는 과거 그에게 모질게 대했던 것이 너무 미안하고 염치가 없어서 못 받겠다고 한사코 그의 성의를 거절했었다.

그런데 노다가 장모의 손을 꼭 잡고 이렇게 말했었다.

"어머니, 아직도 제가 많이 밉고 원망스러우십니까? 아니라면 부디 받아주세요. 어차피 여기 계약 기간도 곧 끝나서 다른 곳으로 이사 가셔야 된다면서요. 부담 갖지 마세요. 별거 아닙니다. 어머니가 저희한테 베풀어주신 사랑과 은혜를 다 갚으려면 이 정도로는 어림도 없죠. 어머니가 조금이나마 편해지셔야 연지도 마음의 짐을 조금이라도 덜 수 있어요. 저도 그렇고요. 어머니, 제발 부탁드립니다. 제 마음을 꼭 좀 받아주세요."

그 가엾은 사람이 고개를 푹 숙이고 눈물까지 흘리면서 간절히 애원을 하는데, 더 이상은 염치가 없어서 못 받겠다는 말을 할 수가 없었다.

이제 와서 이런 말 하는 게 면구스럽긴 하지만, 엄마는 연지가 결혼 하나는 정말 잘했다고 생각한다. 남자 보는 눈 하나는 최고, 이른바 박사급이 아닐까 싶었다. 제 꿈이었던 영문학 박사는 못 됐어도 그 정도면 성공한 인생, 인생의 박사라고 할 수 있을 터였다.

언제부턴가 엄마는 이상하게 둘째 사위만 보면 눈물이 먼저 흘러나오곤 했다. 다 잘 되고 있는데, 감사하고 기쁜 일만 가득한데 주책없이 왜 그러는지 스스로도 알 수 없었다. 너무 감사하고 행복해도 눈물이 나온다더니, 아마 자신도 그 짝이 아닐까 싶었다.

오늘도 여지없었다. 든든한 버팀목처럼 한결같은 사랑으로 연지와 한울을 바라보며 미소 짓는 노다를 보고 있노라니 괜스레 또 눈물이 흘러내렸다. 엄마는 황급히 눈물을 훔치며 노다의 손을 꼬옥 잡았다. 연신 그 손을 어루만지며 한결같은 마음으로 사위의 안색을 살폈다.

"먼 길 오느라 수고했어. 가뜩이나 회사 일도 바쁠 텐데 연지 저거 극성스러운 성격 맞추랴, 어린 아들 돌보느라 자네가 고생이 많아. 피곤하지? 쯧쯧. 어째 저번 주에 봤을 때보다 살이 더 빠진 것 같아. 피곤하면 매주 안 와도 된다니까. 정 못하면 우리가 가도 된다니까, 에휴, 사람 고집도."

"괜찮습니다. 한두 시간이면 오는 거리인데 뭐가 멀다고요. 그런데도 자주 찾아뵙지 못하는 게 더 죄송할 뿐이죠. 어머니, 건강은 어떠세요?"

엄마는 한 손을 들어 내저었다.

"에휴, 나야, 뭐 항상 좋아. 자네 덕에 이 큰 집에서 매일 편히 쉬며 호강하고 사는데 나쁠 턱이 있나. 나쁘면 그게 더 이상한 거지. 자네는, 몸은 좀 어때? 치료는 계속 빠뜨리지 않고 꾸준히 받고 있는 거지?"

"네."

"병원에서 별말은 없고?"

"네, 괜찮답니다."

엄마는 안도의 숨을 내쉬었다.

"다행이네, 참말 다행이야. 그런데 왜 살은 통 안 찌는지 몰라. 이제 자네도 서른 중반인데, 그 나이에는 너무 마른 것도 안 좋은데 말이야. 혹시 일이 너무 고된 거 아니야? 자네는 피곤하면 안 되는데."

"쉬엄쉬엄 하고 있습니다. 절대로 건강에 무리가 될 정도로는 일하지 않습니다. 염려하지 마세요. 제가 무리할 정도로 일하게 내버려 둘 연지도 아니고요. 연지 무서워서라도 그렇게 못 해요."

살짝 삐친 엄마를 달래기 위해서 아양을 피우는 한울을 번쩍 안아든 연지가 으스대며 끼어들었다.

"그럼, 내가 누군데. 엄마, 걱정 마. 내가 두 눈 시퍼렇게 뜨고 매일 감시하고 있으니까."

"나도, 나도!"

저가 뭘 안다고, 한울이도 톡 끼어들었다. 연지가 얼른 한울의 장단에 맞춰주었다.

"그럼, 우리 아들도 아빠가 좀만 무리한다 싶으면 쪼르르 달려가서 일 그만하고 놀자고 막 조르고 그러지?"

"어! 아빠는 일하니까 낮에 나가면 안 돼. 아빠는 살이 나보다 더 어려서 그럼 큰나. 하지만 밤에는 괜찮으니까 나랑 놀아줘야지. 그지, 엄마?"

"그럼. 그런데 한울아, 어린 게 아니라 약한 거."

"어, 맞아. 약해. 할머니, 그래서 나는 아빠랑 놀고 싶어도 낮에는 꾹 참아. 대신 밤에는 실컷 놀 수 있으니까. 나 되게 착하지, 할머니?"

엄마가 다시 눈물이 글썽글썽해진 눈을 재빨리 훔치고 한울이를 안아 보송거리는 핑크빛 뺨에 볼을 비볐다.

"그래. 우리 한울이 최고다. 어디서 요런 게 나왔을까. 아우, 예뻐, 아우, 우리 한울이."

못 말리겠다는 듯 피식 헛웃음을 터뜨린 연지가 고개를 절레절레 저으며 엄마를 쳐다보았다.

"손자가 저렇게 좋으실까. 요즘 보면 나보다 한울이를 더 예뻐하시는 것 같아."

"그걸 말이라고?"

"치, 알았네요. 근데 엄마, 나 너무 배고프다. 우리 언제까지 마당에 이러고 있어야 돼? 그만 들어가면 안 될까?"

엄마가 아차 하는 표정으로 연지와 노다를 돌아보았다.

"아이고, 그래. 내 정신 좀 봐라. 너희들 오면 먹인다고 음식 잔뜩 해놨는데 여직 여서 이러고 있네. 쯧쯧, 음식 다 식었겠다. 어여 들어가자, 어여. 최 서방도 많이 시장하지? 빨리 들어가자."

연지가 새삼 주변을 휘휘 둘러보았다.

"어? 그런데 언니는? 토요일이라서 출근도 안 했을 텐데 아까부터 안 보이네. 어디 갔어?"

"아까 같은 부서 사람 누가 결혼한다고, 거기 갔어. 오늘 니들

오는 날이라고 금방 온다고 했는데, 어째 좀 늦어지는 모양이다. 오는 중이겠지, 뭐. 배고프다며? 빨리 들어가자."

'으응' 하며 연지는 어깨를 으쓱거렸다. 한울이를 안고 앞장서서 집으로 들어가는 엄마를 따라 걸음을 옮겼다. 당연히 그와 손을 꼭 잡고서. 한울이의 뺨에 연신 입을 맞추며 걸어가는 엄마의 뒤통수에 대고 넌지시 물었다.

"엄마, 언니 사귀는 남자 정말 아직 없어?"

"모르겠다. 그쪽으로는 통 말이 없으니까."

"언니도 이제 서른 중반인데 아직도 그러면 어쩐대? 걱정이다, 정말. 회사에 괜찮은 남자 없대?"

"없긴 왜 없겠니. 그게 제 나이는 생각지도 않고 눈만 높아져서 그렇지. 네 언니는 그게 다 최 서방 탓이란다."

연지가 뜨악해진 표정으로 소리쳤다.

"엥? 그게 왜 우리 이이 탓이야?"

"최 서방 때문에 남자 보는 눈이 저만큼 올라갔단다. 최 서방 보고 다른 남자들 보면 다 오징어처럼 보인다나? 아이고, 하여튼 그건 이제 좀 철이 좀 들었나 싶다가도 그럴 때보면 아직 먼 것 같아. 남자 얼굴 생긴 거 따져서 뭐한다고. 그래봐야 얼굴 값 하느라 여자 고생만 시키지. 옛말에 잘난 놈들은 다 얼굴 값 하기 마련……."

엄마가 말을 하다말고 제풀에 화들짝 놀라 노다를 돌아보았다.

"최 서방, 오해하지 말게. 방금 한 말 자네 보고 한 말 아니야. 알지?"

노다가 활짝 미소 지었다.

"네, 압니다. 그런 오해는 절대로 하지 않으니까 걱정 마세요."

그답지 않게 너스레까지 떨었다.

"제가 그만큼 잘생겼다, 그런 말씀이시잖아요. 그죠, 어머니?"

연지와 엄마가 뜨악해진 표정으로 서로를 바라보고 동시에 그를 스윽 돌아보았다. 노다가 보다 뻔뻔한 표정으로 '왜요?' 라는 듯 어깨를 으쓱거렸다.

멀뚱히 서로를 마주보던 세 사람의 입에서 잠시 후 '풉!' 하는 웃음이 터져 나왔다. 어른들이 왜 박장대소를 터뜨린지도 모르고 한울이 덩달아 까르르 웃었다.

노다가 심혈을 기울여 설계한 이층집으로 들어가는 그들에게선 연신 웃음소리가 크게 터져 나왔다.

깊어가는 가을밤은 오늘도 그렇게 무사히 흘러갔다.

따스한 온기와 행복을 가득 담고서.

그리고 함께하는 그들의 내일은 오늘보다 더욱 따스하고 행복할 터였다.

〈The End〉

안녕하세요, 김도경입니다.

[내 사랑 노다]는 [피가 필요해]라는 제목으로 연재했던 글입니다.

연재 당시, 피가 필요하다는 제목 때문에 뱀파이어물인 줄 알았다는 독자 분들이 꽤 많았습니다. 피가 필요해의 피는 그 피가 아니라 여주인 연지의 성인 피 씨를 의미하는 것으로 노다에게는 연지가 필요하다는 의미였는데 말입니다. 아무래도 '피'라고 하니까 사람의 피가 가장 먼저 연상되나 봐요. ㅋㅋ.

물론 피가 필요하다는 뜻 안에는 노다에게 피연지가 필요하다는 뜻 외에도 노다가 앓고 있는 희귀병 때문에 그가 살기 위해서는 피(血)가 필요하다는 뜻이 중의적으로 내포되어 있기는 했죠. 하지만 진짜 사람의 피가 필요하다는 뜻은 아니었는데…… 어쨌든 제가 생각하기에도 오해의 소지가 다분했었기에 출간할 때는 반드시 제목을 바꿔야겠다는 생각을 계속 했었답니다.

그래서 고민 끝에 새로 착안한 제목이 바로 [내 사랑 노다]랍니다.

사실, 이 제목은 우리 남편이 제안해 준 거예요. 이런 저런 후보군들이 많았는데, '[내 사랑 노다]는 어때?'라는 말은 듣는 순간, 아! 그거다 싶더라고요.

노다와 연지의 순수하도록 예쁘고 애틋한 사랑에 딱 맞는 것 같아서요.

독자 분들의 생각은 어떠신지 모르겠네요.

이 글은 포르피린증을 앓고 있다는 우리나라의 어느 청년의 사연을 우연한 기회에 기사로 접하면서 구상하게 된 글이랍니다.

미드 등으로 뱀파이어증후군이라고 불리는 포르피린증이 있다는 사실은 이미 그 전부터 알고 있었지만, 우리나라에도 이 희귀병을 앓고 있는 사람이 있다는 사실은 그때 처음 알았어요. 깜짝 놀랐죠.

기사에 따르면, 삼십대 초반의 그 청년은 이십대 중반까지는 자신한테 그런 유전적 병이 존재하고 있는지조차 몰랐다고 해요. 병증이 시작되기 전까지는 아무런 이상이 없었답니다. 그러다 어느 날 갑자기 잠재되어 있던 병증이 발현하기 시작했답니다. 햇빛에 피부가 벗겨지지 시작한 거죠. 왜 갑자기 발병했는지, 그 원인은 아직도 의학적으로 규명되지 않았대요. 그 병이 원래 그렇다는 것 외에는 딱히 설명할 길이 없다고 하더라고요.

그 청년은 현재 요양원에서 생활하고 있대요. 낮에 정상적인 생활을 할 수도 없고, 현재로서는 마땅한 치료약이 없어서 완치가 요원하기 때문에요. 헤모 주사 등으로 병증이 악화되는 것을 억제시키는 것 외에는 딱히 다른 치료방법이 없대요. 대학 졸업 후 취업해서 평범하지만 행복한 삶을 꿈꾸며 열심히 잘 살고 있었다는데, 너무 안타깝고 딱한 사연이더라고요.

그 안타까움이 이 글을 쓰게 만든 원동력이 되었죠.

포르피린증에 대해서 자료 조사를 하면서 알게 된 사연 중에는 캄보디아의 어느 소녀도 있었어요. 국내 모 방송사의 특종 프로그램에도 소개가 되었다는데요, 띠아유라는 이름의 그 소녀는 모든 음식을 먹을 때 동물의 피를 찍어서 먹는대요. 그중에서도 닭 피가 제일 맛있다고 하더라고요. 한 번은 엄마가 피 없이 그냥 음식을 먹으려고 했더니 피가 없으면 맛이 없다고 먹지를 않더래요. 그러고는 제 팔뚝을 물어 제 피를 빨아 먹고 있더래요. 그래서 그 다음부터는 꼭 닭피는 먹인다고 하더라고요.

방송에는 나오지 않은 얘기지만, 포르피린증이 악화되면 정신착란증을 유발한다는데 제 팔뚝을 물어뜯어 제 피를 먹을 정도라면 그 소녀는 어쩌면 벌써 정신착란증세를 보이는 것은 아닌가 싶어서 정말 너무 안타깝더라고요. 부디 제 생각이 틀렸기를 간절히 바랍니다.

세상에는 우리가 모르는 희귀병이 너무 많은 것 같아요. 또한 더욱 안타까운 것은 말 그대로 희귀병인지라 전 세계적으로 그런 병을 앓고 있는 환자 수가 많지도 않고 또한 사례도 적기 때문에(돈이 안 된다고 판단한 까닭인지 뭔지) 제약 회사에서는 희귀병에 대한 연구나 치료약 개발이 활발히 진행되지 않고 있다는 점이래요.

포르피린증이 아무리 복잡한 유전학적인 병이라고 할지라도 그 원인조차 아직까지 확실하게 규명되지 않고 있다는 이유가 바로 그러한 사업적 이윤과 실리를 따지는 비윤리성 때문인 것 같아서 자료를 조사하면 할수록 괜히 막 화가 나고 돈만 앞세우는 이 세상이 싫어지기까지 하더군요.

그래도 이 비정하고 삭막한 현실에서 한 가지 희망만은 잊고 싶지 않았습니다.

사랑.

순진한 생각일지는 모르겠습니다. 그러나 사람이 사람에게 갖는 진실한 사랑만큼 위대한 기적은 없다는 것을 이야기하고 싶었습니다. 그것을 누군가의 희생을 담보로 하는 헌신적인 사랑으로 포장하고 싶지도 않았습니다. 그저 그 사람이기에 사랑하고, 함께하기에 행복한 사랑. 그것만이 전부인 그런 사랑을 이야기하고 싶었습니다.

진실된 마음, 진실된 사랑.

그것만큼 숭고하고 고귀하고 값진 것이 있을까요?

그것만큼 우리에게 필요하고 반드시 지켜야 될 것이 있을까요?

저는 연지가 노다를 위해 자신을 희생했다고 생각하지 않습니다. 연지는 그저 노다를 사랑했고 그 사랑에 최선을 다할 뿐이죠. 노다 역시 제 모든 것을 걸고 그녀를 사랑하고 자신이 사랑하는 연지를 위해서 최선을 다해 열심히 살아갈 뿐입니다.

누가 누구를 위해 희생하고, 때문에 미안해하는 사랑은 진실된 사랑이 아니라고 그들은 이야기합니다. 특히 연지는 빚진 마음으로 사랑하는 삶은 진정한 행복이 아니라고 이야기하죠. 그녀가 원하는 사랑은, 그녀가 하는 사랑은 결코 그러한 사랑이 아니라고.

연지의 그러한 진실된 사랑이 노다를 살게 하고 결국에는 그녀도 살게 해줍니다.

그렇게 한 마음으로 사랑하는 두 사람의 삶은 단 하루를 살더라도 세상의 모든 삶보다 충만되고 행복하리라 저는 믿어 의심치 않습니다.

그러한 진정한 사랑이 한올이라는 기적까지 두 사람에 허락해 주었다고 생각합니다.

연지와 노다의 사랑을 이야기하는 동안 저는 무척 행복했습니다. 물론 병으로 아파하며 고통스러워하는 노다를 그릴 때에는 저 역시 가슴이 무겁고 아팠습니다. 하지만 씩씩한 연지가 그의 곁에 있기에, 결코 도망칠 연지가 아니기에 힘을 냈습니다. 아니, 제가 오히려 연지한테 많은 것을 배우고 용기를 얻었습니다.

그리고 두 사람의 이야기를 끝마친 지금은 연지와 노다에게 너무 고맙습니다. 흔들리지 않는 진실한 사랑으로 오늘을 최선을 다해 살아가는 두 사람이 너무 예쁘고 고맙습니다.

저도 그들처럼 하루를, 오늘을 최선을 다해 사랑하며 살아가고 싶습니다. 제 전부가 되어버린 우리 사랑하는 그이와 함께 매 순간 행복하기 위해 최선을 다해…….

이 글을 읽어주신 모든 분들도 부디 그렇게 옆에 있는 사람과 진실되게 사랑하며 행복하시기를 바랍니다.

[내 사랑 노다]를 읽어주신 모든 독자님들께 진심으로 감사드립니다.
제가 몸담고 있는 〈깨으른 여자들〉의 작가님들과 운영진, 회원님들

도 감사드리고 〈로망띠끄〉와 〈피우리넷〉에서 연지와 노다를 응원하고 아껴주셨던 독자님들께도 감사드립니다. 청어람의 나정희, 조윤희 팀장님과 사장님께도 진심으로 감사드립니다.

모두 행복하세요.

2016년 6월
김도경 배상